Eva Völler hat sich schon als Kind gern Geschichten ausgedacht. Trotzdem hat sie zuerst als Richterin und später als Rechtsanwältin ihre Brötchen verdient, bevor sie Juristerei und Robe schließlich endgültig an den Nagel hängte. »Vom Bücherschreiben kriegt man auf Dauer einfach bessere Laune als von Rechtsstreitigkeiten. Und man kann jedes Mal selbst bestimmen, wie es am Ende ausgeht.«
Die Autorin lebt mit ihren Kindern am Rande der Rhön in Hessen.

Weitere Titel der Autorin

16243 Kurz und herzlos
15567 Der Montagsmann
16250 Wenn Frauen Männer buchen
16183 Wenn der Postmann nicht mehr klingelt
15327 Hände weg oder wir heiraten
Mitleid mit dem besten Stück (Lübbe Audio)

Eva Völler

Beiß mich

Roman

BASTEI
LÜBBE
TASCHENBUCH

BASTEI LÜBBE TASCHENBUCH
Band 16489

Überarbeitete Fassung des 2001 bei
Bastei Lübbe erschienenen Romans

Bastei Lübbe Taschenbuch in der Bastei Lübbe GmbH & Co. KG

Originalausgabe

Lektorat: Gisela Günther, München
Titelillustration: HildenDesign unter Verwendung von Motiven von
© Shutterstock/Holly Jones; Shutterstock/ensiferum;
Shutterstock/Potapov Alexander
Umschlaggestaltung: HildenDesign, München
Autorenfoto: Olivier Favre
Satz: hanseatenSatz-bremen, Bremen
Gesetzt aus der Goudy Oldstyle
Druck und Verarbeitung: CPI – Ebner & Spiegel, Ulm
Printed in Germany
ISBN 978-3-404-16489-9

Für meine Mutter.
Danke für das »Labor«.

Oh sauge, Geliebter,
Gewaltig mich an,
Dass ich entschlummern
Und lieben kann.
Ich fühle des Todes
Verjüngende Flut,
Zu Balsam und Äther
Verwandelt mein Blut.

Novalis, *Hymnen an die Nacht* (um 1800)

1. Kapitel

Als ich ihm das erste Mal begegnete, fiel mir auf den ersten Blick nichts Ungewöhnliches an ihm auf. Falls er mir in irgendeiner Weise merkwürdig vorkam, dann höchstens deswegen, weil er wie angewurzelt dastand. Regungslos wie eine Statue wartete er am Zaun beim Praxisschild und starrte in meiner Richtung die Straße entlang. Er sah aus wie ein ganz normaler, dunkel gekleideter Mann. Es gab nicht den geringsten Grund, beim Anblick dieses hochgewachsenen Fremden in Panik zu geraten und laut schreiend davonzulaufen. Es war nichts an ihm, das den Eindruck hervorgerufen hätte, er sei nicht ganz menschlich.

Allerdings wusste ich auch damals nicht das über ihn, was ich heute weiß.

Beeindruckend fand ich auf den ersten Blick höchstens seinen Wintermantel, ein auffallend edles Stück, dem trotz des Schneetreibens und der allmählich aufziehenden Dämmerung schon von Weitem anzusehen war, dass es mehr gekostet hatte, als ich in einem halben Jahr zum Leben ausgab. Für edle Stoffe wie Kaschmir oder Seide habe ich einen unbestechlichen Blick, auch wenn die Zeiten, in denen ich mich selbst in solche schmeichelnden Kreationen hüllen konnte, erst kommen mussten.

Als ich näher herankam, fielen mir auch die übrigen Kleidungsstücke des Mannes ins Auge. Ein langer Schal, den er mehrmals um den Hals gewunden hatte und der ebenfalls aus Kaschmir sein musste, außerdem Winterschuhe aus hochglänzend poliertem Leder und ebenso wie der Mantel vermutlich hand- und maßgefertigt.

Dann war ich bis auf zehn Schritte herangekommen und nahm erstmalig bewusst den Menschen in Augenschein, der in dem makellosen Outfit steckte. Er war dunkelhaarig, breitschultrig und groß, mindestens eins achtzig, soweit ich es aus meiner beklagenswert niedrigen Perspektive beurteilen konnte. Für mich sind alle Zeitgenossen groß, sieht man von Kleinkindern und Liliputanern ab. Was allerdings nicht bedeutete, dass ich, was meine Größe betraf, der Natur nicht ein wenig auf die Sprünge half.

Ich fand im Alter von fünfzehn Jahren heraus, welches Wunder hohe Absätze vollbringen können, und investierte fortan mein ganzes Taschengeld in abenteuerliches Schuhwerk. Damit war ich in der Lage, den meisten anderen Frauen Auge in Auge gegenüberzutreten – vorausgesetzt, sie trugen flache Schuhe.

An diesem Dezembertag meiner ersten Begegnung mit Martin trug ich allerdings schlichte, absatzlose Thermostiefel, denn meine Eitelkeit ging nicht so weit, dass ich auf Stöckelschuhen durch Schneewehen hätte waten oder meine guten Stiefeletten mit Streusalzflecken hätte versauen wollen.

Seit Jahren hatte es nicht mehr so viel geschneit. Dicke weiße Wächten hingen von den Dachtraufen über der Praxis, und die schmiedeeisernen Zaunspitzen trugen pudrige Zipfelmützen. Es war grimmig kalt, weshalb die Pracht wohl noch eine ganze Weile vorhalten würde. Das Thermometer auf meinem Balkon hatte am Morgen minus zwölf Grad angezeigt. Trotz meiner dicken Stiefel und meiner fast knielangen Thermojacke war ich bereits auf dem kurzen Weg von meiner Wohnung bis zur Haltestelle völlig durchgefroren. Die dreißigminütige Fahrt in der überheizten Straßenbahn hatte mich wieder aufgewärmt, doch nach dem Aussteigen musste ich noch eine gute Viertelstunde durch die Kälte marschieren und mutierte flugs zu einem Eiszapfen. Ich konnte gar nicht so heftig zittern, wie ich fror.

Dem Mann beim Zaun schien nicht kalt zu sein, obwohl sein Wintermantel kaum so warm sein konnte wie meine Jacke, denn für ein Pelzfutter war die Silhouette des Kaschmirmantels nicht voluminös genug.

Beim Näherkommen sah ich, dass der Mann jung war, eigentlich zu jung für derart elegante Kleidung, höchstens zwanzig. Doch dann hatte ich mich ihm bis auf ein paar Schritte genähert und musste meine Einschätzung revidieren. Vermutlich war er ein paar Jahre älter, eher so alt wie ich selbst, also Mitte zwanzig. Sein Gesicht war zwar auffallend jugendlich, doch es zeigte einen gewissen Ausdruck von Verdrossenheit, der von einiger Lebenserfahrung kündete. Um seinen Mund lag ein kummervoller Zug, und seine Augen, die so schiefergrau waren wie der tief hängende Winterhimmel, wirkten nahezu gequält, während er mich beim Näherkommen betrachtete.

Herabwirbelnde Schneeflocken schmolzen in seinem kohlefarbenen Haar, das überraschenderweise trotz der Nässe tadellos frisiert anlag.

Der Fremde schien wie ich kein Freund winterlicher Kopfbedeckungen zu sein, doch meine Frisur hatte sich im Gegensatz zu seiner bereits nach drei Schritten im Freien in ein feucht und schlaff herabhängendes Gekräusel verwandelt. Dem Haar des Mannes schien indessen das Schneetreiben nichts auszumachen. Lediglich eine schmale schwarze Locke fiel ihm ins Gesicht, jedoch auf elegante Art, gerade so, als hätte ein Figaro von Rang sie exakt so hindekoriert, um den perfekten Schwung der hohen Stirn und den kühnen Schnitt der Nase zu betonen.

Trotz des unübersehbaren Ausdrucks von Frustration, den der Fremde zur Schau trug, war er für einen Mann hinreißend schön, und das sage ich ohne die geringste Übertreibung. Nicht der kleinste Makel störte die Vollkommenheit dieses Männerantlitzes, weder Narben noch Mitesser noch wuchernde Nasenhaare (was Letztere betrifft, so habe ich mich im Laufe der Jahre zwangsläufig zu einer Art Expertin entwickelt).

Ja, ich musste es neidlos zugeben: Hier sah ich ihn vor mir, den Fleisch gewordenen Traum meiner Jungmädchenphantasien, das männliche Gegenstück all dessen, was ich mir für mich selbst immer an Schönheit erträumt hatte. Aus unmittelbarer Nähe schien er mir noch größer als aus der Ferne, und der Körper, der in dem edlen Kaschmir steckte, wirkte geschmeidig und durchtrainiert.

Er hatte mich die ganze Zeit angeschaut, als ich auf ihn zugekommen war. Sein Blick war unergründlich, doch ich hatte trotzdem den unerklärlichen Eindruck, auf irgendeine Weise einer Prüfung unterzogen zu werden, ohne dieses Gefühl jedoch als unangenehm zu empfinden.

Er trat einen Schritt zur Seite und machte mir höflich Platz, als ich auf das Tor zuging. Die Hand schon auf der Klinke, blieb ich stehen und gönnte mir einen ausgiebigeren Blick auf den Kaschmirschönling.

Ich deutete auf das Praxisschild. »Sie trauen sich wohl nicht. Kann ich nachfühlen. Für mich ist es auch immer ein Gang nach Canossa.«

Zum ersten Mal fiel mir jetzt auch seine Blässe auf. Während meine eigenen Wangen in der Kälte brannten und das taube Gefühl in meiner Nase den zwingenden Schluss nahelegte, dass sie einer Glühbirne nicht unähnlich sah, zeigte sich im Gesicht meines Gegenübers nicht der leiseste Hauch von Rot. Viel später sollte ich nicht ohne eine gewisse morbide Befriedigung erkennen, wie sehr dieser äußere Aspekt überkommenen Klischees entsprach, doch zu diesem Zeitpunkt unserer ersten Begegnung fand ich es lediglich interessant und attraktiv, denn es war keineswegs so, dass sein Gesicht krankhaft bleich gewesen wäre. Eher wirkte es durchgeistigt und auf eine bestimmte intellektuelle Art, die mich von jeher angesprochen hatte, allem Weltlichen entrückt. So entrückt, dass er es anscheinend nicht für nötig hielt, auf meine launige Bemerkung zu erwidern.

»Sie waren vor mir da«, versuchte ich es erneut, während ich das Tor aufstieß. »Ich habe gesehen, dass Sie schon die ganze

Zeit hier stehen. Bitte sehr. Ich überlasse Ihnen gern den Vortritt.« Ich würde ohnehin vor ihm drankommen, denn ich hatte andere Dinge im Sinn als Bohren oder Schleifen, doch das konnte er ja nicht wissen. Warum sollte ich ihm nicht die Angst nehmen, dem armen Kerl?

Offenbar hatte er üble Erfahrungen mit Zahnärzten, und zu allem Überfluss hatte er vermutlich Schmerzen, denn es konnte sich nicht um eine Routineuntersuchung handeln, da heute Sonntag war. Rainer hatte Notdienst und stand nur für wirklich dringende Fälle zur Verfügung. Ich selbst hielt mich auch für einen dringenden Fall, wenn auch nicht aus zahnärztlicher Sicht.

»Kommen Sie schon«, forderte ich den Fremden gutmütig auf. »Frisch gewagt ist halb gewonnen!«

Die grauen Augen schauten ausdruckslos auf mich herab. Rückblickend bilde ich mir ein, dass gerade in diesem Moment in ihren Tiefen ein winziges goldenes Licht aufglomm, doch da ich häufig dazu tendiere, bestimmte Ereignisse und Begegnungen im Nachhinein mit allerlei farbigen Details anzureichern, können Sie meinen Eindruck von aufkeimendem männlichem Interesse genauso gut meiner überbordenden Phantasie zuschreiben. Wahrscheinlich sah er mich nur deshalb an, weil ich ihm im Weg stand.

»Ich kann aus eigener Erfahrung sagen, dass Herr Doktor von Stratmann ein fähiger Zahnarzt ist.« Ich machte eine Kunstpause, um meinen nächsten Worten bessere Ausdruckskraft zu verleihen. »Er ist nämlich mein Mann.«

Ich streckte die Hand aus und zupfte an einem Kaschmirärmel. »Jetzt kommen Sie schon rein, sonst frieren Sie sich noch die Füße ab. Er wird Sie schon nicht beißen.«

In diesem Moment veränderte sich sein Gesichtsausdruck auf geradezu spektakuläre Weise. Er lächelte, und dieses Lächeln traf mich so unmittelbar und unerwartet, dass mir buchstäblich der Atem stockte. Sah er bereits mit frustriertem Gesicht unglaublich gut aus, so war er, wenn er lächelte, schlichtweg überwältigend. In seiner rechten Wange blitzte ein winziges Grübchen auf, und seine Zähne waren strahlend weiß und, soweit ich es auf den ersten Blick als Zahnarztfrau (oder besser: Ex-Zahnarztfrau – hierzu gleich mehr!) beurteilen konnte, ohne Fehl und Tadel.

Doch es gab schließlich nicht nur die für jedermann sichtbaren Defekte, sondern auch solche verborgenen Abscheulichkeiten wie entzündete Wurzeln, vereiterte Weisheitszähne, akut hervorbrechende Fisteln und dergleichen unerfreuliche Befunde mehr, die zu erkennen es des Auges eines Fachmannes bedurfte, der mehr davon verstand als ich.

Die Bereitwilligkeit, mit welcher der Mann im dunklen Kaschmirmantel mir zum Eingang folgte, war bemerkenswert, vor allem, wenn man berücksichtigte, wie stocksteif er die ganze Zeit draußen gestanden hatte. Ich erinnere mich, wie irritiert ich deswegen war, doch dann machte er abermals den Mund auf, diesmal nicht, um zu lächeln, sondern um mit mir zu sprechen, und das Gefühl, das seine Stimme in mir auslöste, brachte das leichte Befremden darüber, wie eilig er es plötzlich hatte, ins Haus zu gehen, im Nu zum Verschwinden.

»Danke für die Einladung«, sagte er, und das Timbre seiner dunklen Stimme brachte etliche Nerven in mir zum Vibrieren, die auf verschiedenen Wegen direkt in meinem Unterleib zu münden schienen. Seit Wochen – ach was, seit Monaten – hatte ich dergleichen nicht mehr gespürt. Und das nach nur einem einzigen dürftigen Satz, der nicht mal tendenziös sexuelle Anspielungen enthielt.

Zweifelnd schaute ich zu ihm hoch, um zu ergründen, welche Art von Einladung er meinte, doch seine Miene war undeutbar, und das Lächeln war auch verschwunden.

Ich zuckte die Achseln und stieß die Tür zur Praxis auf.

Rainer praktizierte seit drei Jahren in diesem noblen Villenvorort am Fuße des Taunus, in einem aufwendig restaurierten Jugendstilgebäude, das ihm gehörte. Schuldenfrei, nach mei-

Toaster
Flaschen
Weihnachtsstern
Bäcker
Staubsauger
PACKEN!

*** Heinrich Eckenroth ***
Mannheimer Strasse 181a
55543 Bad Kreuznach
Tel. 0671/2285 oder 0671/29846790
****

21.09.11 **BARVERKAUF** 15:27
Kasse:01 033881

ARTIKEL	M	MENGE	EINZEL	GESAMT
HAUSRAT				V
05000000		2.00	1.80	3.60
		TOTAL	EUR	3.60
		BAR		4.00
MWSt V=19.00 %		GEGEBEN		4.00
= 0.57 EUR		RUECKGELD		0.40
3.03 EUR		NETTOWARENWERT		

0 UMTAUSCH NUR MIT BON 10000
*** Vielen Dank fuer Ihren Einkauf ***
USt.ID Nr.DE148135282

nen neuesten Informationen. Die beiden Stockwerke im Obergeschoss waren überdies zu horrenden Preisen vermietet. Jedes Mal, wenn ich Rainer traf, brach er in Wehgeheul aus, wie teuer die Praxis im Unterhalt sei, wie brutal ihn das Finanzamt abzockte, wie erbarmungslos der Aderlass aufgrund himmelschreiender Vorschriften über Lohnfortzahlung und Mutterschutz sein Portefeuille ausblutete, wie niederschmetternd sein letzter Einkommensteuerbescheid ausgefallen sei. Doch ich glaubte ihm kein Wort. Nicht, seitdem ich seine neue Flamme in einem Porsche Boxter durch Frankfurt hatte kurven sehen.

Der Anmeldeschalter im Wartezimmer war nicht besetzt. Von dem halben Dutzend weiß bekittelter Schönheiten, die unter der Woche den zahnärztlichen Chrom-, Glas- und Marmorpalast bevölkerten und elfengleich zwischen Büro, Labor und den drei technisch hochgerüsteten Behandlungszimmern umherschwebten, war während des Notdienstes höchstens eine vor Ort. Und die hielt vermutlich gerade an einem der Behandlungsstühle für meinen Ex den Sauger, denn von nebenan ertönte das hässliche Pfeifgeräusch des Bohrers. Und dann, gleich darauf, ein schmerzvolles Stöhnen, das von gelegentlichen unartikulierten Grunzlauten unterbrochen wurde, die von folterähnlichen Qualen kündeten. Die Türen standen selbstverständlich offen, damit Neuzugänge nicht überhört wurden. Dasselbe galt umgekehrt leider auch für die bereits in Behandlung befindlichen Notfälle. Vor allem für den, der gerade an der Reihe war und sich anhörte, als würde er langsam, aber sicher mit dem Bohrer zu Tode gefoltert. Kein guter Auftakt für einen Zahnarztbesuch!

Ein rascher Seitenblick zu Mister Kaschmir überzeugte mich, dass er nicht im Begriff war, die Flucht zu ergreifen. Stattdessen trat er hinter mich und half mir galant aus der Jacke. Dabei berührten seine Finger meinen Hals. Ein unbeschreibliches Gefühl durchströmte mich, das noch stärker wurde, als ich den schwachen Hauch seines Atems auf der Haut meines Nackens spürte.

»Gestatten Sie?«, fragte er zuvorkommend. Diese Stimme! Voll, dunkel, rau und dabei doch so sanft, dass einem Schauer über den Rücken liefen!

Gestatten Sie!

Ich hätte ihm alles Mögliche gestattet, wenn er mich nur darum gebeten hätte. Doch er hängte nur meine Jacke an die verspiegelte Garderobe, dann zog er seinen Mantel aus. Darunter kam Freizeitkleidung zum Vorschein, die dem Mantel qualitativ in nichts nachstand. Zu den gut sitzenden Designerjeans trug er ein weißes Hemd mit Stehkragen und darüber einen altmodischen, aber erstklassigen Pullunder mit Rautenmuster, der die athletische Form seiner Schultern betonte.

Er hängte Schal und Mantel auf und ging zu einem der angeberisch ausladenden Ledersessel. Seine Bewegungen hatten etwas von der mühsam gebändigten Kraft einer großen Katze. Es schien fast, als würde er in einer raubtierhaften Anmut und mit vollkommener Balance gleiten. Er setzte sich, schlug lässig die Beine übereinander, nahm eine Illustrierte vom Tisch und fing an zu blättern. Meine Blicke wurden magisch zuerst von seinen muskulösen Oberschenkeln in den stramm sitzenden Jeans und anschließend von seinen Händen angezogen, die von derselben marmornen Blässe waren wie sein Gesicht. Die Finger waren lang und schlank, die Nägel liefen ein wenig spitz zu. An einem anderen Mann hätten spitze Fingernägel und bleiche Hände sicher abstoßend gewirkt, doch ich weiß genau, dass ich den Anblick damals als etwas vollkommen Natürliches empfand. Mehr noch: Ich fühlte den dringlichen Wunsch, dass er mich nochmals mit diesen Händen anfassen möge!

Ich starrte ihn an und vergaß völlig, weshalb ich hergekommen war. Er schien meine Blicke zu spüren, denn er hörte auf zu blättern und schaute hoch, um mich kurz, aber ungeheuer intensiv anzusehen. Dann hüstelte er und vertiefte sich wieder in die Illustrierte. Ich verkrampfte mich. Sogar sein Räuspern hatte einen erotisierenden Effekt auf mich! Ich schluckte und merkte, wie mir in den Handflächen der Schweiß ausbrach. Das war mir zum letzten Mal im siebten Schuljahr passiert, als ich vor unerfüllter Sehnsucht nach unserem blonden Französischreferendar schier vergehen wollte. Einmal, als er mit seiner sonoren Stimme eine Passage aus *Le Malade Imaginaire* vorgetragen hatte, war ich davon derart hingerissen gewesen, dass ich hyperventiliert hatte und, gestützt von zwei kräftigen Mitschülern, ins Sekretariat geführt werden musste. Noch jahrelang hatte dieser Referendarmonolog dazu herhalten müssen, die Masturbationsphantasien meiner heranblühenden Weiblichkeit anzureichern. Und dabei hatte der Typ damals trotz vergleichsweise vieler Worte nicht annähernd so kultiviert, geschliffen und dabei zugleich betörend sinnlich gesprochen wie Rainers neuer Notfallpatient!

Ich unterdrückte ein Seufzen und setzte mich ebenfalls, wobei ich bewusst einen Sicherheitsabstand von drei Sesseln einhielt. Es kam selten vor, dass ich körperlich so stark auf einen Mann reagierte. Passierte es doch einmal, war Vorsicht geboten, denn meine bisherigen Erfahrungen hatten mich gelehrt, dass *Mann* ein Synonym für *Ärger* ist. Intimitäten führen zu nichts außer zur Anhäufung ungezählter Probleme. Grund genug, es gar nicht erst dazu kommen zu lassen. Am besten war es, jede Glut gleich im Keim zu ersticken. Erst recht, wenn zum Anfeuern besagter Glut nichts weiter nötig war als ein bisschen Hilfestellung beim Ausziehen einer wattierten Jacke.

Betont gelangweilt suchte ich nach anderweitigen Objekten, denen ich gefahrlos mein Interesse zuwenden konnte. Auf dem Beistelltisch neben meinem Sessel lag eine Tageszeitung von gestern, die ich mir nahm.

Im Durchgang zu den Behandlungszimmern erschien die Sprechstundenhilfe, die heute Dienst hatte, klein, zart gebaut und blond, ganz so, wie Rainer weibliche Wesen – einschließlich meiner Person – schätzte.

»Frau Doktor von Stratmann?«, zirpte sie fröhlich und ohne

jedes Anzeichen von Stress. Stress war kontraproduktiv und störte die Behandlung. Permanentes Lächeln, so lautete die Devise in Rainers Praxis, und zwar Lächeln mit vielen, sichtbar gesunden, strahlenden Zähnen, wie es sich für standesgemäßes Zahnarztpersonal gehörte. Am Telefon, wo man das Lächeln leider nicht sehen konnte, mussten es schleimige Auswürfe tun, etwa: *Zahnarztpraxis Doktor von Stratmann, mein Name ist Sonja-Anja-Tanja, was kann ich für Sie tun?*

Sonja-Anja-Tanja oder wie auch immer sie hieß, näherte sich und lächelte mit mindestens dreißig Zähnen, gegen deren blendendes Weiß sogar ihr Kittel verblasste. »Hatten Sie angerufen, Frau Doktor von Stratmann?«

»Selbstverständlich«, behauptete ich. »Ich bin ein Notfall und komme als Nächste dran. Der Herr hier war nach mir da.«

Ich hatte nicht angerufen, und sie wusste es ganz genau. Hätte ich angerufen, wären mindestens zehn Notfallpatienten vorgeschützt worden, rein prophylaktisch, bloß, damit Rainer nicht in die Verlegenheit käme, mir in die Augen sehen zu müssen.

»Wir sind in fünf Minuten so weit, Frau Doktor von Stratmann«, sagte Sonja-Anja-Tanja süßlich wie immer und verschwand nach nebenan. Sie würde es nie lernen. Ich hatte ihr schon bei meinem letzten Besuch erklärt, dass niemand durch Heirat zur Frau Doktor wurde. Rainer war der Doktor, nicht ich. Ich war bloß seine Ehefrau, und jetzt nicht mal mehr das. Doch Sonja-Anja-Tanja nannte mich mit gleichbleibender Beflissenheit weiterhin Frau Doktor, als sei die Tatsache, dass ich in einem Anfall von geistiger Umnachtung und unentschuldbarer Adelsgeilheit bei der Eheschließung Rainers Nachnamen angenommen hatte, ein ausreichender Grund, mich für alle Zeiten akademisch aufzuhübschen.

Mister Kaschmir war in seine Zeitung vertieft. Es schien ihn nicht zu stören, dass ich mich vordrängte.

Müßig blätterte ich die Zeitung bis zum Lokalteil durch und überflog die einzelnen Meldungen. Am Vortag war ich nicht dazu gekommen, die Zeitung fertig zu lesen, oder besser: Ich hatte keine Lust dazu gehabt. Wie an jedem Samstag hatte ich akribisch den wöchentlichen Stellenmarkt nach Angeboten durchforstet, die für mich infrage kamen. Danach war mein Bedarf an publizistischen Erzeugnissen gedeckt, und ich hatte voller Frust die Zeitung zerknüllt und ins Altpapier befördert.

Nicht, dass mir dabei viel entgangen wäre, wie ich beim Sichten der Titelzeilen feststellte. Die erste Seite des Regionalteils berichtete wie immer in der für dieses Blatt gewohnten reißerischen Aufmachung von aktuellen Unglücken, Unfällen und Untaten. Der übliche langweilige Kram, lauter Vorkommnisse, die sich tagtäglich und in kaum unterscheidbaren Variationen überall in der Stadt zutrugen. Frankfurt war seit vielen Jahren bundesweit und unangefochten die Hochburg des Verbrechens, und entsprechend blutrünstig fiel an manchen Wochenenden die Berichterstattung aus. Ich wollte schon zum Feuilleton weiterblättern, als mein Blick unwillkürlich an einer Titelzeile hängen blieb, die aus unerfindlichen Gründen mein Interesse wachrief.

Erneuter Diebstahl von Blutkonserven stellt Polizei vor ein Rätsel.

Mal was anderes, dachte ich. Welcher Irre klaute Blut?

Aus dem Behandlungszimmer nebenan ertönte eine wahre Stöhnorgie, untermalt von dem schrillen elektronischen Heulen des Bohrers.

Gleich darauf grunzte das bedauernswerte Individuum im Stuhl mit erbarmungswürdiger Inbrunst. Wahrscheinlich hatte der Patient auf eine Betäubungsspritze verzichtet. Es gab immer wieder Typen, die Todesangst vor einer kleinen Spritze hatten und sich deshalb lieber bei vollem Schmerzempfinden Löcher von der Größe eines durchschnittlichen Mondkraters bis hinab zum Wurzelkanal bohren ließen.

»Nur ein bisschen noch! Nicht zumachen!«, flötete Sonja-Anja-Tanja.

Der bedauernswerte Mensch im Behandlungsstuhl fing an zu wimmern.

Hätte ich selbst einer Behandlung entgegengesehen, wäre ich vermutlich in hypnotische Angststarre verfallen, doch meine bevorstehende Zusammenkunft mit Rainer verfolgte andere Ziele, weshalb ich mich auch ungerührt der Lektüre des Polizeiberichts widmete.

Wie bereits zwei Mal in den beiden vergangenen Monaten, sind auch am letzten Wochenende wieder unter rätselhaften Umständen mehrere Blutbeutel aus dem Depot einer Klinik verschwunden. Betroffen war diesmal das Helenenhospital im Stadtteil P. Auch in diesem jüngsten Fall wurde kein Plasma entwendet, sondern Frischblutkonserven, die nach Ansicht von Experten ausreichend gegen Diebstahl gesichert waren. Derzeit gibt es keine Anhaltspunkte, wie es dem oder den Täter(n) gelingen konnte, die durch ein Kombinationsschloss gesicherte Kühlanlage aufzubrechen. Die Klinikleitung tritt Mutmaßungen, dass der oder die Täter aus dem Umfeld des Krankenhauspersonals stammen könnten, weiterhin entgegen.
Die Kriminalpolizei möchte sich zu etwaigen Ergebnissen der Spurensicherung bisher nicht äußern, insbesondere ein Zusammenhang zwischen diesen Fällen von Blutdiebstahl und dem Auffinden ausgebluteter Pferdekadaver (unser Bericht vom 10.12.) kann offiziell von Behördenseite nicht bestätigt werden. Erkenntnisse über den oder die Täter liegen zurzeit nicht vor. Das Direktorium der Klinik hat für Hinweise, die zur Ergreifung des oder der Täter führen, eine Belohnung von eintausend Euro ausgesetzt.

Sonja-Anja-Tanja kam ins Wartezimmer geschwebt.

»Frau Doktor von Stratmann, Sie können dann bitte in Raum eins Platz nehmen. Ihr Mann … ehm, der Herr Doktor kommt dann gleich zu Ihnen.«

Ich klappte die Zeitung zu und stand auf.

»Hatten Sie angerufen?«, fragte Sonja-Anja-Tanja den schönen Fremden, den sie erst jetzt richtig zu bemerken schien.

Der bedachte sie mit einem unergründlichen Blick aus seinen Schieferaugen. Seine Wimpern waren unverschämt dicht und lang, wie ich bei dieser Gelegenheit feststellen konnte.

»Nein. Ich komme unangemeldet. Ist das ein Problem?«

Beim Klang dieser dunklen Männerstimme geriet die Sprechstundenhilfe sichtlich ins Wanken. Ich blieb stehen und beobachtete sie fasziniert. Ihre Lider flatterten, und dann … Nein, das gab es nicht! Sie griff sich tatsächlich an den Hals, in einer filmreifen Geste, ganz die dahinschmelzende Scarlett.

Oh, Ashley, du Schlimmer, was machst du mit mir!

Sie zeigte alle Anzeichen weiblicher Hingabe. Fehlte nur noch, dass sie willenlos zu Boden sank und Mister Kaschmir anflehte, sie gleich an Ort und Stelle zu nehmen.

»Nein, das ist überhaupt kein Problem«, hauchte sie mit ersterbender Stimme. »Wenn Sie ein Notfall sind … Sie sind doch ein Notfall?«

Der Fremde nickte gleichmütig. Er sah definitiv nicht wie ein Notfall aus. Sonja-Anja-Tanja dafür umso mehr. Wenn mich nicht alles täuschte, würde sie gleich hyperventilieren. Damit hatte ich Erfahrung.

»Wie war noch gleich Ihr Name?« Ihr Busen bebte, während sie hinter dem Empfangspult Platz nahm.

»Münchhausen. Martin Münchhausen.«

Aufgeregt fuhrwerkte das arme Mädchen mit der Maus auf dem Pad neben der Computertastatur herum. »Schreibt man das mit einem oder zwei *H* in der Mitte?«

Ich hörte nicht mehr, ob er sich mit einem oder zwei H in der Mitte schrieb oder ob Sonja-Anja-Tanja hyperventilierte. Anscheinend ist die Wirkung dieses Typs auf Frauen universell, dachte ich mit aufsteigendem Ärger, während ich in den benachbarten Behandlungsraum stapfte, wild entschlossen, mich endlich dem eigentlichen Zweck meines Besuchs zuzuwenden.

Da an Sitzgelegenheiten nur die stromlinienförmige Behandlungsliege und ein Rollhocker zur Verfügung standen, fiel mir die Wahl nicht schwer. Ich legte mich auf die Liege. Sie stand so, dass man aus dem Fenster schauen konnte. Das Behandlungszimmer wies auf einen Garten mit hohen Kiefern, die sich unter der Last des Schnees bogen. Es war halb fünf, und draußen war es inzwischen dunkel, doch durch die Fenster des Hauses fiel genug Licht, um die einladende winterliche Szenerie des Gartens zu erhellen. Während ich auf meinen Ex-Mann wartete, starrte ich hinaus in die wirbelnden Schneeflocken.

2. Kapitel

Ich hatte Rainer zu einer Zeit kennengelernt, als er noch weit davon entfernt war, ein angesagter Society-Zahnarzt zu sein. Damals, vor vier Jahren, hatte er gerade seine Promotion in Arbeit – eine Angelegenheit, die beeindruckend klingt, aber bei Medizinern jeglicher Couleur zum Standard gehört. Ein Zahnarzt, der den Doktor macht, leistet eine Arbeit, die in etwa dem Pensum entspricht, welches die Juristen zum Erwerb eines BGB-Scheins aufzuwenden haben. Ich kann das beurteilen, da ich drei Semester Jura studiert und zwei kleine Scheine geschafft habe, bevor ich die ganze Sache hinschmiss. Der Abbruch meines Jurastudiums hatte nichts damit zu tun, dass ich ungefähr zur selben Zeit – damals war ich zweiundzwanzig – Rainer kennengelernt hatte. Mein Überdruss, was die Rechtswissenschaft betraf, beruhte ausschließlich auf einer gewissen Unverträglichkeit. Egal, wie ich es anging: Die Juristerei blieb für mich ein Buch mit sieben Siegeln. Obwohl ich guten Willens war, wurde ich niemals das Gefühl los, vor einer unüberwindlichen Mauer zu stehen, hinter der sich Äonen von Meilen unerschließbaren Neulands auftaten. Mein Gehirn ließ sich allen Anstrengungen zum Trotz nicht darauf trimmen, aus mehreren Tausend Paragraphen die äußerst heimtückisch versteckten Anspruchsgrundlagen herauszufiltern oder sich mit den intimen Details ebenso zahlreicher wie nutzloser Straftheorien auseinanderzusetzen. Als dann noch die freudlosen Einzelheiten der Lehre vom Verwaltungsakt dazukamen, warf ich notgedrungen das Handtuch.

Zugegeben, Rainer hatte mir damals die Entscheidung sehr erleichtert. Er fand es angebracht, dass ich mich um seine Bedürfnisse kümmerte, während er sich durch seine Doktorarbeit ackerte. Meine Bekannten hatten mich samt und sonders gewarnt, doch ich wollte nicht hören. Nicht einmal auf meine beste Freundin Solveig, die in ihrem Urteil über Männer für gewöhnlich unbestechlich war. Damals war ich auf beiden Augen blind vor lauter Liebe. Rainer hatte es mir angetan, absolut und unwiderruflich, wie ich allen, die es nicht hören wollten, versicherte.

Er selbst bestärkte mich nach Kräften in dieser Meinung. Ihm fehlte außer den beiden berühmten Buchstaben vor dem Namen nur noch eine tolle Frau zu seinem Glück, wie er sagte. Die tolle Frau war ich, was ich überaus schmeichelhaft fand, denn meiner Ansicht nach war er mir in ziemlich vielen Dingen turmhoch überlegen. Er war von Adel, und zwar von echtem altem Adel, wie seine Mutter – jetzt zum Glück meine Ex-Schwiegermutter – regelmäßig hervorhob. Das Geblüt derer von Stratmann ging in direkter Linie bis auf einen mittelalterlichen, aber überaus bedeutenden, da gräflichen Seitenzweig der Hannoveraner zurück. Rainers Mutter erläuterte es mir mit notorischer Detailfreude anhand umfangreicher Genealogien in Form von Computerbögen. Da die Dinger im billigsten Nadelprintverfahren hergestellt waren, vermutete ich, dass irgendein zweifelhafter Familien- und Adelsforscher für ihren Ursprung verantwortlich zeichnete, gegen entsprechend überhöhtes Honorar versteht sich. Schwiegermama focht es nicht an. Hauptsache, man wusste, aus welchem Stall man kam.

Geld war auch da, wenngleich es weder den Einkünften aus gräflichem Großgrundbesitz noch anderweitigem adligem Vermögen entstammte, sondern ebenso schlicht wie profan aus einer dicken Lebensversicherung kam, die Rainers Vater, ein pensionierter Notar, abgeschlossen hatte, bevor er von einer Embolie dahingerafft wurde. Das Geld wartete nur darauf, dass Rainer endlich seinen Doktor hatte; sobald das der Fall war, wollte Rainers Mutter aus dem Vollen schöpfen, alle Konten leer räumen und ihrem einzigen Sohn und Erben eine wunderbare Praxis in erstklassiger Lage schenken. Und so geschah es auch, mit der winzigen Einschränkung, dass das Anwesen, in dem Rainer später seine Praxis einrichtete, auf den Namen seiner Mutter eingetragen wurde.

Die Ehe mit einem bürgerlichen No-Name-Geschöpf wie mir fand sie alles andere als passend, und sie ließ es mich merken, indem sie anlässlich diverser Familientreffen nicht mit spitzen Bemerkungen geizte. Zum Glück waren die Zeitabstände zwischen unseren gelegentlichen Anstandsbesuchen bei ihr zu groß, als dass ich mich ernsthaft hätte gekränkt fühlen können. Dabei kam uns entgegen, dass sie im hintersten Taunus wohnte und zu bequem war, öfter als einmal im Jahr nach Frankfurt zu fahren, weshalb sie sich auch damit begnügte, dass wir ab und zu bei ihr vorbeischauten.

Nach allem, was ich inzwischen gehört habe, erfüllte sie unsere Scheidung nach kaum einem Jahr Ehe mit grenzenloser Erleichterung. Sie war darüber sogar so erbaut, dass sie das Haus und alles, was sonst noch aus besagter Lebensversicherung verfügbar war, sofort auf Rainer überschreiben ließ, als das Scheidungsurteil rechtskräftig war. Zu allem Überfluss erbte er nur wenige Wochen später von irgendeiner entfernten Tante in Übersee ein Aktienpaket, mit dem er auf einen Schlag so reich war, dass es mir die Tränen in die Augen trieb.

Inzwischen konnte er es sich leisten, eine gewisse Großzügigkeit an den Tag zu legen, was seine Maßstäbe in Liebesdingen betraf. Je schneller sein Reichtum sich mehrte, desto größer wurden seine Freundinnen. Klein waren jetzt nur noch seine Angestellten. Seine Geliebten wählte er fortan unter den Walküren. Die letzte – diejenige, die er mit dem Porsche ausgestattet hatte – war über eins achtzig. Soweit ich es beurteilen konnte, war ich von all seinen Affären in den letzten Jahren bei Weitem die Kleinste. Vielleicht hatte er mich hauptsächlich deswegen geheiratet.

Im Alter von fünfzehn Jahren wies ich eine wenig vielversprechende Größe von einem Meter und dreiundfünfzig Zentimetern auf, und meine Mutter, selbst immerhin akzeptable eins sechzig groß, hatte tröstend auf meinen Bruder verwiesen, der damals achtzehn Jahre alt und zwanzig Zentimeter größer war als ich.

»Der Lucas ist auch erst mit fünfzehn so richtig in die Höhe geschossen«, hatte sie gemeint, und dann, wie zum Beweis: »Mein Gott, was war das doch immer für ein Pimpf! Fast so ein Zwerg wie du!«

Diese Aufmunterung im Ohr, pflegte ich in den nächsten Monaten die glühende Hoffnung, dass sich besagter Schuss in die Höhe alsbald einstellen werde. Für ein Mädchen, zu dessen erklärten Vorbildern damals Frauen wie Heidi Klum und Gisele Bündchen gehörten, war eine Körpergröße unter eins fünfundsiebzig der Albtraum schlechthin. In meiner Klasse wollten fünfzig Prozent meiner Mitschüler Models oder Schauspieler werden, was exakt dem Anteil von Mädchen entsprach. Die Jungs wollten Fußballstars oder Millionäre oder beides werden. Als Mädchen tendierte ich zum Modeln und pflegte meine Haut, meine Haare, meine Zähne (auf Letztere komme ich später noch zurück) und geriet völlig aus dem Häuschen, wenn sich auf meiner Nase ein Pickel zeigte. Ich trank hektoliterweise Mineralwasser, mied Eis und Schokolade, feilte und lackierte regelmäßig meine Nägel und enthaarte meine Beine und Achselhöhlen. Ich tat alles, was ich tun konnte, um modelmäßig schön zu sein.

Mein Gesicht war von jeher ebenmäßig hübsch und schrie geradezu nach einem Exklusivvertrag mit einem berühmten Kosmetiklabel, wie ich mir damals einbildete. Mein Haar war lang, leicht naturkraus und dank zahlreicher Zitronenspülungen von einem ansprechenden Blond. Außerdem verfügte ich über eine biegsame, zierliche Figur, ohne dafür nennenswert fasten zu müssen. Mein Busen war zwar damals so gut wie nicht vorhanden, ein Umstand, der heftig an mir nagte, aber wenigstens waren Minibrüste bei Models die Norm. Kurzum: Alle Voraussetzungen waren durchaus günstig. Alle, bis auf die Größe.

Schon mit sechzehn hatte ich nämlich feststellen müssen, dass ich mit meiner genetischen Disposition bestenfalls noch Millimeter, nicht aber Zentimeter, geschweige denn Dezimeter würde herausschinden können. Mit achtzehn hatte ich meine endgültige Größe von einem Meter und vierundfünfzig erreicht. Trotz häufiger Stretchingübungen wurde nicht mehr daraus, und irgendwann fing ich an, um den vom häufigen Gebrauch schon ganz ausgeleierten Zollstock einen großen Bogen zu machen und mich mit meiner Kleinwüchsigkeit abzufinden.

Rainer fand, dass ich zu ihm passte wie der Topf zum Deckel, auch größenmäßig. Er selbst maß nur knapp eins sechzig, weshalb er auch streng darauf achtete, dass seine Sprechstundenhilfen keine hohen Absätze trugen. Seine geringe Körpergröße tat indessen seinem Erfolg keinen Abbruch. Die Leute liebten seinen spröden Humor, sein sonniges (und, ja – Sie ahnen es! – makelloses) Lächeln, sein wuscheliges rotes Haar, sein jungenhaftes Augenzwinkern, die zartfühlende Art, mit der er suggerierte, immer und auf jede nur erdenkliche Art für das ganzkörperliche Wohlbefinden seiner Mitmenschen einstehen zu wollen.

Eben genau die Dinge, auf die ich damals auch hereingefallen war. Im Nachhinein redete ich mir gern ein, ich hätte ihn nur geheiratet, um ihm Gelegenheit zu verschaffen, endlich dem Einfluss seiner dominanten Mutter zu entfliehen, doch damit tat ich ihm wohl Unrecht. Er war fraglos dazu fähig, bei einer Frau Herzklopfen zu verursachen, und im Bett war er überraschend einfühlsam. Mit ihm kam ich sogar, und das muss ich lobend hervorheben, ab und zu zum Orgasmus. Bis dahin war ich nach einer Reihe frustrierender Sexerlebnisse mit schnell bereiten und noch schneller fertigen Jurastudenten der sicheren Überzeugung gewesen, unfähig zum Orgasmus zu sein, zumindest zu einem in Gegenwart eines Mannes.

Dass ich mit Rainer auch ohne Einsatz eines Vibrators kommen konnte, war für mich eine Offenbarung, was mich vermutlich in der irrigen Auffassung bestärkt hat, dass es sich bei diesem Mann nur um Mister Right handeln konnte.

Im Laufe unseres Zusammenlebens stellte sich dann rasch heraus, dass er einer der unerträglichsten Zeitgenossen war, denen ich je begegnet war. Nicht, dass er böswillig oder gar unhöflich gewesen wäre, im Gegenteil. Er war lustig, zärtlich, charmant. Er war wie immer. Doch er war außerdem völlig außerstande, auch nur den kleinsten Handgriff im Haushalt selbst zu tun.

Die Waschmaschine war für ihn ein Konglomerat unüberwindlicher technischer Tücken. »Mit dem komischen Schleuderprogramm komme ich sowieso nicht zurecht, Liebes. Ich will da nichts kaputt machen.«

Staubwischen und Putzen waren für ihn Tätigkeiten, die an Fremdartigkeit höchstens noch von exotischen balinesischen Tempelritualen übertroffen wurden. »Du, ich wirble doch bloß den ganzen Staub durch die Luft!«, hatte er gejammert, als ich in einem Anfall von Gleichberechtigungsbedürfnis einmal gewagt hatte, ihm das Saubermachen anzutragen.

Er konnte nicht kochen und wollte es auch nicht lernen. »Das brennt bei mir ja doch nur an, Schatz, also lass ich es künftig wohl lieber«, scherzte er einmal, nachdem die Sprinkleranlage das ganze Apartmenthaus, in dem wir lebten, wegen der Rauchentwicklung in unserer Küche unter Wasser gesetzt hatte. Oder, nach einer mittelschweren Explosion in unserer Küche: »Ich dachte, das Überdruckventil von diesem komischen Dampfdrucktopf schaltet sich automatisch runter.«

Es war zwecklos. Keine Macht der Welt, geschweige denn eine introvertierte, zu klein geratene Blondine, wäre in der Lage gewesen, ihn umzuerziehen.

Möglicherweise hätte ich über seine hausmännlichen Mängel hinwegsehen können – schließlich hatte ich gerade das Studium geschmissen, und bis zur Neueinschreibung im nächsten Semester hatte ich noch ein paar Monate Zeit –, doch in keinem Fall konnte ich mich mit seinem anderen charakterlichen Defizit abfinden, das sich mir nach einer Weile offenbarte.

Er war untreu. Und zwar nicht nur einfach untreu im Sinne eines einmaligen Fehltritts, sondern untreu in Form reiner, unverwässerter, maßloser Vielweiberei. In den elf Monaten unserer Ehe hatte er mindestens ebenso viele Affären. Er war zerknirscht, als ich es herausfand – eine Freundin hatte mir gesteckt, was die Spatzen bereits von allen Campusdächern pfiffen –, doch er war gänzlich unfähig, sich anders zu verhalten, obwohl er es bei der ersten von vielen tränenreichen Szenen, die ich ihm zuteilwerden ließ, hoch und heilig versprochen hatte.

Trotz aller Schwüre wurde er nur eine Woche später wieder mit einer Anderen gesichtet, dann kam die Nächste und dann das Aus.

Er versuchte, Überzeugungsarbeit zu leisten. »Schau, die anderen, das sind doch nur Bumsis – mein Herzi, das bist allein du!«

Seine Unterscheidung in zwei Frauenkategorien namens Herzi und Bumsi ließ mich zu dieser Zeit jedoch längst kalt. Mittlerweile hatte ich glasklar begriffen, dass mein Mann fürs Leben ein Mann zum Abgewöhnen war. Ich zog aus, kroch in der Wohnung von Solveig unter (die bald auch meine Wohnung wurde) und nabelte mich endgültig ab. Ich zog einen Schlussstrich unter meine missglückte Ehe und litt dabei wie ein Tier. Nie mehr, so schwor ich mir, würde ich diesen Fehler wiederholen. Solveig stand mir zur Seite und hielt Händchen. Außerdem riet sie mir dringend an, die Trennung offiziell zu machen. Der nächste Schritt führte mich folgerichtig zum Anwalt, der übernächste vor den Scheidungsrichter.

Später ärgerte ich mich schwarz deswegen. Hätte ich nur ein halbes Jahr länger ausgeharrt und all die Bumsis ignoriert, wäre finanziell mehr für mich drin gewesen, denn er fing sofort nach unserer Scheidung an, monströs viel Geld zu verdienen. Zuvor hatte es angeblich wegen der Schulden, die er – vorwiegend aus Steuergründen – zur Einrichtung der Praxis aufgenommen hatte, nur für einen winzigen nachehelichen Unterhalt gereicht, den mein Anwalt im Rahmen einer Scheidungsvereinbarung für mich hatte herausschlagen können. Dieses Arrangement war zudem auf vier Jahre begrenzt, denn es war dafür gedacht, dass ich meine für die Ehe aufgegebene Ausbildung nachholen konnte. Außerdem hatte ich im Gegenzug auf allen Zugewinn verzichten müssen. Eigentlich fand ich damals alles sehr fair.

Hätte ich allerdings geahnt, dass Rainer alles unternehmen würde, um sich vor den ohnehin mickrigen monatlichen Zahlungen zu drücken, hätte ich mich nicht darauf eingelassen. Bislang hatte er nur sporadisch die eine oder andere Rate angewiesen, meist kam überhaupt nichts. Ständig erfand er deswegen neue Ausreden. Einmal hatte die Bank gerade zugemacht, als er die Überweisung einreichen wollte, ein anderes Mal war er auf einem Fortbildungskongress in New York. Dann wieder wusste er vor lauter Arbeit und Stress nicht, wo ihm der Kopf stand, oder er hatte wieder mit dieser schlimmen Rückensache zu tun. Wenn ihm auch sonst nichts einfiel – die schlimme Rückensache passte immer. Die schlimme Rückensache war ein typisches Zahnarztleiden, das mit der einseitig gekrümmten Haltung beim Bohren und Schleifen einherhing und das Rainer gerade in Zeiten vermehrten Stresses häufig befiel. Dass ich mit meinem unangemeldeten Erscheinen zwecks Beitreibung rückständiger Unterhaltszahlung nicht unerheblich zur Stressvermehrung beitrug, muss ich wohl nicht eigens betonen.

Keine Frage, dass ein arrivierter Dentist wie Doktor Rainer von Stratmann das bisschen Unterhalt, das er seiner Exfrau schuldete, aus der Portokasse hätte zahlen können. Doch Theorie und Praxis sind bekanntlich zweierlei. Obwohl er inzwischen nebst einem bestens betuchten Privatpatientenstamm auch mehrere Mietshäuser, eine Flotte von Luxusfahrzeugen, eine mittelgroße, seetüchtige Yacht, ein beachtliches Aktienpaket und eine Riege ständig wechselnder, riesenwüchsiger Freundinnen sein Eigen nannte, schaffte er es so gut wie nie, mir pünktlich die Zahlungen zukommen zu lassen.

Meine Anregung, einen Dauerauftrag einzurichten, griff er jedes Mal dankbar auf, nur um es immer wieder flugs zu vergessen. Schuld an seiner Zerstreutheit war – Sie ahnen es sicher – zumeist die schlimme Rückensache.

Dabei war ich dringend auf das Geld angewiesen, momentan mehr als je zuvor. Noch während meine Scheidung lief, hatte ich mein Vorhaben, weiter zu studieren, in die Tat umgesetzt. In den letzten drei Jahren hatte ich fleißig gelernt und meinen Magister in Publizistik gemacht. Das Bedürfnis, mich zu beweisen und aller Welt klarzumachen, dass ich durchaus zu wissenschaftlichen Leistungen imstande war, hatte mich beflügelt, diesen Studiengang bis zum Ende durchzuziehen. Doch der Höhenflug nach dem bestandenen Examen war mittlerweile längst Schnee von gestern. Die Euphorie war der Erkenntnis gewichen, dass manches gute alte Sprichwort immer noch seine Berechtigung hat. Etwa: Man soll den Tag nicht vor dem Abend loben.

Unmöglich, sich der Tatsache zu verschließen, dass ich zwar meinen Magister in einem ehrenwerten Fach erworben hatte, aber keine Stelle. Während des Studiums hatte ich mich mit Rainers unregelmäßig eintrudelnden Unterhaltszahlungen, ein paar Aushilfsjobs an Supermarktkassen und gelegentlichen Beiträgen in einer mäßig verkauften Frauenillustrierten über Wasser gehalten. Die Möglichkeit, dass dieser behelfsmäßige Zustand auch nach dem Examen fortbestehen könnte, hätte ich nicht im Traum in Erwägung gezogen.

Nun, inzwischen wusste ich es besser. Magister bevölkerten zuhauf die Flure des Arbeitsamtes. Wie ich studierten sie vermutlich an jedem Samstag ausgiebig den Stellenmarkt der Tageszeitung und antworteten hoffnungsvoll auf vielversprechende Inserate, nur um in der Woche darauf ganze Bündel von Ablehnungsschreiben aus dem Briefkasten zu fischen.

Senden wir Ihnen Ihre Bewerbung anliegend zu unserer Entlastung zurück …

Ich hatte längst aufgehört, diese Schreiben zu zählen. Ganz genau gezählt hatte ich hingegen die fehlenden Unterhaltsraten. Mein Ex hatte mir seit vergangenem Juli nicht einen Cent gezahlt. Grund genug, ihm mal wieder persönlich auf die Bude zu rücken. Schließlich war bald Weihnachten.

Das also war der Stand der Dinge, als ich an diesem Spätnachmittag auf Rainers ultimativer Hydraulikliege ruhte und in das dichte Schneetreiben vor den Fenstern seiner Nobelvilla starrte.

*

»Lu, mein Schatz!«

Rainer tauchte strahlend in der Tür des Behandlungsraums auf. Er war der einzige Mensch aus meinem Bekanntenkreis, der mich Lu nannte. Ich heiße Lucia, in der lateinisch geschriebenen Version, nach irgendeiner Urgroßtante mütterlicherseits, die im Ersten Weltkrieg den Schleier genommen hatte und in den Kriegswirren jung gestorben war. Angeblich hatten bis vor zwanzig Jahren noch schriftliche Aufzeichnungen existiert, denen zufolge besagte Lucia vor ihrem Tod eine Reihe von Wundern bewirkt hatte. Unter anderem soll sie Heilkräfte in Form von Händeauflegen besessen haben und in der Lage gewesen sein, sich unsichtbar zu machen. Leider waren die Dokumente, die Lucias wundersame Fähigkeiten anhand beglaubigter Aussagen näher darstellten, ungefähr seit der Zeit nicht mehr auffindbar, in der meine Eltern gebaut hatten. Als das Reihenhaus, in dem ich aufgewachsen bin, im Glanze des Richtfestes erstrahlte, waren bereits alle Belege über Urgroßtante Lucia dahin. Noch Jahre später hat meine Mutter, die einen ziemlich extremen Hang zur Esoterik pflegt, meinem Vater diesen herben Verlust vorgeworfen. Sie verstieg sich sogar zu dem Verdacht, dass er in der Rohbauphase die alten Dokumente über Tante Lucias Wundertaten zusammen mit den ausgelesenen Tageszeitungen den Bauarbeitern als Lokuspapier zur Verfügung gestellt hatte, und die Vorstellung, dass irgendein Bier saufender Mörtelwerfer sich mit diesen unersetzlichen Schätzen den Arsch gewischt haben könnte, bescherte meiner Mutter Albträume. Einer davon muss so extrem gewesen sein, dass sie hinterher behauptete, es hätte sich nicht um einen schlichten Albtraum gehandelt, sondern um eine Vision. In dieser Vision war ihr der Geist von Urgroßtante Lucia persönlich im Traum erschienen, blass, blond und von ätherischer Schönheit. Der Nonnenschleier hatte sie umschwebt, und von ihren Lippen hatte das Blut getropft. Meine Mutter beschrieb den Traum immer wieder bis ins kleinste Detail, so lange, bis jeder in der Familie es wie einen Film vor sich ablaufen sehen konnte.

Mein Arm reicht weit, hatte Lucia gewispert, *und ich sterbe niemals. Ich komme wieder im dritten Glied, so will es das Gesetz, denn mein Name ist das Licht, das ich niemals sehe.*

Dann, so wusste meine Mutter zu berichten, hatte Lucia noch eine Weile still vor sich hingeblutet, immer aus dem Mund, wohlgemerkt, wobei meine Mutter großen Wert auf die Feststellung legte, dass es sich dabei keinesfalls um tuberkulösen Auswurf gehandelt habe, sondern um echtes Herzblut. Ich erinnere mich, dass ich die Story über das Blut ziemlich eklig fand, vor allem, weil Lucia nicht wie jede anständige Nonne aus vernünftig platzierten Stigmata wie an den Handflächen oder der Seite blutete, sondern aus dem Mund, was für mich der Gipfel der Unhygiene war. Nach dem, was ich später über den weiteren Hergang sonst noch von meiner Mutter und anderen Verwandten erfuhr, lief meine Mutter nach diesem visionären Traumerlebnis wochenlang mit ekstatisch verzückter Miene umher und verkündete dann die Lösung des Rätsels, denn für nichts anderes hielt sie besagte Vision.

Das dritte Glied bezeichnete eine Generation, wobei das erste Glied die Kinder, das zweite Glied die Enkel und das dritte Glied folgerichtig die Urenkel darstellte. Die Ausgangsgeneration wurde nach Ansicht meiner Mutter nicht mitgezählt, weshalb auch Einwände meines Vaters wegen Lucias Kinderlosigkeit – schließlich war sie eine Braut des Herrn – nicht durchgriffen. Nachdem meine Mutter sich demnach als Großnichte zum zweiten Glied rechnete, mussten ihre eigenen Kinder das dritte Glied bilden, und da Lucia behauptet hatte, im dritten Glied wiederzukommen, musste meine Mutter zwangsläufig die Reinkarnation der Blutnonne gebären.

Nachdem mein Bruder zur Welt gekommen war, fochten meine Eltern eine Zeit lang einen erbitterten Streit über die Namensgebung aus, denn mein Vater weigerte sich standhaft, seinen erstgeborenen Sohn Lucius zu nennen. Schließlich einigten sie sich auf eine abgemilderte Form als Vornamen, nämlich Lucas, was meiner Ansicht nach mit Lucia so viel zu tun hatte wie Luxus mit Lurex. Doch daran störte meine Mutter sich nicht. Außerdem behielt sie sich vor, ihrer erstgeborenen Tochter den Namen des Lichts zu geben. Mein Vater zeigte sich in diesem Punkt generös, und so wurde ich auf den Namen Lucia getauft, wobei das C allerdings von Anfang an wie ein Z ausgesprochen wurde – *Luzia*. Dabei ist es bis heute geblieben.

Nur der Wirt der Pizzeria, in der wir gelegentlich aßen, sprach meinen Namen auf die klassisch romanische Art aus: *Lutschia*.

Bei meinen England- oder Amerikareisen war ich *Lucy*, aber hierzulande nannten mich die meisten Leute, die ich kannte, schlicht *Luzie*.

Nur Rainer nicht. Für ihn war ich von Anfang an nur Lu.

»Wie schön, dich zu sehen!« Mit ausgestreckten Armen kam

Rainer in den Behandlungsraum, ein wahres Bündel an Energie und Kraft, ein Halbgott in Weiß. Weißes Designerhemdchen, weiße Designerjeans. Kittel trugen nur seine Assistentinnen, er nicht. Er zeigte Figur. Die Jeans saß wie angegossen und modellierte seinen gut geformten Hintern. Rainer hielt sich straff und gerade. Ich nahm es nicht ohne Wohlgefallen zur Kenntnis. Weit und breit kein Anzeichen von der schlimmen Rückensache. Meine Aussichten, dass er Geld herausrückte, konnten nicht allzu schlecht stehen. Und wenn man nach den Dimensionen seines Grinsens urteilte, hatte er sicher wieder mit einer Wahnsinnsrendite an der Börse spekuliert. Sein Lächeln war so breit, dass er bequem eines seiner blitzenden Sondiergeräte hätte dazwischenschieben können. Im Querformat.

Er beugte sich über mich und schmatzte mir einen Kuss auf den Mund. »Du wirst immer schöner. Wie machst du das?«

»Keine Ahnung. Und wie geht es dir so?«

»Gut. Nein, warte.« Er drückte mich sanft zurück, als ich Anstalten machte, aufzustehen. »Mach den Mund auf.«

Und schon hatte ich eine seiner Sonden im Mund. Mit der anderen Hand führte er den kleinen Spiegel hinter meinen Zahnreihen vorbei. »Wunderbar. Herrlich. Du hattest von allen Frauen schon immer die prachtvollsten Zähne.«

»Hngh«, nuschelte ich an den Metallgeräten vorbei.

»Sollen wir gleich das bisschen Zahnstein wegmachen?«, erkundigte er sich. »Katja!«, rief er über die Schulter nach draußen.

Aha. Sonja-Anja-Tanja hieß also Katja. So weit daneben hatte ich gar nicht gelegen. Ich beschloss, es mir zu merken. Für den Fall, dass ich nochmals herkommen müsste, ein Fall, der, wie ich inständig hoffte, so schnell nicht wieder eintreten würde.

Ich schob seine Hände zur Seite und richtete mich auf. »Ich will mir nicht den Zahnstein wegmachen lassen, ich will …«

»Warte!«, rief er entgeistert aus.

»Was ist los?«

»Klapp mal langsam den Mund auf und zu!«

Verblüfft gehorchte ich.

»O Gott!« Rainer zuckte erschüttert zurück.

Ich runzelte die Stirn. »Habe ich Mundgeruch oder was?«

Er hob den Finger. »Hörst du das nicht?«

Ich lauschte mit schräg gelegtem Kopf. Hatte Katja doch hyperventiliert? Nahm sie sich etwa gerade in diesem Augenblick gegenüber dem betörend schönen Martin Münchhausen Freiheiten heraus, die man bis hierher hören konnte? Nein, bis auf das ewig gleiche Klassikgedudel, mit dem Rainer seine Patienten fortwährend beschallte, war nicht der kleinste Laut zu vernehmen.

»Mach es noch mal«, verlangte Rainer, die Brauen bis zum rötlichen Haaransatz hochgezogen.

Ich starrte ihn verständnislos an. »Was denn, zum Teufel?«

»Den Mund auf und zu.«

»Wozu soll das gut sein?«

»Tu es einfach. Ganz langsam. Mehrmals. Und hör dir an, was dabei passiert.«

Ich öffnete den Mund und klappte ihn wieder zu. Dann wiederholte ich das Ganze nach seiner Anleitung, bis ich es leid war. »Zufrieden?«

»Du liebe Zeit, Lu, dein Kiefer knackt wie ein Luftgewehr!«

Ich war beleidigt. »Du übertreibst mal wieder maßlos. Wen stört schon das bisschen Knacken! Es tut doch überhaupt nicht weh!«

»Das wird es aber bald«, äußerte Rainer mit Grabesstimme.

»Wieso?«

»Weil dieses Knacken, meine liebe Lu, der hörbare Beweis dafür ist, dass sich der Diskus aus deinem Kiefergelenk verabschiedet. Und zwar beidseitig. Wann hat das angefangen?«

»Keine Ahnung.«

»Wann warst du das letzte Mal beim Zahnarzt?«

»Das weißt du doch«, sagte ich ärgerlich.

Er besaß den Anstand, rot zu werden, doch dann schüttelte er entschieden den Kopf. »Ich habe mich beim letzten Mal nur mit dir unterhalten. In den Mund habe ich dir nicht geschaut. Erinnerst du dich? Du hast es mir verboten.«

Damit hatte er recht. Bei meinem letzten Unterhaltsvollstreckungsbesuch war ich über die Maßen sauer gewesen, nicht nur, weil ich mal wieder völlig blank gewesen war, sondern weil ich gerade mitten im Examen gesteckt hatte.

»Hast du die Aufbissschiene machen lassen, die ich dir vorletztes Jahr empfohlen habe?«

Ich schüttelte verdrossen den Kopf.

»Du hast einen Zwangsbiss entwickelt«, tadelte er mich. »Und außerdem leidest du unter Bruxismus.«

Ich musterte ihn misstrauisch. Irgendwie war es ihm wieder mal gelungen, vom zentralen Thema abzulenken. »Ich putze mir dreimal täglich die Zähne. Außerdem benutze ich Zahnseide und eine Munddusche. Erzähl mir bloß nicht, dass ich meine Zähne nicht richtig pflege! Du hast eben noch selber gesagt, wie toll sie sind!«

Er warf die Hände in die Luft. »Lu, das, was ich meine, bekommst du mit Putzen nicht weg! Unter Bruxismus versteht man die übermäßige Abnutzung der Zähne durch exzessives Knirschen.«

»Ich knirsche nicht«, widersprach ich. »Und schon gar nicht exzessiv.«

»Tust du doch. Und zwar nachts. Du knirschst wahrscheinlich so laut, dass die Wände wackeln. Hat dir das noch niemand gesagt?«

Ich ersparte es mir, darauf zu antworten. In meinem Bett hatte seit der Scheidung niemand gelegen außer mir und meinem Vibrator, und der gab bis auf ein gelegentliches Brummen keine Verlautbarungen von sich.

»Das musst du behandeln lassen«, meinte Rainer warnend,

»sonst kriegst du echte Probleme. Dein Unterkiefer hat sich bedrohlich weit nach hinten verlagert.«

»Was für Probleme meinst du denn?«, fragte ich kleinlaut.

Er wurde ernst. »Ich hatte erst letzte Woche hier einen Fall von Kieferklemme. Ganz, ganz schlimme Sache. Das musste operiert werden.«

»So schlimm?«

»Schlimmer als schlimm. Frag nicht nach Sonnenschein. Die arme Frau war sechs Wochen im Krankenhaus. Folgeinfektion. Medikamentenunverträglichkeit. Dauererbrechen. Und das alles bei fest zusammengeschraubten Kiefern.«

Ich war entsetzt. »Muss so was bei mir auch gemacht werden? Muss ich unters Messer?«

»Nein, erst mal in die Röhre.«

Er lachte, als er meine verständnislose Miene sah. »MRT. Magnetresonanztomographie. Im Rotkreuzkrankenhaus haben sie gerade das absolute Topgerät reingekriegt, das Neueste vom Neuen, das Allerbeste, das auf dem Markt zu haben ist. Da würde ich dich hin überweisen.«

»Moment mal, du bist überhaupt nicht mein Zahnarzt.«

Er winkte ab. »Ich mach es ausnahmsweise auf Krankenschein.«

»Womit du wohl zum Ausdruck bringen willst, dass du normalerweise nur noch Privatpatienten behandelst«, bemerkte ich spitz.

»Natürlich«, sagte er milde erstaunt.

Ich knirschte mit den Zähnen.

»Siehst du!«, rief er triumphierend. »Ich hab's genau gehört! Von nix kommt nix!«

»Wo wir schon beim Thema sind«, begann ich, doch er wandte sich bereits an Katja, die soeben eilfertig mit einer frisch eröffneten Patientenkartei hereingeschwebt kam. Nach meinen Personalien fragte sie gar nicht erst. Was noch fehlte, konnte Rainer ja ohne Weiteres eigenhändig nachtragen.

»Machen Sie doch für meine Frau eine Überweisung zum MRT fertig. Dann einmal seitliches Fernröntgen, OPG und Herstellen eines Aufbisses. Beim nächsten Termin klären wir dann den Rest.«

Katja notierte es eifrig.

Zu mir sagte er: »Nach der Kiefertomographie kommst du mit den Ergebnissen erst mal wieder zu mir, dann überlegen wir, wie es weitergeht.«

Ich wollte ihn darauf hinweisen, dass ich längst nicht mehr seine Frau war, doch ich kam nicht mehr zu Wort.

»Sind noch Patienten da?«, fragte Rainer, ganz der geschäftige Notzahnarzt.

»Ein Herr in der Zwei«, säuselte Katja mit zart geröteten Wangen. »Die Karte liegt vorne.«

Als Rainer mit einem angedeuteten Luftkuss den Raum verließ, öffnete ich den Mund, um zu protestieren, doch dann bemerkte ich das in meinen Ohren wie ein Luftgewehr klingende Knacken meiner Kiefergelenke und erstarrte.

»Gell, das ist ganz schön lästig«, meinte Katja mit professionell eingeübtem Mitgefühl. Ich musste ihr das Knacken mehrmals vorführen, dann ließ sie mich in einem bestimmten Winkel zubeißen und quetschte mir dabei eine rosa Masse in den Mund.

Hinterher spuckte ich die matschigen Krümel aus und ließ mich von ihr in ein mit teuerster Technik vollgestopftes Kabuff führen, wo sie mir eine Bleischürze umhängte und meinen Kopf in ein Röntgengerät klemmte. Nach ein paar Anweisungen ging sie hinaus, um irgendwelche Schalter zu drücken. Während es um mich herum knisterte und summte, fiel mir ein, dass Rainer versäumt hatte, meine Finanzen aufzufrischen. Außerdem hatte er mir nicht erklärt, was nach der komischen MRT-Geschichte mit mir und meinem Kiefer geschehen sollte.

Nach der Prozedur des Röntgens fragte ich Katja, ob diese brandneue Magnetröhre im Rotkreuzkrankenhaus bei Kieferknacken eine Art Spontanheilung bewirke. Auf meine Frage erntete ich einen Blick, der keinen Zweifel daran ließ, wie unterentwickelt ihr Sinn für Humor sein musste.

Sie antwortete mit der ernsthaften Bemerkung, dass MRT ebenso wie Röntgen nur ein Diagnoseverfahren sei. Beides diene allein dazu, den fortschreitenden Verschleiß meiner Kiefergelenke in allen Einzelheiten zu dokumentieren. Die eigentliche Behandlung schließe sich erst hinterher an.

»Ja, ja, natürlich«, sagte ich ungeduldig. »Aber worin besteht denn nun die eigentliche Behandlung?«

»Die können wir hier nicht machen.«

»Wer macht sie denn?«

»Ein Kieferorthopäde. Bei Ihnen muss eine Zahnregulierung durchgeführt werden. Sonst wird eine ganz, ganz schlimme Sache daraus.«

»Sie meinen … Eine Zahnspange? Wie bei einem Kind?«

»So ungefähr. Bei Erwachsenen macht man das allerdings praktisch nur mit fest sitzenden Apparaturen. Bänder und Brackets, Sie wissen schon. Alles Dinge, die man nicht rausnehmen kann.«

Ich musste mich irgendwo festhalten.

3. Kapitel

Solveig fand den Gedanken, dass meine Zähne verdrahtet werden sollten, zum Schreien komisch.

»Meine Güte, Luzie! Brackets! Das halt ich nicht aus! Du wirst keinen Tag älter als vierzehn aussehen!«

Ich wollte gar nicht daran denken. In meiner Klasse hatte es ein paar bedauernswerte Geschöpfe gegeben, die fest sitzende Zahnklammern tragen mussten. Mir waren noch einige der Bezeichnungen im Gedächtnis haften geblieben, mit denen diese armen Wesen regelmäßig bedacht wurden, wie etwa *Stahlfresse, Klammermaul, Drahtbeißer*. Und das waren noch die schmeichelhafteren Ausdrücke gewesen!

»Tut mir leid, ich kann nicht drüber lachen.« Probeweise öffnete ich meinen Mund und ließ die Gelenke knacken. »Sag mal, findest du auch, dass es sich wie ein Luftgewehr anhört?«

»Mach's noch mal.«

Ich tat ihr den Gefallen. Es klang grässlich. Man konnte sich sogar einbilden, schallgedämpftem Maschinengewehrfeuer zu lauschen.

»Ich finde, es klingt eher wie ein Nussknacker«, meinte Solveig.

»Na toll.«

»Komisch, mir ist das bis jetzt noch nie aufgefallen. Dass es so bei dir knackt, meine ich.«

»Mir auch nicht.«

»Dafür wollte ich dir schon immer mal sagen, dass du wahnsinnig mit den Zähnen knirschst. Vor allen Dingen nachts. Manchmal ist das so laut, dass ich davon wach werde.«

Wozu ich vielleicht noch ergänzend bemerken sollte, dass

sich zwischen ihrem und meinem Schlafzimmer ein mindestens acht Meter langer Gang und zwei in aller Regel geschlossene Türen befanden.

Hatte ich zunächst noch die vage Hoffnung gehegt, dass der Kieferorthopäde, bei dem ich mich nach Absolvierung der MRT-Untersuchung einfinden sollte, Rainers ad-hoc-Diagnose bereits nach einem flüchtigen Blick kurz entschlossen über den Haufen werfen würde, so schwante mir mittlerweile, dass mein Ex vielleicht doch richtigliegen könnte. Warum knackten meine Kiefer, sobald ich den Mund aufmachte, wenn nicht deswegen, weil sie im Begriff waren, zu einer *ganz, ganz schlimmen Sache* zu werden?

Trübselig nahm ich eine Handvoll Lametta und dekorierte es über die unteren Äste. Weihnachten stand vor der Tür, und wie jedes Jahr hatte Solveig darauf bestanden, ihren Kleinmädchenphantasien freien Lauf zu lassen. Sie wollte das volle Programm: Edeltanne bis zur Zimmerdecke, Silberlametta, echte Bienenwachskerzen, mundgeblasene Glaskugeln, winzige, handbemalte Holzfiguren aus dem Erzgebirge. Und das war nur der Baumschmuck.

Zum Weihnachtsprogramm gehörten fernerhin Knabenchöre vom Band, winterliche Duftpotpourris, Dekoschnee auf den Fensterscheiben, Gewürztee, Glühwein und das Abfassen einer erschreckend großen Zahl von Weihnachtskarten, die an Leute zu verschicken waren, von denen wir außer der Adresse so gut wie nichts mehr wussten.

Und natürlich Plätzchen, Plätzchen, Plätzchen, die selbstverständlich samt und sonders selbst gebacken sein mussten. Zimtsterne, Lebkuchen, Florentiner, Gewürzkekse, Spritzgebäck, Mandelmakronen – und das waren noch die am einfachsten herzustellenden Weihnachtsspezereien. Hinzu kamen jährlich wechselnde, doch stets ungeheuer zeitraubende Kreationen nach japanischen, mexikanischen, finnischen oder anderen exotischen Rezepturen. Neulich hatte Solveig sogar irgendwo ein original mongolisches Plätzchenrezept ausgegraben. Ich hatte bis dahin keine Ahnung gehabt, dass Mongolen überhaupt Plätzchen aßen, geschweige denn Weihnachtsgebäck. In meiner Vorstellung ritten sie auf struppigen Pferden durch die Steppe, immer ein zähes Steak unter dem Sattel und eine Schweinsblase voll Pferdemolke am Gürtel.

»Gib mir noch eins von den braunen Nussdingern hoch«, rief Solveig gebieterisch. Sie stand auf der Leiter und prüfte den Halt des Rauschgoldengels auf der Baumspitze.

»Morgen jammerst du wieder«, warnte ich sie.

»Scheißegal. Morgen ist Heiligabend. Abnehmen tu ich erst nach Silvester.«

Ich warf ihr einen Keks zu, und sie fing ihn zielsicher mitten im Flug, wie ein Frosch, der nach einer Fliege schnappt.

Solveig und ich standen uns sehr nahe. Nach dem Debakel meiner Ehe mit Rainer – Solveig war eine derjenigen, deren Warnungen ich bis zum bitteren Ende beharrlich ignoriert hatte – war sie zur Stelle gewesen, um mich aufzufangen. Sie hatte mich bei sich aufgenommen und mir durch die erste schwere Zeit geholfen. Seitdem waren wir einander, soweit das überhaupt möglich war, in noch engerer Freundschaft verbunden als zuvor.

Solveig war erst ein Jahr vor dem Abitur in unsere Klasse gekommen, weil sie seinerzeit lange krank gewesen war und deshalb das letzte Schuljahr wiederholen musste. Sie hatte bei einem schweren Autounfall zahlreiche Knochenbrüche und innere Verletzungen erlitten und musste danach mehrere Monate im Krankenhaus und in Rehakliniken verbringen. Bis sie in unsere Klasse kam, hatte ich sie nur vom Sehen gekannt, doch nach dem spektakulären Unfall wusste jedermann an unserer Schule, wie es um sie stand. Bei dem Unfall waren ihre Eltern ums Leben gekommen. Beide waren unter vierzig gewesen.

Ich erinnere mich noch genau daran, wie Solveig eines Morgens blass und in sich gekehrt zum ersten Mal in unsere Klasse gekommen war. Nie würde ich dieses leichte Humpeln vergessen, den Anblick der roten Narben in ihrem Gesicht, den gequälten Ausdruck in ihren Augen. In den ersten Wochen hatte sie kaum etwas gesagt. Meist schaute sie stumm in die Ferne, als hörte sie Stimmen in ihrem Inneren zu.

Jung und unbekümmert wie wir damals alle waren, begriffen viele von uns wohl zum ersten Mal richtig, dass das Leben nicht nur aus aktuellen Schminktipps, angesagten Klamotten und tollen Partys bestand, sondern dass es auch eine dunkle, gnadenlos böse Seite gab und das Schicksal vor niemandem Halt machte.

Heute waren die Narben nach zwei gelungenen kosmetischen Operationen so gut wie unsichtbar, und das Hinken war dank eiserner, über Jahre hinweg betriebener Krankengymnastik völlig verschwunden. An den Unfall erinnerten nur noch ein paar Metallstäbe in Solveigs Hüfte und eine gewisse Wetterfühligkeit im rechten Knie. Doch da waren immer noch die Wunden, die niemand sah. Sie hatte sehr an ihren Eltern gehangen.

Zum Glück war die finanzielle Seite kein Problem gewesen. Der Verkauf ihres Elternhauses hatte aus ihr eine ziemlich wohlhabende Achtzehnjährige gemacht. Sie mietete sich eine geräumige Wohnung, wiederholte das letzte Schuljahr und bestand mit mir zusammen das Abitur. Nach den ersten schweren Monaten gewann allmählich ihr optimistisches, ausgeglichenes Naturell wieder die Oberhand, und sie wurde zunehmend umgänglicher. Irgendwann lud ich sie auf eine Party ein, und sie kam. Ich gab mir besondere Mühe, auf sie einzugehen, ohne ihr zu nahezutreten, und anscheinend hatte ich es richtig gemacht, denn bald darauf waren wir die besten Freundinnen, was vielleicht daran lag, dass wir sowohl vom Wesen als auch von unserem Äußeren her so völlig verschieden waren – bekanntlich ziehen Gegensätze einander an. Sie war fast zwanzig Zentimeter größer als ich und entsprechend schwerer. Obwohl sie ständig über ihr angebliches Übergewicht jammerte, war ihre Figur perfekt. Sie war gebaut wie Marilyn zu ihren besten Zeiten, vollbusig, mit runden Hüften und üppigem Hintern. Auch sonst sah sie der Filmgöttin verblüffend ähnlich, mit ihrem hübschen herzförmigen Gesicht und den sinnlichen Lippen. Hätte sie ihr brünettes Haar blondiert, wäre die Illusion perfekt gewesen.

»Woran denkst du?«, fragte sie mit vollen Backen.

»Daran, dass du wie die Monroe aussiehst.«

Sie verschluckte sich an dem mongolischen Keks. »Willst du mich verarschen?«

Ich war entrüstet. »Nein, das ist meine ehrliche Meinung.«

Sie wurde rot. »Echt?«

Ich nickte nachdrücklich, und sie stieg seufzend von der Leiter. »Habe ich dir schon gesagt, dass ich dich liebe?«

»Schon hundertmal. Mindestens. Ich liebe dich übrigens auch.«

»Das sagst du bloß, weil du bei mir so preiswert zur Untermiete wohnen darfst.«

»Nein, weil ich verrückt nach deinen mongolischen Nussplätzchen bin.«

Sie grinste übermütig, doch dann trat auf einmal ein Ausdruck auf ihr Gesicht, den ich kannte. »Ach, Luzie«, seufzte sie.

»Warte, sag es nicht. Lass mich raten.«

Doch sie kam mir zuvor. »Ich glaube, ich habe jemanden kennengelernt.«

Sie lernte ungefähr einmal pro Monat jemanden kennen und lieben. Das war nichts Neues.

»Das ist nichts Neues«, meinte ich. »Kenn ich ihn?«

Sie schüttelte verträumt den Kopf. »Ich habe ihn erst einmal getroffen.«

»Wo? Wann? Hast du dich mit ihm verabredet? Wart ihr essen? Hier zu Hause war er aber noch nicht, oder?«

Solveig lachte. »Ich habe ihn bei Freddy gesehen, weiter nichts. Mehr war nicht.«

»Du meinst, du hast ihn bloß gesehen? Gesehen im Sinne von einmal hingeguckt und sonst gar nichts?«

»Einmal ist immer das erste Mal. Ich will ihn wiedersehen.«

»Weiß er das?«

»Vielleicht. Er hat gelächelt.«

»Wieso? Hast du ihm einen Witz erzählt?«

Sie schnaubte und schob sich noch einen Keks in den Mund.

»Sekunde«, sagte ich. »Du hast ihn gesehen. Er hat gelächelt. Okay, so weit ist alles klar. Was ich nicht verstehe, ist Folgendes: Freddy ist nicht irgendwer. Freddy ist ein Feinkostladen, in dem tagtäglich eine Million Leute einkaufen. Sie gehen rein, schleppen ihren Wein und ihre Gnocchi und ihre japanischen Algenblätter zur Theke, bezahlen und gehen wieder raus. Manche lächeln auch dabei. Das ist normal. Ich sehe viele Leute in Geschäften lächeln, aber das ist für mich kein Grund, mit ihnen ins Bett zu wollen.«

»Für mich normalerweise auch nicht.«

»Na, Gott sei Dank.«

»Aber Ausnahmen bestätigen die Regel.« Sie lächelte verträumt. »Bei Freddy gibt es doch seit Anfang Dezember diesen wunderbaren kleinen Probierstand mit all diesen total leckeren Weihnachtsspezialitäten …«

»Aha, du hast dich bei Gänsestopfleber und Glühwein angefreundet.«

»Lass mich doch mal ausreden«, nörgelte Solveig.

»Erzähl weiter. Ich halte mich zurück. Entschuldige bitte.«

Solveig war leicht zu besänftigen. »Er hat zufällig eine Flasche Wein mitgebracht. Irgendeinen steinalten ungarischen Roten. Er stand hinten beim Probierstand und hat dort mit Freddy geredet.«

»Er hat die Flasche *mitgebracht*? Wieso? Ist Freddy der Stoff ausgegangen?«

Freddy, seines Zeichens nicht nur Feinkostexperte, sondern

auch passionierter Weinkenner, war der Herrscher über ein wahres Raritätenkabinett. Sein Keller beherbergte Schätze, von denen subalterne Proseccotrinker wie Solveig und ich nur träumen konnten. Von allen Menschen, die ich kannte, konnte höchstens Rainer es sich leisten, bei Freddy alten Wein zu kaufen.

»Irgendwoher muss Freddy sich das Zeug schließlich beschaffen. Du weißt doch, wie er immer angibt mit seinen tollen Verbindungen.«

»Du meinst, dieser Typ war eine davon?«

»Genau. Die Flasche, die er dabeihatte, war nur so eine Art Vorführwein. Er hatte angeblich eine ganze Ladung davon zu verkaufen. Na, und die Buddel, die er Freddy zeigte, war echt wahnsinnig alt. Mit Siegelwachs und so. Sie lag in einem ziemlich morschen Holzkasten.«

»Wahrscheinlich auf Samt«, meinte ich grinsend.

Sie war erstaunt. »Woher weißt du das?«

Verblüfft schaute ich sie an. »Heißt das, es war wirklich Samt in der Kiste?«

Sie nickte. »Roter Samt. Und der Wein sah richtig antik aus. Der Typ hatte sie Freddy dagelassen. Ich dachte sofort: Das ist genau das richtige Weihnachtsgeschenk für Luzie.«

Ich war gerührt. »Das wäre aber echt nicht nötig gewesen.«

»Äh … Tja, ich habe sie dann doch nicht genommen. Sie war ziemlich teuer.«

»Wie viel?«

»Das glaubst du gar nicht.«

»Sag schon.«

»Siebentausendneunhundert! Und das war bloß der Einkaufspreis. Es war ein Achtundsiebziger.«

»War das so ein rarer Jahrgang?«, fragte ich zweifelnd.

»*Achtzehn*hundertachtundsiebzig.«

»Wahnsinn«, sagte ich.

»Freddy hat nachher behauptet, dass es auf der ganzen Welt nur neunzehn Flaschen von dieser Sorte gibt.«

»Nachher? Nach was?«

»Nachdem der Typ gegangen war.«

Womit sie zum eigentlichen Kernpunkt ihrer Erzählung zurückkam.

»Ach, du weißt also nicht mal, wie er heißt?«

»Falsch«, sagte Solveig triumphierend. »Er hat Freddy seine Telefonnummer gegeben. Als er ging, habe ich sie mir gleich notiert.«

»Na, dann ist ja alles klar.«

»Du brauchst gar nicht so spöttisch zu tun. Ich bin wild entschlossen, ihn anzurufen.« Sie geriet sichtlich ins Schwärmen. »Diese Stimme! Er stand da und unterhielt sich mit Freddy über den blöden Wein, und da ist mir zufällig die Packung mit den Glasnudeln runtergefallen, und als er sich gebückt hat, um sie für mich aufzuheben, sind wir mit den Köpfen zusammengeknallt, weil ich sie auch gerade aufheben wollte.«

»Und da hat er gelächelt.«

»Nein, da noch nicht. Zuerst hat er *Verzeihen Sie vielmals* gesagt.«

»Hört sich irgendwie altmodisch an.«

»Ja, jetzt wo du es sagst, finde ich das auch. Er hatte überhaupt ein bisschen was Altmodisches an sich, aber auf eine ganz wundervolle Art.«

*

Solveig fand vieles wundervoll, vor allem Männer, und von denen so viele wie möglich. Es gab Zeiten, in denen sich ihre Liebhaber bei uns zu Hause förmlich die Klinke in die Hand gaben. Ihre leidenschaftliche Schwärmerei war für mich also nicht ungewöhnlich, weshalb mich besagter Rotweinhändler auch nicht sonderlich interessierte. Vermutlich würde sie ihn sowieso nicht anrufen, weil sie sicher schon auf der Silvesterparty, die wir planten, jemand anderen kennenlernen würde, der sie weit mehr faszinierte. Sie kam beruflich mit vielen schillernden Persönlichkeiten zusammen, die regelmäßig unsere Partys, die wir in lockeren Abständen veranstalteten, bereicherten und von denen auch der eine oder andere männliche Aspirant zu Solveigs Teilzeit-Lover avancierte. Sie war nach ihrem Germanistikstudium auf Umwegen zu einem Job in einer Filmproduktionsfirma gekommen, wo sie als Mädchen für alles angefangen hatte und heute den Posten der Chefdramaturgin innehatte. Anders als ich hatte sie nicht fast zwei Jahre auf ein abgebrochenes Studium verplempert und hatte daher beruflich eher als ich Fuß fassen können. Sie verdiente ganz gut, und ihre Großzügigkeit war legendär, womit ich nicht nur die vielen kostspieligen Feiern meine, die sie veranstaltete, sondern vor allem die Ausgaben, die sie für mich bestritt. Sie beglich den größten Teil der Miete, kaufte für uns beide sündhaft teure Delikatessen und war auch nicht davon abzubringen, mich gelegentlich einzukleiden. In ganz schlimmen Notzeiten hatte sie sogar meine Versicherungen bezahlt.

»Sobald ich alt und krank bin, kannst du dich ja revanchieren«, pflegte sie zu sagen, wenn ich mal wieder vor lauter Abhängigkeitsfrust die Wände hochging.

So, wie ich die Lage momentan einschätzte, konnte es durchaus so lange dauern, bis ich Solveig ihre Großherzigkeit vergelten konnte; bei meinem neuesten Versuch, Rainer wenigstens telefonisch doch noch kurzfristig vor Weihnachten zu einer Finanzspritze zu überreden, hatte sich nur der Anrufbeantworter gemeldet, der mir mit Rainers fröhlicher Stimme mitgeteilt hatte, dass Herr Doktor von Stratmann und Yvonne Irgendwer (vermutlich Miss Porsche Boxter, die Einmeterachtzigfrau) zur Zeit urlaubsbedingt nicht anwesend seien, dass aber in der Zwischenzeit gern gemailt werden könne. Ich verkniff mir die blutrünstige Mail, die ich ihm im ersten Moment schicken wollte, und beschloss, die Angelegenheit auf zivilisierte Art zu regeln. Da er seiner Meinung nach neuerdings mein Zahnarzt war, würde ich den rückständigen Unterhalt einfach von meinem Eigenanteil bei der Kostenabrechnung abziehen. So einfach war das.

Ich war so erbaut von dieser genialen Idee, dass mein vorweihnachtlicher Frust wegen meines derzeitigen pekuniären Engpasses von wohliger Festtagsstimmung abgelöst wurde.

Ich machte mich daran, die wenigen Geschenke, die ich besorgt hatte, hübsch zu verpacken und mich emotional auf Weihnachten einzustimmen. Schon deshalb, um für den bevorstehenden Besuch bei meiner Familie besser gerüstet zu sein. Heiligabend zu Hause, das war ein ehernes Gesetz. Der erste Feiertag gehörte Solveig, der zweite mir. Doch der vierundzwanzigste Dezember war von jeher für meine Familie reserviert. An diesem Tag kamen alle bei meinen Eltern zusammen, außer mir noch mein Bruder mitsamt Freundin und meine Großeltern väterlicherseits. Dieser Brauch entsprang nicht etwa überkommenen Traditionen – dergleichen hätten meine Eltern als alte APO-Freaks entrüstet von sich gewiesen –, sondern einfach einer in vielen Jahren eingeschliffenen Angewohnheit. Als mein Bruder und ich noch klein gewesen waren, hatten diese Heiligabendtreffen bei meinen Großeltern stattgefunden. Jetzt waren meine Eltern dran, das Fest für alle auszurichten. Sie nahmen es sogar Jahr für Jahr auf sich, einen Baum aufzustellen – nur für Oma und Opa, wie sie stets betonten – und Geschenke einzupacken. Obwohl Weihnachten eigentlich eine ekelhaft bürgerlich-konventionelle Masche war (O-Ton Mama), gab es regelmäßig Gans mit Rotkohl und Klößen und hinterher Eis.

Meine Eltern waren vor Urzeiten richtige Anarchos gewesen, originale Achtundsechziger, wie ich aus ihren schwärmerischen Erzählungen wusste. Ein paar Schnappschüsse, die mindestens dreißig Jahre alt sein mussten, sprachen Bände. Sie zeigten meine Eltern in wilder Flucht vor einem gepanzerten Polizeifahrzeug, das eine Fontäne aus Tränengas über sie sprühte. Die beiden hatten sich bei ihrem Soziologiestudium kennen- und lieben gelernt, aber zur Heirat war es erst zehn Jahre später gekommen, und das auch nur aus Steuergründen, wie sie nicht müde wurden zu betonen, nicht etwa aus der spießigen Erwägung heraus, dass mein Bruder, der damals gerade unterwegs war, verheiratete Eltern haben sollte.

Nach der Geburt von Lucas folgten wechselhafte Jahre. Meine Eltern schmissen ihr Studium – irgendwie schien dergleichen in der Familie zu liegen –, kleideten sich von Kopf bis Fuß orange und zogen nach Indien, wo sie die folgenden drei Jahre in einem Ashram meditierten. Nach einer Weile beschloss man, dass ein Ortswechsel nicht schaden könne, und da etwa um dieselbe Zeit rüde Betrugsvorwürfe gegen ihren wallebärtigen Guru laut wurden, ergriffen sie die Gelegenheit, wieder zurück in heimatliche Gefilde überzusiedeln und sich der profanen Realisierung eines Reihenhausprojekts zuzuwenden. Damals war ich bereits im Anmarsch, und bis auf das Zustandekommen meines Vornamens ist der Rest meiner Familiengeschichte relativ uninteressant. Meine Mutter widmete sich fortan hingebungsvoll allerlei spiritistischen Hobbys. Sie wurde Mitglied eines Hexenzirkels namens *Die Erdweiber*. In der Zeit, die sie nicht mit Beschwörungen, dem Schlagen der Laute oder dem Werfen von Runensteinen zubrachte, kochte sie naturbelassene Gerichte von undefinierbarem Geschmack und Kaumuskel fördernder Konsistenz für mich und meinen Bruder (mein Vater weigerte sich, diesen Körnerfraß zu essen), und gelegentlich spielte sie sogar mit Lucas und mir. Abgesehen davon, dass ich die klumpige Polenta, die sie mir auftischte, immer bis auf den letzten Bissen vertilgen musste, verlief meine Jugend ohne nennenswerte Beeinträchtigungen. Mein Bruder hatte BWL studiert – bis zum Schluss – und anschließend bei einer erstklassigen Privatbank für sechzigtausend im Jahr angefangen. Er war ein tougher Jungmanager mit Armanikrawatte und Guccitretern, wählte konservativ und fuhr einen geleasten BMW. Er investierte seine Ersparnisse an der Börse, denn seine Freundin und er wollten demnächst im Westend eine Eigentumswohnung erwerben. Da der Quadratmeter Wohnraum dort nicht unter fünftausend zu haben war, lautete seine diesbezügliche Devise: *Bullish, Baby, bullish* – womit wohl alles gesagt wäre. Wenn je ein Apfel weit vom Stamm gefallen war, dann mein Bruder.

Was mich betraf, konnte man das nicht gerade behaupten. Mit Esoterik hatte ich zwar nichts im Sinn – es gab kaum etwas, das mich weniger interessiert hätte –, doch dafür war ich genau wie meine Eltern ganz groß im Kleine-Brötchen-Backen. Unterm Strich war ich wohl noch erfolgloser als die zwei, zumindest in beruflicher Hinsicht.

Meine Mutter hatte in meiner Kindheit zeitweilig ganze Wagenladungen abenteuerlicher selbst getöpferter Geschirre auf Flohmärkten verkauft, worin sich jedoch ihr Karrierestreben erschöpft hatte. Mein Vater war immerhin so weitsichtig gewesen, nach seiner Rückkehr aus dem Ashram einen Taxischein zu machen. Nun führte er ein kleines Unternehmen mit drei Fahrzeugen, von denen er eines selbst steuerte. Die beiden anderen Wagen wurden in Wechselschichten von Teilzeitkräften gefahren, um Abgaben zu sparen.

Solange ich denken kann, wurde bei uns zu Hause immer an allen Ecken und Enden geknausert, weil das Geld hinten und vorn nicht reichte, doch irgendwie mogelten wir uns durch. Daran hatte sich seither nichts geändert. Das Haus war mittlerweile abbezahlt, doch mein Vater fuhr immer noch Taxi. Meine Mutter warf immer noch Runen und kochte vegetarischen Körnerpudding. Ach ja, nicht zu vergessen: Geld war immer noch keines da. Nicht ein Cent zu viel.

Und an Weihnachten kam immer noch die ganze Familie zusammen.

*

Meine Mutter hatte mit der Zubereitung der Gans gewartet, bis ich eintraf. Sie hatte mich wie immer gebeten, früher zu kommen, um ihr zur Hand zu gehen.

In der Küche reichte sie mir naserümpfend die schlaffe, kalte Gänseleiche. »Da. Ist das nicht echt widerlich?«

»Warum machst du dann jedes Jahr zu Weihnachten Gans?«

»Frag mich was Leichteres. Wenn es nach mir ginge, würde ich lieber Polenta machen, doch sag das mal deinem Vater. Es muss ja unbedingt tierisches Fett sein.«

Während sie sich mit Hingabe dem Kleinschneiden des Rotkohls widmete – Gemüse fiel eher in ihr Ressort –, schleppte ich die Gans ins Bad, legte sie in die Wanne und brauste sie kalt ab. Dann tastete ich mit geschlossenen Augen im glitschigen Inneren des toten Federviehs herum. Ich wurde fündig und zog den Beutel mit dem Scheußlichsten hervor, das die Natur gänsemäßig zu bieten hat: Innereien. Ich schüttete sie ins Klo.

Die Gans fühlte sich nackt und borstig an, als ich sie mit Küchenkrepp trockentupfte.

»Den Rest machst du aber«, sagte ich zu meiner Mutter.

Sie war mit dem Rotkohl fertig und weichte Semmeln für die Klöße ein.

»Lucas ist auch schon da«, sagte sie.

»Wo?«

»Oben in seinem Zimmer.«

»Du meinst, in deinem Töpferzimmer?«

»Er hat die Drehscheibe und die Tonblöcke in die Garage geräumt und sein altes Bett vom Dachboden geholt.«

»Wieso?«

»Er wohnt jetzt wieder hier. Zumindest vorläufig, bis er was anderes hat.«

Ich war erstaunt. »Und was ist mit Beate?«

Meine Mutter zuckte die Achseln. »Die beiden haben sich gestern getrennt. Sie hat ihn rausgeworfen.«

Mein Vater kam in die Küche und schnupperte. »Riech ich hier schon was?«

Ich deutete auf die Gans, die noch eingepinselt und verschnürt werden musste. »Eiskalt.«

»Nein, ich mein was anderes.« Er machte das Schränkchen über der Anrichte auf, holte eine Schachtel hervor, klappte sie auf und nahm den größten Joint heraus, den ich je gesehen hatte.

»Nicht vor dem Essen«, sagte meine Mutter.

»Ach, nachher kommen die Alten, was glaubst du, was die sagen, wenn wir uns das hier zum Nachtisch reinziehen?«

Mein Vater griff zum Feuerzeug, und bald erfüllten wabernde Marihuanadämpfe die Küche. Er zog ein paarmal fachmännisch durch die hohle Hand, dann reichte er mir das übel qualmende Kraut. »Probier mal.«

Ich fand, dass es nichts schaden könne. Schließlich war Weihnachten, und ein bisschen Entspannung konnte ich wahrhaftig vertragen. Ich nahm einen kräftigen Zug, dann noch einen, und inhalierte bis an die Grenze meiner Lungenkapazität.

»Das ist mein Mädchen«, lobte mein Vater mich. Für zweiundsechzig war er gut in Schuss. Bis auf eine winzige kahle Stelle am Hinterkopf hatte er noch alle Haare, und auch seine Zähne waren fast vollzählig vorhanden.

Meine Mutter konfiszierte den Stängel, nicht, um ihn auszudrücken, sondern um sich selbst ebenfalls eine Dröhnung zu verpassen und nebenher die Gans vorzubereiten.

»Das ist wirklich erstklassiger Stoff«, befand sie.

Mein Bruder erschien in der Küche. Er trug abgewetzte Jeans, Cowboystiefel und ein kariertes, lose über der Hose hängendes Flanellhemd. Ein mindestens drei Tage alter Stoppelbart überschattete sein Gesicht. Wenn er sich selbst je unähnlich gesehen hatte, dann an diesem Heiligabend. Er war Äonen von Gucci und Armani entfernt und sah auch nicht so aus, als würde er einen Sportwagen fahren.

Er küsste mich zur Begrüßung auf die Wange, dann entriss er meiner Mutter wortlos den Joint und verschwand damit nach oben.

»Den Ärmsten hat's ganz schön gebeutelt«, meinte meine Mutter.

»Besser jetzt als später«, erklärte ich diplomatisch.

»Beate war echt okay«, meinte mein Vater.

»Das Einzige, was an ihr okay war, waren ihre großen Titten«, behauptete meine Mutter. Dann wandte sie sich zu mir um und sagte ebenso triumphierend wie zusammenhanglos: »Rat mal, was ich neulich beim Ausmisten auf dem Dachboden gefunden habe!« Bevor ich die Raterunde eröffnen konnte, platzte sie heraus: »Die Dokumente von Lucia!«

»Meine alten Zeugnisse? Wirf sie weg, sie waren mies.«

»Nein, ich meine doch die andere Lucia.«

»Die mit dem Blut im Mund«, erläuterte mein Vater.

»Sie wäre wahrscheinlich schon längst seliggesprochen worden, wenn du die Mappe nicht ganz unten in die Kiste mit den Tapetenmustern gepackt hättest«, fuhr meine Mutter ihn an.

Ich lachte, was mir einen erbitterten Blick von ihr eintrug. »Ich sehe nicht, was daran komisch sein soll«, meinte sie spitz.

»Sie will diesen alten Scheiß echt an den Vatikan schicken«, erklärte mein Vater.

»Mama, du warst seit mindestens fünfzig Jahren nicht in der Kirche!«

»Und außerdem sind wir ausgetreten«, hob mein Vater hervor.

»Was hat das denn damit zu tun? Es geht dabei doch wohl ums Prinzip, oder? Es sind schon ganz andere Konsorten seliggesprochen worden, die hatten nicht halb so viel drauf wie unsere Lucia.« Zu mir sagte sie: »Ich habe Fotokopien. Erinnere mich unbedingt, dass ich dir später ein Exemplar mitgebe.«

Sie schob die inzwischen bearbeitete Gans in den Ofen und stellte eine Tasse mit Wasser dazu. Der Rotkohl wartete fertig geschnitten und gewürzt im Topf, und auch der Teig für die Klöße ruhte in einer abgedeckten Schüssel. Zum Nachtisch würde es Walnusseis geben, und zwar dieselbe Sorte wie immer. Eis machte keine Extraarbeit und wurde immer sehr gern gegessen, wie meine Mutter alle Jahre wieder erklärte.

4. Kapitel

Ich ging die Wendeltreppe nach oben, wo mein Bruder sein altes Kinderzimmer wieder bezogen hatte. Er war neunundzwanzig und sah aus wie neunzehn. Das kindlich-frische Aussehen liegt unserer Familie anscheinend im Blut.

Ich erspähte ihn hinter einem Nebel von Qualm. Er lag auf dem Bett und sah ziemlich stoned aus.

»Ist für mich noch was da?«

Er griff unters Bett, zog seine Reisetasche hervor und holte eine Flasche Jack Daniel's heraus. »Hier, das ist alles, was ich dir momentan an Rauschmitteln zur Verfügung stellen kann. Den Rest brauch ich selber.«

»So schlimm?«

»Schlimmer als schlimm.«

»Lag es an ihr oder an dir?«

»Sie hat gesagt, an mir.«

Ich dachte an meine missratene Ehe und die Gründe dafür.

»Du hast sie betrogen.«

»Unsinn. Es gibt keinen, der so treu ist wie ich.«

»Dann hast du ihr vielleicht nicht genug im Haushalt geholfen.«

Er war verdutzt. »Wie kommst du denn darauf? Wir haben eine Putzfrau, die kommt zwei Mal die Woche. Bea hat nicht mehr gemacht als ich. Und dabei arbeitet sie nur halbtags.« Er schwieg und starrte mit glasigen Augen an die Wand. Da, wo früher seine Fußballposter geklebt hatten, befanden sich jetzt Mamas selbst gemalte Mantras.

»Das war mal mein Zimmer«, meinte Lucas anklagend.

»Ich weiß. In meinem Zimmer färbt sie neuerdings Wolle.«

»Weißt du, was ich glaube? Ich glaube, wir sind adoptiert. Wir haben in Wahrheit ganz andere Eltern.«

»Andere?«

»Na, richtige halt. Solche, die morgens den Frühstückstisch decken und zu Weihnachten nicht kiffen.«

»Kommt das mit Bea und dir wieder in Ordnung?«, fragte ich besorgt.

»Keine Ahnung. Sie hat gesagt, sie kann nicht mit mir.«

»Nicht was mit dir?«

Er gab keine Antwort.

»Was kann sie nicht mit dir? Leben?«

Er starrte mich an. »Sie hat mir erzählt, dass sie mit mir noch nie einen Orgasmus hatte. Scheiße, habe ich darauf zu ihr gesagt, du hast andauernd einen Orgasmus, was soll also das Geblöke, und da sagt sie, dass sie mir immer nur was vorspielt.«

»Du lieber Himmel«, sagte ich in ehrlichem Mitgefühl.

Er fing an zu weinen.

»Lucas, das ist total normal!«

»Ich weiß«, schluchzte er. »Auch Männer dürfen weinen.«

»Nein, ich meine, dass Frauen nur so tun als ob. Das tun alle. Oder sagen wir, fast alle. Achtzig Prozent, glaube ich.«

»Du auch?«

»Eh … ab und zu – ja.« Ich merkte, wie ich rot anlief. Meines Wissens hatte ich noch nie mit meinem Bruder derart intime Gespräche geführt. Mit dreizehn hatte ich einen Nervenzusammenbruch erlitten, weil er mich einmal nackt im Badezimmer gesehen hatte. Unsere Eltern, die sich uns völlig unbefangen in allen Stadien der Nichtbekleidung zu präsentieren pflegten, konnten es nicht fassen, wie schamhaft ihre Kinder waren. Meine Mutter hatte mich seit meinem fünften Lebensjahr nicht mehr nackt gesehen. Je öfter ich sie hüllenlos im Haus oder im Sommer auch im Garten hatte umhermarschieren sehen, desto strikter hatte ich selbst darauf geachtet, gewisse Körperteile von mir immer sorgsam bedeckt zu halten. Ich hatte mich standhaft geweigert, mir auf dem FKK-Campingplatz, wo der alljährliche Familienurlaub stattfand, auch nur ein einziges Kleidungsstück auszuziehen. Schließlich sah man sich genötigt, mich die FFK-Ferien über bei Oma und Opa zu lassen.

Mit Lucas hatte es ähnliche Probleme gegeben. Meine nudistisch veranlagten Eltern hatten zwei kleine Puritaner großgezogen.

»Weiß Rainer auch davon? Ich meine, dass du … hm, nur so getan hast als ob?«

Ich dachte nach. Bei Rainer hatte ich nur selten so getan als ob. Doch das hätte meinen Bruder noch mehr deprimiert, folglich bog ich die Wahrheit etwas zurecht. »Klar wusste er es. Er ist Mediziner. Er muss es wissen. So was wissen Ärzte einfach.«

Er paffte an seinem Joint, dann gab er ihn mir zum Fertigrauchen. »Hast du es ihm gesagt?«

»Nein. Aber vielleicht sollte ich es gelegentlich tun. Nur für alle Fälle.«

»Das wird ihn vernichten.«

»Hoffentlich.«

»So wie Bea mich vernichtet hat.«

»Quatsch. Bei der nächsten Beziehung weißt du gleich Bescheid. Dann lässt du dir kein X mehr für ein U vormachen.«

»Warum soll ich überhaupt mit einer Frau schlafen, wenn ich schon vorher weiß, dass sie zu achtzig Prozent ihren Höhepunkt nur vorspielt?«

Diese Frage, so erkannte ich, verdeutlichte ein tief sitzendes, ja geradezu existenzielles Dilemma der Geschlechter. Warum schliefen Männer mit Frauen, obwohl sie wussten, dass es den Frauen zu achtzig Prozent nichts brachte? Was war der entscheidende Antrieb? Fortpflanzung? Nein, bestimmt nicht. Für eine Befruchtung musste im weltweiten Durchschnitt ungefähr fünfhundert Mal eine Beiwohnung stattfinden. Das war praktisch wie Lotto.

Liebe? Als Grund noch unwahrscheinlicher.

Der eigentliche Grund lag natürlich auf der Hand, wie mir sofort klar wurde.

»Um selber deinen Spaß zu haben«, schlug ich vor.

Woraufhin Lucas behauptete, impotent zu sein. Beate hatte derart niederschmetternd reinen Tisch gemacht, dass er seitdem nicht mal mehr eine Morgenlatte bekam. Sie hatte sogar in seinem Beisein am Frühstückstisch die berühmte Szene aus *Harry und Sally* nachgespielt, einfach zum Spaß, nur um Lucas so richtig den Rest zu geben.

»Das war echt gemein«, bedauerte ich ihn und überlegte dabei, dass ich dasselbe bei meinem nächsten Treffen mit Rainer machen könnte, und zwar in der Praxis, vorzugsweise zu einer Zeit, in der Hochbetrieb herrschte.

Oooh, jaaa, duuu!, et cetera et cetera.

Ich produzierte stinkende Wolken von Rauch und malte mir weitere Einzelheiten aus. Alle Sonjas und Tanjas und Anjas und Katjas würden fassungslos in Raum eins zusammenströmen, und wenn alle versammelt waren und Rainer völlig erstarrt neben mir stand, würde ich die Szene in oscarreifer Darbietung zu Ende spielen und dann gelassen sagen: »Tja, Mädels, so war es von Anfang an mit ihm und mir. So ist das eben bei den Kerlen. Je größer das Ego, desto kleiner der *Ihr-wisst-schon*.«

Unten klingelte es an der Haustür. Ich zog ein letztes Mal an dem Joint.

»Oma und Opa sind da«, sagte ich aufmunternd.

»Am liebsten wäre ich tot! Ausgerechnet zu Weihnachten!« Wieder begann seine Unterlippe zu zittern. Er schraubte die Whiskeyflasche auf und nahm einen Schluck. »Und an Silvester darf ich gar nicht denken! Wir wollten so eine tolle Party veranstalten! Luzie, wir hatten dreißig Leute eingeladen!«

»Komm doch zu mir und Solveig«, schlug ich spontan vor. »Wir haben auch mindestens dreißig Leute da.« Ich nahm ihm die Flasche weg, warf den aufgerauchten Joint ins Klo und ging mit Lucas nach unten.

*

Meine Großeltern mütterlicherseits – die Eltern meines Vaters waren schon seit vielen Jahren tot – näherten sich beide einem runden Geburtstag. Opa wurde in zwei, Oma in drei Wochen neunzig, ein Anlass, zu dem Oma sich eine rauschende Festivität wünschte. Sie wollte hundertfünfzig Leute einladen. Opa erzählte uns *sotto voce*, dass von den hundertfünfzig, wenn es hochkam, vielleicht noch zwanzig lebten, und auch die durften nur mitfeiern, wenn die Heimleitung zustimmte. Damit sah es allerdings gut aus. Wenn nichts dazwischenkam, konnte die Party zum Neunzigsten demnächst wie geplant steigen, im Gemeinschaftsraum des Altenstifts. Die Heimleitung hatte sogar ihre Bereitschaft signalisiert, einen Alleinunterhalter mit Orgel zu engagieren, und die Köchin hatte zugesagt, außer der Reihe Schnittchen zu richten. Über den Sekt wurde noch verhandelt, aber vielleicht könnte man da noch was reißen, meinte Opa.

Meine Mutter hatte im Wohnzimmer Räucherstäbchen angezündet, eine neue Sorte, die ich noch nicht kannte und die einen betäubenden Geruch nach Vanille verbreitete.

»Hier riecht es angebrannt«, sagte Opa.

Oma schnüffelte besorgt. »Das wird doch nicht die Gans sein!«

Sie saßen nebeneinander auf der Couch, in denselben Festtagsklamotten, die sie schon vor einem halben Jahrhundert zu hohen Feiertagen getragen hatten. Beide hatten das obligatorische Glas Sherry vor sich und gaben sich wechselnde Stichworte für ihre unausgesetzten Dispute. Meine Großmutter litt zunehmend unter Ausfällen des Kurzzeitgedächtnisses. Ihr Langzeitgedächtnis hatte sich schon vor Jahren verabschiedet. Opa referierte in seiner gewohnt kargen Art über die letzten medizinischen Befunde, soweit Oma ihn zu Wort kommen ließ. Ihr Redebedürfnis hatte durch ihren fortschreitenden Gedächtnisverlust kaum gelitten.

»Letzte Woche ist Hilde Bergmeier gestorben«, erzählte sie.

»Das war schon letztes Jahr«, berichtigte Opa. Zu mir sagte er: »Habe ich dir schon erzählt, dass sie Alzheimer hat?«

Oma widersprach. »Ich habe im ganzen Stift noch nie jemanden getroffen, der Alzheimer heißt. Höchstens Hergetheimer. Wie der Franz Hergetheimer.«

»Fritz. Er heißt Fritz.«

»Der ist doch schon längst tot.«

»Nein, das war der Fritz Herkströter.« An meinen Vater gewandt erklärte mein Großvater: »Der ist schon letzten April gestorben. Sie kann es nicht mehr auseinanderhalten.«

Meine Mutter mischte sich ein. »Stellt euch vor, was ich neulich beim Ausmisten auf dem Dachboden gefunden habe!«

»Der Junge sieht schlecht aus«, meinte Oma mit Blick auf Lucas.

»Mir geht's aber gut.« Lucas warf meinen Eltern einen warnenden Blick zu. *Untersteht euch*, sagten seine vom Kiffen rot unterlaufenen Augen drohend.

Meine Mutter ließ sich nicht ablenken. »Es lag in der Kiste mit den Tapetenmustern. Ganz unten drin. Ich wollte schon alles zum Altpapier stellen, wer braucht schon dreißig Jahre alte Tapetenmuster. Doch dann hatte ich diese Eingebung, noch mal alles durchzusehen, und da war es.«

»Im Stift wollen sie den Speisesaal jetzt auch neu tapezieren«, sagte Oma. »Mathilde Schröder hat gesagt, dass wir beim Tapetenabreißen helfen dürfen.«

»Mathilde Schröder erzählt viel, wenn der Tag lang ist«, sagte

Opa. Er blickte ernst in die Runde. »Die Schröder hat Pflegestufe drei. Das ist kurz vorm Exitus.«

»Ich habe die Dokumente von Lucia wiedergefunden!«, rief meine Mutter mit funkelnden Augen.

Meine Großmutter blinzelte. »Die kenne ich, dieses Männer mordende Weibsstück.«

Meine Mutter schaute leicht befremdet drein. »Mutter, ich bitte dich! Wir reden hier von deiner Tante Lucia. Sie war Nonne, falls du es vergessen haben solltest.«

»Und du bist ein vorlautes Balg, das warst du schon früher. Genau deswegen habe ich dir jeden Tag den Hintern versohlt, und *das* werde ich bestimmt nicht vergessen.«

»Ich auch nicht«, meinte meine Mutter eingeschnappt. Sie goss sich Sherry nach und kippte ihn mit einem Schluck hinunter.

»Die Lucia, das ist eine ganz Wilde«, erzählte Oma unbefangen. »Ab und zu kommt sie zu Besuch, aber dann sind wir Kinder schon im Bett, zum Glück, sagt Mama. Tante Lucia ist ganz schwarz, von oben bis unten.«

»Ja, natürlich«, nickte Mutter. »Sie trug ja Nonnenhabit.«

»Sie kommt in unser Kinderzimmer und gibt uns einen Gutenachtkuss«, sagte Oma leiernd.

Meine Mutter wusste sich vor Ehrfurcht kaum zu bremsen. »So nahe stand sie euch?«

Dann meinte sie bedauernd zu Opa: »Schade, dass man bei ihr nie weiß, was Wahrheit und was Phantasie ist. Wenn ihr Erinnerungsvermögen doch noch funktionieren würde! Was würde ich darum geben, alles aus erster Hand über Lucia zu erfahren!«

Oma spitzte die Lippen. »Gute Nacht, Tante Lucia.« Dann meinte sie erklärend zu uns: »Sie muss wieder gehen, denn die Soldaten sind krank und warten auf sie.«

»Genau«, sagte meine Mutter. »Lucia hat ja im Lazarett gearbeitet. Sie hat sich für die armen Verwundeten aufgeopfert.

Drei Jahre hat sie in Frankreich verwundete Soldaten gepflegt. Tag und Nacht hat die Ärmste sich aufgeopfert. Ich habe es schwarz auf weiß.«

»Am Tage schläft sie«, nuschelte Oma in ihren Sherry. »Nur nachts geht sie auf die Pirsch, im Schutze der Dunkelheit. Sie sammelt die Seelen der Verdammten, sagt Mama.«

Omas Mutter war Urgroßtante Lucias ältere Schwester gewesen.

Meine Mutter leuchtete förmlich vor Ergriffenheit. »Sie war dazu geboren, Seelen zu retten, nicht wahr? Sie hatte heilende Hände!«

»Unsinn«, schnarrte Oma. »Sie war ein Früchtchen.«

»Wie kannst du das sagen!«, empörte sich meine Mutter.

Oma wandte sich an Opa. »Wer ist diese Frau?«, fragte sie, während sie auf meine Mutter zeigte. »Müsste ich sie kennen?«

Meine Mutter schüttelte den Kopf. »Lieber Himmel, das ist ja wirklich schlimm. Da kann ich nur hoffen, dass mir das nicht mal passiert. Dann lieber gleich abtreten, ohne großes Brimborium. Am besten ein Schlaganfall, im Schlaf.«

»Die Ruth Abel hatte einen Schlaganfall«, warf Oma ein. »Aber nicht im Schlaf, sondern im Fernsehraum. In der Werbepause von *Bauer sucht Frau*.«

»Gott«, sagte meine Mutter angewidert.

»Es war beim *Musikantenstadl*«, sagte Opa.

Mein Vater hob den Kopf. »Rieche ich da die Gans?«

»Ich rieche sie auf jeden Fall«, sagte Oma und schnüffelte missbilligend in Richtung der Räucherstäbchen. »Sie ist im Begriff, völlig zu verkohlen, wenn ihr mich fragt.«

Meine Mutter schaute auf die Uhr und stand auf. »Zwanzig Minuten dauert's noch.«

Oma blickte sinnend auf die schlanke, naturbelassene Nordmanntanne, die in der Zimmerecke stand. »Der Baum da erinnert mich irgendwie an Weihnachten.«

»Alzheimer«, sagte Opa entschuldigend.

»Kenn ich nicht«, meinte Oma. Sie hielt meiner Mutter ihr leeres Glas hin. »Bis zum Essen schaff ich noch einen.«

Nach dem Essen zogen mein Bruder und ich uns in seinem alten Zimmer noch gemeinsam einen Joint rein, anschließend fand die Bescherung statt. Für meine Eltern hatte ich ein praktisches Gemeinschaftsgeschenk besorgt, eine Espressomaschine mit Zubehörteilen für die Bereitung von Cappuccino. Praktischerweise hatte ich dafür keinen Cent bezahlen müssen, weil es eine Prämie war, die ich für die Anwerbung eines Abonnenten bekommen hatte. Solveig und ich warben uns seit Jahren gegenseitig als Abonnenten für möglichst preiswerte Zeitschriften mit möglichst teuren Prämiengeschenken. Nach der kürzestmöglichen Frist kündigten wir dann die Blättchen wieder, um uns erneut im Schlaraffenland der Prämienlandschaften umzutun.

Mein Vater probierte die Maschine sofort aus und beglückte uns kurz darauf mit frisch gebrühtem Espresso.

»Schmeckt nach Öl«, meinte meine Mutter.

»Dann hast du kein Wasser durchlaufen lassen«, sagte Lucas zu meinem Vater. Seine Augen waren so rot und glasig wie bei einem gedopten Kaninchen. Ich fragte mich, ob ich nach dem letzten Joint genauso aussah.

Papa wirkte irritiert. »Was glaubst du denn, womit ich den Kaffee gemacht habe?«

»Du musst bei diesen Dingern vor der ersten Benutzung mindestens zweimal Wasser durchlaufen lassen. Ohne Kaffee, im Leerlauf sozusagen. Damit die Ölrückstände rausgehen.«

»Die Italiener tun sowieso Öl in ihren Kaffee«, behauptete Oma. »Die tun überall Öl rein. Wir nehmen das nur zum Baden.«

Für sie und Opa hatte ich tatsächlich ein kleines Sortiment Badeöl und ein paar Flaschen Nerventonikum eingekauft. Bei Aldi hatten sie neulich einen riesigen Sonderposten von dem Zeug losgeschlagen, zu einem absoluten Spottpreis.

Für Lucas hatte ich ein Buch mit zahlreichen Anleitungen zum Austricksen des Finanzamtes mitgebracht, das mich ebenfalls nichts gekostet hatte, weil ich es von irgendjemandem zu meinem letzten Geburtstag geschenkt bekommen hatte. Mir nützte es nichts, weil ich mangels zu versteuernder Einkünfte sowieso nicht in die Verlegenheit kam, das Finanzamt zu beschummeln. Blieb nur zu hoffen, dass nicht Lucas derjenige gewesen war, der es mir geschenkt hatte, doch da er meinen Geburtstag meist vergaß, konnte ich diese Möglichkeit wohl getrost vernachlässigen.

Leider hatte er das Buch schon. »Du kannst mir den Bon geben, dann tausche ich es um.«

»Da muss ich erst mal zu Hause nachsehen, wo ich ihn hingetan habe«, behauptete ich.

Ich selbst erhielt ebenfalls von allen Seiten praktische Geschenke. Von meinen Eltern bekam ich hundert Euro und die Mappe mit den Fotokopien, die meine Mutter von den Lucia-Dokumenten angefertigt hatte, von meinen Großeltern fünfzig Euro, und von Lucas eine rindslederne Brieftasche, auf der das Emblem der Bank eingeprägt war, bei der er arbeitete.

»Die kostet normal mindestens hundertfünfzig Euro«, meinte er.

Damit kam ich auf einen Schnitt von dreihundert Euro, was für einen Heiligabend gar nicht so schlecht war.

*

Den ersten Weihnachtsfeiertag verbrachte ich, ebenfalls traditionsmäßig, zusammen mit Solveig, die seit meiner Scheidung so etwas wie meine bessere Hälfte geworden war. Wir teilten alles miteinander, soweit es möglich war, von bestimmten Dingen, die wir für unteilbar hielten, einmal abgesehen. Männer zum Beispiel. Ihre Lover waren meist ziemlich nett und zeugten von ihrem treffsicheren Geschmack, doch ich wäre nicht im Traum auf die Idee verfallen, ihr einen ihrer Freunde abspenstig zu machen oder sie gar, sobald sie abgelegt waren, zu übernehmen. In diesem Punkt herrschte zwischen uns eine unausgesprochene Übereinkunft. Ähnlich war es bei unseren Klamotten, die hielten wir immer streng auseinander. Allerdings entsprang diese strikte Trennung von Mein und Dein nicht irgendwelchen Eigentumsprinzipien, sondern lag an unserer unterschiedlichen Größe. In Solveigs Sachen hätte ich ausgesehen wie ein kleines Mädchen, das Verkleiden spielt. Außerdem teilte ich nicht gerade ihren Geschmack. Sie bevorzugte damenhafte Mode: schwingende Röcke, auf Figur geschnittene Etuikleider, edle Unterwäsche und feine Seidenblusen. Sie hatte – abgesehen von ein paar Jeans oder Joggingklamotten – kaum ein Teil im Schrank, das man in der Maschine waschen konnte.

Ich selbst bevorzugte eher sportliche Mode, am liebsten trug ich Jeans und Stiefeletten, die mich größer aussehen ließen.

Abgesehen von Männern und Kleidung war alles Übrige in unserem Haushalt gemeinschaftlicher Nutzung zugänglich, angefangen vom Schminkzeug bis hin zum Auto (meine alte Rostlaube streikte ziemlich häufig). Die Hausarbeit funktionierte ebenfalls in reibungsloser Arbeitsteilung. Solveig kochte leidenschaftlich gern, und mir machte es nichts aus, den Staubsauger herumzuschieben und ab und zu die Fenster oder die Fußböden zu putzen. Toilette, Dusche, Waschbecken reinigte jede von uns in stiller Absprache. Schmutzwäsche steckten wir abwechselnd in die Maschine, je nachdem, wem zuerst auffiel, dass der Wäschekorb im Bad voll war.

Ich hätte problemlos auf diese Weise alt werden können und litt ernsthaft unter der unangenehmen Vorstellung, dass Solveig jemanden treffen könnte, der vielleicht eines Tages meinen Platz einnehmen würde.

Obwohl ich, wie schon gesagt, mit einer überaus lebhaften Phantasie gesegnet bin, lag die Idee, dass wir beide demnächst in eine ebenso groteske wie unheimliche Dreiecksbeziehung verstrickt sein würden, so absolut jenseits all dessen, was ich mir je hätte vorstellen können, dass ich jeden für verrückt erklärt hätte, der etwas Derartiges auch nur angedeutet hätte.

*

An Weihnachten hatten wir herrliches Wetter. Draußen türmte sich der Schnee zu weißen, in der Sonne glitzernden Bergen auf. In den letzten Tagen hatte es unaufhörlich geschneit, und der Himmel hatte so tief gehangen, dass man unmöglich sagen konnte, wo der Schnee anfing und die Wolken aufhörten. Es war, als wate man durch Watte, wenn man vor die Tür musste.

Jetzt, rechtzeitig zu den Festtagen, war die Sonne hervorgebrochen und brachte die Winterlandschaft in ihrer ganzen prächtigen Vielfalt zum Strahlen. Kinder zogen lärmend mit ihren Schlitten zur nächstgelegenen Anhöhe, ganze Karawanen von Urlaubern fuhren mit Skiern auf ihren Dachgepäckträgern in bergigere Gefilde, Hundebesitzer scharrten Löcher für ihre Lieblinge in die Verwehungen am Straßenrand, verliebte Pärchen bewarfen sich im benachbarten Park mit Schneebällen, Rentner tasteten sich mit Stöcken und Schirmen vorsichtig einen Weg entlang der tief verschneiten Gehwege. Und über allem lag ein Hauch von Weihnachten, jener unbeschreiblichen Mischung aus Nostalgie und Kommerz, ein Sammelsurium aus klingelnden Glöckchen, wohliger Heimeligkeit vorm Kamin, Liebe zum Kind in der Krippe, funkelnden Lichtern am Baum.

»Weiße Weihnacht«, sagte Solveig. »Das war schon lange nicht mehr da.« Sie stand am Fenster unseres Wohnzimmers und schaute hinaus. »Morgen ist das sowieso alles weg. Wenn es erst mal aufhört zu schneien, ist es auch schon vorbei. Ein-, zweimal fährt hier ein Räumfahrzeug durch, dann war's das mit dem Schnee.« Sie seufzte. »Schade, oder? Eigentlich müsste es immer so sein. Wieso kommt das nur alle zwanzig Jahre oder so vor?«

Darauf wusste ich keine Antwort. Ich lagerte träge und völlig übersättigt auf dem Sofa, Solveigs Geschenk ausgepackt neben mir. Zu Weihnachten hatte ich von ihr das schönste Kleid bekommen, das ich je besessen hatte, einschließlich meines Hochzeitskleides, für das Rainer seinerzeit tief in die Tasche gegriffen hatte.

Das Kleid, das Solveig mir geschenkt hatte, war von einem unbeschreiblichen Rot, einem atemberaubenden, sündigen, skandalträchtigen Rot, von einem Rot, das vom Ton her zwischen Purpur und Koralle changierte. Bei dieser umwerfenden Farbe war der Schnitt eher zweitrangig, obwohl er, für sich allein betrachtet, durchaus etwas hermachte. Es hatte einen rechteckigen Ausschnitt und tief angesetzte, schräg geschnittene kurze Ärmel, ein Arrangement, das auch den kleinsten Busen noch verlockend aussehen ließ. An der Taille lag es eng an, bis hinab zu den Knien, und erst von da ab fiel es glockenförmig bis über die Fußknöchel.

Solveig hatte vorhin, als ich es anprobiert hatte, gesagt, dass Männer für dieses Kleid zu Mördern werden würden. Ich selbst war bei meinem Anblick im Spiegel einigermaßen sprachlos gewesen angesichts all der weiblichen Formen, die da auf einmal zutage traten und von denen ich bislang nicht geahnt hatte, dass ich sie auch nur ansatzweise besaß.

»Schade, dass ich überhaupt keine Gelegenheit habe, es anzuziehen.«

»Unfug. Du ziehst es nächste Woche zu der Silvesterparty an. Ich habe allen gesagt, dass sie sich aufbrezeln sollen.«

»Du liebe Zeit. Eine Gala hier bei uns zu Hause?«

Sie nickte, und ihre Wangen färbten sich rosa. »Ich wollte das Kleid ursprünglich für mich kaufen. Aber sie hatten es nicht in meiner Größe. Da dachte ich, okay, dann sollst wenigstens du es haben. Es ist eins von den Kleidern, die man kaufen muss, wenn man sie gesehen hat.«

»Aha, so ist das.« Ich schob mir noch einen von den mongolischen Nusskrachern zwischen die Zähne. »Für wen wollten wir uns denn schön machen, hm?« Die Frage war rein rhetorisch und kam daher ziemlich neckisch heraus, denn ich wusste ja, wen sie beeindrucken wollte. Doch sie antwortete mir trotzdem, wobei sich ihr Gesicht eine Schattierung dunkler färbte.

»Ich habe dir doch von ihm erzählt.«

»Ach, der Weinhändler?«, tat ich überrascht.

Solveig nickte. »Ich habe ihn angerufen. Und ihn eingeladen. Er hat gesagt, er will mal schauen.«

»Und für diesen Fall der Fälle wolltest du dir dieses Wahnsinnskleid zulegen?«

Womit ich vollkommen richtiglag, denn genauso war es gewesen, nur dass ihr das tolle Kleid, das sie für sich ins Auge gefasst hatte, nicht gepasst hatte.

Selbstredend hatte sie sich für den Typ von der Weintheke ein adäquates Ersatzoutfit zugelegt, das sie mir auf der Stelle vorführte. Tiefschwarz und ausgeschnitten bis zum Nabel, lag es am Hintern so eng an, dass sie keinen Slip darunter tragen konnte. Zum Ausgleich dieses eher unerheblichen Mankos hatte sie hocherotische Strumpfbänder erstanden, mit denen sie die Spitzenstrümpfe halten wollte, die ebenfalls zu dem Ensemble gehörten.

Wie es der Zufall wollte, hatte ich selbst ihr etwas zu Weihnachten geschenkt, das wunderbar zu dieser Aufmachung passte, gerade so, als sei es eigens dafür angefertigt worden. Vor etlichen Wochen hatte ich in einem Antikladen in der Innenstadt eine wunderbare Mantille entdeckt, eine spanische Handarbeit, die mindestens fünfzig Jahre alt war. Sie war aus schwarzer Spitze, filigran und so zart wie ein Windhauch, der sacht über die Haut fährt. Dazu gehörten zwei erlesen gearbeitete Hornkämme, die seitlich im Haar festzustecken waren. Ich hatte dafür fast meine gesamte Barschaft geopfert, denn dies war eine der seltenen Gelegenheiten gewesen, etwas zu erwerben, von dem ich mit traumwandlerischer Gewissheit wusste, dass Solveig sich danach verzehren würde. Ihr Schrank war bereits voll, und sie besaß überdies die Mittel, sich die meisten ihrer modischen Eskapaden spontan leisten zu können, wenn ihr danach war. Doch es geschah nicht oft, dass ich etwas auftat, das förmlich danach schrie, von ihr in Besitz genommen zu werden.

Wir hatten uns, angetan mit unseren Geschenken, gegenseitig vor dem Spiegel bestaunt und darüber sinniert, wie gut wir es doch miteinander hatten. Zu dem fürstlichen Essen, das wir anschließend gemeinsam in der Küche einnahmen, ließen wir die tollen Kleider an. Wir verspeisten bei Kerzenlicht ein wahres Schlemmermenü, bestehend aus Kaviarhäppchen, Krebsschaumsuppe, Gorgonzolalendchen und Vanillemousse. Solveig hatte sich selbst übertroffen. Vor dem Nachtisch mussten wir die Kleider ausziehen, weil selbst bei offenen Reißverschlüssen kein Bissen mehr in uns hineingepasst hätte.

Zu Silvester würden wir uns auf den Verzehr von Häppchen beschränken müssen, um nicht wie schwangere Elefanten aufs neue Jahr anstoßen zu müssen.

Ich suchte auf dem Sofa eine bequemere Position, drehte mich behäbig auf die Seite und strich mit der Hand über das rote Kleid und dann über meinen vollen Magen. Die Mousse gluckerte mit dem Kaviar in meinem Bauch um die Wette. Ich beruhigte den Aufruhr mit einem weiteren Keks aus Solveigs Weihnachtssortiment. War es ein japanischer oder ein albanischer? Keine Ahnung. Er schmeckte jedenfalls himmlisch.

War es mir jemals so gut gegangen?

»Ich glaube, diesmal ist es was Ernstes«, sagte Solveig. Sie schaute immer noch aus dem Fenster. Das Blau des Himmels war einem jäh aufziehenden grauen Schleier gewichen, und es hatte wieder angefangen zu schneien.

Der Keks blieb mir wie Holzwolle im Hals stecken. »Was meinst du?«

»Du weißt schon, was ich meine«, sagte sie sanft. »Ich bin

sehr sicher, dass er kommt. Und noch sicherer bin ich, was sich daraus ergibt. Für ihn und mich.«

Das war der Moment, vor dem ich mich gefürchtet hatte.

Scheiße, dachte ich. Und das zu Weihnachten.

5. Kapitel

Den zweiten Feiertag hatte ich für eine Leseorgie verplant. Das Buch, das ich mir zu diesem Zweck zugelegt hatte, gefiel mir jedoch nicht, und die Filme, die im Fernsehen liefen, hatte ich alle schon gesehen. Solveig war weggegangen, um eine Bekannte zu besuchen, also vertrieb ich mir die Zeit damit, mehr über die berühmte Lucia in Erfahrung zu bringen. Zu meiner Enttäuschung war der eigentliche Bericht über Lucia auf Italienisch, in einer schlampigen, nur mühsam zu entziffernden Schrift. Allerdings hätte es mir auch nicht viel genützt, wenn das Gekrakel besser lesbar gewesen wäre, denn mein Italienisch beschränkte sich hauptsächlich auf so aussagekräftige Worte wie *Ciao, Insalata mista* und *Zabaione*.

Doch außer den handschriftlichen Aufzeichnungen gab es auch eine mit der Schreibmaschine verfasste Übersetzung – zumindest vermutete ich, dass es eine Übersetzung war, denn meine Mutter hatte in ihrer typischen Klaue an den rechten oberen Rand der Fotokopie *Übersetzung* geschrieben und es dreimal unterstrichen, damit ich auch ja die richtigen Schlüsse zog. Das Blatt war von oben bis unten in engen Zeilen dicht beschrieben, aber in einer unvorstellbar schlechten Qualität. Einzelne Textpassagen waren mit X-Reihen ausgestrichen, andere wegradiert und unleserlich mit verschmierter Tinte überschrieben.

Der antiquierten Schrifttype nach zu urteilen, hatte man diese Übersetzung auf einer Maschine getippt, die bereits vor schätzungsweise einem halben Jahrhundert in ihre rostigen Einzelteile zerfallen sein musste.

Inwieweit die Übersetzung der handschriftlichen Notizen

tatsächlich authentisch war, konnte ich mangels genauerer Italienischkenntnisse unmöglich sagen, doch wenn der Originaltext genauso miserabel war wie die Übersetzung, dann war damit kein Staat zu machen. Die Zeilen strotzten nur so von Lücken und abstrusen, kaum einzuordnenden Redewendungen.

Die Überschrift war so ziemlich der einzige Teil, der leicht nachzuvollziehen war. Sie lautete: *Die Schwarze Nonne Lucia.*

Dann ging es ziemlich merkwürdig weiter, und beim Überfliegen der ersten Zeilen gewann ich nicht gerade den Eindruck, es hier mit einem Dokument zu tun haben, das zwingend die Heiligkeit meiner Namenspatronin unter Beweis stellte. Die mündlichen Überlieferungen, sprich die sattsam bekannten Lobpreisungen aus dem Mund meiner Mutter, deckten sich höchstens teilweise mit den schriftlichen Aufzeichnungen.

Der Anfang lautete folgendermaßen:

Die Schwarze Lucia, die Sanfte, die Blonde, die Augen so silbern wie das Licht des Mondes, der schwarze Schleier deckt ihre Stirn, ihren Mund, sie nimmt der Soldaten Hände, sie fasset sie beim … – hier kam eine Stelle, die ausgestrichen war, und die mit Tinte dazugekritzelten Wörter waren nicht zu entziffern. Dann ging es in demselben altertümlichen Gesülze weiter mit: *Erlöset sie von ihrem Leiden, denn hinweg nimmt sie das Blut von ihren geschundenen Leibern* – wieder eine Reihe ausgestrichen.

Sie reißt (reicht?) *ihnen das …?, und sie trinket* (trinken?) *davon viel, hernach waschet sie* (sich?) *und kreuzt deren Hände zum Gebet vor der Brust, die Augen aber öffnet sie ihnen zum Angesichte des …*

Ähnlich unverständlich ging es mit dem von Schreibfehlern und undeutlichen Stellen nur so wimmelnden Text über ganze Absätze weiter. Die gute Lucia musste wirklich eine wackere Krankenschwester gewesen sein, und das überwiegend bei Soldaten, die so schwer verletzt waren, dass sie quasi vor Lucias Augen verbluteten. Tatsächlich wurde mehrfach in blumiger Umschreibung das Blut der armen Kerle erwähnt, um das Lucia sich auf ihre Art kümmerte – eine Art, die manchmal ziemlich übertriebene Formen annahm, jedenfalls, soweit es die Auslegung der umständlichen, verschrobenen, oft ellenlangen und dabei merkwürdig zusammenhanglosen Sätze vermuten ließ.

Es lag nahe, dass entweder der Übersetzer oder aber der Verfasser des Originaltextes einen exzessiv blumigen Aufsatzstil gepflegt hatte, der nicht gerade zur Erhellung von Lucias Fähigkeiten als Krankenschwester beitrug.

So stand beispielsweise an einer Stelle: ... *trank sie das Blut von seinen Lippen*, ein anderes Mal las ich: ... *beugte sie sich über die Kehle des Todgeweihten, bis Blut hervorlief*.

Ich vermutete dahinter die laienhafte Beschreibung einer Mund-zu-Mund-Beatmung und eines professionellen Luftröhrenschnitts – erfolgreich, wie anzunehmen war, denn der Nachsatz lautete in beiden Fällen: *Alsbald war das Leiden vorbei*.

Außerdem fiel auf, dass Lucia ständig Nachtschichten schob. Ihre Einsatzzeiten lagen demzufolge *in den langen Stunden der Dunkelheit, oder sie zogen sich hin bis zum Aufziehen der Morgendämmerung*.

Das Ganze las sich dermaßen mühsam und war überdies so unerquicklich und langweilig, dass ich schon vor dem Ende der Übersetzung das Interesse an Lucias Lazarettkarriere verloren hatte. Dieser Sermon enthielt mit an Sicherheit grenzender Wahrscheinlichkeit ohnehin kein vollständiges Persönlichkeitsbild.

Anno Domini 1918 – so lautete die Datumsangabe im italienischen Originaltext – war Lucia zwanzig Jahre alt gewesen. In diesem Alter war sie auch gestorben; es hieß, sie sei von marodierenden Deserteuren ermordet worden. Oma war zu jener Zeit ein kleines Kind gewesen. Wie kam sie darauf, Lucia als »Früchtchen« zu bezeichnen? Ich konnte mir nicht vorstellen, dass ihre Tätigkeit seinerzeit als unschicklich galt. An weiblichem Lazarettpersonal war auch zur Zeit des Ersten Weltkriegs bestimmt nichts auszusetzen. Schließlich hatte bereits ein halbes Jahrhundert davor Florence Nightingale im Krimkrieg die weibliche Krankenpflege organisiert.

Blieb natürlich noch die Möglichkeit, dass Lucia im Dienst der Nächstenliebe nicht nur blutstillende Kompressen angelegt, sondern sich den Soldaten vielleicht gleichzeitig etwas intimer gewidmet hatte. Dergleichen soll ja in diesen Krisenzeiten häufig vorgekommen sein. Die Soldaten waren zumeist jung, einsam, frustriert und fernab der Heimat, und wenn es etwas gab, das sie schmerzlich vermissten – außer dem Frieden natürlich –, waren es sicher ein paar Streicheleinheiten. Was lag näher, als einem Schwerverwundeten ein bisschen weibliche Wärme zuteil werden zu lassen, zumal es doch niemandem schadete?

Doch damals herrschten prüde Moralvorstellungen, was erst recht für Frauen galt, die den Schleier genommen hatten und außer Christus keinen Mann mehr lieben durften. Hatte Lucia gegen diese Prinzipien verstoßen, und hatte es deswegen Gerüchte in der Familie gegeben? Die Überlieferungen schienen, wenn man Omas Äußerung mit einbezog, auseinanderzugehen. Bedeutete *Früchtchen*, dass Lucias pflegerischer Eifer ab und zu unter die Gürtellinie gezielt hatte?

Soweit ich es einschätzen konnte, war Lucia einfach nur eine ungeheuer tüchtige Krankenpflegerin gewesen, die vielen armen, verwundeten Jungs über den Berg geholfen hatte und dabei womöglich von Zeit zu Zeit ein bisschen zu eifrig zu Werke gegangen war, höchstwahrscheinlich aus religiösem, an Ekstase grenzendem Eifer heraus. So oder so, eins war jedenfalls sicher: Lucia war bestimmt keine alltägliche Frau gewesen, denn warum sonst hätte sich überhaupt jemand die Mühe machen sollen, all den Kram über sie schriftlich für die Nachwelt festzuhalten?

Wie auch immer, sie war tot und begraben. Wen kümmerte es heute noch, ob sie vor mehr als einem Menschenalter ein paar junge Männer vielleicht hingebungsvoller als nötig gepflegt hatte?

*

Zwischen Weihnachten und Neujahr traf ich den gut aussehenden, bleichen Notfallpatienten wieder, den ich bereits in der Woche vor Weihnachten in Rainers Praxis getroffen hatte. Im Rückblick ist mir klar, dass die verzweigten Wege des Schicksals spätestens an diesem Tag begannen, sich in einem bestimmten Muster zu kreuzen und zu verbinden.

Man hatte mir im Rotkreuzkrankenhaus kurzfristig einen Termin für die Magnetresonanztomographie gegeben.

»Kommen Sie am besten zwischen den Jahren, gleich um sieben, wenn wir anfangen, da ist nicht viel Betrieb«, hatte die Assistentin gemeint, als ich aufgrund der von Rainer ausgestellten Überweisung dort angerufen hatte. »Wenn Sie nach Neujahr kommen, haben wir wieder den Flur voll, und Sie müssen endlos warten.«

Da ich sowieso nichts Besseres vorhatte, konnte ich es auch genauso gut gleich hinter mich bringen, wenngleich das zwangsläufig bedeutete, dass ich mich in Kürze einem Kieferorthopäden würde vorstellen müssen. Rainer würde mir bei meinem nächsten Besuch vermutlich den absolut angesagten Topmann empfehlen.

Im Rotkreuzkrankenhaus herrschte an diesem trüben frühen Morgen eine seltsam verschlafene Stimmung. Draußen war es noch stockfinster, und im bleichen Neonlicht der Flure sahen alle Menschen, denen ich auf meinem Weg in die Radiologie begegnete, wie wandelnde Leichen aus. Es war tatsächlich nicht viel los. Gelegentlich kamen Patienten im Morgenmantel vorbeigeschlurft. Manche schoben ein Gehgestell vor sich her, andere wurden von Pflegern im Rollstuhl oder im Bett transportiert. Die radiologische Abteilung, der auch die Computer- und die Magnetresonanztomographie angeschlossen war, befand sich neben den Labors im Untergeschoss, einem weitläufigen, vielfach verzweigten Labyrinth von Korridoren und fensterlosen Fluchten zahlloser Behandlungs-, Untersuchungs- und Gerätetrakte. Rote, blaue und orangefarbene Türen führten in verschiedene Bereiche. Über allem hing ständig gegenwärtig der stechende Geruch nach Desinfektionsmitteln, Bohnerwachs, Krankheit und Tod.

Die übernächtigte Assistentin saß in einem Glaskasten. Sie tippte meine Daten in den PC, heftete die Überweisung ein und deutete dann auf die Stuhlreihe im Gang, wo zwei Patienten warteten, ein alter Mann im Trainingsanzug und eine dickliche Frau in einem blaugeblümten Morgenmantel. Beide unterhielten sich.

»Sie werden dann aufgerufen. Dauert vielleicht eine halbe Stunde.«

Ich setzte mich neben die beiden anderen und schloss die Augen. In der vergangenen Nacht hatte ich nicht allzu gut geschlafen. Es hatte unablässig gestürmt, der Wind hatte ums Haus geheult und bis zum Morgen wieder Unmengen von frisch gefallenem Schnee aufgetürmt. Die Streudienste waren heute früh bereits in vollem Einsatz, kamen aber kaum mit der Beseitigung der Schneemassen nach.

Halb dösend, halb wachend lauschte ich der Unterhaltung.

»Ja, wenn ich es doch sage«, meinte die Frau. »Ich habe es aus erster Hand. Von der Oberschwester. Sie hat mit dem Chefarzt drüber gesprochen. Als ich gestern zur Blutabnahme war. Der Schrank war irgendwie geöffnet worden, das Blut weg. Und keiner wusste, wie.«

»Und dabei arbeiten sie da in Wechselschichten. Soweit ich weiß, ist sowieso rund um die Uhr jemand da.«

»Das habe ich auch gehört.«

»Angeblich haben sie sogar extra ein neues Schloss eingebaut.«

»Sie haben sogar einen Safe aufgestellt«, sagte die Frau. »Ich habe das Ding selber gesehen. Als sie es da rübergebracht haben.«

Ich öffnete ein Auge und sah gerade noch, wie sie den Gang entlangzeigte.

»Sie sollten vielleicht lieber Wachen aufstellen«, sagte der Mann.

»Ja, wenn's Geld wäre oder Diamanten oder so, da könnte man das ja noch verstehen. Aber bei Blut? Wer klaut schon Blut?«

Ich öffnete das andere Auge. »Ein Vampir«, schlug ich zwinkernd vor.

Die Frau starrte mich an. Sie war vielleicht Mitte fünfzig, wirkte von Medikamenten aufgeschwemmt und trug einen Verband über dem rechten Ohr. »Daran habe ich auch schon gedacht.«

»Die gibt's doch nur im Kino«, wandte der Mann verächtlich ein.

»Sagen Sie das nicht«, meinte ich. »Haben Sie nicht von den Pferdekadavern gelesen? Vielleicht ist es ein Serientäter.«

»Genau«, rief die Frau aus.

»Quatsch«, schnaubte der Mann. »Wozu dann das Blut klauen, wenn er sich doch jederzeit die Pferde schnappen kann?«

»Na, weil er Menschenblut lieber mag!«

»Er?«, fragte der Mann.

»Der Vampir.« Der Frau war anzumerken, wie ernst es ihr damit war. »Er kommt bei Nacht und Nebel durchs Fenster geflogen.«

»Hier unten gibt's keine Fenster«, wandte der Mann ein.

»Und wenn schon. Da gibt es Mittel und Wege. Die können sich in Fledermäuse verwandeln.«

In diesem Augenblick sah ich ihn. Martin Münchhausen – wenn er, was ich im selben Moment spontan bezweifelte, wirklich so hieß – kam gemessenen Schritts den Gang entlang. Sein Haar war so schwarz, dass sich der Widerschein der Beleuchtung darin spiegelte, und seine Augen waren von den rußfarbenen langen Wimpern überschattet. Wieder trug er einen Mantel aus edlem Stoff, doch es war nicht derselbe wie neulich; dieser hier war eher wie ein Trenchcoat geschnitten, mit Gürtel und doppelter Knopfreihe, und der Schal, den er trug, war ordentlich übereinandergeschlagen und unter die Revers geschoben. Die glänzend schwarzen Lederschuhe verursachten keinen Laut auf dem blank gewienerten Linoleum des Korridors, doch dieser bemerkenswerte Umstand war mir in diesem Moment nicht bewusst, weil ich wie gebannt war vom Anblick seines Gesichts. Im Licht der Neonröhren an der Decke war es so weiß wie die Wand hinter ihm. Ohne nach rechts oder links zu schauen, schritt er gleichmütig aus, ging an uns vorbei und blieb zwei Türen weiter stehen, genau an der Stelle, auf welche vorhin die Frau gedeutet hatte und wo sich die Labors mit der Blutbank befinden mussten. Und der neue Safe zur Aufbewahrung der gefährdeten Blutkonserven.

Er öffnete die Tür und ging in den dahinter befindlichen Raum.

Eine Schwester kam mit einem Tablett voller Medikamente vorbei; die offene Tür konnte ihr unmöglich entgangen sein, doch sie eilte vorbei, als sei alles in bester Ordnung.

Die beiden Patienten neben mir unterhielten sich weiter, ohne im Geringsten den Anschein zu erwecken, als sei irgendetwas nicht normal.

»Er kommt vielleicht irgendwie durch die Klimaschächte«, sagte die Frau.

»Das kann ich mir nicht vorstellen«, widersprach der Mann. »Wenn Sie mich fragen, ist es einer vom Personal. Oder jemand verkleidet sich als Arzt oder Pfleger.«

Hatten sie keine Augen im Kopf?

Ich räusperte mich beunruhigt. »Haben Sie nicht mitgekriegt, wie eben der Mann da reingegangen ist?«

»Welcher Mann?«, fragte die Frau. Sie starrte mich mit deutlichem Argwohn an.

Die Assistentin kam mit der Karteikarte des Patienten neben mir, bat ihn, ihr zu folgen, und verschwand dann mit ihm zusammen hinter der nächstliegenden Tür. Die Frau neben mir vertiefte sich in eine Illustrierte, die sie aus der Tasche ihres Morgenmantels zog.

»Aber Sie müssen ihn doch gesehen haben!«

»Meine Augen sind ausgezeichnet«, versetzte die Frau patzig.

Ich stand auf und ging hinüber zu der angelehnten Tür, hinter der Martin verschwunden war. Die Frau sandte mir misstrauische Blicke nach, doch in diesem Moment kam die Assistentin zurück und forderte sie auf, ihr in eine der freien Umkleidekabinen zu folgen.

Hinter der Tür, die mit leisem Quietschen vor mir aufschwang, befand sich wie erwartet ein großes Labor mit vielen Geräten, Arbeitstischen und Regalen. Alles war in blendendem Weiß gehalten, lauter spiegelnde Flächen unter den unbarmherzig grellen Deckenleuchten. Zwei weißbekittelte Frauen sortierten verschiedene Glasröhren in Stellagen. Sie arbeiteten konzentriert und schauten beide überrascht auf, als ich plötzlich in der Tür stand.

»Guten Morgen«, sagte ich unbeholfen.

Die beiden musterten mich mit unverkennbarem Misstrauen. »Ja?«, fragte die eine.

Ich schluckte und blinzelte, weil mir für einen Augenblick das, was doch so offensichtlich jedem ins Auge sprang, wie ein flüchtiger grauer Schatten erschienen war, eine Art Sinnestäuschung, bedingt durch Übermüdung, Stress, Unruhe.

Doch natürlich war er da. Er war ja hier reingegangen. Und

jetzt, da ich richtig hinschaute, sah ich ihn selbstverständlich auch. Wie ein pechschwarzer Fleck auf weißem Grund klebte der schöne Martin vor einem technisch aussehenden, schrankartigen weißen Metallkasten, bei dem es sich wohl nur um den Safe handeln konnte, von dem vorhin die Dicke im Morgenmantel erzählt hatte. Er hatte das Ding irgendwie geöffnet und stöberte darin herum.

»Haben Sie sich in der Tür vertan?«, fragte mich die andere Angestellte freundlich. Sie war jung und trug ihr Haar im Rastalook. »Hier ist das Labor. Unbefugte haben hier keinen Zutritt.«

Ich starrte Martin in die kieselgrauen Augen. Er hatte sich aufgerichtet und blickte mich unverwandt an. Mit der Rechten schob er sich zwei oder drei Blutbeutel in die Innentasche seines Mantels. Mit der Linken drückte er die Safetür wieder ins Schloss. Seine Bewegungen kamen in einer so fließenden, ungeheuer schnellen Abfolge, dass man hätte glauben können, er habe sich nicht geregt. Fast war ich sicher, die Tür des Safes gar nicht offen gesehen und das Blut nicht zu Gesicht bekommen zu haben. Ja, es war sogar so, dass Martin trotz seiner beeindruckenden Statur zu einem unkenntlichen blassen Schatten verblich, wenn ich ihn nicht genau fixierte.

»Sie sehen ihn gar nicht«, sagte ich zu niemand Besonderem. Meine Stimme zitterte fast so sehr wie meine Hand, mit der ich mich an der Türklinke festhielt. Im Rückblick finde ich es erstaunlich, dass ich keinen Moment auf die Idee verfiel, die beiden jungen Frauen könnten vielleicht so eine Art Komplizinnen von Martin gewesen sein. Oder von ihm bestochen, bedroht, eingeschüchtert – irgendetwas, womit er sich die Möglichkeit verschafft haben könnte, unbehelligt sein Vorhaben durchzuführen.

Nicht, dass damit schon alle Möglichkeiten ausgeschöpft waren. Es hätte genauso gut sein können, dass er sie hypnotisiert hatte. Oder sie sich mit Sex und Drogen hörig gemacht hatte. Oder dass er Hauptaktionär der Klinik war und seine Finger in jeden Safe stecken durfte, der hier im Haus herumstand. Oder vielleicht war er einfach der Chefarzt vom Labor und war noch nicht dazu gekommen, sich den weißen Kittel anzuziehen.

Kurz: *Alles* andere war mindestens eine Million Mal wahrscheinlicher als die Erklärung, die ich für diese komische Situation parat hatte: Für mich war ohne Frage klar, dass die beiden Laborangestellten ihn schlicht und einfach nicht wahrnahmen. Genau wie die Frau und der Mann vorhin auf dem Gang. Sie hatten ihn nicht gesehen. Sie hatten nicht mitbekommen, dass er an ihnen vorbeigekommen war. Er war für sie … unsichtbar.

Aber nicht für mich. Ich konnte ihn sehen. Überdeutlich und gestochen scharf. Ich musste nur richtig hinschauen und durfte mich nicht ablenken lassen. Die anderen waren wahrscheinlich zu sehr im Stress, um sich vernünftig auf den vermeintlichen Schatten zu konzentrieren.

»Aber ich sehe dich«, sagte ich zu ihm. Diese Bemerkung klang in meinen eigenen Ohren derart naiv, dass ich unwillkürlich lächeln musste. Es war keineswegs ein berechnendes oder höhnisches Lächeln, sondern eher ein verzerrtes, völlig unkontrolliertes Grinsen. Es entsprang ausschließlich meiner Unsicherheit und meiner Fassungslosigkeit und kam ganz instinktiv und planlos zustande, wie bei jemandem, der den berühmten Gesang im Dunkeln anstimmt.

Doch auf ihn hatte dieses zittrige, unbeabsichtigte Lächeln eine erschreckende Wirkung. Er richtete sich stocksteif auf, wie unter einem elektrischen Schlag, und seine Pupillen fingen an zu funkeln, wie von einer inneren Lichtquelle erhellt, um sich dann urplötzlich wie bei einer Katze zu Schlitzen zu verengen. Das Schlimmste war jedoch die Art, wie sich plötzlich die Oberlippe von seinen Zähnen zurückzog. Es sah aus wie bei einem wilden Tier, das die Lefzen entblößt, gierig und bereit, die

Halsschlagader seines Opfers zu zerfetzen und das sprudelnde Blut zu trinken. Die Eckzähne wirkten mit einem Mal enorm spitz und weit länger als normal, sie ragten wie bei einer Raubkatze über die Lippenlinie hinaus und hoben sich in scharfem Weiß gegen das dunkle Innere seines Mundes ab.

Ich bin ziemlich sicher, dass ich auf der Stelle vor lauter Schreck in die Hose gemacht hätte wie ein kleines Mädchen, wenn mich nicht in diesem Moment eine der beiden Angestellten angesprochen hätte. »Ist Ihnen nicht gut? Möchten Sie vielleicht einen Schluck Wasser?«

Martin bewegte sich einen Schritt auf mich zu, und dann, wie von Zauberhand weggewischt, war er im nächsten Moment verschwunden, ein blasser, kaum sichtbarer Schatten, der unbemerkt an mir vorbeigeglitten und sich dann entmaterialisiert hatte, als sei er nie da gewesen.

»Sollen wir einen Arzt holen?«

Ich merkte, wie ich langsam zu mir kam. »Danke«, krächzte ich. »Es geht schon wieder. Ich wollte eigentlich bloß zur MRT.«

»Die ist direkt nebenan«, sagte das Rastamädchen.

Mit wachsweichen Knien taumelte ich hinaus auf den Gang und rannte in die Assistentin hinein. »Ich habe Sie schon gesucht, Frau von Stratmann. Kommen Sie bitte mit.«

Ich wankte folgsam hinter ihr her, in eine Umkleidekabine, immer noch befallen von einer Art geistiger Starre, die es mir unmöglich machte, über das gerade Erlebte nachzudenken.

»Hier können Sie ablegen. Nehmen Sie bitte alle losen Metallteile vom Körper«, leierte die Assistentin. »Brillen, Ringe, Armbänder, Kettchen. Danach gehen Sie durch diese Tür in den Untersuchungsraum. Vergessen Sie nicht, den Aufbiss mitzubringen.« Sie war ungefähr in meinem Alter, hatte krauses Haar in einem unnatürlich aussehenden Rotton und ein paar entzündete Pickel am Kinn, an denen sie herumfingerte, während sie mit mir redete. Eigenartigerweise war ich in der Lage, solche Nebensächlichkeiten mit ganz normaler Aufmerksamkeit zu registrieren, doch mein Verstand weigerte sich, die Geschehnisse von vorhin nachzuvollziehen.

Die junge Frau schob sich durch die enge Kabine, quetschte sich an mir vorbei und öffnete die Tür zum Untersuchungsraum. »Ich warte dann hier auf Sie.«

Ich drückte die Tür hinter ihr ins Schloss und ließ mich auf den Hocker in der Ecke der Kabine sacken. Luft entwich mir wie einem angestochenen Ballon. Im selben Moment merkte ich, wie mein Herz anfing zu rasen.

Schock, dachte ich benommen, das muss der Schock sein!

Gleichzeitig kehrte mein Verstand zurück. In meinem Gehirn jagten sich wilde Gedanken, die nach einer plausiblen Erklärung suchten. Anders als meine Mutter bin ich ein rational denkender Mensch mit einem ausgeprägten Hang zum Agnostizismus. Mystische Ansätze zur Erklärung aus dem Rahmen fallender Phänomene waren mir von klein auf fremd gewesen. Ich erinnere mich, dass ich im Alter von ungefähr vier Jahren einmal die Vorstellung eines Zauberkünstlers gesehen habe, die damals bei uns im Kindergarten stattfand. Alle Kinder aus meiner Gruppe glaubten ernsthaft, dass es pure Magie war, die den Zauberer dazu befähigte, das Kaninchen aus dem Zylinder zu ziehen, doch ich argwöhnte sofort, dass er uns irgendwie reingelegt hatte. Ähnlich verhielt es sich mit anderen sogenannten Wundern. Ich glaubte an keines davon.

Womit ich auch sofort eine vernünftige Erklärung für den Vorfall im Labor bereit hatte. Ich war verrückt. Es war unerwartet, schnell, heftig und total über mich gekommen, ein Anfall akut auftretenden Wahnsinns, wie er manche Leute in schlimmen Krisensituationen befällt. Wahrscheinlich hatte ich in der letzten Zeit mehr mitgemacht, als mir klar gewesen war.

Der Inhalt dieses Trugbildes, das mir mein Unterbewusstsein vorgegaukelt hatte, war im Grunde leicht zu erklären. Während ich aufstand und langsam, aber mit zunehmend sichereren

Bewegungen meine Sachen abstreifte, fügten sich alle Einzelheiten zu einer bestechend einfachen Erklärung zusammen.

Ich hatte mich – meiner Theorie zufolge krisenbedingt mit den Nerven am Ende – gerade angeregt über das Thema Blutraub und Vampirismus unterhalten, und plötzlich, *peng!*, tauchte der geheimnisvolle Schönling Martin Münchhausen auf, der, wenn man es sich genau überlegte, tatsächlich einem tragisch-düsteren Helden aus einem Gruselroman ähnelte. Groß, bleich, schwarzhaarig, langer dunkler Mantel, wehender Schal – vampirmäßiger ging es nicht. Passend dazu kam er ganz unangemeldet daher, schlich lautlos ins Labor und klaute sich eine Ladung Blut.

Wenn das nicht aus dem Stoff war, aus dem schlechte Filme gemacht werden!

Trotzdem konnte ich nicht umhin, mein eigenes Unterbewusstsein für die ausgefeilte Dramaturgie zu bewundern, mit der es mir diese Illusion in einem Moment untergejubelt hatte, der gar nicht passender hätte sein können, um bei mir so richtig Angst aufkommen zu lassen. Anscheinend hatte Martin mich bei unserem ersten (nein, einzigen!, verbesserte meine innere Befehlsstimme) Zusammentreffen so sehr beeindruckt, dass mein Unterbewusstsein ausgerechnet ihn und keinen anderen für die Rolle meines privaten Freundes Harvey ausgewählt hatte. Zugegeben, mit seinem leicht unheimlichen Touch eignete er sich wesentlich besser für diesen Part als beispielsweise Rainer. Wäre der als Vampir aufgekreuzt, wäre ich wahrscheinlich bloß vor Lachen vom Stuhl gefallen.

Nein, das wäre ich ganz sicher nicht, wies ich mich selbst sofort voller Ingrimm zurecht, denn ich merkte soeben, dass ich im Begriff war, mich in eine gewisse hysterische Heiterkeit hineinzusteigern, weil ich anscheinend zu glauben begann, nun habe sich alles zu meiner Zufriedenheit aufgeklärt.

Du lieber Himmel, ich hatte eine Wahnvorstellung gehabt!

Die Tür zum Untersuchungszimmer ging auf.

»Ich hatte eine Wahnvorstellung«, flüsterte ich.

»Brauchen Sie noch lange?«, fragte die Assistentin ungeduldig. »Ach je! Sie haben sich ja nackt ausgezogen!«

»Ich sollte doch ablegen.«

»Ja, aber bloß die losen Metallteile. Und genau die haben Sie angelassen.«

Tatsächlich, ich trug noch mein Goldkettchen um den Hals und ein paar Ohrringe.

Mit Hilfe der Assistentin nestelte ich mir die Kette vom Hals und nahm die Kreolen aus den Ohrläppchen, dann zog ich mich wieder an.

»Schuhe können Sie auslassen«, meinte sie.

Ich überlegte vage, ob ich ihr von der Fata Morgana im Labor erzählen sollte, doch dann nahm ich Abstand davon. Die Psychiatrie war nur drei Stockwerke höher, und das Letzte, worauf ich momentan Lust hatte, war ein Cocktail aus bunten Psychopillen und ein Zimmer mit vergitterten Fenstern, Tür an Tür mit ruhiggestellten Selbstmördern und wimmernden Junkies auf Entzug.

Bei diesem Gedanken fiel mir urplötzlich eine herrlich einleuchtende Erklärung für meinen Anfall ein. Ich hatte einen Flashback gehabt! Das musste es gewesen sein! Ich hatte davon gehört. Horrorvisionen von Monstern und ähnliche Albträume. Genau wie bei mir. Es passte alles zusammen. Depressive Grundstimmung, exzessiver Drogengenuss. Hatte ich nicht Heiligabend einen Riesenjoint fast ganz alleine aufgequalmt und mir einen zweiten brüderlich mit Lucas geteilt?

Was mich sofort zu der Frage führte, ob Flashbacks bei Marihuana überhaupt auftraten. Kamen sie nicht hauptsächlich bei LSD vor?

Ich grübelte eine Weile darüber nach, doch dann fand ich, dass ich mit der Flashbacklösung sicher richtiglag. Wer konnte heutzutage schon sagen, womit sie das Gras streckten!

Während die Assistentin meine Unterlagen bereitlegte, blieb

ich fröstelnd in der Ecke stehen. Eine Leuchtwand, an der diverse Tomographien zur Ansicht hingen, erstreckte sich über die ganze Breite des Untersuchungszimmers, doch abgesehen von dieser eher gedämpften Lichtquelle war es ziemlich dunkel hier drin.

Der Radiologe kam herein. Er war Mitte dreißig, und seine Augen hinter der dünnrandigen Brille waren rot vor Müdigkeit. Unter dem offenen Kittel trug er Jeans und Sweatshirt. Er gab mir die Hand und stellte sich vor, dann gingen wir in den angrenzenden Raum, wo die eigentliche Untersuchung stattfinden sollte, ein mit millionenteurer Technik vollgestopftes Gelass. Ich kam mir vor wie in der Kommandozentrale eines Kraftwerks.

Er zeigte mir die Liege mit der dahinter montierten Röhre.

»Es wird Ihnen vielleicht da drin ein bisschen eng erscheinen«, sagte er. »Wenn Sie in Panik geraten, drücken Sie den Ballon, den wir Ihnen vorher geben.«

Die Assistentin reichte mir Ohrenstöpsel. »Gegen den Lärm.«

»Welchen Lärm?«

»Vom Tomographen. Es hört sich ein bisschen an wie auf einer Baustelle. Lauter metallische Schläge. *Boing, boing, boing.*«

»Es knattert auch«, sagte der Arzt.

»Lange?«

»Es dauert schon so etwa eine Viertelstunde, aber je weniger Sie sich bewegen, umso besser wird die Qualität der Aufnahmen. Wir brauchen mehrere, eine mit Aufbiss, eine ohne. Halten Sie den Kopf ruhig, und bewegen Sie auch möglichst nicht Ihre Zunge.«

»Muss ich keine Bleischürze anziehen?«

»Es gibt dabei keine Strahlenbelastung«, sagte der Arzt.

Ich hievte mich auf die Liege, schob mir die Stöpsel in die Ohren und den Aufbiss zwischen die Zähne, dann legte ich mich zurück und nahm den Gummiballon für etwaige Panikattacken in die Hand. Mein Kopf wurde in eine Art Schraubklemme gezwängt, und ich kam mir vor wie die sprichwörtliche Weihnachtsgans. Hinter mir tat sich die überdimensionale Bratröhre auf, und ich wurde langsam mit dem Kopf voran hineinschoben, bis mich absolute Finsternis umfing.

Stellen Sie sich vor, Sie seien ein ausgebrannter Uranstab und zur Endlagerung in einem licht-, luft- und schalldichten Stahlmantel eingeschweißt, dann haben Sie einen Eindruck, wie ich mich fühlte. Oder, noch besser, versuchen Sie sich in die Situation eines frisch Verstorbenen zu versetzen, der gerade beerdigt worden ist und soeben festgestellt hat, dass er in Wirklichkeit nur scheintot ist.

Ohne den blöden Aufbiss hätte ich sicher mit den Zähnen geknirscht. Nie hätte ich mir träumen lassen, dass ich einmal in meinem Leben in eine Situation kommen könnte, in der ich unter Klaustrophobie litt. Es war entsetzlich! Ich war auf einmal absolut sicher, bei lebendigem Leib hier drin verfaulen zu müssen. Gefangen und eingeschlossen auf ewig. Bestimmt gab es gerade in diesem Moment irgendwo im Haus Feueralarm! Womöglich war ich schon längst mutterseelenallein hier im Untergeschoss!

Sämtliche Details entstanden in gnadenloser Klarheit vor meinem inneren Auge: Qualm stieg aus den Entlüftungsschächten, Feuer züngelte aus allen Ritzen herein, und der Radiologe und die Assistentin schafften es gerade noch, sich hustend ins Freie zu schleppen. Draußen schauten sie dann zurück in das brüllende Flammeninferno, und plötzlich fiel ihnen ein, dass noch jemand in der Röhre steckte. Doch da war es natürlich schon zu spät, denn die Röhre war längst zur Backröhre geworden. Arme Gans!

Dumme Gans, schalt ich mich. Doch es half nichts. Die Panik nahm überhand.

Du drückst *nicht* den Ballon, rief ich mich zur Räson.

Denk an was Schönes, befahl ich mir. Doch alles, was mir

spontan in den Sinn kam, war der Ausdruck auf Martins Gesicht gewesen. Das schwache Glitzern in den grauen Augen, als er mit diesem entsetzlichen, lautlosen Fauchen die Oberlippe von seinen spitzen Zähnen zurückgezogen hatte, und wie er diesen einen Schritt auf mich zugetan hatte, gerade so, als setzte er zum Sprung an. Um was zu tun? Mich niederzuwerfen und auszusaugen? Ein lustvoller Schauer durchrann mich bei dieser Vorstellung. Dunkle, aber eindeutig sexuelle Assoziationen stellten sich ein, von Liebe und Tod, von Unterwerfung und Erfüllung. Wenn ich schon unter Flashbacks litt, konnte ich wenigstens das Beste daraus machen. Ich gab mich eine Weile angenehmen Tagträumen hin und ließ mich in verschiedenen Stellungen von Martin, dem Vampir, aussaugen.

Wenigstens musste ich mir jetzt keine Sorgen über etwaige hirnorganische Defekte machen. Flashbacks kamen halt vor, hatte ich mir sagen lassen, damit musste man leben, bis sie nach einer Weile von allein wieder aufhörten. Meist passierte es sowieso nur einmal.

Dann wurde das Knattern lauter, und unvermittelt kam die Panik wieder zurück. Diesmal wurde mir ernstlich schlecht. Ich drückte den Ballon und merkte, wie ich aus der Röhre gezogen wurde. Mein Kopf wurde von der Halterung befreit.

»Mir ist schlecht«, stieß ich hervor.

»Brauchen Sie eine Schüssel?«, wollte die Assistentin wissen.

»Keine Ahnung«, nuschelte ich.

Sie reichte mir vorsorglich eine Pappnierenschale. Ich hielt sie mir vor den Mund und spuckte den Aufbiss hinein.

»Wir wären fast fertig gewesen«, sagte der Arzt bedauernd.

»Tut mir leid.«

»Macht nichts. Das kommt vor. Wir machen gleich einen neuen Anlauf. Mehr als zwei brauchen wir so gut wie nie.« Hatte die letzte Bemerkung eine Spur entnervt geklungen?

Ich räusperte mich und versuchte es mit Ablenkung. »Das

Blut, das hier schon öfter geklaut wurde – weiß man inzwischen mehr darüber?«

Die beiden wechselten Blicke.

Der Arzt spielte mit einem Kugelschreiber. »Wieso fragen Sie?«

»Nur so. Vorhin auf dem Gang haben sich zwei Patienten darüber unterhalten. Und da dachte ich einen Moment lang, ich hätte jemanden ins Labor gehen sehen. Ich bin ihm noch nachgegangen, aber ...« Ich verstummte.

»Aber?«, fragte der Arzt rasch.

»Da war dann doch niemand. Bloß – ich hätte schwören können, jemanden gesehen zu haben ...«

Die Assistentin starrte mich an, als hätte ich nicht mehr alle Tassen im Schrank. Sie öffnete den Mund, als wolle sie etwas sagen, doch der Arzt machte eine abwehrende Handbewegung.

»Ich hatte viel Stress in letzter Zeit«, behauptete ich schnell, bevor er mich auch noch für behämmert hielt.

»Meinetwegen können wir weitermachen«, fuhr ich betont munter fort und schob den Aufbiss wieder zwischen die Zähne. Ich ließ mich erneut in die enge Röhre schieben, und diesmal ertrug ich tapfer die ganze Prozedur bis zum Schluss.

Nach der Tomographie wurden die fertig entwickelten Aufnahmen in einen großformatigen Umschlag geschoben, den ich sofort mitnehmen konnte. Als ich ging, steckten der Radiologe und die Assistentin die Köpfe zusammen und tuschelten miteinander, während sie mir hinterherschauten.

Auf meinem Weg zum Ausgang kam ich am Labor vorbei. Die Tür stand offen. Drinnen herrschte der reinste Volksauflauf. Die Laborangestellte mit den Rastazöpfen saß auf einem Stuhl und heulte. Die andere unterhielt sich mit einem Wachmann vom Klinikpersonal. Verschiedene, wichtig aussehende Leute hatten sich vor dem großen Kühlschrank aufgebaut und versperrten mir die Sicht, doch dann trat einer von ihnen einen Schritt zur Seite, und ich sah, dass die safeartige Tür offenstand. Von dem allseits herrschenden Stimmengewirr konnte ich nicht viel verstehen, doch anhand einzelner Satzfetzen, die an mein Ohr drangen, konnte ich mühelos die Zusammenhänge rekonstruieren.

»… ist doch scheißegal, ob es zwei oder drei Beutel waren, vor einer Stunde waren noch alle drin … Dann muss das ja praktisch vorhin erst … die ganze Zeit hier gewesen … kein Mensch auch nur in die Nähe des Kühlschranks … kennt niemand die Kombination außer … wird immer unheimlicher …«

Ich wich zurück und begann zu rennen.

6. *Kapitel*

Rückblickend kann ich mir nicht erklären, warum ich nicht wenigstens mit Solveig über mein traumatisches Erlebnis im Krankenhaus gesprochen habe. Möglicherweise wäre dann vieles anders gekommen. Nun – vielleicht, aber vielleicht auch nicht. Manche Ereignisse sind in ihrem Eintreffen einfach zwingend und unausweichlich, egal, was man tut, um sie zu verhindern.

Zum Beispiel die Ereignisse, um die es hier geht und die mir in wenigen Tagen bevorstehen sollten. Ich stelle mir gern vor, dass sie so oder so nicht mehr aufzuhalten waren.

Mit dieser Einstellung ist mir wohler, denn sie erleichtert mein Gewissen, das heute immer noch mit vielen Belastungen fertig werden muss. Anstatt mit mir selbst auch heute noch eine *Was-wäre-geschehen-wenn*-Debatte zu führen, halte ich es lieber für angebracht, an die allgewaltige Macht des Schicksals zu glauben, was immer auch darunter zu verstehen sein mag.

In jenen drei Tagen vor Silvester redete ich mit niemandem über den Vorfall, abgesehen von einer Ausnahme, auf die ich gleich noch komme.

Ich lief wie in Trance durch die Gegend, geistesabwesend und in mich gekehrt, verzweifelt bemüht, mit dieser mir völlig neuen Angst fertig zu werden. Und zwar schweigend. Was hätte ich auch tun sollen?

Man stelle sich vor, ich hätte lauthals die Wahrheit verkündet.

Selbstverständlich, ich habe genau gesehen, wie es ablief. Da war dieser komische Kerl aus der Praxis meines Ex, der kann sich zufällig unsichtbar machen, und er hat mit Zauberei den Kühl-

schrank aufgesperrt und das Blut rausgeholt. Dann hat er sich entmaterialisiert.

Diese Story hätte mir vermutlich nicht mal meine auf Mystik versessene Mutter abgekauft.

Das Schlimme war, dass ich mir immer noch nicht sicher war, wie ich das Geschehene einordnen sollte. Wie es aussah, gab es für mich exakt zwei Möglichkeiten.

Erstens: Ich hatte halluziniert.

Zweitens: Dieser Martin war ein Vampir (oder zumindest ein Blut raubendes Wesen), der sich mit irgendwelchen paranormalen Tricks unsichtbar machen konnte, wenn man nicht genau hinschaute.

So ungern ich es zugebe, aber die erste Erklärungsvariante war mir deutlich sympathischer. Lieber war ich verrückt, als an Vampire zu glauben.

Doch die Beweise für die Richtigkeit der zweiten Erklärung waren erdrückend. Das Blut war schließlich genau in der Zeit geklaut worden, als ich Martin dabei beobachtet hatte, dass er es nahm. Vorher war es noch da gewesen, bewacht und mehrfach gesichert. Ich hatte keinen Grund, diese Information, die ich von den Wachmännern aufgeschnappt hatte, anzuzweifeln. Und dann war Martin an den Kühlschrank gegangen und hatte ihn aufgemacht. Anschließend waren die Beutel verschwunden gewesen.

Eine Halluzination konnte schlecht einen Kühlschrank aufmachen und Blut klauen, weshalb mich meine eigene Logik zwangsläufig immer wieder zur zweiten Variante führte.

Während Solveig sich in die Vorbereitungen für unsere große Silvesterfeier stürzte, lag ich meist in meinem Zimmer auf dem Bett und starrte aus dem Fenster. Viel war draußen nicht zu sehen. Schneegestöber und Nebelschwaden schienen vor dem Fenster eine undurchlässige Wand zu bilden. Es war ungemütlich kalt. Die Verkehrssituation in der Innenstadt und auf den Ausfallstraßen war durchweg katastrophal, und deshalb blieb auch jeder, der es sich leisten konnte, in diesen Tagen vor dem Jahreswechsel daheim. Ein von Westen kommendes Tiefdruckgebiet hatte sich über die Feiertage gehalten und dafür gesorgt, dass die Schneefälle stetig weitergingen. Ohne Unterlass sanken die Flocken in dichten Schleiern herab und deckten alles zu, Häuser, Straßen, Bäume, Autos. Die Stadt wurde förmlich unter den Schneemassen begraben. Die Meteorologen sprachen von einem Jahrhundertrekord, und die Räumdienste sahen sich vor nie gekannte Herausforderungen gestellt. Tagsüber wurde es nicht mehr richtig hell. Dunkelheit wechselte mit einem eigentümlichen, matten Zwielicht, und zumeist war es obendrein so neblig, dass im Freien alle Umrisse zu einem konturlosen Grau zerflossen.

»Wenn du dich morgen immer noch nicht besser fühlst, gehst du aber zu einem Arzt!« Solveig stand in der Tür, in den Armen einen Karton mit Lebensmitteln. Mein Gewissen regte sich, als ich sie so geschäftig sah. Ich hatte ihr weisgemacht, dass mir eine Grippe in den Knochen steckte, mit Halsweh, Kopfschmerzen, Müdigkeit und auch sonst allem, was dazugehörte. Ich fühlte mich tatsächlich gesundheitlich nicht ganz auf der Höhe, aber es war längst nicht so schlimm, wie ich es scheinen ließ.

»Morgen bin ich wieder fit«, behauptete ich. »Dann helf ich dir auch. Ehrenwort.«

»Darum geht's mir doch gar nicht. Du weißt, wie viel Spaß ich dabei habe, die Party vorzubereiten.«

Das war keine leere Worthülse. Solveig bezog wirklich einen erklecklichen Anteil an Lustgewinn aus dem Zubereiten von Büfetts und dem Arrangieren von Tischdekorationen. Das Planen der Essensfolge und die Auswahl der Getränke versetzten sie regelmäßig in einen Begeisterungstaumel, der wochenlang vorhielt, im Idealfall bis zur nächsten Feier.

»Du kommst mir vor, als wärst du gar nicht mehr du selbst.«

»Unsinn«, sagte ich mit heißen Wangen. Sah man es mir so deutlich an?

Ich holte Luft und wagte einen vorsichtigen Vorstoß. »Hattest du schon mal das Gefühl, verrückt zu werden?«

Sie runzelte die Stirn. »Ehrlich gesagt: Nein.«

Grund genug für mich, dieses Thema nicht auszuwalzen.

Doch Solveig glaubte, der Ursache für meine Lethargie auf der Spur zu sein. »Wenn du mich fragst, ist diese komische Grippe, die nicht richtig rauskommt, nur ein vorgeschobenes Krankheitsbild. Ich habe neulich was darüber gelesen. Man nennt das Post-Noëlle-Syndrom. Noëlle wegen Weihnachten.«

»Dann muss ein Franzose das Syndrom erfunden haben.«

Sie stellte den Karton zu ihren Füßen ab. »Er hat es nicht erfunden, er hat nur einen Artikel darüber geschrieben.« Sie erläuterte mir in kurzen Zügen, was jedem Normalbürger auch ohne den Fachausdruck klar sein musste.

Weihnachten – eine riesige Projektionsfläche für hochgesteckte Erwartungen an Liebe, Wärme, Nähe, Glück. All das, was wir das ganze Jahr über so schmerzlich entbehren müssen, wollen wir an diesen Tagen komprimiert genießen. Wir glauben, ein Anrecht darauf zu haben, und tun alles, damit unsere Wünsche sich erfüllen. Was natürlich unmöglich ist, weshalb auch die Depressionen auf dem Fuße folgen.

»Na, dann wird es das wohl sein«, sagte ich lustlos.

»Und bei dir kommt natürlich noch was anderes dazu.«

»Ich weiß, worauf du hinauswillst, aber vergiss es.«

»Warum denn?«, brauste Solveig auf. »Du wohnst jetzt seit … warte mal, seit …«

»Drei Jahren und zwei Monaten.«

»Genau. Seit drei Jahren und zwei Monaten wohnst du hier, und in dieser ganzen Zeit hast du mit … warte mal, mit …«

»Mit keinem.«

»Mit keinem?«, vergewisserte sich Solveig entgeistert.

»Mit keinem«, bestätigte ich unwillig.

»Da hast du es!«, rief sie triumphierend.

»Ich habe gar nichts.«

»Luzie! Das kann einfach nicht dein Ernst sein! Drei Jahre und zwei Monate ohne Mann! Da würde ich auch das Gefühl kriegen, verrückt zu werden!«

Ich kämpfte mich mühsam vom Sofa hoch und schleppte mich an ihr vorbei in die Küche. »Komm, ich helf dir beim Kochen.«

Sie hob den Karton auf und folgte mir. »Siehst du das nicht ein?«

»Ach, ich weiß nicht. Mit Männern kann man nicht reden.«

Solveig räumte Dosen und Schachteln aus dem Karton und stapelte alles auf dem Küchentisch. »Zu manchen Sachen taugen sie besser, das gebe ich zu.« Sie zwinkerte mir zu. »Du solltest es mal wieder versuchen. Nur so, einfach zur Entspannung. Du glaubst ja nicht, wie lebendig du dich hinterher fühlst.«

Ich verzog das Gesicht. Sie ahnte, was ich dachte.

»Wenn du nicht auf deine Kosten kommst, liegt das nicht immer nur am Mann, sondern auch an dir.« Sie hob die Hand und schnitt meinen Einwand ab. »Nicht an deiner Person, sondern an deiner mangelnden Erfahrung auf diesem Sektor. Mit dem Sex ist es wie mit vielen anderen Sachen auch. Übung macht den Meister. Und die allererste und allerwichtigste Übung ist, dass du den Mund aufmachst.« Sie grinste. »Nicht, um sein Ding zu lutschen, sondern um deine Wünsche zu äußern.«

»Du bist ordinär«, kicherte ich.

Solveig nickte heiter. »Klar. Aber wenn ich was will, dann kriege ich es auch. Nicht, dass es immer einfach ist. Manchmal kostet es auch ganz schön Überwindung.«

»Kann ich mir gut vorstellen.«

Doch sie hatte dabei an etwas anderes gedacht als ich. »Ich habe mich erst nicht getraut, aber dann habe ich es doch getan. Ihn anzurufen, meine ich. Ich habe mir vorher genau aufgeschrieben, was ich sagen wollte: Sie kennen mich nicht, und ich kenne Sie nicht, aber ich habe Sie zufällig bei Freddy gesehen und kann Sie nicht vergessen …«

»Ach, der«, sagte ich missmutig.

»Ich hatte mir also alles bestens vorher zurechtgelegt. Stattdessen kam was ganz anderes raus, ich konnte bloß irgendwas daherstammeln, ein Wunder, dass er mich überhaupt verstanden hat.« Ihr Gesicht entspannte sich in einem glücklichen Lächeln. »Aber am Schluss hat er mich nach meinem Namen und meiner Anschrift gefragt und hat gesagt, er will mal schauen, ob er Zeit hat.«

»Ist ja toll.«

»Ja, und vor allem ist es der Beweis für meine These: Wenn eine Frau was will, muss sie es sagen, sonst wird nichts daraus. Nimm dir an mir ein Beispiel.«

Während ich ihr half, die Einkäufe in den Schränken zu verstauen und diverse Häppchen und Dips für die Silvesterfeier am nächsten Tag vorzubereiten, dachte ich über unsere Unterhaltung nach. Ich war eine gesunde Frau von sechsundzwanzig Jahren mit entsprechenden körperlichen Bedürfnissen, und mein Vibrator wurde mir auf die Dauer als Sexpartner langweilig. Solveig hatte womöglich recht. Vielleicht sollte ich es einfach mal wieder am lebenden Objekt versuchen. Ganz unverbindlich. Bloß so, zum Test. Und dabei könnte ich auch gleich ausprobieren, ob ich es fertigbrachte, *meine Wünsche zu äußern.*

Genau das hatte ich, wenn ich es recht bedachte, tatsächlich in meinen wenigen Beziehungen regelmäßig versäumt. Ich war immer der Meinung gewesen, dass man über bestimmte Dinge nicht redete, sondern sie einfach tat. Oder tun ließ, je nachdem. Mir wurde erst jetzt richtig klar, dass ich mich mit dieser Einstellung gewissermaßen dem Zufallsprinzip unterworfen hatte. Wie Dornröschen hatte ich hoffnungsvoll aber stumm darauf gewartet, mit einem Kuss an der richtigen Stelle beglückt und erlöst zu werden, nur hatte von meinen bisherigen Prinzen keiner Gedanken lesen können.

Nicht ihr Fehler, sondern meiner.

Bei der nächsten Gelegenheit, so beschloss ich, würde ich mein Post-Noëlle-Syndrom zum Fenster hinauswerfen, indem ich Solveigs Ratschläge praktisch anwendete.

Ich konnte ja nicht wissen, wie bald sich diese Gelegenheit ergeben sollte.

*

Tags darauf erhielt ich am Vormittag unerwarteten Besuch. Als es an der Wohnungstür klingelte, glaubte ich zunächst, es sei Solveig, die ihren Schlüssel vergessen hatte. Sie war vorhin weggegangen, um noch rasch die bestellten Stangenbrote abzuholen, bevor der Bäcker zumachte.

Doch es war nicht Solveig, sondern ein mir gänzlich unbekannter Mann um die sechzig. Er klopfte sich den Schnee von seiner Thermojacke, dann zog er seine Handschuhe aus und reichte mir die Hand, wobei er sich als Kommissar Schimanski vorstellte.

»Wie der, der früher beim Tatort mitgespielt hat?«, konnte ich mir nicht verkneifen zu fragen.

»Genau wie der. Aber nicht verwandt und nicht verschwägert.« Er war leicht übergewichtig, hatte borstig abstehendes graues Haar und von der Kälte aufgeplatzte Äderchen an den Nasenflügeln. Ein feines Netz von Falten umgab seine müden Augen, und an seinem Kinn deuteten die grauen Bartstoppeln darauf hin, dass er schon seit geraumer Zeit Überstunden schob.

Er zeigte mir seinen Ausweis. »Kann ich reinkommen und Sie kurz sprechen?«

»Weshalb?«

»Wegen eines Diebstahls, der sich vorige Woche im Rotkreuzkrankenhaus ereignet hat.«

Ein mulmiges Gefühl breitete sich in meinem Magen aus,

während ich ihn bat, mir ins Wohnzimmer zu folgen. Er trat sich die Schuhe auf der Fußmatte vor der Tür ab, zog umständlich die Jacke aus und hängte sie an der Garderobe in der Diele auf. Sein Jackett war zerknittert, und auch die ausgebeulte Gabardinehose sah aus, als hätte er darin rund um die Uhr gearbeitet. Er selbst machte ebenfalls einen ziemlich übernächtigten Eindruck.

Ich setzte mich auf eines der beiden Sofas. »Kann ich Ihnen etwas anbieten? Kaffee oder ein Wasser vielleicht?«

»Danke, nein. Leben Sie alleine hier?«

Ich fragte mich, was diese Frage mit dem Diebstahl zu tun hatte. Außerdem standen auf dem Türschild zwei Namen, Lucia von Stratmann und Solveig Wessel.

»Meine Freundin wohnt auch hier. Sie ist nur kurz zum Einkaufen gegangen und muss gleich wieder da sein. Nehmen Sie doch Platz.«

Er nickte dankend und setzte sich in den Sessel am Fenster, dann blickte er sich kurz und prüfend um. Ich tat es ihm gleich und versuchte, die Umgebung mit seinen Augen zu sehen.

Unsere Wohnung hatte drei Zimmer, Solveigs und mein Schlafzimmer und unser gemeinsames Wohnzimmer. Die Küche bot genug Platz für einen Esstisch, an dem vier Personen sitzen können. Unser Bad war ziemlich klein, doch für uns beide reichte es. Ferner gab es eine Gästetoilette und eine Besenkammer. Alles in allem war es nichts weiter als eine ganz normale, durchschnittlich eingerichtete Wohnung zweier junger Frauen Mitte zwanzig, die Wert auf eine flott gestylte Umgebung legten, dafür aber nur begrenzte Mittel zur Verfügung hatten.

Im größten Raum, dem Wohnzimmer, gab es die übliche Kombination aus bequemen Sofas und günstig erstandenen Regalen sowie hier und da einem etwas extravaganteren Stück, in dem sich Solveigs Hang zum Exklusiven widerspiegelte, wie zum Beispiel den Designersessel, auf dem sich gerade so zielsicher Kommissar Schimanski niedergelassen hatte. Solveig hatte das Ding als Auslaufmodell zum halben Preis erstanden, doch der belief sich immer noch auf das Doppelte von dem, was die übrige Einrichtung gekostet hatte. Dann gab es noch eine bildschöne Stehlampe mit einem Tiffanyschirm, ein Erbstück von ihren Eltern, eins der wenigen Dinge, von denen sie sich damals nach der Auflösung des Nachlasses nicht hatte trennen mögen.

Mein eigener Hang zum Mondänen manifestierte sich in dem gewaltigen Fernseher, den ich eines Tages zu Solveigs Entsetzen angeschleppt hatte, eine Art Zimmerkino mit ultraflachem Bildschirm. Ich hatte es in einem Anfall von Übermut zum absoluten Dumpingpreis bei einem Konkursverkauf abgestaubt, aus zweiter Hand und vier Monate alt, aber tipptopp in Schuss.

Kommissar Schimanski betrachtete den Fernseher.

»Schönes Gerät.«

»Soll ich ihn mal anmachen?«

Um seine Mundwinkel zuckte es. Ein Bulle mit Sinn für Humor.

»Nein, lieber nicht. Lassen Sie uns über den Diebstahl reden.«

Mir war natürlich klar, warum er hier war. Immerhin hatte ich mit Stielaugen ins Labor geglotzt und die beiden Mädchen dort bei ihrer Arbeit aufgescheucht, just als die Konserven auf geheimnisvolle Art von ihrem Aufbewahrungsort verschwanden. Dann war ich während meiner MRT-Untersuchung ohne einleuchtenden Grund damit herausgeplatzt, dass ich einen Mann ins Labor hatte schleichen sehen. Damit deutete alles darauf hin, dass ich, wenn schon nicht die Übeltäterin, so doch zumindest eine unverzichtbare Zeugin war. Anscheinend hatte ich einen nachhaltigeren Eindruck hinterlassen, als ich gedacht hatte.

»Ich wäre schon eher vorbeigekommen«, meinte Schimanski.

»Aber im Moment sind wir im Präsidium unterbesetzt und kommen mit der Bearbeitung der Fälle nicht nach.«

»Das tut mir leid.«

»Mir auch. Zum Diebstahl also. Sie waren am frühen Morgen gegen sieben Uhr in der Radiologie des Rotkreuzkrankenhauses?«

Es klang wie eine Frage, obwohl es im Grunde eine Feststellung war.

»Das scheinen Sie ja schon zu wissen«, sagte ich reserviert.

»In der Tat. Die Radiologie befindet sich, wie Ihnen wohl bekannt sein dürfte, direkt neben den Räumen des Kliniklabors. Und dort ...«

»Ja, ich weiß«, unterbrach ich ihn. »Aber ich weiß wirklich nicht, ob ich Ihnen weiterhelfen kann.«

»Nach den Aussagen verschiedener Angestellter haben Sie einen Mann ins Labor gehen sehen. Diese Aussagen konnten von zwei Klinikpatienten verifiziert werden.«

»Die beiden haben ihn auch gesehen?«, platzte ich heraus, wilde Hoffnung im Herzen.

Er betrachtete mich mit hochgezogenen Brauen. »Wen?«

Ich merkte, dass ich im Begriff war, mich auf dünnes Eis zu begeben. »Keine Ahnung. Ich war unheimlich schlecht drauf an dem Morgen. Ich hatte kaum geschlafen, war total übernächtigt. Einen Moment lang hatte ich mir eingebildet, da jemanden zu sehen.«

»Wen?«

»Na, einen Mann halt.«

»Wie sah er aus?«

»Groß, dunkle Haare, dunkler Mantel, in meinem Alter«, sagte ich. Welchen Sinn hatte es, das jetzt noch abstreiten zu wollen? »Aber wenn die anderen ihn nicht gesehen haben, dann kann ich ihn mir nur eingebildet haben. Vielleicht war ich kurz eingenickt oder so.«

»Sie meinen, Sie haben nur ein Traumbild gesehen?«

»Was weiß ich.«

»Weshalb sind Sie dann aufgestanden und zur Labortür gegangen?«

»Weil ... vielleicht habe ich gedacht, da will einer was klauen. Ich hatte das doch auch gelesen von den Blutdiebstählen.«

»Und Sie hatten sich außerdem zufällig gerade mit den beiden Patienten über das Thema unterhalten.«

»Ja, das stimmt.«

»Dann können Sie nicht geschlafen haben.«

Womit er unbestreitbar recht hatte. Ich konnte schlecht behaupten, gleichzeitig geredet und geschlafen zu haben. Manche Leute sollen das ja angeblich fertigbringen, doch wie sollte ich das einem ausgebufften Profi von der Kripo begreiflich machen?

Ich rettete mich in rigorose Abwehr und sparte dabei nicht mit schnoddrigen Bemerkungen. »Was wollen Sie überhaupt von mir? Ich habe das blöde Blut bestimmt nicht geklaut!«

»Das behauptet ja auch keiner. Ich möchte lediglich Ihre genauen Beobachtungen hören.«

Das war, wie ich erkannte, meine Chance, die Vision (den Flashback, die Erscheinung, das Mysterium) einer hochoffiziellen Untersuchung zuzuführen. Ich musste lediglich zu Protokoll geben, dass ich den Mann, den ich zu sehen geglaubt hatte, bereits kannte. Ich hatte zwar keine Ahnung, wo er wohnte, doch ich hatte seinen Namen gehört und wusste, zu welchem Zahnarzt er ging. Mit diesen Angaben war es für die Kripo ein Kinderspiel, ihn dingfest zu machen.

Ich stand nahe davor, das können Sie mir glauben. Die Idee, all meine Probleme in die tüchtigen Hände polizeilicher Ermittler zu legen, hatte etwas ungemein Verlockendes. Ich musste ihm nur Folgendes mitteilen:

Wissen Sie, ich will niemanden belasten, aber ich kenne diesen Typen ganz zufällig, er nennt sich Martin Münchhausen und ist bei Herrn Dr. von Stratmann in zahnärztlicher Behandlung.

Die Frage war bloß, ob Schimanski mit dieser Auskunft wirklich wunschgemäß von dannen zog, um Martin aufzuspüren und den Kerl als Vampir oder dergleichen zu entlarven.

Eher nicht, wenn ich es recht bedachte, denn welchen Wert hatte schon die Aussage einer Zeugin, die als einzige Person besagten Dieb bemerkt hatte, obwohl noch mindestens vier andere hellwache, aufnahmefähige und geistig gesunde Leute direkt danebengestanden hatten?

Und nicht nur das. Wie würde es erst klingen, wenn ich diesem abgebrühten Kripobeamten erklärte, dass der Mann, den ich gesehen hatte, nach dem Diebstahl nicht einfach davongerannt war, sondern sich kurzerhand in Luft aufgelöst hatte?

Im günstigsten Fall würde man mich für eine verlogene Wichtigtuerin halten, im ungünstigsten für eine bedauernswerte Geistesgestörte. Nein, danke. Das hatte ich alles schon bis zum Exzess gedanklich durchgekaut. Lüge oder Wahrheit, Trick oder Einbildung, Flashback oder echter Vampir – wenn *ich* schon damit überfordert war, galt das erst recht für die Polizei. Die taten sich ja schon mit stinknormalen Ganoven schwer. Für irgendwelchen übersinnlichen Kram war man dort nicht zuständig, dergleichen überließ man eigens dafür geschulten Menschen in weißen Kitteln, die für die Zeugen imaginärer Diebstähle eine Menge bunter Pillen bereithielten.

Für meinen Seelenfrieden war es vermutlich ohnehin am besten, einfach schleunigst alles zu vergessen. Es war ja nicht mein Blut, das dieser Typ geklaut hatte.

»Hören Sie, ich habe mir das Ganze nur eingebildet. Ich habe hinterher noch mal gründlich über alles nachgedacht, und ich bin wirklich sicher, dass da gar nichts war. Sie kennen das doch bestimmt auch. Zu viel Stress, wenig Schlaf. All diese Dinge eben.«

Er nickte verständnisvoll. »Das kenne ich wahrhaftig.«

Ich atmete erleichtert auf. »Na, dann wäre das erledigt.«

»Keineswegs«, versetzte er freundlich.

Ich erstarrte.

»Eine genaue Beschreibung dieses Mannes wäre für uns in jedem Fall hilfreich.« Er beugte sich vor uns sah mich eindringlich an. »Besser eine einzige Zeugenaussage als gar keine, verstehen Sie.«

Wieder zischte mir diese kleine Stimme in meinem Ohr zu, ihm alles zu erzählen, mich ihm anzuvertrauen (ihm vor allem die *spitzen Zähne* nicht zu verschweigen!), doch dann dachte ich an den endlosen Rattenschwanz von Problemen, den ich mir damit einhandeln würde.

Ich wurde wütend. »Das wird mir jetzt aber zu viel, Herr Schimanski. Sie verlangen von mir, dass ich etwas bezeuge, das ich bloß geträumt habe!«

»Ist das so?«, fragte er sanft.

»Was soll das?«, empörte ich mich. »Es waren doch genug andere Leute da. Hat vielleicht einer von denen was gesehen?«

»Nein.«

»Na also. Dann *kann* ich ja gar nichts gesehen haben.« Ich stand auf. »Damit sind wir jetzt fertig. Ich kann Ihnen wirklich nichts mehr dazu sagen.«

Er stemmte sich aus dem Sessel hoch und zog eine Visitenkarte aus der Innentasche seines Sakkos, die er mir reichte. »Wenn Ihnen doch noch irgendetwas einfallen sollte – rufen Sie mich an.«

»Danke«, sagte ich, in der Hoffnung, dass die Angelegenheit für mich damit endgültig erledigt war und ich diesen Mann nie wiedersehen würde.

Höflich begleitete ich ihn zur Wohnungstür. Als wir an der Küche vorbeikamen, warf er einen Blick hinein und sah die vielen Schüsseln und Platten und die Getränkekisten in der Ecke.

»Sie veranstalten sicher eine Feier«, meinte er, während er die Jacke anzog.

Angesichts der Offenkundigkeit dieser Tatsache beschränkte ich mich auf ein knappes Nicken. Mir war klar, dass ich nicht gerade freundlich zu ihm war, doch er hatte einen gewissen eigensinnigen Blick, der in mir den Argwohn hervorrief, dass er mich heute nicht das letzte Mal genervt hätte. Er machte ganz den Eindruck, als brauche er nur ein wenig Zeit, um sich eine neue Strategie zurechtzulegen.

Ich vergewisserte mich, dass er tatsächlich die Treppe runterging, und war erst beruhigt, als ich unten die Haustür zufallen hörte.

7. Kapitel

Im selben Augenblick ging nebenan die Wohnungstür auf, und unsere Nachbarin, Frau Herberich, schob ihre Gehhilfe vor sich her zum Aufzug. Sie war ausgehfertig angezogen: dicker, knöchellanger Wintermantel, mottenzerfressene Pelzmütze, verfilzte Wollhandschuhe. Die Handtasche hatte sie vorn auf der Ablage ihres Rollators deponiert. Normalerweise war sie noch recht passabel zu Fuß, doch bei dieser Witterung zog sie es vor, auf Nummer sicher zu gehen. Sie war alleinstehend; ihr Mann war seit drei Jahren tot, dahingerafft von einem Schlaganfall, ein Umstand, den Frau Herberich bei jeder Gelegenheit lautstark zu preisen wusste. Ihr Mann war nämlich im Gegensatz zu ihr ein eingefleischter Musikhasser gewesen, insbesondere Klassik hatte er verabscheut. Ausgerechnet ihr Lieblingskomponist Beethoven war ihm ein Gräuel gewesen. Jetzt holte Frau Herberich alles in dieser Hinsicht Versäumte nach, vor allem nachts, wenn sie nicht schlafen konnte. Sie konnte häufig nachts nicht schlafen, und weil sie wie ihr Lieblingskomponist Probleme mit den Ohren hatte, ließ sie es richtig krachen.

Wir duldeten es zähneknirschend, denn unsere gelegentlichen zaghaften Einwände beschied sie immer mit der knappen Bemerkung, wir sollten uns bloß nicht wie blöde Hühner benehmen, die anderen Mieter würden sich ja auch nicht beschweren.

Dabei kam ihr entgegen, dass wir in der fünften Etage wohnten und sich über uns nur das Dach befand. Die beiden Wohnungen im vierten Stock waren an nicht minder lärmende Zeitgenossen vermietet; in der einen wohnten zwei schwule Studenten, die Frau Herberichs Musikgeschmack teilten und außerdem meist irgendwo in Urlaub waren, und die andere Wohnung war an ausländische Mitbürger vermietet, eine unübersichtliche Anzahl ständig wechselnder Leute, überwiegend schwarzhaarige junge Männer nahöstlicher Herkunft, die kaum auseinanderzuhalten waren. Sie kamen und gingen zu allen Tages- und Nachtzeiten und veranstalteten dabei oft einen Lärm, der mit Beethovens Neunter leicht mithalten konnte. Einmal war es so laut gewesen, dass Leute im Nachbarhaus die Polizei gerufen hatten, weil sie glaubten, dass hier bei uns eine blutige Familienfehde im Gange sei. Hinterher hatte sich herausgestellt, dass man unten an der Haustür nur ein paar späte Gäste verabschiedet hatte.

Doch das war noch harmlos gewesen. Einmal, als ich nachts um ein Uhr noch etwas aus dem Keller holen wollte, hatte ich einen meiner Hausgenossen, einen Typen namens Mehmet, im Waschkeller angetroffen; er hatte sich zusammen mit einem anderen Burschen, den ich nicht kannte, über einen offenen Koffer gebeugt, den sie auf dem Trockner deponiert hatten. Als sie mich sahen, warfen sie den Koffer sofort zu, und ich nahm auch ohne explizite Bitte augenblicklich die Füße in die Hand. Das Messer, das Mehmets Kumpan hatte aufschnappen lassen, war Aufforderung genug gewesen.

Als ich Solveig davon erzählt hatte, war sie nicht überrascht. »Das ist halt Multikulti«, meinte sie nur dazu. »Das gibt's hier fast in jedem Haus. Vergiss es, dann vergessen sie es auch.«

Wir wohnten in der Nähe des Zoos, nicht gerade die feinste Gegend in Frankfurt, aber dafür eine der preiswerteren. Die Straße, in der wir lebten, war zwar ziemlich schäbig, aber dafür vergleichsweise ruhig. Wir hatten einen kleinen Dachgarten nur für uns, ein saniertes Badezimmer, reservierte Parkplätze und eine erstklassige Straßenbahnanbindung. Mehr an Wohnkomfort konnte man sich als Mieter in einer Großstadt heutzutage kaum wünschen. Natürlich hätten wir das Westend vorgezogen, doch da hätte eine Wohnung wie die unsere mindestens dreimal so viel gekostet.

»Ein Vertreter?«, fragte Frau Herberich knapp und wies mit dem Kinn die Treppe runter.

»Eh … ja.«

»Lästige Bande.« Sie rollte die Gehhilfe zum Aufzug und drückte den Knopf.

»Ich muss noch mal zur Fußpflege. Ich glaube, ich krieg da vielleicht ein Überbein. Hoffentlich macht der kleine Scheißer das heute ausnahmsweise mal richtig.«

Frau Herberichs zweite Leidenschaft nach Beethoven waren ihre Füße. Sie hatte bereits alle Fußpfleger im Viertel durchprobiert und war mit keinem zufrieden. Ihrer Meinung nach wollten die kleinen Scheißer alle bloß ihr Geld.

»Einer wie der andere«, pflegte sie zu sagen. »Keine Ahnung von nix. Ein bisschen rubbeln, ein bisschen hobeln, ein bisschen einschmieren, und aus. Hauptsache, schnell fertig.«

Die unterbelichteten Fußpfleger wollten einfach nicht begreifen, dass die Füße des Menschen der wichtigste Körperteil überhaupt waren. Frau Herberich zufolge rührte alles Übel in Form körperlicher Krankheiten von vernachlässigten Füßen her, sei es Migräne, Zahnweh, Magenkrebs, Prostatabeschwerden oder grauer Star. Ihr Mann war hauptsächlich deswegen gestorben, weil er sich einen feuchten Dreck um seinen chronischen Fußpilz geschert hatte.

»Pflege deine Füße, und du wirst hundert Jahre alt«, lautete ihre Devise. Hornhaut, Hühneraugen, verwachsene Nägel, schuppige Stellen und schlecht durchblutete Zehen waren für sie Symptome des nahenden Dahinscheidens, weshalb sie es erst gar nicht dazu kommen ließ. Ihre Füße waren ihr Ein und Alles.

Sie hatte mir schon öfter angeboten, mir vorzuführen, wie tadellos in Schuss sie für ihre neunundsiebzig Jahre waren, doch ich hatte jedes Mal dringende Termine vorgeschützt, um mir einen Ohnmachtsanfall zu ersparen. Mochten ihre Füße auch ein Paradebeispiel an Reinlichkeit darstellen, so konnte man das vom Rest ihres Körpers nicht behaupten. Ich hatte den Verdacht, dass sie nur badete, wenn ihre Cousine zum Kaffee kam, was höchstens alle drei Monate der Fall war. Dementsprechend roch sie alles andere als frisch, meiner Meinung nach auch der eigentliche Grund dafür, dass die Fußpfleger immer im Rekordtempo mit der Behandlung fertig wurden. Falls sie überhaupt täglich mit Wasser in Berührung kam, dann höchstens beim Kaffeekochen. Wenn man ihr unerwartet im Treppenhaus begegnete, tat man gut daran, ein paar Schritte Abstand zu halten.

Häufig lief unsere Nachbarin wochenlang in denselben Klamotten herum, und ihr Gebiss tat sie nur rein, wenn sie zur Fußpflege ging, vermutlich um sicherzustellen, dass die kleinen Scheißer ihre Anweisungen nicht missverstanden.

Grummelnd schob sie ihre Gehhilfe in den Aufzug, den üblichen strengen Geruch zurücklassend. Mich würdigte sie keines Blickes mehr, was mich nicht überraschte. Wenn sie überhaupt eine Unterhaltung anfing, dann nur über ihre Füße, über die kleinen Scheißer von Fußpfleger oder darüber, wie froh sie war, dass ihr Mann tot war. Mit solchen Nebensächlichkeiten wie Begrüßungs- oder Abschiedsfloskeln hielt sie sich gar nicht erst auf.

*

Die Party fing ganz normal an, wie all die vielen anderen, die hier seit meinem Einzug vor drei Jahren schon stattgefunden hatten. Die ersten Gäste trudelten kurz nach neun ein, die letzten kamen gegen zehn, denn es war abzusehen, dass die Feier nicht vor drei, halb vier zu Ende gehen würde.

Ich erinnerte mich an unsere letzte Silvesterparty; sie hatte bis frühmorgens gedauert. Solveig war schon um halb zwei im Bett gewesen (nicht allein, versteht sich), und ich hatte mich um vier Uhr in die Federn verkrochen (allein, versteht sich), nachdem ich zwei Mal auf dem Sofa eingenickt war. Doch eine

Riege hartgesottener Nachtschwärmer hatte dafür gesorgt, dass die Stimmung nicht nachließ und der Sektvorrat nicht umkam. Irgendwann im Morgengrauen kam ein Typ an mein Bett getorkelt und rüttelte mich an der Schulter. »Tschüssi, ich geh dann jetzt auch heim.«

Ich weiß bis heute nicht, wer er war und ob ich ihn kannte. Immerhin hatte er noch die Umsicht besessen, die Reste vom Bleigießen zu entsorgen, die Aschenbecher auszuleeren und die leeren Flaschen in die Kiste zum Altglas zu stellen.

Auch heute war es nicht viel anders als sonst; mindestens die Hälfte der Gäste hatte ich noch nie gesehen. Für gewöhnlich überließ ich Solveig die Organisation solcher Feste, einschließlich der Einladungen, weshalb ich einen Großteil unserer Besucher auch nur vom Hörensagen kannte. Solveigs Bekanntenkreis zeichnete sich durch eine enorme Fluktuation aus, was unter anderem auch mit ihren häufig wechselnden Männerbeziehungen zusammenhing. Es gab eine Clique von ungefähr zehn Leuten, die zu jeder Party kamen und die man als unsere gemeinsamen Freunde bezeichnen konnte. Dazu kamen ein paar von ihren Kollegen aus der Filmfirma, eine bunt zusammengewürfelte Schar von Leuten aller Altersklassen, darunter Regisseure, Produzenten, Schauspieler, Marketingmenschen, Kameraleute. Die meisten von ihnen waren schon mal hier gewesen. Die Chefin einer Castingagentur, eine gebürtige Französin, hatte mich zu diesen Anlässen bereits mehrfach hartnäckig bearbeitet; sie wollte partout, dass ich bei ihr wegen einer Rolle vorstellig wurde. Es gebe immer wieder Parts, die auch für Anfänger infrage kämen, meinte sie. Ich würde beispielsweise eine hinreißende Leiche abgeben, und wann ich denn endlich mal vorbeikäme. Bis jetzt war meine Lage noch nicht so verzweifelt gewesen, dass ich mich zu derlei Leichtsinn hätte hinreißen lassen, denn alle Leute vom Film, die ich bislang kennengelernt hatte, zeichneten sich durch eine Gemeinsamkeit aus: Sie waren verrückt. Nicht so, dass man sie hätte einliefern lassen müssen (obwohl Solveig häufig das Gegenteil behauptete), aber doch immerhin auf eine Weise, dass man sie nicht öfter als nötig um sich haben mochte. Solveig hatte mich schon vor Jahren vor diesen Menschen gewarnt.

»Wenn du mit denen zurechtkommen willst, musst du so sein wie sie. Lügen, betrügen, saufen, kiffen, koksen, alles nageln, was dir vor die Augen kommt. Ach ja, das Allerwichtigste nicht zu vergessen: Du musst so ehrgeizig sein, dass du dafür töten würdest.«

Ein paar der aufgezählten Fähigkeiten waren mir keineswegs fremd – ich musste ja nur an Heiligabend und besagten Flashback denken –, doch mein Sexleben existierte bekanntlich nicht, und von übermäßigem Ehrgeiz war ich noch nie umgetrieben worden.

Unsere Gäste sprachen dem bereitgestellten Fingerfood zu, aber mehr noch den Getränken. Wir hatten jede Menge preiswerten Rotwein besorgt, und der Champagner floss in Strömen. Die meisten Leute hatten welchen mitgebracht, überwiegend exklusive Marken, Werbe- oder Weihnachtsgeschenke, zum Selberkaufen viel zu teuer, aber zum Weiterverschenken gerade recht. Und zum Austrinken natürlich.

In unserem Wohnzimmer und unserer Küche herrschte ein Gedränge wie bei Freddy an seinen berühmten Probierabenden. Unsere Schlafzimmer waren tabu; eine Regelung, die wir voriges Jahr eingeführt hatten, nachdem ich in meinem Bett ein paar Leute bei einer Orgie erwischt und hinterher wochenlang die Matratze nicht richtig trockenbekommen hatte.

Ich selbst fühlte mich merkwürdig an diesem Abend. Die Grippe, die ich vor ein paar Tagen nur vorgeschützt hatte, schien nun tatsächlich im Anmarsch zu ein. An meinen Gliedern zerrte eine ungewohnte Schwere, und mein Kopf war wie mit Watte gefüllt. Immer, wenn ich von meinem Sekt nippte, spürte ich ein Kratzen im Hals. Ich war alles andere als gut in Form, was sicher auch am Stress der letzten Tage und dem vorausgegangenen psychischen Druck wegen meines möglicherweise pathologischen Geisteszustandes lag.

Die Stimmung unter den Gästen kam zwar nur langsam auf Touren, gewann dann aber zunehmend an Schwung, als eine der Schauspielerinnen sich in der Küche auszog, um ihre frisch gelifteten Brüste einem größeren Publikum vorzuführen.

»Das Scheißsilikon wollte ich sowieso schon lange los sein, aber das Problem war, dass ich nach dem Entfernen der Einlagen das Lifting brauchte, weil nämlich sonst die Möpse total hängen.«

»Die hängen immer noch«, sagte der Kameramann mitleidlos.

»Du Wichser!«, empörte sich die Geschmähte. Sie wandte sich an mich und zeigte mir ihre wippende Brust. »Was sagst du dazu?«

Bevor ich meine Meinung äußern konnte, mischte sich die Castingfachfrau ein. »Lucie (sie sprach es französisch aus), zeig du doch mal deine Titten, *hein*? Damit wir wenigstens zwischen echt und unecht vergleichen können.«

»*Du* hast es gerade nötig.« Die Schauspielerin stach mit dem Finger in Richtung Castingbusen. »Wer war denn vorigen Sommer im Schwarzwald bei diesem Pfuscher?«

»Bei welchem Pfuscher?«

»Tu bloß nicht so! Die ganze Welt weiß davon!«

Ich hörte dem sich entspinnenden Disput eine Weile mit mildem Interesse zu, dann bekam ich Kopfschmerzen und machte mich auf ins Wohnzimmer. Im Flur kam mir Solveig entgegen. Sie machte einen unzufriedenen Eindruck.

»Was ist los?«, fragte ich. »Es läuft doch alles bestens, oder?« Ich legte den Kopf schräg und lauschte durch die Flurwand nach nebenan. Beethoven in voller Lautstärke. Frau Herberich feierte anscheinend auf ihre Art Silvester. »Wir sollten vielleicht die Musik ein bisschen lauter drehen«, schlug ich vor. »Dann kommt der Radau von nebenan nicht so durch.«

Solveig nickte geistesabwesend. »Hat jemand für mich angerufen? Vorhin ging doch mal das Telefon.«

»Das war mein Bruder. Er hat gefragt, ob ich meine Einladung letzte Woche ernst gemeint habe. Ihm fällt die Decke auf den Kopf. Wahrscheinlich kommt er nachher noch vorbei.«

»Sonst hat niemand angerufen?«

»Nicht, dass ich wüsste.«

»Sag mal, du bist so rot im Gesicht. Ist dir nicht gut?«

»Ich habe Kopfweh.«

»Trink nicht so viel.«

»Okay«, sagte ich und trank mein Glas leer.

Solveig wich dem Regisseur aus, der an ihr vorbeigetänzelt kam, um aufs Klo zu gehen. Im Vorbeigehen klopfte er mir auf den Hintern. »Tolles Kleid.«

Meine rüde Erwiderung wurde vom Zuknallen der Toilettentür übertönt.

Solveig blieb seufzend vor dem Dielenspiegel stehen und zupfte an ihrer Mantille. Sie hatte ihr dunkles Haar zu einer klassischen Hochsteckfrisur arrangiert, die sie mit den beiden Kämmen geschmückt hatte. Die Mantille fiel wie ein Rußschleier über ihren Rücken und eine Schulter. Mit feuerrotem Lippenstift hatte sie sich einen perfekten Herzmund gemalt, und ihre Augen waren mit Khol umrandet. Sie sah dramatisch gut aus in ihrem schwarzen neuen Kleid, ganz die geheimnisvolle Schöne. Um ihren Lippenstift und die Taille nicht aus der Fasson zu bringen, hatte sie bisher, soweit ich es mitverfolgt hatte, nicht einen Bissen zu sich genommen.

»Du solltest was essen«, empfahl ich. »Er kommt sowieso nicht mehr. Es ist schon fast halb elf.« Schon Zeit für mich, ins Bett zu gehen? Ich legte die Fingerspitzen an meine schmerzenden Schläfen und massierte sie leicht. Die Watte in meinem Kopf begann sich allmählich in Zement zu verwandeln. Ich fühlte mich krank.

In diesem Augenblick klingelte es, und Solveig sauste wie eine

Rakete zum Türöffner. Doch es war nur mein Bruder, der zu den brüllenden Klängen von Beethovens Neunter durchs Treppenhaus nach oben gestapft kam. Er wirkte noch niedergeschlagener als am Heiligabend. Immerhin hatte er sich rasiert und trug einen guten Anzug. Und er roch auch nicht nach Dope oder Whiskey.

»Hallo, Luzie. Tolles Kleid. Hallo, Solveig.« Er küsste zuerst Solveig, dann mich auf die Wange, dann bewunderte er pflichtschuldigst auch Solveigs tolles Kleid. Er zog seinen Mantel aus und zückte eine angeberisch große Flasche von irgendeinem Brût de Sowieso.

Wahrscheinlich hatte er die Buddel zusammen mit der Brieftasche von der Bank zu Weihnachten bekommen, aber da dieses Gesöff auf dem freien Markt bestimmt nicht unter zweihundert kostete, musste Solveig sich eine Bemerkung über das generöse Mitbringsel abringen. »Super-Champagner. Danke.«

»Keine Ursache.«

Solveig betrachtete ihn bewundernd. »Lucas, du siehst mal wieder gut aus!«

Das war gelogen, aber Lucas fühlte sich sofort sichtlich besser. Sein albernes Grinsen sprach Bände.

Männer wollten eben belogen werden, dachte ich. Ob im Bett oder sonst wo. Sie brauchten das einfach.

Solveig lächelte meinen Bruder liebenswürdig an, ganz die perfekte Gastgeberin. Diese Rolle war ihr angeboren, und jede ihrer kleinen Gesten kam von Herzen, ein Grund mehr, warum unsere Feste bei allen so beliebt waren.

»Hast du schon gegessen?«

Lucas schüttelte den Kopf.

»Dann hast du bestimmt Hunger.«

»Ich könnte was vertragen.«

Solveig hakte ihn unter. »Komm mit in die Küche. Ich stell dich ein paar Leuten vor.«

Ich schnitt ein Gesicht und betrachtete meine Grimasse im Spiegel, dann ließ ich meine Blicke über das Kleid wandern, das mir heute Abend schon mehrfach Getätschel eingetragen hatte. In meinen Alltagssachen, egal, wie eng sie saßen, war ich nie so kurvig. Ich sah ja nicht mal nackt so aus! Wo kamen all diese Rundungen her? Mir war nach wie vor ein Rätsel, dass mein Busen und mein Hintern so prall aussehen konnten. Solveig musste wirklich ein Vermögen für das Kleid hingeblättert haben. Auch sonst brachte es alle Vorzüge an mir zur Geltung. Der rote Stoff verlieh meiner Haut den Schimmer von Perlmutt, und mein Haar, das ich heute Nacht offen trug, sah nicht wie sonst kraus, sondern wellig aus, wie helles, rieselndes Gold. Meine Augen, sonst von einem eher gewöhnlichen Blau, schimmerten geheimnisvoll dunkel. Vielleicht kam das aber auch von der Grippe, die ich allem Anschein nach ausbrütete. Das Kratzen in meinem Hals hatte an Heftigkeit zugenommen, und wenn ich mich bewegte, taten mir die Beine weh. Zeitweilig hatte ich sogar den Eindruck, dass alles vor mir verschwamm.

Es *war* Zeit, ins Bett zu gehen!

Der Regisseur kam von der Toilette, die Hände noch am Hosenstall. Er hatte deutlich zu viel Champagner intus. Ich selbst hatte auch schon das eine oder andere Glas getrunken, doch ich hätte schon ein paar Flaschen wegbechern müssen, bis ich enthemmt genug gewesen wäre, die Aufmerksamkeiten dieses Typen zu ertragen.

»Ein Rauschgoldengel in Rot«, sagte er und blieb hinter mir stehen. Er legte die Hände auf meine Schultern, und seine schwitzigen Finger fühlten sich unangenehm feucht auf meiner nackten Haut an. »Gott, wie schön du bist! Du könntest den Teufel selbst in Versuchung führen, Lucia.«

Er sprach meinen Namen auf die italienische Art aus, was mich nicht erstaunte. Er hatte die letzten drei Monate eine Feriensoap namens *Ciao, amore mio* abgedreht.

Er küsste meine Schulter und sabberte mir dabei in den Ausschnitt.

»Lucia!«, stöhnte er.

»Lass den Scheiß.«
»Du bist so schön!«
»Ich bin krank.«
»*No problem, Baby*. Wir machen Safer Sex.«
»Ich bin nicht auf diese Art krank. Ich krieg die Grippe.«
»Ich habe Aspirin dabei.«
»Danke, nicht nötig. Außerdem bin ich lesbisch.«
Er war freudig überrascht. »Echt? Ich steh auf lesbische Weiber.«

Zum Glück kam der Kameramann vorbei und verwickelte den Regisseur in eine Fachsimpelei über Innendrehs, was mich vor weiteren handgreiflichen Komplimenten bewahrte und mir Gelegenheit verschaffte, in meiner Handtasche, die auf dem Schränkchen vor dem Dielenspiegel lag, nach einem Aspirin zu stöbern. Hatte ich nicht neulich erst eine Packung gekauft? Mein Kopf, vorhin noch voller Zement, war auf einmal gähnend leer. Ich konnte mich nicht erinnern. An rein gar nichts. Was taten all die Leute hier? Ach ja, richtig, wir gaben eine Silvesterparty. Zu dumm.

Aus dem Wohnzimmer und der Küche tönte Stimmengewirr, überlagert von der Musik, die jemand in unserem Wohnzimmer aufgelegt hatte. Frau Herberichs Beethoven war irgendwo im Hintergrund auch noch zu hören, doch nicht mehr so, dass es unangenehm war. Wenn es hart auf hart ging, konnte ihr ausgeleiertes Nachkriegsmodell mit unserem Subwoofer nicht mithalten.

Jemand hatte die Lautstärke an unserer Anlage ein paar Takte aufgedreht, und die Klänge von einem alten Joe-Cocker-Song erfüllten die Wohnung, *When The Night Comes*.

Ich schwankte und hielt mich am Dielenschränkchen fest. Jetzt war definitiv für mich Feierabend. Ich schloss die Augen, lauschte Joes gefühlvoller Krächzstimme und versuchte mich zu erinnern, wann ich mich das letzte Mal so sterbenselend gefühlt hatte.

Die dann eintretende Wende kam gänzlich unerwartet. Sie war schockierend wie kaum etwas davor in meinem Leben und von so schicksalsträchtiger Bedeutung wie alle wahrhaft großen Ereignisse, bei denen die Grenzen zwischen Zufall und Bestimmung, zwischen Traum und Realität verschwimmen. Es war eines jener Ereignisse, bei denen der Mensch gewaltsam über eine unsichtbare Demarkationslinie gestoßen wird, ohne die Möglichkeit der Umkehr, nur mit der Wahl, sich zu behaupten oder unterzugehen.

Plötzlich traf mich ein Luftzug, und ich machte die Augen wieder auf. Ich schaute in den Spiegel und sah meinen schlimmsten Albtraum hinter mir in der offenen Wohnungstür stehen.

»Guten Abend«, sagte Martin Münchhausen.

*

In meinen Ohren brauste das Blut, und am Rande meines Gesichtsfeldes breitete sich schlagartig ein schwarzer Saum aus, gerade so, als würde ich gleich in Ohnmacht fallen. Er! Hier!

»Ich bin eingeladen«, sagte der Überraschungsgast.

Mir war auf der Stelle klar, dass er Solveigs neuer Schwarm sein musste – der Weinhändler, den sie bei Freddy kennengelernt hatte. Auch das noch! Sie hatte sich in den Vampir verknallt!

Ich handelte planlos, rein instinktiv. Ohne Rücksicht auf meine Gliederschwere sprang ich wie ein geölter Blitz los und schlug ihm die Tür vor der Nase zu. Der Knall, mit dem sie ins Schloss donnerte, war ohrenbetäubend. Solveig kam aus der Küche. »Was ist los?«

Ich lehnte mich keuchend mit dem Rücken gegen die Tür. »Alles paletti.«

Es klopfte an der Wohnungstür.

»Da draußen ist doch jemand«, sagte Solveig.

»Ach was, das ist bloß … der Wind.« Ich lachte affektiert.

Es klopfte erneut, und Solveig schubste mich von der Tür weg und riss sie auf. Sie sah das Monster im Türrahmen stehen, und auf ihrem Gesicht ging die Sonne auf.

»Sie sind doch noch gekommen!« Sie war vor Entzücken so außer sich, dass sie nicht mal daran dachte, mich mit vorwurfsvollen Blicken zu durchlöchern, was schon einiges heißen wollte.

Martin drückte ihr die Hand. »Ich hoffe, ich bin nicht zu spät dran.«

Er trug tatsächlich ein schwarzes Cape und darüber einen weißen Seidenschal! Er hatte sich mit einer solchen Penetranz wie Graf Dracula zurechtgemacht, dass es schon fast lächerlich wirkte. Es hätte mich nicht gewundert, wenn er unterm Arm einen zusammengeklappten Zylinder mit sich herumschleppte! Doch dort hatte er schon den Kasten mit der Weinflasche verstaut, den er Solveig mit einer beiläufigen Geste überreichte. Sie klappte das Ding mit einem kleinen, entsetzten Keuchen auf, und als ich den roten Samt hervorschimmern sah, hatte ich eine ungefähre Vorstellung, worum es sich bei diesem Mitbringsel handelte. Jedenfalls nicht um ein Werbepräsent zum Weiterschenken. Eher um ein unbezahlbares flüssiges Fossil aus dem letzten Jahrhundert.

»Oh! Nein! Nicht doch!«, stieß Solveig atemlos hervor. »Das ist doch … Das kann ich auf gar keinen Fall … Nicht diesen Wein …«

»Ich bestehe darauf«, sagte Martin galant. »Ich hoffe doch sehr, Sie wollen mich nicht beleidigen, indem Sie mich auffordern, die Flasche wieder mitzunehmen.«

»Nein … ich meine, vielen, vielen Dank … Ich weiß gar nicht …« Solveig verstummte überwältigt und betrachtete ehrfürchtig den Wein, den sie wahrscheinlich zeitlebens niemals entkorken würde.

Mir klopfte die ganze Zeit das Herz bis zum Hals. Ich presste beide Fäuste in den Ausschnitt meines Kleides, in der Hoffnung, so meinen rasenden Puls unter Kontrolle zu bringen, doch es wollte mir nicht gelingen. Ich schwankte von einem Fuß auf den anderen und war sicher, gleich umzusinken.

»Darf ich Ihnen meine Freundin vorstellen? Das ist Lucia von Stratmann. Luzie, das ist Martin Münchhausen.«

»Wie der Lügenbaron«, sagte ich. Meine Stimme klang heiser, und ich merkte, wie mir das Sprechen wehtat.

»Genau wie der«, antwortete er mit seiner samtig-dunklen Stimme. Irgendwo in meinem Inneren zuckte und flatterte ein winziger aufgeregter Vogel herum.

Ich konnte Martin nur anstarren. In seinem pechschwarzen Haar glitzerten ein paar angetaute Schneeflocken wie Kristalle, und seine Augen funkelten mutwillig. Die sinnlichen Lippen hatte er zu einem spöttischen Lächeln geschürzt, und ich merkte zu meinem tiefen Entsetzen, dass sich dabei neben dem linken Mundwinkel ein schelmisches Grübchen bildete. Grübchen bei Männern hatten mich schon von jeher schwach gemacht, doch der Anblick eines Grübchens bei diesem speziellen Mann ließ mir fast die Sinne schwinden.

Er schien meine Gefühle zu erahnen, denn er lächelte breiter, breit genug, dass ich seine Eckzähne sah. In einer Aufwallung von Panik wollte ich die Augen zukneifen, doch dann riss ich sie todesmutig wieder auf und schaute genau hin. Sie sahen wie ganz normale Eckzähne aus. Nicht spitzer als üblich und auch sonst nicht ungewöhnlich.

Ich schluckte und versuchte, den stechenden Schmerz an meinen Mandeln zu ignorieren. Was besagte es schon, dass seine Zähne heute Abend zufällig normal aussahen? Konnten Vampire nicht ganz zwanglos ihre äußere Erscheinung den jeweils erforderlichen Gegebenheiten anpassen, ohne sich dabei sonderlich anstrengen zu müssen? Vielleicht hatte er sich ja auch bei Rainer ein paar passende Kronen machen lassen. Rainer verstand sich wie kein anderer darauf, Kronen so zu stylen, dass sie von echten Zähnen nicht zu unterscheiden waren!

Er kam auf mich zu, und ich wich einen Schritt zurück. Dann prallte ich mit dem Hintern gegen die Wand, und er stand vor mir.

»Sehr erfreut.« Er ergriff meine schlaff herabhängende Hand, bevor ich sie hinterm Rücken verstecken konnte.

Ich überwand mich und erwiderte seinen Händedruck, wobei ich sondierte, wie hoch, respektive wie niedrig wohl seine Körpertemperatur sein mochte. Waren Vampire nicht von jeher eiskalt, innen wie außen und überhaupt?

Doch seine Hand war warm, nicht kalt. Jedenfalls war sie nicht kälter als meine, und ich war kein Vampir. Ich registrierte es im Bruchteil eines Augenblicks und hielt seine Hand einen Moment länger fest, als es nötig gewesen wäre, einfach, um mich zu vergewissern. Und um sie näher anzusehen. Sie sah aus wie eine ganz gewöhnliche Männerhand. Groß, kräftig, mit feinen schwarzen Haaren auf dem Handrücken, die sich bis hinauf unter die Manschette seines First-Class-Hemdes zogen. Schwarz war auch der feine Bartschatten, der sich auf seinem Kinn zeigte. Soweit mir bekannt war, gab es bei Vampiren keinen Bartwuchs. Waren sie nicht sogar im Prinzip völlig haarlos und trugen Perücken, um nicht aufzufallen? Was auch immer man über diesen Kerl hier sagen konnte – haarlos war er nicht. Seine Haare waren echt, so viel war sicher. Und seine Zähne waren auch in Ordnung. Er fühlte sich warm an. Seine körperliche Präsenz, als er so dicht vor mir stand, war überwältigend und vermittelte den Eindruck vitaler, kraftvoller Männlichkeit. Seine Schultern waren breit, seine Brust ebenso. Und er roch gut. Sehr gut sogar. Nach Mann und nach Rasierwasser. Ich schnappte einen Hauch davon auf, würzig, edel, vermutlich unglaublich teuer und nur in Paris erhältlich. Mein Kopf schien sich in einen Ballon zu verwandeln und langsam davonzuschweben. Ich musste ernstlich krank sein.

»Dieses Kleid ist entzückend«, sagte er. »Das Rot ist genau Ihre Farbe.«

Meine Knie wurden so weich, dass ich um ein Haar hingefallen wäre, und das nicht nur wegen meiner aufziehenden Grippe. Diese Stimme! Ich überlegte benommen, ob eine Frau bloß vom Klang einer Männerstimme zum Orgasmus kommen konnte.

Er ist abnorm bleich, rief ich mich zur Räson. Hastig legte ich den Kopf in den Nacken, bekämpfte tapfer die dabei auftretende Benommenheit und starrte furchtlos hoch in sein Gesicht. Ich versuchte den Grad seiner Blässe zu ergründen, doch ich sah nur, dass er schön war wie ein heidnischer junger Gott auf einem antiken Gemälde.

»Wollen wir nicht *Du* sagen?«, schlug Solveig schüchtern vor.

»Gern. Ich bin Martin.«

»Solveig.«

Beide starrten mich an, als hätte ich den Jackpot geklaut. Ich schwankte und wusste nicht, was ich sagen sollte. Solveig half mir auf die Sprünge.

»Luzie«, sagte sie ungeduldig.

»Lucia«, verbesserte Martin weich, und wie vorhin der Regisseur sprach er es italienisch aus, doch anders als bei dem Schluckspecht vom Film klang es von Martins Lippen wie eine Verheißung aus Tausendundeiner Nacht. Ich musste mich mit beiden Händen an der Wand abstützen.

Vergiss nicht die Fingernägel, befahl ich mir. Die waren ziemlich spitz, ich erinnerte mich genau, dass es mir schon in Rainers Wartezimmer aufgefallen war. Zu spitz? Ich beugte mich vor und betrachtete nochmals seine Hände, vor allem die Fingernägel. »Eigentlich noch vertretbar«, murmelte ich unbesonnen.

»Vertretbar?« Seine Stimme hatte einen leicht belustigten Ton angenommen.

»Stimmt was nicht?« Solveig trat neben mich. Ihre Augen hatten sich deutlich verengt. Mir entging nicht, dass sie eifersüchtig war.

Ich achtete nicht weiter auf sie, sondern riss mich zusammen, getrieben von einer Macht, die stärker war als Vernunft und Höflichkeit. Ich musste es einfach wissen! Hier und heute, in diesem Augenblick! Wenn ich es jetzt nicht herausbekam, war vielleicht alles zu spät!

Ich holte tief Luft, einmal, zweimal. Und ein drittes Mal.

Dann starrte ich ihn an, und er starrte mich an. Und in diesem Moment wussten wir es beide. Er wusste, dass ich es wusste, und ich wusste, dass er wusste, dass ich es wusste. Ich hatte mich nie geirrt, was ihn betraf, meine Annahme war von Anfang an richtig gewesen. Ich war nicht verrückt, ich hatte nicht halluziniert, ich hatte keinen Flashback gehabt. Ich hatte ganz einfach in der Klinik etwas gesehen, das tatsächlich dort gewesen war. Ihn.

8. Kapitel

Es stellte sich als Vorteil heraus, dass ich vorhin so tief durchgeatmet hatte, denn mir blieb nachhaltig die Luft weg. Ich merkte es erst, als ich anfing zu japsen.

Martins graue Augen wurden plötzlich schwarz, doch das mutwillige Funkeln war immer noch zu sehen. Er zog sich mit einer schwungvollen Bewegung das Cape herunter und drückte es mir in die starren Hände. »Du gestattest? Danke.«

Solveig drückte mir den Kasten mit der Weinflasche zu siebentausendnochwas in die Arme. »Hier, halt das bitte auch mal. Aber nicht in die Küche stellen. Tu's gut weg, damit die nächsten hundert Jahre keiner drangeht.«

Und so blieb ich belämmert in der Diele stehen, völlig weggetreten von Grippe und Sekt, beladen mit Wein und Vampir-Cape, und musste hilflos und mit Aufruhr im Herzen mit ansehen, wie meine beste und liebste Freundin, meine zweite, bessere Hälfte, dieses Ungeheuer anhimmelte, es einhakte und in den Partytrubel ins Wohnzimmer geleitete. Und er, dieser Schurke, blickte über ihre Schulter zurück und zwinkerte mir zu.

Im nächsten Moment waren sie im Gedränge der Gäste untergetaucht.

»Verdammt«, murmelte ich. »Verdammt, verdammt.«

»Probleme?« Lucas tauchte neben mir auf, einen vollbepackten Teller balancierend. Er schob sich eine Gabel von Solveigs berühmtem Scampisalat in den Mund und kaute mit vollen Backen. Kenntnisreich musterte er den Wein und das Cape. »Ein Mann mit Geschmack. Was macht er beruflich?«

In meinem Kopf drehte sich alles. Ein paar der Leute, die in unserer Küche ein und aus gingen, waren doppelt vorhanden.

»Er saugt den Leuten das Blut aus«, sagte ich geistesabwesend, während ich fieberhaft überlegte, was ich jetzt tun sollte.

»Ach? Bei welcher Bank ist er?«

Eine Möglichkeit war es, Zeter und Mordio zu schreien und damit die ganze Feier aufzumischen. Ich könnte Martin als das outen, was er war, und Solveig reinen Wein über ihn einschenken. Diese auf den ersten Blick bestechende Lösung entpuppte sich jedoch bei weiterem Nachdenken als Sackgasse, die auf direktem Wege zu besagtem Zimmer mit Gitterfenstern und Vollpension in Pillenform führte. Die Hälfte der Anwesenden würde glauben, ich hätte einen Flashback, die andere Hälfte würde meinen, ich sei einfach nur verrückt geworden.

Ich könnte unseren späten Gast natürlich auch eines etwas alltäglicheren Verbrechens bezichtigen. Krampfhaft überlegte ich, welche Untat scheußlich genug war, alle Anwesenden davon zu überzeugen, dass dieser Widerling sofort zu verschwinden hatte. Sexuelle Belästigung? Ich sah mich selbst ins Wohnzimmer schreiten, flammend vor Zorn und mit spitzem Finger auf Martin zeigen und ausrufen: *Dieser Mann dort wollte mir an die Wäsche gehen!*

Wahrscheinlich wären auch hier die Reaktionen geteilt. Ein paar Leute würden schallend lachen, der Rest würde Beifall klatschen. Nur Solveig nicht. Die würde vermutlich nie wieder ein Wort mit mir reden.

Was gab es sonst noch? Rauschgifthandel? Versicherungsbetrug? Steuerhinterziehung? Von den Leuten, die hier zu Gast waren, würde niemand seine Unterhaltung unterbrechen, wenn ich damit kam, egal, wie laut ich es herausschrie.

Blieben noch Kapitalverbrechen wie Mord oder Raub. Eine schwerwiegende Anschuldigung, vor allem, wenn ich keine Einzelheiten zu irgendwelchen Opfern mitteilen konnte.

Um Himmels willen, während ich hier herumlungerte und meinem kaum noch funktionsfähigen Hirn aberwitzige Notfallpläne entrang, stand dieses Ungeheuer auf Tuchfühlung mit meiner besten Freundin herum!

Ich gab mich keinen Illusionen hin. Solveig war für ihn nichts weiter als ein lebendiger Blutbeutel, so viel war sicher. Ich kannte alle einschlägigen Filme und Bücher zu dem Thema. Das Muster war immer dasselbe. Eine hübsche junge Frau, in der Blüte ihrer Jahre, lud den betörend schönen Vampir zu sich ein und fiel ihm binnen kürzester Zeit zum Opfer. Hinterher konnte sie noch von Glück reden, wenn sich jemand bereitfand, ihr einen armdicken Holzpflock ins Herz zu rammen, um sie vom ewigen Dasein als Untote zu erlösen.

Drei Bisse, und es wäre mit ihr vorbei. Das Wichtigste war also jetzt, die beiden im Auge zu behalten. Und zwar jede einzelne Sekunde lang, die der Kerl hier war. Grippe hin oder her, es war eine Tatsache, dass Solveig außer mir niemanden hatte, der sie vor diesem Monster beschützte.

Mein Bruder, der immer noch neben mir stand, schmatzte und schwätzte unablässig, doch ich verstand kein Wort. Die Weinkiste lag schwer in meiner Armbeuge, und das seidene Futter des Capes streifte meine nackte Haut. Ich erschauderte. Wohin mit dem Zeug? Nur schnell weg damit! Ich ließ Lucas stehen, rannte in mein Zimmer und schob meine Last unters Bett, dann eilte ich hinüber ins Wohnzimmer, wo ich, zitternd vor Furcht und Zorn, dicht hinter Solveig und dem Blutsauger Stellung bezog.

Der Kerl hatte es binnen kürzester Zeit geschafft, dass ihm die ganze Runde zu Füßen lag. Sie drängten sich um ihn herum und lauschten seinen lässig hingeworfenen Bonmots. Er machte irgendeine komische Bemerkung zu einem alten Film, und der Regisseur warf den Kopf in den Nacken und brüllte vor Lachen.

Er zitierte feinsinnig aus einem Stück von Shakespeare, und die Schauspielerinnen rückten mit feucht glänzenden Augen näher.

Er parlierte in fließendem Französisch mit der Castingfrau, und das ganze Ensemble hörte hingerissen zu.

Dann kam zu allem Überfluss noch mein Bruder dazu und outete sich beiläufig als Banker, was diesen betrügerischen Beuteldieb dazu veranlasste, ein paar schlaue Kommentare zu einer komplizierten Vorschrift des Wertpapierhandelsgesetzes abzusondern.

Ich hätte mich fast übergeben. Sahen diese armen Idioten nicht, mit wem sie es hier zu tun hatten? Und das Schlimmste war: Solveig klebte in anbetender Pose an seiner Seite und hing förmlich an seinen Lippen!

Plötzlich kam mir ein Gedanke. Waren nicht alle Vampire absolut allergisch gegen jede Art von Nahrung, abgesehen von Blut?

Jemand hatte ihm ein Glas Champagner in die Hand gedrückt, und er führte es von Zeit zu Zeit zum Mund, doch da ich zu dicht hinter ihm stand, konnte ich nicht erkennen, ob er wirklich trank oder nur so tat. Ich reckte den Hals, um bessere Sicht zu haben. Und stolperte prompt gegen seinen Rücken.

Er hatte gerade das Glas am Mund und tat genau das, was ich beabsichtigt hatte. Er verschluckte sich und hustete. Er hörte gar nicht mehr auf zu husten, obwohl ihm der Regisseur leutselig den Rücken klopfte. Ich lauschte mit Frohlocken. Dann verging mir die Schadenfreude, denn er fuhr herum und schaute mich mit brennenden Augen an.

Ich zuckte zurück. »Tut mir leid.«

Er hielt sich die Hand vor den Mund, um den nächsten Hustenanfall unter Kontrolle zu bringen.

»Du solltest einen Schluck Wasser trinken«, sagte Solveig besorgt.

»Ja«, sagte ich, »das solltest du unbedingt tun.«

Solveig lief los, ein Glas Wasser zu holen, und der Vampir starrte mich unentwegt an. Er hustete noch ab und zu, doch das tat dem Funkeln in seinen Augen keinen Abbruch. In seinem Blick glaubte ich die Ankündigung zu erkennen, dass er sich mit mir noch befassen werde. Ich zwang mich, aufrecht stehen zu bleiben, obwohl ich am liebsten geflohen wäre.

Solveig kam mit dem Wasser zurück, doch da der Hustenanfall inzwischen vorbei war, verzichtete Martin dankend.

»Du wolltest mir doch eure Dachterrasse zeigen«, sagte er und schlenderte mit Solveig am Arm aus dem Wohnzimmer, hinaus in die Diele.

Ich zwang meine wackligen Beine zum Gehorsam und folgte den beiden im Abstand von etwa zwanzig Zentimetern; dabei fragte ich mich, wann sie ihm diese Besichtigungstour angeboten hatte. Es musste mir wegen meiner grippebedingten Ausfälle entgangen sein. Inzwischen war ich sicher, dass ich hohes Fieber hatte. Ich legte die Hand auf meine Stirn, fühlte aber nichts. Nur, dass mein Arm schwerer als Blei war.

»Die Dachterrasse?«, meinte Solveig beflissen. »Natürlich! Jetzt gleich? Oder nachher, beim Feuerwerk?«

»Nun, warum nicht sofort?«

»Nein!«, rief ich.

»Warum nicht?«, wollte Solveig wissen.

»Ja, warum nicht?«, meinte Martin.

»Es schneit wie verrückt«, sagte ich.

»Es schneit seit Wochen«, meinte Solveig.

»Ein bisschen Schnee ist sehr erfrischend«, fügte das Monster sanft hinzu.

»Ich geh mit«, sagte ich schnell.

Zwischen Solveigs Brauen wuchs eine steile Unmutsfalte. Sie schaute sich zu mir um. Untersteh dich!, sagten ihre Blicke.

»Du kümmerst dich inzwischen um unsere Gäste«, befahl sie.

»Aber du hast Martin noch gar nichts zu essen angeboten!«, rief ich mit gespielter Entrüstung.

»Ich bin nicht hungrig.«

»Das kann ich mir vorstellen!«, fuhr ich ihn an. »Äh, ich

meine, das geht nicht, das wäre für mich echt eine totale Beleidigung, wo ich mir doch mit dem Kochen so viel Mühe gegeben habe …«

Solveig gab einen erstaunten Laut von sich. »Luzie, also hör mal …«

Ich packte ihn beim Ärmel und zog ihn in Richtung Küche. Ebenso gut hätte ich versuchen können, einen Felsblock hinter mir herzuzerren.

Er zog eine seiner schwarzen perfekt geschwungenen Brauen hoch und betrachtete angelegentlich meine Hand auf seinem Ärmel, doch wenn er geglaubt hatte, dass ich ihn losließ, hatte er sich getäuscht. Verbissen verdoppelte ich meine Anstrengungen. Auf keinen Fall durfte ich zulassen, dass er mit Solveig nach oben auf die Dachterrasse verschwand.

»Du musst zuerst was essen!«, beharrte ich mit ebenso falschem wie zittrigem Lächeln.

»Warum nicht?« Er lächelte und legte seine Hand auf meine, die immer noch in den Stoff seines Anzugs gekrallt war.

Ich riss meine Finger unter seinen hervor und rieb sie an meiner Hüfte.

Er folgte Solveig in die Küche, dabei warf er mir über die Schulter einen Blick zu, den ich, wenn ich mich nicht in diesem Ausnahmezustand befunden hätte, vielleicht sogar für humorvoll hätte halten können. Ich blinzelte verwirrt, um dieser optischen Täuschung Herr zu werden, und rannte hinter den beiden her, um sie nicht aus den Augen zu verlieren.

Solveig lud ihm den Teller mit ihren köstlichsten Häppchen voll. Ihre Wangen brannten vor Eifer, und ständig stahl sich ihre Zunge zwischen die Mundwinkel. Der Kontakt mit Essen brachte immer ihre niedrigsten Instinkte zum Vorschein, vor allem, wenn er im Zusammenhang mit einem Mann stand, auf den sie scharf war. Martin betrachtete abwechselnd ihren hübsch geschwungenen Hals und den Teller. Ich stand mit knirschenden Zähnen daneben und konnte es nicht glauben. Um uns herum lärmten die anderen Gäste, allenthalben herrschte Geschiebe und Gedränge, doch ich hatte nur Augen und Ohren für die beiden.

Ich hielt Solveig die Platte mit den mongolischen Keksen hin, die wir als Snack für zwischendurch bereitgestellt hatten, nicht nur, weil sie unsere Lieblingsplätzchen waren, sondern weil unsere Freunde auch von dieser Köstlichkeit probieren sollten. Solveig liebte es, wenn alle Leute sie um die Rezepte ihrer Kreationen anbettelten.

»Hier, gib ihm davon auch einen.«

»Die sehen sehr lecker aus«, meinte Martin höflich. »Selbst gebacken?«

»Ja«, sagte ich schneidend. »Und sie sind unheimlich hart. Man braucht dazu erstklassige Zähne.«

Um seinen Mund zuckte es unvermittelt, und dann, ich konnte es gar nicht glauben, warf dieses perfide Geschöpf den Kopf zurück und lachte so schallend, dass ich von meiner angestammt niedrigen Warte aus sein Gaumensegel schwingen sah.

Entwaffnet starrte ich ihn an. Ein Vampir, der lachen konnte! Hatte es das schon gegeben? Doch dann rief ich mir in Erinnerung, dass Vampire Meister der Verstellung waren. Sie waren Virtuosen des gesellschaftlichen Rollenspiels. War ich nicht vorhin im Wohnzimmer selbst Zeuge seiner Finesse geworden?

»Apropos«, sagte er, nachdem er sich wieder beruhigt hatte, »haben wir uns nicht neulich getroffen?«

Ich wartete darauf, dass er mich auf Rainer oder dessen Praxis ansprach, doch das tat er nicht. Er schaute mich nur auf diese ekelhafte, abwägend freundliche Art an.

Solveig blickte erstaunt von ihm zu mir. »Davon hast du mir gar nichts erzählt.«

Er zwinkerte mir zu. »Wahrscheinlich hat sie mich gar nicht richtig gesehen.«

Er sprach tatsächlich von seinem Trip in die Blutbank, der Mistkerl! Ich ersparte es mir, darauf zu antworten. Stattdessen machte ich eine auffordernde Geste zu seinem Teller hin. »Willst du nicht was essen?«

»Natürlich«, sagte er. Und kippte mir den kompletten Tellerinhalt über mein schönes rotes Kleid. Ich schrie entsetzt auf und machte einen Satz rückwärts, doch zu spät. In meinem Ausschnitt tummelten sich ganze Heerscharen glitschiger Scampi, auf meinem Busen gaben sich Gurken und Kaviar ein klebriges Stelldichein, und über das gesamte Vorderteil des Kleides trieften Kräuterdip und Gourmetremoulade.

Er stellte es natürlich als Versehen hin. »Oh, das tut mir wahnsinnig leid!«, rief er bestürzt aus. »Der Teller ist mir aus der Hand gerutscht!«

Er nahm eine Serviette vom Tisch und fing an, meinen Busen abzurubbeln. Entsetzt bemerkte ich, wie heiß mir dabei wurde, und diese Art von Hitze hatte nichts mit Grippe zu tun. Meine Ohren und andere, näher betroffene Körperteile brannten unter seinen reibenden Berührungen, und in mir wollte etwas schmelzen wie Butter in der Sonne. Eine tief verborgene Seite von mir verlangte danach, dass er mir das Kleid vollständig vom Körper rubbeln möge. Am liebsten mit bloßen Händen. Mein Hals fing an zu glühen, und ich fühlte meinen Puls in der Kehle hämmern. Ich merkte, wie meine Schlagader klopfte, und ich spürte seinen Blick auf dieser Stelle brennen wie Feuer.

»Nein«, krächzte ich.

»Nein, das wird wohl nichts«, pflichtete er mir bei. »Du wirst dich umziehen müssen.«

»Ach, das ist schon okay«, behauptete ich kraftlos.

»Luzie, jetzt mach aber mal ’nen Punkt.« Solveig stemmte ärgerlich die Hände in die Hüften. »Du siehst aus wie ein Ferkel. Du tropfst alles voll. Geh dich umziehen. Und wenn du fertig bist, bring bitte gleich Martins Cape mit, damit wir rausgehen können.«

»Wartet ihr auf mich?«

»Ja, sicher.«

Ich beugte mich dicht zu ihrem Ohr. »Schwörst du es?«

Sie musterte mich befremdet. »Hast du sie noch alle?«

»Ich meine, er kann doch nicht ohne Mantel raus in die Kälte«, stotterte ich. »Und das Cape … es liegt in meinem Zimmer.«

»Ach so. Na gut. Aber mach schnell.«

Sie nahm ein frisches Küchenhandtuch aus dem Regal und wischte am Revers von Martins Anzug herum, einem feinen mitternachtsblauen Zwirn von edelstem Schnitt. Gegen dieses maßgefertigte Outfit wirkten selbst die Anzüge meines Bruders wie Konfirmandenbekleidung aus zweiter Hand.

Er ließ sich ihre Bemühungen wohlwollend gefallen, obwohl er höchstens zwei Spritzer von all den Delikatesssaucen abbekommen hatte. Ich bewegte mich rückwärtsgehend im Zeitlupentempo zur Tür, und er ließ mich dabei keinen Moment aus den Augen.

*

Ich taumelte in mein Zimmer, riss mir das ruinierte Kleid vom Leib, schlüpfte in das nächstbeste herumliegende Zeug – ich glaube, es war ein Sleepshirt –, zerrte das blöde Cape unterm Bett hervor und sprintete zurück in die Küche. Trotz meiner sich von Minute zu Minute dramatisch verschlechternden Verfassung konnte ich alles in allem höchstens zwanzig Sekunden dafür gebraucht haben. Genau zwanzig Sekunden zu viel. Solveig und das Monster waren nirgends zu sehen.

»Hast du Solveig gesehen?«, herrschte ich die Castingfranzösin an.

Sie kaute gedankenverloren auf einem Lachskanapee herum. »Eben war sie noch da.«

»Wo ist Solveig?«, schrie ich meinem Bruder ins Ohr, der mit einem vollen Champagnerglas neben der tittenoperierten

Schauspielerin stand und über Optionsscheine philosophierte. »Keine Ahnung«, sagte er.

Niemand hatte sie gesehen, und ich verlor wertvolle Zeit. Ich legte einen olympiareifen Spurt durch die ganze Wohnung hin, um nachzusehen, ob sie sich irgendwo ein stilles Eckchen gesucht hatten. Ich trommelte sogar mit beiden Fäusten so lange an die Tür der Gästetoilette – man konnte ja nie wissen –, bis der Regisseur öffnete, die Hose offen und sein schrumpliges Gehänge draußen.

»Komm rein«, forderte er mich volltrunken auf.

»Hast du Solveig gesehen?«

»Solveig?« Er schaute hinter sich, doch da war nur das Klo.

Solveig und Martin waren nicht aufzufinden. Ich begriff, dass er mich ausgetrickst hatte. Ohne eine Jacke überzuziehen, rannte ich barfuß aus der Wohnung. Ich hetzte die halbe Treppe nach oben. Rechts ging die Tür zum Dachboden ab, links war der Zugang zur Dachterrasse. Man brauchte einen Schlüssel; die Tür hatte ein Sicherheitsschloss. Ich rüttelte probehalber an der Klinke, doch die Tür war zu. Schwer zu sagen, ob jemand sie aufgeschlossen hatte und nach draußen gegangen war.

»Solveig?«, brüllte ich. In meinem Kopf hämmerte es, und in meinem Hals stach es wie von tausend Nadelstichen. »Solveig, bist du da draußen?«

Keine Antwort.

Mit jagendem Herzschlag sprang ich die eiskalten Steinstufen hinab und rannte zurück in die Wohnung, schnappte mir meine Handtasche und war in zwei Sekunden wieder vor der Tür zur Dachterrasse, wo ich meinen Schlüssel aus der Tasche nestelte und unbeholfen die Tür aufschloss. In der Hektik brach ich mir zwei Fingernägel ab und fluchte lautstark.

Unten flog die Tür von Frau Herberichs Wohnung auf, und Beethoven schallte ohrenbetäubend durchs Treppenhaus. Ein Bombenangriff hätte nicht lauter sein können. Frau Herberich kam herausgeschlurft. Ihr Nachthemd war zerknittert und wies Flecken undefinierbarer Herkunft auf. Ihr Haar stand wie graue Eisenwolle in allen Richtungen vom Kopf ab, und sie trug keine Zahnprothese. Dafür steckten ihre Füße in erstklassigen, sündhaft teuren Gesundheitslatschen. An ihren hervorstehenden großen Zehen klebten frische Hühneraugenpflaster. Erbost starrte sie zu mir hoch. Dann sah sie anklagend auf ihre Uhr. »Es ist noch nicht Mitternacht! Das Feuerwerk geht nicht vor zwölf los! Was Sie da machen, ist eindeutig nächtliche Ruhestörung!«

Ich rüttelte an der Tür und stieß sie endlich auf. Ein Schwall stechend kalter Luft traf mich mit der Wucht eines Schlags, gefolgt von einem böigen Schneewirbel, der mir die Sicht nahm und das Atmen erschwerte. Draußen herrschte nicht nur schwärzeste Dunkelheit, sondern auch unglaublich dichtes Schneetreiben. Ich konnte die Hand nicht vor Augen sehen.

»Solveig!«, schrie ich.

Nichts.

»Es ist ja Ihr Problem, wenn Sie bei minus fünfzehn Grad im Nachthemd rauswollen, aber es ist absolut unverantwortlich, mit nackten Füßen in Eis und Schnee rumzulaufen. Die Füße sind die wichtigste Klimazone des Körpers.«

»Solveig!«, rief ich mit überkippender Stimme. Mit zusammengekniffenen Augen machte ich mich daran, mir meinen Weg durch die Schneewehe zu bahnen, die der Wind vor der Tür aufgetürmt hatte. Zum Schutz hielt ich mir das Cape vors Gesicht und tat einen Schritt nach draußen.

»Was hast du vor?«, fragte Solveig.

Ich fuhr herum und sprang zurück ins Treppenhaus. Sie stand unten vor dem offenen Aufzug, die Arme verschränkt, und schaute ungehalten zu mir hoch. Sie hatte ihren Mantel übergeworfen und zusätzlich zum Schutz gegen die Kälte die Mantille um den Hals und über die Ohren drapiert, aber keine einzige Schneeflocke war an ihr zu sehen. Sie war genauso trocken wie Frau Herberich. Daraus konnte ich nur einen Schluss ziehen.

»Du warst gar nicht draußen«, keuchte ich. Meine Stimme klang brüchig und gehorchte mir kaum. »Du warst gar nicht draußen«, wiederholte ich töricht und drückte die Tür hinter mir zu. Das Heulen des Windes verstummte schlagartig.

»Das sollte man meinen.« Solveigs Ton war frostig. »Was machst du da im Nachthemd?«

»Äh … Ich wollte Martin das Cape bringen.« Ich hielt das völlig durchnässte Ding hoch, während ich die Treppe hinabtorkelte. Sie nahm es mir ab und legte es liebevoll über ihren Arm.

Ich wischte mir den schmelzenden Schnee vom Gesicht. »Wo ist er überhaupt?«

»Er musste dringend weg. Knall auf Fall, von einer Minute auf die andere. Er hatte einen Anruf.«

»Anruf?«, echote ich dümmlich.

Sie nahm meinen Ellbogen und bugsierte mich zurück in die Wohnung, nicht ohne Frau Herberich erzürnt anzufunkeln. Dann bedachte sie mich mit einem Blick, der nicht minder ärgerlich war. »Du lieber Himmel, Luzie, was ist eigentlich heute Abend los mit dir? Du rennst im Nachthemd durch die Gegend, du benimmst dich in Gegenwart meines neuen Freundes wie die letzte Zicke … Mein Gott, du bist ja eiskalt! Und du hast keine Schuhe an!«

»Was für ein Anruf?«, beharrte ich, während sie mich durch das Gedränge der Gäste hinüber zu meinem Zimmer lotste.

»Na, einen geschäftlichen.«

»Geschäftlich? Kurz vor Mitternacht, und das an Silvester?«

»Es gibt Leute, die müssen auch an Silvester Geschäfte machen«, belehrte sie mich. Sie machte die Tür meines Zimmers hinter uns zu und drängte mich zum Bett. Während sie mir resolut mit einem Handtuch die nassen Haare trockenrubbelte, setzte sie mich knapp davon in Kenntnis, dass Martin ganz kurzfristig von einem Informanten die Nachricht erhalten hatte, dass ein enorm wichtiger Weinkenner am frühen Abend das Zeitliche gesegnet hatte. Die Weinsammlung, die er hinterlassen hatte, war legendär. In den speziell temperierten Gewölben des Verblichenen lagerten Regale um Regale voller unbezahlbarer Schätze.

»Bei solchen Nachlässen kommt es auf absolute Schnelligkeit an«, meinte Solveig. Sie warf das Handtuch beiseite, zog sich den Mantel aus und legte ihn über meinen Schreibtischstuhl. »Das erste Gebot bekommt oft den ersten Zuschlag. Du kannst dir nicht vorstellen, was da abgeht. Da stehen die Aasgeier Schlange, sagt Martin.«

»Aasgeier«, murmelte ich.

»Na ja, bildlich gesprochen. In diesem Gewerbe gilt halt knallharte Ellbogenmentaliät.«

»Ja, sicher.«

»Da geht es um ungeheure Vermögen. Die Flasche, die er heute mitgebracht hat … Wo ist sie überhaupt?«

»Unter meinem Bett.«

Sie bückte sich und zog sie hervor. »Wo war ich? Ach ja. Diese Flasche hier zum Beispiel ist für Martin sozusagen noch eines von den kleineren Kalibern. Nichts Tolles, verstehst du.«

»Ja.«

»Mit Wein ist wahnsinnig viel Geld zu machen. Es gibt Abfüllungen, für die sich manch einer die Hand abhacken würde. Da sind hunderttausend für eine Charge noch gar nichts. Wenn auf diesem Sektor irgendwo was vakant wird, wie bei einem plötzlichen Erbfall, zählt jede Minute. Schnelligkeit ist das Wichtigste.«

»Ja«, murmelte ich.

»Wer zuerst kommt, mahlt zuerst.«

»Ja.«

»Sag mal, kannst du auch noch was anderes sagen als immer nur *Ja*?«

»Ja. Ich meine, nein.«

Sie legte ihre Hand auf meine Stirn. »Kann es sein, dass du Fieber hast?«

»Keine Ahnung.« Ich ließ mich erschöpft auf mein Kopfkissen sinken. Die Erkenntnis, dass Solveig für den Moment außer Gefahr war, ließ mich vor Erleichterung zittern. Doch gleichzeitig fühlte ich mich jeglicher Kraft beraubt, unfähig, länger zu stehen, geschweige denn, mich mit ihr zu unterhalten. Doch eines musste ich noch wissen.

»Du hast ihn bloß nach unten gebracht?«

Sie nickte, und ihre Augen leuchteten schwärmerisch. »Wir wollten uns gerade verabschieden.«

»Und dann?«

Sie zuckte die Achseln. »Dann haben wir dich und die Herberich oben im Treppenhaus rumkreischen hören.«

Gelobt sei Frau Herberich!

»Sag mal«, fragte ich angespannt, »hat er dich irgendwie … belästigt?«

Voller Panik wartete ich auf Anzeichen ihres beseligten Lächelns, dieses typische Verliebtenlächeln nach dem ersten Kuss, mit dem sich meine schlimmsten Befürchtungen bestätigt hätten. Doch sie lächelte nicht, sondern runzelte nur unwillig die Stirn. »Ich glaube, du hast wirklich Fieber. Du redest heute Abend von A bis Z nur Blödsinn.«

Vor lauter Erleichterung hätte ich fast geweint.

Mittlerweile hatte mich alle Kraft verlassen. Ich wollte nur noch schlafen. Fröstelnd rollte ich mich zusammen und zerrte die Decke über mich. »Ich glaube, ich bleibe im Bett.«

»Wirklich?«

»Wirklich. Ich bin fertig. Ihr müsst ohne mich weiterfeiern. Frohes neues Jahr schon mal im Voraus.«

»Gleichfalls. Ruf mich, wenn du was brauchst, ja?«

»Mach ich.«

»Ich sag den anderen, sie sollen nicht so viel Lärm machen.«

Sie beugte sich vor und küsste mich auf die Wange. »Schlaf schön.«

Ich rang mir ein verunglücktes Grinsen ab und zog mir die Decke über den Kopf. Solveig gab mir einen liebevollen Klaps auf die Schulter, nahm ihren Mantel und ging hinaus.

Ungeheure Müdigkeit übermannte mich. Doch trotz meiner Erschöpfung entspannte ich mich nur zögernd. Zumindest wusste ich jetzt, dass zwischen ihr und ihm nichts gelaufen war. Noch nicht. Und für diese Nacht war sie sicher. Wenn er alte Weinflaschen sortierte, konnte er nicht gleichzeitig mit einem ordentlichen Schluck aus den Venen meiner besten Freundin einen Toast aufs neue Jahr ausbringen. Das Schlimmste war also vorerst überstanden. Aber mir war natürlich klar, dass ich ihn nicht zum letzten Mal gesehen hatte.

9. *Kapitel*

Während ich mich fiebernd herumwälzte und abwechselnd schwitzte und fror, hatte ich einen ungewöhnlichen erotischen Traum. Zunächst fing er ganz harmlos an.

Ich träumte, die Silvesterfeier sei noch in vollem Gange, denn ich hörte den Regisseur direkt vor meiner Zimmertür grölen, wo zum Teufel das verdammte Klo sei, und zwischendurch rief die Schauspielerin mit den neuen Brüsten schrill nach einer Rolle Küchenpapier, das blöde Schwein habe ihr die Schuhe vollgekotzt. Im Hintergrund schlug Solveig fröhlich vor, dass alle ihr Glas holen sollten, es sei schon dreißig Sekunden vor zwölf.

Dann erklangen von irgendwoher majestätisch langsam zwölf tiefe Glockenschläge, und im Wohnzimmer schrien alle wild durcheinander. Sie sangen *Auld Lang Syne* und gingen auf die Straße und hinauf zur Dachterrasse, um vielleicht durch das Schneegestöber einen Blick auf das Feuerwerk unten am Mainufer zu erhaschen.

Es wurde ruhiger, und ich schlief weiter, bis in dem wirren Durcheinander meines Traums jemand die Tür von meinem Zimmer öffnete.

»Ich bin wieder da.«

In meinem Traum richtete ich mich auf, wachsam die Decke hochgezogen. »Du? Und was ist mit dem Wein?«

»Hat sich erledigt.« Er machte die Tür hinter sich zu, drehte den Schlüssel und kam näher. Sein Haar war feucht vom Schnee, und in seinen Augen brannte ein unstillbarer Hunger.

»Weiß Solveig, dass du wieder da bist?«, fragte ich ängstlich. Sogar im Traum machte ich mir Gedanken um ihre Gesundheit. Die Vorstellung, dass all meine Anstrengungen, sie zu beschützen, vergeblich gewesen sein könnten, versetzte mich in helle Aufregung.

Doch er schüttelte den Kopf. »Du kleines Luder! Du weißt genau, dass ich dich will, nicht sie. Du hast es doch die ganze Zeit darauf angelegt, gib es zu.«

Ich konnte nichts zugeben, weil meine Stimme versagte.

Er zog sein Jackett aus. Das Hemd darunter kontrastierte auffällig zu seinem dunklen Haar, das ihm verwegen in die Stirn fiel. Er streifte es nachlässig zur Seite, dann setzte er sich zu mir aufs Bett und zog mir die Decke weg.

»Mir ist kalt«, beschwerte ich mich.

»Dir wird gleich warm.«

»Die anderen können dich nicht immer sehen, oder?«

»Du hast das sehr gut durchschaut, Lucia.«

»Du bist ein Vampir.«

Er lächelte nur.

»Wie machst du das mit deinen Zähnen? Ich meine, jetzt sehen sie normal aus. Aber im Krankenhaus …«

»Du fragst zu viel.«

»Das ist mein Traum«, wies ich ihn zurecht. »Da kann ich fragen, was ich will. Und du musst mir antworten.«

»Dann frag mich.« Er ergriff den Saum meines Nachthemdes und zog es mir über den Kopf. Ich war nackt.

»Ja«, flüsterte er.

Er hatte recht gehabt. Mir war nicht länger kalt. Mir war heiß. Glühend heiß. Meine Brüste fühlten sich prall und empfindlich an, und in meinem Bauch zog sich langsam ein Knoten zusammen. Womit kann ich Sie noch ergötzen? Ach ja, meine Brustwarzen stellten sich zu festen kleinen Knospen auf. Meine Glieder wurden wachsweich, und sämtliche Nervenfasern meines Körpers schienen plötzlich in meinem Unterleib zu münden, in einem Schmelztiegel feuchter Hitze.

»Ich habe vergessen, was ich fragen wollte«, klagte ich.

»Das macht nichts.«

»Warte. Jetzt ist es mir wieder eingefallen.«

Er legte seine rechte Hand auf meine Brust, rieb sacht über die Spitze und knetete sie, und ich vergaß die Frage wieder.

»Ich will das überhaupt nicht träumen«, jammerte ich halbherzig.

»Lass mich deine Meinung ändern.« Er bedeckte mit der Linken meine andere Brust und streichelte sie. »Du bist so schön.«

»Das hat der Regisseur auch gesagt.«

»Aber ich meine, was ich sage.«

»Du bist ein Meister der Illusion.«

Seine Hände wanderten tiefer und gelangten in strategisch bedeutendere Regionen.

»Was machst du da?«, fragte ich beunruhigt.

»Wonach sieht das deiner Meinung nach aus?«

»Äh … nach Sex?«

Er beugte sich über mich und drückte mich in die Kissen. »Du hast eine rasche Auffassungsgabe.«

Bevor sein Mund meine Lippen berührte, fiel mir die Frage wieder ein. »Moment. Können Vampire überhaupt Sex haben? Ich dachte immer, sie sind impotent.«

Er hielt inne, und in der Dunkelheit des Zimmers konnte ich am Aufblitzen seiner beneidenswert weißen Zähne sehen, wie er lächelte. »Wer hat dir das erzählt?«

Hatte ich es in einem Roman von Anne Rice gelesen? Oder woanders? Ich hatte es vergessen. Es war mir ohnehin egal. Dieser Traum war wunderbar, und ich wollte ihn einfach nur genießen. Sollte Martin doch mit mir machen, was er wollte.

Hauptsache, er biss meiner besten Freundin nicht in den Hals.

Seine Lippen fuhren sanft an meinem Mundwinkel vorbei. Das Gefühl war unbeschreiblich. Ich seufzte verhalten. Seine Hände waren auf meinen Brüsten, warm und besitzergreifend. Dann fasste er mich da unten an, und mein Traum geriet auf eine höhere (oder tiefere?) Ebene. Es war, als schwebte ich im luftleeren Raum, befreit von hinderlichen Zwängen, losgelöst von allem Irdischen. Logik oder Vorsicht – dergleichen gab es auf einmal nicht mehr. Für mich existierte nur noch die Raserei, die das Gefühl seiner Hände an meinem Körper hervorrief. Es war die pure, absolute, unübertroffene Geilheit, anders kann ich es nicht beschreiben. Solveig hatte ja so recht. Ein Vibrator war auf Dauer kein Ersatz. Ich bäumte mich seinem entschlossenen Griff entgegen und wollte mehr. Ich wollte alles, was er zu geben hatte, und ich wollte es auf einmal und möglichst sofort.

Dieser Traum war wirklich das Beste, was mir in letzter Zeit passiert war! Ich erinnerte mich sogar an Solveigs Ratschläge. Jetzt war die Gelegenheit da, ihre Tipps praktisch zu erproben.

»Küss mich!«, stieß ich hervor.

Er tat es, und ich hatte das Gefühl, in einen bodenlosen Schacht zu fallen und anschließend in den Himmel aufzusteigen. Seine Zunge war tief in meinem Mund, und ich bemühte mich redlich, in diesem Duell nicht den Kürzeren zu ziehen. Anscheinend konnte ich mithalten, denn als sich unsere Lippen mit einem schmatzenden Geräusch voneinander lösten, ging sein Atem keuchend.

»Jetzt zieh dich aus«, verlangte ich kühn.

Entzückt sah ich, dass die von Solveig empfohlene Taktik funktionierte. Ich hatte meinen Befehl noch gar nicht zu Ende formuliert, als er sich auch schon die restliche Kleidung vom Körper riss.

»Hast du keine Angst?«, fragte er atemlos. »Wenn du aufhören willst, dann nur jetzt.«

Er schaute mich unter gesenkten Lidern an, und auf einmal ähnelte er wieder der sprungbereiten Raubkatze, an die er mich schon einmal erinnert hatte.

»Nein, wieso?«, gab ich zurück. »Das ist bloß ein Traum, und ich denke nicht daran, ausgerechnet dann aufzuhören, wenn es am schönsten ist.«

»Das ist dein Glück, denn ich hätte sowieso nicht aufgehört.«

Er legte sich zu mir ins Bett, und von diesem Moment an wurde mein Traum zu einem verschwommenen Wirbel aus Hitze, Lust, Wildheit und Hingabe. Ich konnte mich nicht erinnern, weitere Befehle geäußert zu haben, denn ich bekam keine Gelegenheit dazu – bis auf den einen, alles entscheidenden Augenblick, der sich in kristallklarer Klarheit für immer in die Erinnerung dieses Traumerlebnisses einbrennen sollte.

Er war auf mir und in mir und auch sonst überall gegenwärtig, aber ich spürte mit instinktiver Gewissheit, dass da noch mehr war, eine elementare Notwendigkeit, etwas, das ich mir um jeden Preis verschaffen wollte und das nur um Haaresbreite von mir entfernt war, dabei aber von so immenser Wichtigkeit, dass ich alles tun musste, um es zu bekommen.

»Beiß mich.«

Er drang tiefer in mich ein und bewegte sich schneller. Er keuchte unaufhörlich an meiner Schulter, meinem Hals, meinem Ohr, meinem Mund, meinen Brüsten, doch da war auch ein winziges Zögern, ein kaum merkliches Innehalten in der Raserei dieser Vereinigung, und da wusste ich, dass ich es möglich machen konnte, wenn ich es nur wollte.

Ich presste meine Lippen dicht an sein Ohr. »Beiß mich«, wiederholte ich. Es war mein Traum, und ich gab die Befehle.

Sein Mund fand die Stelle an meiner Halsgrube, wo das Blut so dicht unter der Haut pulsierte, und dann kam für einen kurzen, aber schrecklichen Moment der Schmerz. Ich wusste, jetzt würde ich sterben, doch es war mir egal, denn der Tod erschien mir ein geringer Preis zu sein für diese unermessliche Lust. Alles ging unter in diesem wahnsinnigen, alles verschlingenden Taumel. Ich fühlte, wie mein Lebensblut aus mir herausrann, wie es in Strömen für immer und unwiederbringlich weggesogen wurde, wie ich Herzschlag um Herzschlag der Vollkommenheit näher kam. Die Ekstase war unbeschreiblich, und dann, im

Augenblick höchster orgiastischer Erfüllung, zwang mich eine namenlose Macht jenseits allen Vorstellungsvermögens, meine Zähne in seinen Hals zu schlagen und sein Blut zu trinken.

Das heißt, ich versuchte es. Ich riss den Mund auf, bis meine Kiefergelenke knackten, und biss zu. Seine Haut erwies sich allerdings als ziemlich fest. Ich bekam vielleicht ein paar Tropfen in den Mund, doch das war auch schon alles. Leider, denn der Geschmack dieses Blutes war über alle Maßen berauschend. Ich biss härter zu, schleckte und saugte und versuchte hektisch, mehr davon zu kriegen.

Das war dann auch bedauerlicherweise der Moment, in dem mein Traum in die unerfreuliche Phase überging. Mein Liebhaber fuhr zusammen, zog sich ruckartig aus mir zurück und fasste sich an den Hals.

»Du hast mich gebissen!«, stieß er schwer atmend hervor.

Träge hob ich eine Hand und wischte mir das Blut von den Lippen. »Klar. Du hast mich ja auch gebissen.«

»Was für eine schicksalsträchtige Begegnung.« Er stieg von mir herunter und fing an, sich anzuziehen. »Womit bewiesen wäre, dass manche Geschehnisse unausweichlich sind.«

»Was meinst du damit genau?«, fragte ich verwirrt.

»Dass ich ins Wasser gesprungen bin, obwohl ich wusste, wie tief es ist. Immerhin hat es dir gefallen.«

»Worauf du wetten kannst.« Ich betrachtete ihn lächelnd und genoss den Ausklang des beseligenden Pochens zwischen meinen Beinen.

Er sah phantastisch aus! Um alles an ihm gebührend bewundern zu können, war es zu dunkel im Zimmer, doch ich erkannte die Umrisse seines kräftigen Körpers, die markante Linie seiner Schultern, den Schwung seiner muskulösen Hüften, ein angedeutetes, männlich festes Hinterteil, und zwischen seinen massiven Schenkeln …

»Wow«, sagte ich beeindruckt. »Willst du wirklich nicht mehr? Du warst doch noch gar nicht fertig.«

Doch er war schon bei der Tür. »Du kleine Idiotin, du weißt ja nicht, was du getan hast.«

Jetzt wurde der Traum wirklich blöd.

»He, warte mal«, protestierte ich. Aber er war schon verschwunden, und ich hatte noch nicht mal die Tür aufgehen sehen.

Na ja, so hielten es halt Vampire von Format. Kamen und gingen, ohne dass man es richtig mitkriegte.

Mein Traum ging noch eine Weile weiter. Draußen hatten die anderen mit Bleigießen angefangen, ich hörte es an den lautstarken Kommentaren über die Menge der zulässigen Bleiladung pro Löffel und am Streit über die Ergebnisse, die zischend in der Wasserschüssel landeten. Danach zerfaserten die Bilder meines Traums zu bunten, leuchtenden Mustern, und der Rest entzieht sich meiner Erinnerung.

*

Am nächsten Morgen war ich zu krank zum Aufstehen. Ich versuchte es, weil ich durstig war, doch ich kam nur drei Schritte weit, dann versagten mir die Beine den Dienst, und ich fiel polternd zu Boden. Nach einer Weile schleppte ich mich zum Bett zurück und kroch wieder zurück unter die Decke. Mir war schlecht, und mein Hals brannte wie Feuer. Als ich den Mund öffnete, um Solveig zu rufen, kam nur ein heiseres, schmerzhaftes Röhren heraus. Ich ließ es lieber und wartete darauf, dass sie von allein käme. Irgendwann muss ich wohl wieder eingeschlafen sein, denn als ich das nächste Mal zu mir kam, stand ein fremder Mann neben meinem Bett und drückte mir ein eiskaltes Ding auf die Brust.

»Hilfe«, krächzte ich.

»Das ist nur der Arzt.« Solveig tauchte hinter dem Mann auf. Ihr Gesicht verschwamm zu einer blassen Scheibe. »Um Gottes willen, ist es sehr schlimm?«

»Eine veritable Influenza. Dazu eine beginnende Lungenentzündung.«

»Muss sie ins Krankenhaus?«

»Wir warten bis morgen. Wenn sie dann nicht auf die Medikamente anspricht – ja. Wichtig ist, dass sie viel Flüssigkeit zu sich nimmt.«

Die Worte drangen als gedämpftes Gemurmel an mein Ohr. Ich konnte weder richtig hören noch sehen; es war, als befände ich mich unter Wasser, ohne festen Bezug zur Wirklichkeit und umgeben von lauter verschwimmenden Schatten und Figuren.

Ich dämmerte wieder weg, und im Traum erschien mir die Nonne Lucia. Sie trat aus dem Nichts auf mich zu, ohne Schleier, aber im schwarzen Nonnengewand, blond, hübsch und sehr blass, und bei näherem Hinsehen erkannte ich verblüfft, dass sie mein Spiegelbild hätte sein können. Zwischen ihren Lippen perlte rot das Blut hervor. »Der Kreis hat sich geschlossen«, sagte sie mit traurigem Lächeln.

»Welcher Kreis?«, fragte ich, doch sie begann bereits, sich in Nebel aufzulösen.

Die folgenden Tage verbrachte ich im fiebrigen Wechsel zwischen Schlafen und Dösen. Richtig wach wurde ich nicht. Ab und zu wurde ich gewahr, dass jemand mir Wasser und Medikamente einflößte. Einmal hörte ich eine Männerstimme, und eine Nadel stach schmerzhaft in meinen Arm. Eine Infusion wurde mir verabreicht.

Ein anderes Mal zog Solveig mir die Decke weg und wusch mich sanft. Ich erinnerte mich, dass ich sie vor jemandem beschützen musste, doch mir fiel nicht ein, vor wem. Trotzdem warnte ich sie. »Du musst dich vor ihm in Acht nehmen«, murmelte ich ihr zu, doch sie hörte nicht hin. Der Arzt kam und ging, und die Zeiten zwischen Wachen und Träumen wurden allmählich fassbarer, meine Umgebung gewann an Konturen, und ich kehrte langsam, aber unwiderruflich in die Realität zurück.

Solveig sagte mir, ich sei fünf Tage schwer krank gewesen. Zwei Tage lang hätte ich über vierzig Grad Fieber gehabt.

»Wenn du nicht vorher so gut in Schuss gewesen wärst, hättest du das womöglich nicht überlebt.«

Ich hing immer noch am Tropf, doch in der Flasche befand sich nur noch Nährlösung. Als der Arzt an diesem Abend kam, wurde die Kanüle entfernt.

»Fangen Sie mit leichter Kost wieder an«, sagte er, bevor er ging.

Beim Gedanken an Essen drehte sich mir der Magen um. Solveig informierte mich, dass ich seit dem Ausbruch meiner Krankheit außer Tee, Brühe und Wasser nichts zu mir genommen hätte. Sie schleppte mich zur Toilette, wie sie es auch schon in den letzten Tagen getan hatte, doch diesmal klappte es bereits deutlich besser, weil der Infusionsständer nicht mehr mitgerollt werden musste. Meine Füße gehorchten mir von Mal zu Mal besser, und schließlich, am Ende der Woche, konnte ich den Gang zur Toilette wieder allein wagen. Am siebten Tag schaffte ich es sogar, mich eigenhändig zu waschen und zu kämmen. Dem hohläugigen, kreidebleichen Gespenst im Badezimmerspiegel gönnte ich allerdings immer noch keinen zweiten Blick.

Am nächsten Morgen kamen meine Eltern zu Besuch. Meine Mutter brachte mir widerlich riechenden Kräutertee, eine spezielle Gesundheitsmixtur ihrer Erdweiber-Gruppe, und mein Vater erzählte, dass er wahrscheinlich nächsten Monat mit dem Taxifahren aufhören wolle. Während meiner Krankheit waren die beiden schon einmal da gewesen, doch ich konnte mich nicht daran erinnern – so wie ich mich überhaupt an Vieles nicht mehr richtig erinnern konnte. Die Silvesterfeier beispielsweise war in weiten Teilen aus meinem Gedächtnis getilgt, ein echter Blackout, wie ich noch nie einen erlebt hatte. Bei Blackout musste ich automatisch an einen anderen Begriff aus der Psychokiste denken: Flashback.

Ich grübelte einen halben Tag lang nur darüber nach, wieso zum Teufel ich ausgerechnet auf Flashback kam und woran es lag, dass mich das Wort so verstörte. Nach einer Weile kamen dann manche Bilder ganz langsam zurück und fügten sich wie bei einem Puzzle zusammen, zu einem derart verrückten Puzzle allerdings, dass ich es rasch aufgab, unterscheiden zu wollen, welche Stücke davon Realität und welche Phantasie waren. Bestimmte Teile, die ohnehin nur meinem Unterbewusstsein entsprungen sein konnten – etwa die heiße Nummer mit Solveigs neuem Freund oder die wüste These, er sei ein Vampir (Gott, was für eine blühende Phantasie!) –, sortierte ich sofort als Fieberträume aus, wenn auch als erstaunlich lebensechte. So lebensecht, dass mir noch im Nachhinein heiß davon wurde.

Über andere Stücke des Puzzles musste ich länger nachdenken, zum Beispiel über den Vorfall in der Klinik und über das, was ich dort gesehen zu haben glaubte. Mittlerweile zweifelte ich nicht mehr daran, dass alles nur Einbildung gewesen war. Es war von himmelschreiender Offenkundigkeit, dass ich (oder besser: mein Unterbewusstsein) diesen Mann geradezu notorisch in möglichst viele meiner Tag- und Nachtträume einarbeiten wollte. Mein beschämender sexueller Traum in der Neujahrsnacht hatte den letzten Beweis erbracht, wie labil ich in diesem Punkt war. So ärgerlich das auch war, so wenig ließ es sich leugnen. Der Typ hatte es mir wohl stärker angetan, als ich mir zunächst hatte eingestehen wollen. Ich war also doch ein Opfer des Post-Noëlle-Syndroms. Anscheinend war ich so ausgetrocknet gewesen, dass schon das erste Auftauchen eines scharfen Typen mich hysterisch werden ließ. Es war einfach eine Frage von Ursache und Wirkung. Männerlosigkeit führte zu Frust, Frust zu Überkompensation, Überkompensation zu bescheuerten Einbildungen.

Obwohl ich stolz darauf war, das so prima analysiert zu haben, blieb ein Rest Unbehagen zurück, eine Spur von Unsicherheit. Ich schob es auf die Nachwirkungen der Krankheit und beschloss, schnellstens gesund zu werden. Obwohl ich mich von Tag zu Tag besser fühlte, hatte die Grippe mich ziemlich mitgenommen. Als am achten Januar zum ersten Mal seit Weihnachten die Sonne wieder hinter den Wolken hervorbrach, stach mir das Licht derart schmerzhaft in den Augen, dass ich das Rollo halb herunterlassen musste, um überhaupt etwas sehen zu können. Noch Stunden danach tränten meine Augen so stark, dass ich eine Packung Papiertaschentücher zum Trockentupfen verbrauchte.

Mein Appetit ließ stark zu wünschen übrig. Genau genommen war er überhaupt nicht vorhanden. Solveig servierte mir hinreißend komponierte, frisch zubereitete und liebevoll dekorierte Snacks, doch bereits der Anblick von Essen brachte mich zum Würgen. Außer etwas Brühe konnte ich nichts zu mir nehmen.

Als Solveig tags darauf wieder arbeiten ging und wie üblich erst am frühen Abend zurückkehrte, gab ich vor, mittags gegessen zu haben. Ich ließ einfach einen Teil des Essens in der Toilette verschwinden, um sie in dem Glauben zu wiegen, dass ich regelmäßige Mahlzeiten zu mir nahm. Gleichzeitig fing ich an, mir Gedanken über mein Nahrungsbedürfnis zu machen, oder vielmehr über das völlige Fehlen desselben. Eins war daran besonders merkwürdig: Obwohl ich noch weit davon entfernt war, wieder restlos fit zu sein, fühlte ich mich im Grunde ganz passabel – noch etwas mitgenommen, aber doch so weit wiederhergestellt, dass ich die elementaren Dinge des Lebens wie Duschen und Fernsehen ohne größere Kraftanstrengung hinkriegte. Wieso konnte ich nichts essen?

Ich versuchte es mit einem Apfel. Er schmeckte wie Holz, mit einem widerlich galligen Beigeschmack. Ich spie das Stück, das ich im Mund hatte, in hohem Bogen von mir. Dann zwang ich mich, ein Stück Toast mit Butter zu bestreichen und hineinzubeißen. Ekel packte mich, und ich bekam einen heftigen Hustenanfall. Dasselbe passierte, als ich mit Todesverachtung einen Schluck Kakao probierte. Normalerweise war ich verrückt nach Kakao. Schön heiß musste er sein, mit viel Zucker drin oder ein paar dicken Marshmallows. Doch diesmal schmeckte er nicht. Im Gegenteil, es war fast so, als schlürfte ich Exkremente. Es war ganz ausgeschlossen, dass ich dieses Zeug schluckte, und doch überwand ich mich und versuchte es. Das Ergebnis kam spontan und heftig. Ich konnte kaum aufhören, zu würgen und zu husten. Ein vages Déjà-vu-Gefühl ergriff mich, doch bevor ich es näher ergründen konnte, riss mich das Klingeln des Telefons aus meinen Grübeleien.

Es war mein Bruder. »Ich habe gehört, du warst seit Neujahr krank.«

Ich hustete noch ein paar Takte, dann schaffte ich es endlich, damit aufzuhören. »Die Grippe«, krächzte ich. »Inzwischen geht's wieder.«

»Kein Wunder, dass du Silvester so komisch drauf warst.«

»Wie war ich denn drauf?«

»Total daneben.«

Ich erinnerte mich an Scampi im Ausschnitt und andere Ausfälle. Total daneben war wohl noch vornehm ausgedrückt. Beschämt lenkte ich vom Thema ab. »Was macht die Arbeit?«

»Danke der Nachfrage. Ich kriege im Mai Prokura.«

»Gratuliere.«

»Gratulier mir nicht«, sagte er mit schmerzerfüllter Stimme. »Bea hat zum ultimativen Schlag ausgeholt. Sie erzählt überall herum, dass sie mit mir nie kommen konnte.«

»Nein«, sagte ich ehrlich erschüttert.

»Irgendwie hat es sich sogar schon bis zur Bank herumgesprochen. Vorgestern meinte die Abteilungssekretärin, ich solle mir das bloß nicht zu Herzen nehmen, es gebe noch genug Frauen auf der Welt mit Feuer und Leidenschaft.«

»War das eine Art Antrag von ihr?«

»Schon möglich.«

»Das ist doch toll!«

»Ich weiß nicht. Sie wiegt mindestens dreißig Kilo mehr als ich und hat einen Wahnsinnsüberbiss. Kommst du zu der Feier?«

»Welche Feier?«

»Na, zu Omas und Opas Geburtstag.«

»Ach ja, der Neunzigste. Mal sehen. Kommt drauf an, ob ich da schon wieder fit genug bin.«

Wir unterhielten uns über diese und jene Belanglosigkeit, und ich wollte mich schon verabschieden, als ich aus einem Impuls heraus unvermittelt fragte: »Sag mal, hast du von Marihuana schon mal einen Flashback gekriegt?«

»Nein, noch nie. Meines Wissens gibt es so was nur bei LSD.«

»Ach so.«

»Warum? Hattest du einen?«

»Nein. Ich frage nur so allgemein.«

Damit ließ ich es bewenden. Vielleicht hätte ich mir unter anderen Umständen noch tagelang deswegen den Kopf zerbrochen, doch ich hatte viel akutere Probleme.

Wieder waren drei Tage vergangen, und ich hatte immer noch nichts gegessen. Und, was fast noch bedenklicher war, ich hielt es vor meiner Umwelt geheim. Schlimmer konnten sich auch magersüchtige oder bulimiekranke Frauen nicht aufführen. Dabei machte sich meine Appetitlosigkeit physisch zu meiner eigenen Überraschung kaum bemerkbar. Durch die Grippe hatte ich etwas abgenommen, doch nicht mehr, als man es nach einer solchen Krankheit erwarten konnte. Der Gewichtsverlust war zudem nur vorübergehend. Seit es mir besser ging, hatte ich sogar wieder ein oder zwei Pfund zugenommen, und das, obwohl ich außer ein paar Tassen Instant-Gemüsebrühe nichts zu mir genommen hatte. In den letzten Tagen hatte ich auch die nicht mehr vertragen und mich auf den Genuss von Wasser beschränkt.

Eigentlich hätte ich aussehen müssen wie ein wandelndes Gerippe, doch dem war nicht so. Ich war immer noch blass, aber die Schatten unter meinen Augen waren genauso schnell verschwunden wie der Bluterguss an meinem Hals (Solveig hatte gemeint, ich hätte mir da wohl im Fieber ein paar Pickel aufgekratzt), mein Körper war straff, mein Blick klar. Das war der Hauptgrund, warum ich es für überflüssig hielt, einen Arzt aufzusuchen. Ich fühlte mich schlicht und ergreifend nicht mehr krank.

Dafür fielen mir andere Veränderungen auf, die ich jedoch sämtlich als Folgeerscheinungen der Grippe diagnostizierte. Meine Verdauung existierte zum Beispiel so gut wie überhaupt nicht mehr. Ich musste meine Blase entleeren, wenn ich Wasser getrunken hatte, doch ich konnte mich nicht erinnern, wann ich zum letzten Mal Stuhlgang gehabt hatte. Nicht, dass ich sonderlich verrückt darauf gewesen wäre; ich litt an keiner wie auch immer gearteten analen Fixierung, doch seltsam fand ich es schon.

Außerdem war mein Schlafrhythmus völlig durcheinandergeraten. Nachts lag ich stundenlang wach und konnte, egal, wie ich es anstellte, nicht in den Schlaf finden. Tagsüber packte mich häufig ein unbezähmbares Bedürfnis, mich hinzulegen. Ich ging dazu über, mir einen Mittagsschlaf zu gönnen, und es kam vor, dass ich erst gegen Abend wieder aufwachte, wenn Solveig von der Arbeit kam.

Dann war da meine extreme Lichtempfindlichkeit. Direkte Sonneneinstrahlung verursachte mir hämmernde Kopfschmerzen. Meine Augen begannen zu tränen und zu brennen, ja, ich hatte sogar den Eindruck, als würde meine Haut anfangen zu prickeln und zu jucken, wenn ich zu viel Tageslicht abbekam. Ich war noch nicht draußen gewesen, argwöhnte aber, dass diese Probleme im Freien noch drastischer hervortreten könnten.

Als ich begann, in der Wohnung eine Sonnenbrille zu tragen, meinte Solveig: »Mit dieser Lichtallergie solltest du mal zum Arzt gehen.«

»Habe ich mir schon vorgenommen.« Ich lag – bei halb herabgelassenen Rollos – auf dem Sofa im Wohnzimmer und sah gelangweilt fern. Es war Samstag Mittag, und ich war nur aufgestanden, weil Solveig mich geweckt hatte. Wenn es nach mir gegangen wäre, hätte ich bis zum Abend weitergeschlafen, doch das konnte ich ihr unmöglich antun. Sie hatte eingekauft und für uns beide gekocht, Spaghetti Alfredo, ein Gericht, bei dem ich normalerweise in Verzückung geriet. Heute wurde mir schon von dem Geruch elend. Zum Nachtisch stand Zabaione auf dem Plan, und später zum Kaffee sollte es kalifornischen Bananen-Nusskuchen geben. Für diesen Kuchen wäre ich noch vor ein paar Wochen meilenweit gerannt, nur um ein winziges Stück davon essen zu dürfen. Heute versetzte mich die Aussicht, auch nur daran schnuppern zu müssen, in Panik.

Weil mir nichts Besseres eingefallen war, hatte ich Migräne vorgeschützt und so getan, als hätte ich etwas eingenommen.

»Hilft die Tablette?«

Ich nickte und merkte, wie mein Gewissen sich schmerzhaft meldete. Was war los mit mir? Wieso brachte ich es nicht fertig, mit ihr über meine Essprobleme zu sprechen? War sie meine beste Freundin oder nicht? Hatte sie etwa nicht ihren gesamten Winterurlaub dafür geopfert, mich zu pflegen und aufzupäppeln? Sie hätte ihre Freizeit weit sinnvoller verbringen können, mit netten Freunden auf einer Skihütte zum Beispiel. Oder einfach nur ausgehen, ihr Leben genießen. So, wie sie es immer machte. Mit guten Bekannten losziehen. Oder mit Männern.

»Was ist eigentlich aus deinem Neuen geworden, diesem Martin?« Meine Stimme zitterte kaum merklich, als ich den Namen aussprach, denn sofort überfluteten mich die Bilder meines unglaublichen Traums.

Solveigs Gesicht verschloss sich. »Ich habe nichts mehr von ihm gehört. Er hat mich nicht mehr angerufen.«

Diese Botschaft erfüllte mich mit großer Erleichterung, aus der ich keinen Hehl machte. »Weg mit Schaden«, sagte ich aufmunternd.

»Ja«, meinte Solveig merkwürdig unbeteiligt. »Weg mit Schaden.«

10. Kapitel

Am darauffolgenden Montag raffte ich mich endlich auf, meine Kieferregulierung in Angriff zu nehmen. Nicht, dass mein Kieferknacken schlimmer geworden wäre. Im Gegenteil, schließlich aß ich nichts mehr, womit sich die Notwendigkeit, ständig den Mund auf- und zuzuklappen, beträchtlich reduziert hatte. Trotzdem wollte ich es nicht auf die lange Bank schieben. Vorsorglich steckte ich die Sonnenbrille ein und nahm auch eine Mütze in der Handtasche mit. Bis zum Hals mit Thermojacke und Schal vermummt, machte ich mich am späten Nachmittag auf den Weg. Es wurde gerade dunkel. Ich hatte um einen späten Termin gebeten, denn tagsüber hatte die Sonne jeden nur zugänglichen Winkel der Stadt bestrahlt. Keine Frage, ich würde dieser Tage noch gegen meine merkwürdige neue Allergie angehen müssen. Einen Termin beim Hautarzt hatte ich mir schon besorgt.

In der wärmeren Witterung war der Schnee, der zwischen den Jahren gefallen und liegen geblieben war, zu vereinzelten schmutzigen Inseln geschmolzen. Auf meinem Weg von der Haltestelle bis zu Rainers Praxis kam ich an Gärten vorbei, in denen Schneemänner den gestiegenen Temperaturen zu trotzen versuchten. Einer von ihnen, angetan mit Schal, Taucherbrille und Karomütze, schien mich breit anzugrinsen, mit seiner klobigen, aus dunklen Steinen zusammengefügten Zahnreihe. Der Anblick brachte mich aus unerklärlichen Gründen zum Schaudern.

In der Praxis war erwartungsgemäß viel Betrieb. Die Schulferien waren vorbei, die meisten Leute waren aus dem Urlaub zurück und mussten wieder arbeiten. Reguläre Zahnarzttermine wurden üblicherweise gern auf die Zeit nach Feierabend gelegt.

Doch die heute für den Empfang zuständige Katja wusste, was sich für die Ex-Frau des Chefs ziemte. Die anderen Patienten konnten warten, ich wurde dazwischengeschoben.

»In die Eins bitte, Frau Doktor von Stratmann«, säuselte Katja und schwebte mit den Unterlagen voraus in das verchromte und verspiegelte Hightech-Ambiente des Behandlungsraums. Ich hatte die MRT-Aufnahmen mitgebracht, die sie nun zusammen mit den bereits hier gefertigten Röntgenbildern vor einer Leuchtwand befestigte.

Katja deutete auf die Liege. »Sie können schon Platz nehmen, Frau Doktor.«

Darauf verzichtete ich diesmal dankend. Ich wollte meinem Ex Auge in Auge gegenübertreten, sozusagen gleichberechtigt. Schließlich war ich nicht nur wegen meiner Zähne hier.

Rainer, der kurz darauf zu mir stieß und mich mit dem üblichen Schmatzer auf die Wange begrüßte, wirkte prächtig erholt. Er war braun gebrannt (Gletscherbräune) und lächelte bis an die Ohren.

»Schönen Urlaub gehabt?«, fragte ich höflich.

»Danke der Nachfrage, es war toll.« Er musterte mich beifällig. »Lu, du bist wirklich eine Augenweide. Du bist richtig niedlich. Wieso habe ich dich verlassen?«

»Du hast mich nicht verlassen. Ich habe dich verlassen.«

»Wirklich?«, fragte er mit schmerzlichem Augenaufschlag. »Weshalb eigentlich?«

»Weil du in der Gegend rumgevögelt hast wie ein Karnickel.«

»Oh. Tja …« Da ihm anscheinend die Komplimente ausgegangen waren, kam er zur Sache. Er erläuterte mir anhand der Aufnahmen anschaulich den maroden Zustand meines Kiefergelenks.

»Du leidest an etwas, das der Fachmann als totale anteriore Diskusverlagerung bezeichnet«, meinte er.

»Und wie würde es der Laie bezeichnen?«

»Die Pfanne hüpft aus dem Gelenk.«

Das klang nicht gut.

»Daher auch das Knacken, oder?«

»Daher auch das Knacken«, bestätigte er.

Dann zeigte er mir an Schaubildern, wie man meinen Kiefer neu einrichten würde, um das Problem abzustellen. »Ich habe das Konzept schon mit meinem Bekannten durchgesprochen.«

Besagter Bekannter war der Kieferorthopäde, der die Behandlung bei mir durchführen sollte. Seine Praxis befand sich in der Frankfurter Innenstadt, da hatte ich es nicht weit, und er würde es eins a machen, sogar auf Krankenschein.

»Ich gebe dir von den Aufnahmen Kopien mit. Er macht dann natürlich noch mal eine komplette Anamnese und Abdrücke für die Vermessungen, doch das geht schnell. Wenn alles gut läuft, hast du Ende dieser Woche schon die Brackets drin.«

Er musterte mich mit zusammengezogenen Brauen. »Du siehst irgendwie anders aus.«

»Inwiefern?«

»Ich weiß nicht. Du bist so schön wie immer ...«

»Das hast du schon gesagt.«

»Aber du bist auch ... blass.«

»Ich hatte eine schwere Grippe. Heute war ich zum ersten Mal seit über zwei Wochen draußen.«

»Ah ja.«

Mir fiel wieder ein, dass mein Besuch heute noch weitere Früchte tragen musste. Nächsten Monat waren Hausrat- und Haftpflichtversicherung fällig, und ich hatte Solveig seit mindestens drei Monaten keine Miete mehr gezahlt. Von meinem bis zum Anschlag überzogenen Konto ganz zu schweigen.

Wenn ich schon hier war, konnte ich auch das Nützliche mit dem Notwendigen verbinden.

Als ich merkte, dass er drauf und dran war, aus dem Zimmer und zum nächsten Patienten zu eilen, trat ich ihm entschlossen in den Weg. »Meine Grippe ist Gott sei Dank weg. Aber du kannst entscheidend zur weiteren Verbesserung meines Gesundheitszustandes beitragen.«

»Ich sag's ja«, meinte er geschmeichelt. »Zähne gut, alles gut.«

Ich baute mich dicht vor ihm auf. Mit meinen Absatzstiefeletten war ich bestimmt drei oder vier Zentimeter größer als er. »Unsere Unterhaltsvereinbarung läuft dieses Jahr aus, das ist absolut okay für mich, denn so war es ausgemacht. Nicht okay ist, dass du im ganzen letzten Jahr gerade mal zwei Raten bezahlt hast. Im Jahr davor drei. Das Jahr davor – ich hab's vergessen, aber viel mehr war es sicher auch nicht. Du hast richtig fette Schulden bei mir, Rainer. Ich würde nicht damit ankommen, wenn ich es nicht im Moment dringend bräuchte, ehrlich. Könntest du vielleicht in Betracht ziehen, die Kohle noch rauszurücken, die mir zusteht?«

Er war ehrlich betroffen. »Das kann nicht sein! O Gott, Lu, das tut mir so leid! Die ganze Zeit wollte ich das erledigen! Ich kann es doch unmöglich schon wieder vergessen haben!« Er zückte seine Brieftasche und klappte sie auf. »Oh, so ein Mist. Ich habe kein Bargeld dabei. Was tun wir jetzt?« Er machte die Brieftasche wieder zu und schob sie zurück in die Gesäßtasche seiner strahlend weißen Designerhose. »Warte. Ich weiß, was ich mache. Ich gehe gleich morgen früh zur Bank und richte endlich einen Dauerauftrag ein, damit das nicht wieder vorkommt.«

Ich machte mir nicht die Mühe, meinen Sarkasmus zu verbergen. »Das würdest du für mich tun?«

»Lu, also wirklich.«

Seine Wangen hatten sich gerötet, und an seiner Stirn klopfte eine Ader. Doch nicht diese Stelle war es, die wie magisch meine Blicke anzog, sondern die winzige Schlagader an seinem Hals, dieses zarte, kaum sichtbare und doch so überaus lebhafte Pochen, das sich verzweigte bis in die vielen Äderchen, das filigrane Geäst seiner Kapillaren …

Mein Mund fühlte sich plötzlich strohtrocken an, und ich merkte, dass ich heftigen Durst hatte. »Hast du was zu trinken da?«

»Natürlich!« Er lächelte und eilte zu den Wandschränken, ließ eine der Türen geräuschlos auf Schienen zur Seite gleiten und förderte eine komplett bestückte Hausbar zutage.

»Ich würde gern mit dir trinken«, meinte er. »Aber die Patienten riechen leider alles. Bei dir spielt es zum Glück keine Rolle. Silvia ist an so was gewöhnt.«

»Wer ist Silvia?«

Er machte eine wedelnde Handbewegung in Richtung Empfang. »Die macht dir gleich den Zahnstein weg. Was kann ich dir anbieten?«

Plötzlich war ich neugierig, wie ich auf Alkohol reagieren würde. »Was hast du denn so da?«

»Whiskey, Cognac, Martini, Wodka.«

»Ein Wodka wäre nicht schlecht.«

Er brachte mir einen. Ich probierte vorsichtig davon und spuckte das Zeug sofort zurück ins Glas, dann holte ich keuchend Luft und hustete ein paarmal. Wie es aussah, war ich ab sofort Antialkoholikerin.

»Nicht gut?«, fragte Rainer erstaunt.

»Mir ist gerade eingefallen, dass ich noch nichts gegessen habe.«

»Damit kann ich nicht dienen.«

»Dann gib mir deine Kreditkarte.«

»Lu! Du machst wohl Witze!«

»Ich brauche dringend ein bisschen Geld, Rainer.«

Er wand sich unter meinem Blick und schaute zur Seite. »Lu, das ist mir so peinlich! Aber ich habe doch gerade nichts hier!«

Meine Nüstern blähten sich unwillkürlich, als ich plötzlich seine Ausdünstung auffing. Es war gerade so, als könnte ich seine Gefühle riechen, diese Mischung aus leisem Unbehagen,

Gewissensbissen und – ja, leiser Schadenfreude. Ich erkannte unvermittelt, dass hier mehr dahintersteckte als schlichte Vergesslichkeit. Das Problem der Unterhaltsrückstände war weit komplexer, es setzte sich aus mehreren Aspekten zusammen. Ich spürte seine Empfindungen fast so deutlich, als wären es die meinen: Rache, Machtstreben, Triumph … Sehnsucht?

Wieder sah ich das schwache Aufzucken der kleinen Ader in der Nähe seiner Kehle, und mein Durst wurde plötzlich übermächtig.

»Ich brauche sofort einen Schluck Wasser«, sagte ich mühsam.

Er lief zum Waschbecken und füllte dort am Hahn einen der Plastikbecher. Ich schüttete das Wasser in einem Zug hinunter.

»Besser?«

Ich nickte. In Wahrheit war es kaum besser. Doch für diesmal musste es reichen.

»Rainer?«

»Ja, Lu?«

»Dieser Typ, der vor Weihnachten hier bei dir in der Praxis war, an dem Tag, als ich auch da war …«

»Als ich Notdienst hatte?«

»Genau. Ich meine den Typen, der gleich nach mir dran kam. Er hat sich als Martin Münchhausen angemeldet.«

»Ich erinnere mich. Was ist mit dem?«

»Was hatte er? Ich meine, was stimmte mit seinen Zähnen nicht?«

»Wenn ich es wüsste, dürfte ich es dir nicht sagen, aber in dem Fall verrate ich kein Geheimnis. Ich habe ihm gar nicht in den Mund geschaut.«

»Wieso nicht?«

»Weil er nicht mehr da war. Als ich ins Behandlungszimmer kam, war er verschwunden. Wahrscheinlich einer von der überängstlichen Sorte.«

»Wahrscheinlich«, echote ich murmelnd.

»Wieso wolltest du das wissen? Kennst du ihn?«

»Nein, nicht wirklich.« Dann blickte ich ihn drohend an. »Wegen des Geldes sprechen wir uns noch.«

*

Der Name meines Ex-Mannes schien Zauberkraft zu besitzen. Er ermöglichte mir Zutritt zu einer der exklusivsten kieferorthopädischen Praxen der Stadt, eine Art medizinischer Wallfahrtsort, der normalerweise so überlaufen war, dass neue Termine erst in frühestens einem halben Jahr zu haben waren. Wenn überhaupt. Dieses *Wenn überhaupt* galt vor allem für Patienten wie mich, die glaubten, dass sie der Segnungen ultimativer Kieferorthopädie auch als popeliges Kassenmitglied teilhaftig werden könnten.

Mein Termin war kein Problem. Ich rief an und bekam gleich einen für den nächsten Vormittag. Mir war nicht wohl bei dem Gedanken, zu dieser Tageszeit unterwegs zu sein, doch ich beschloss, es darauf ankommen zu lassen.

Je länger ich über meine neue Empfindlichkeit nachdachte, desto mulmiger wurde mir. Schließlich wurden die Tage immer länger und heller. Was sollte ich im Sommer tun? Mich tagsüber im Keller verstecken?

Dieser Gedanke rief wiederum ein vages Drängen in mir wach, es war, als würde etwas in meinem Inneren mir zurufen, dass ich mit dieser Idee der ganzen Sache schon näherkäme.

Doch so weit, mich auf solche Phantasien einzulassen, war ich noch nicht. Meine Zähne, respektive mein Kiefer schienen mir zu diesem Zeitpunkt der zentrale Punkt all meiner Schwierigkeiten zu sein. Ich steigerte mich förmlich in den Gedanken hinein, dass mein Kiefer demnächst am Ende wäre. Die Vorstellung, was aus meinen Gelenken werden könnte, wenn ich sie nicht behandeln ließ, brachte mich zum Schwitzen. Irgendwann wäre es so weit, Rainer hatte daran keinen Zweifel gelassen. Ein letztes Knacken – und aus.

Immer wieder machte ich probehalber den Mund auf und ließ es knacken. Es hörte sich grässlich an.

Als ich am nächsten Tag gegen zehn Uhr zu meinem ersten Termin beim Kieferorthopäden aufbrach, begegnete ich unten im Erdgeschoss Mehmet und einem seiner Kumpane. Die beiden lungerten vor dem Aufzug herum und unterhielten sich leise. Ich war mir nicht sicher, hätte aber darauf getippt, dass es derselbe Typ war, der damals im Keller das Messer gezückt hatte. Er war um die dreißig, hager und mit Goldschmuck behängt. Zu seinem Lammfellparka trug er Rolex und Ohrenbrilli. Seine tief liegenden Augen wurden von buschigen Brauen überschattet, seine Nase zeigte Tendenzen, sich schnabelartig zum Kinn hin zu krümmen, und seine Zähne hatten eine Regulierung weit dringender nötig als die meinen. Quittegelb und kariös lugten sie kreuz und quer zwischen seinen Lippen hervor, als er mich angrinste. Ich tat so, als hätte ich es nicht gesehen.

»Fuck?«, wandte sich Schnabelnase in schleimigem Tonfall an mich, als ich an ihm vorbeikam.

»Fick dich selber, du Arsch«, erwiderte ich schlecht gelaunt. Ich öffnete die Haustür vorsichtig einen Spalt und spähte besorgt hinaus. Der Himmel war verhangen, Gott sei Dank. Vorsorglich hatte ich eine Baseballkappe aufgesetzt, den Schal bis über die Nase hochgezogen und auch die Sonnenbrille nicht vergessen. Wenn ich mich zusätzlich im Schatten der Häuser hielt und darauf achtete, nicht mehr als nötig auf den Straßen herumzulaufen, müsste es klappen. Ich ließ Mehmet und seinen Freund stehen und machte mich auf den Weg.

Vor dem Haus traf ich Frau Herberich, die gerade vom Einkaufen zurückkam. Heute war sie mit Zahnprothese und ohne Rollator unterwegs. Ihr Körpergeruch traf mich mit der Wucht einer Dampfwalze. Hatte sie je so penetrant gestunken? Nein, unmöglich. In diesem Jahr konnte sie noch nicht gebadet haben. Unauffällig wandte ich das Gesicht zur Seite.

Ich hatte Glück. Sie sah mich gar nicht. Auf diese Weise blieben mir längere Sachstandsmeldungen zum Zustand ihrer Füße erspart.

Die Praxis bestand aus einer ganzen Etage im neuesten Wolkenkratzer inmitten des Bankenviertels. Vom Wartezimmer aus hatte man eine phänomenale Aussicht über die Stadt, einen Teil der Skyline, Brücken, Autobahnen bis hin zum Taunus.

Die kieferorthopädische Praxis war im Grunde eine kleine ambulante Klinik. Soweit ich es auf den ersten Blick beurteilen konnte, gab es mindestens fünf Behandlungszimmer, die mit offenen Durchgängen miteinander verbunden waren. In jedem einzelnen dieser Räume gab es wiederum mehrere Behandlungsliegen. Ich selbst wurde in einen Raum geführt, in dem vier Liegen nebeneinander platziert waren. Weiß gewandetes Personal eilte von einem Raum zum anderen, Gerätschaften und Akten transportierend oder auf einem der Schemel zur Seite der einen oder anderen Liege Platz nehmend. Hier wurde geschraubt und gedreht, dort wurden Drähte eingefügt oder irgendwelche anderen Apparaturen eingesetzt. In einer abgeteilten Ecke wurde eine Patientin fotografiert. Sie hielt sich einen Handspiegel in den weit aufgerissenen Mund, während einer der weiß gekleideten Engel vor ihr auf einem Hocker saß und sie ablichtete.

»Hier ist immer ziemlich viel Trubel«, erklärte die Sprechstundenhilfe. »Aber dafür tut bei uns auch nichts weh.« Sie kicherte und wies mir eine der Liegen zu. Nach kurzer Zeit erschien ein junger Mann und stellte sich als Doktor Schreiner vor. Ich erfuhr, dass er einer von vielen hier beschäftigten Assistenzärzten war.

Der Inhaber der Praxis fungierte vermutlich als eine Art graue Eminenz im Hintergrund und tauchte nur zum Händeschütteln und Unterschreiben der Rechnungen auf. Die übrigen Beschäftigten verdienten ihre Sporen, indem sie den Patienten des berühmten Gurus auf dessen Geheiß hin Zahnspangen anpassten und Drähte verspannten und auch ansonsten sehr gut bei allem aufpassten, um das Gelernte später in ihrer eigenen Praxis gewinnbringend umsetzen zu können.

Doktor Schreiner, ein schüchterner Endzwanziger mit schütterem Blondhaar und Zahnspange im Mund, erläuterte mir nochmals die Aufnahmen, die man hier bereits in Kopie vorliegen hatte. Er konnte mir nicht viel Neues erzählen. Überraschend war für mich lediglich, dass die Behandlung mindestens ein Jahr dauern sollte. Vielleicht sogar zwei. Oder, im schlimmsten Falle, womöglich drei. Dergleichen könne man nie genau sagen.

»Verständlicherweise können wir uns da nicht festlegen«, meinte Doktor Schreiner.

Ich deutete auf seinen Mund. »Wie lange haben Sie das Ding schon drin?«

Er wand sich. »Zwei Jahre.«

»Das ist ziemlich lange, oder?«

»Ich war ein schwieriger Fall.«

Ich blickte mich um. Von den Weißkitteln, die hier arbeiteten, hatten fast alle Zahnspangen im Mund. »Ist das eine Art Dienstverpflichtung, wenn man hier arbeitet?«

Er wirkte pikiert. »Keineswegs. Es ist einfach eine Tatsache, dass zirka neunzig Prozent aller Menschen eine kieferorthopädische Behandlung benötigen.« Er wies in die Runde. »Was uns betrifft – wir sind halt näher dran.«

Wie praktisch.

Er erklärte mir die weiteren Einzelheiten. Mein Unterkiefer würde ein wenig nach vorn verlegt werden, eine Maßnahme, um die Kompression im Kiefergelenk aufzuheben und zugleich das Knacken abzustellen.

»Das ist eine erprobte Behandlung. Wir nehmen eine Bisserhöhung vor und nivellieren zeitgleich Ihre Zähne. Mit Brackets und Bögen werden sie gelockert und dann in eine bestimmte, günstige Position bewegt. Das Ziel ist eine neutrale Bisslage und eine Entlastung des Kiefergelenks.« Er erläuterte mir alles an Schaubildern und Modellen, und ich bekam einen Eindruck davon, was mit mir passieren sollte.

»Und es tut wirklich nicht weh?«

»Am Anfang vielleicht. Die ersten paar Tage ist es unangenehm. Danach ist es auszuhalten.« Er zeigte auf seine Zähne und lachte leicht albern. »Ich spreche aus Erfahrung.«

Doktor Schreiner eilte zum nächsten Patienten, und eine Assistentin geleitete mich in die Fotoecke, um Aufnahmen für die Vorher-Nachher-Dokumentation anzufertigen. Ich saß dicht neben dem Fenster und spürte das einfallende Licht. Es brannte auf meinen Handrücken und schien Löcher in meine ungeschützte Gesichtshaut zu sengen. Nervös rieb ich mir die Wangen.

»Sind wir jetzt fertig?«

»Noch eine Frontalaufnahme mit Spiegel.«

Ähnlich wie die Patientin, die ich vorhin gesehen hatte, schob ich mir einen Spiegel in den Mund.

»Ist Ihnen nicht gut?«

»Kreislauf«, behauptete ich schwach, dann riss ich den Mund auf und lauschte dem Knacken meiner Gelenke und dem Klicken der Kamera.

»Mit den Fotos sind wir durch.«

»Was kommt als Nächstes?«

»Nur noch die Abdrücke. Dazu müssten wir rüber ins Labor.«

Das Labor war zum Glück ein Raum ohne Fenster.

Für den Termin zum Einsetzen der Apparatur zwei Tage später rieb ich mich dick mit Sunblocker ein und achtete darauf, nicht zu nah beim Fenster zu sitzen. Es ging gerade noch gut, doch die dreieinhalb Stunden auf der Behandlungsliege sollten trotzdem Folgen zeigen. Am Abend des betreffenden Tages hatte ich nicht nur zwei Aufbauten, zwei Drahtbögen, vier scharfkantige Metallbänder und vierundzwanzig kratzende Brackets im Mund, sondern auch einen handfesten Sonnenbrand im Gesicht.

*

In den folgenden Tagen gewann ich mehr und mehr den Eindruck, dass Solveig mich belauerte. Sie stellte sich nachts den Wecker, nur um sich zu vergewissern, dass ich wieder mal wach war. Innerhalb einer Woche kam sie in der Zeit zwischen Mitternacht und zwei Uhr früh drei Mal völlig verschlafen ins Wohnzimmer geschlichen, um mich dabei zu ertappen, wie ich fernsah. Da um diese Zeit meist auf allen Kanälen nur üble Sexschinken liefen, erwischte sie mich bei ihrem ersten nächtlichen Spionagevorstoß gerade beim Konsum eines Machwerks mit dem Titel *Immer feucht und unersättlich*. Meine Behauptung, dass ich diesen Film schon immer hatte sehen wollen und deshalb aufgestanden war, nahm sich mehr als dünn aus. Als sie das zweite Mal hereingeplatzt kam, lackierte ich mir gerade die Fußnägel und sah mir irgendeine alte Hollywoodschnulze an, allerdings ohne diesmal in Erklärungsnot zu geraten, denn Solveig hatte mich nur ein paar Sekunden lang angestarrt und war dann ebenso stumm wieder verschwunden, wie sie aufgetaucht war. Beim dritten Mal lief bezeichnenderweise *Tanz der Vampire*. Ich schaltete sofort um, als sie hereinkam.

Tagsüber spionierte sie mir ebenfalls nach. Sie rief mich häufig aus dem Büro an oder kam früher von der Arbeit nach Hause, gerade so, als wollte sie mich kontrollieren oder bei etwas Verbotenem erwischen. Da ich regelmäßig schlief, wenn sie anrief, ließ ich die Mailbox laufen. Später behauptete ich dann, ich wäre in der Stadt gewesen und hätte wegen des Passantenlärms mein Handy nicht gehört. Doch diese Notlüge verfing nur einmal. Ein Stadtbummel ohne Einkäufe war in Ordnung, zwei waren verdächtig. Als sie das dritte Mal heimkam und mich fest schlafend in meinem Bett vorfand, stellte sie mich zur Rede. Genauer gesagt fiel sie regelrecht über mich her. Noch im Mantel platzte sie in mein Zimmer und knipste das Licht an.

»Ich kann das nicht mehr länger aushalten.« Hoch aufgerichtet stand sie vor mir, die Hände in die Hüften gestemmt, das Gesicht weiß vor Wut. »Ich weiß ganz genau, was mit dir los ist!«

Ich wühlte mich schlaftrunken zwischen meinen Kissen hervor und setzte mich auf.

»Dazu brauchst du mich nicht zu wecken. Ich weiß selber, wie beschissen ich dran bin.«

Ich konnte nur nuscheln. Meine gewohnte Sprechweise hatte sich verändert. In meinem Mund stach und brannte es. Die Metallbänder schnitten in mein Zahnfleisch, die Brackets scheuerten an meinen Wangenschleimhäuten, und die Drahtbögen, die alles zusammenhielten, fühlten sich an wie ein inwendig getragener Maulkorb. Nicht, dass das Ding keine Vorteile gehabt hätte – das Knacken hatte gleich nach der Bebänderung aufgehört: Mein Unterkiefer war in eine starre, weiter vorn liegende Position verschoben worden und konnte wegen der klobigen Sperren in Form von Aufbauten auf den letzten unteren Backenzähnen nicht zurückrutschen.

Ein weiterer, eher zufälliger Vorteil bestand darin, dass ich jetzt eine offizielle Entschuldigung für meinen Nahrungsverzicht hatte. Tatsächlich wäre mir das Essen, falls ich noch welches gebraucht hätte, mit meiner Spange ziemlich schwergefallen. Es wäre sogar eine regelrechte Quälerei gewesen, weil ich nicht kauen konnte. Außerdem hätte ich erstens nichts Hartes und zweitens nichts Süßes essen dürfen und mir drittens nach jeder noch so kleinen Mahlzeit akribisch die Zähne mittels Munddusche, Zahnseide, Zahnhölzchen und winziger Bürstchen reinigen müssen. Zusätzlich wurde die Einnahme von Vitamin C in großen Dosen empfohlen, ferner die Verwendung diverser aufeinander abgestimmter Lösungen zum Gurgeln und Spülen sowie einer Spezialpaste zur Fluoridzufuhr. Die Regeln für die Ernährung und Reinigung waren wie eine Art AGB in einem umfangreichen Patientenreader zusammengefasst und mussten strikt beachtet werden. Anderenfalls konnte es passieren, dass der Patient am Ende der Behandlung zwar einen wunderbar korrigierten Kiefer, aber keine Zähne mehr hatte.

Ich persönlich glaubte es guten Gewissens vertreten zu können, mein Säuberungsarsenal auf Zahnbürste und das gute alte H_2O zu beschränken. Zum einen aß ich ja nicht nur weder Hartes noch Süßes, sondern überhaupt nichts, zum anderen wurde mir von Zahnpasta und den Lösungen übel.

Solveig zog sich den Mantel aus und warf ihn auf das Fußende meines Bettes. »Glaubst du vielleicht, ich rede von deinen Zähnen oder was?«

Jetzt wurde ich langsam wach. »Keine Ahnung.«

»Du isst nicht mehr!«, rief sie anklagend.

»Wenn du dieses komische Gestänge im Mund hättest, würdest du auch nicht mehr essen.«

»Du weißt genau, dass es nichts *damit* zu tun hat.«

»Ich weiß gar nichts«, behauptete ich. »Was ist los mit dir? Wieso giftest du hier rum?«

»Was los mit mir ist? Mit *mir*?« Sie lief zum Fenster und machte sich daran, die Rollläden hochzuziehen. Mit einem raschen Blick auf die Uhr vergewisserte ich mich, dass es schon nach halb sechs war. Das war momentan die Grenze, einschließlich Sicherheitszuschlag. Leider verschob sie sich jeden Tag ein wenig weiter gen Abend.

Trotzdem zog ich mir sicherheitshalber die Decke über den Körper. Ich trug nur einen Body mit Spaghettiträgern und hatte mich nicht eingerieben.

»Das ist los!« Solveig deutete nach draußen, dann zeigte sie auf mich. »Du kannst kein Tageslicht mehr vertragen!«

»Du liebe Zeit, ich habe doch gesagt, dass ich wegen dieser

Allergie zum Arzt gehe. Wenn du es genau wissen willst – ich habe übermorgen einen Termin.«

»Scheiß auf deine Arzttermine. Ich glaube dir sowieso kein Wort mehr. Und weißt du auch, wieso?«

»Nein«, sagte ich mit klopfendem Herzen.

»Tu doch nicht so!«, brüllte sie. In ihren Augen brannten Tränen, und plötzlich fuhr sie sich an den Hals und riss das Seidentuch weg. Erst jetzt fiel mir auf, dass sie seit Neujahr ständig solche Dinger trug. Falls ich mir überhaupt Gedanken deswegen gemacht hatte, dann höchstens die, dass sie vielleicht Halsweh hatte oder neuerdings Halstücher besonders schick fand.

Doch das war ganz offensichtlich nicht der Grund. Sie hatte zwei dunkle, blutunterlaufene Löcher am Hals.

11. Kapitel

Da!«, schrie Solveig. »Sieh dir das an! Kommt dir das vielleicht irgendwie bekannt vor?«

Ich fasste an meinen eigenen Hals und wurde starr. »Ich dachte … du hast doch gesagt, ich hätte da Pickel aufgekratzt …«

»Luzie, ich hatte Angst, du würdest sterben! Du warst todkrank! Glaubst du vielleicht, da wollte ich noch mit dir *darüber* reden?« Sie starrte aus dem Fenster. »Außerdem dachte ich eine Weile später wirklich, dass es bei dir vielleicht tatsächlich nur so eine Art Ekzem war. Man konnte ja schon nach drei, vier Tagen nichts mehr davon erkennen. Bei mir heilen sie nur ganz langsam zu.«

Ich legte mir die Hände vor die Augen. Draußen war es noch nicht dunkel genug.

»Aber jetzt denkst du das nicht mehr, oder?«

Sie schüttelte den Kopf, ohne mich anzusehen.

Es war an der Zeit, dass ich mich einigen unbequemen Wahrheiten stellte. Ich zeigte auf ihren Hals. »Woher hast du das?«

»Das weißt du doch. Von Martin. Er hat … er hat mich gebissen.«

»Wann?«

»Auf der Silvesterfeier.«

»Wo? Hier in der Wohnung?« Ich hatte Mühe, meine Stimme zu beherrschen.

»Nein, unten im Hausflur. Er wollte … er hat mich geküsst, und dann … Ich habe es erst gar nicht gemerkt, doch dann tat es auf einmal ein bisschen weh, aber es war so wunderbar … Ich wollte nicht, dass er aufhört, ich wollte, dass er … dass er … aber dann hast du blöde Kuh oben im Treppenhaus rumgekreischt wie eine Wilde, er hat mich losgelassen und die Treppe hochgestarrt … Und dann war er auf einmal weg.«

Maßlose Wut brodelte in mir hoch. »Hast du *blöde Kuh* gesagt?«

Sie fuhr zu mir herum, das Gesicht eine einzige Anklage. »Du hast alles kaputtgemacht! Wenn du dich ihm nicht an den Hals geworfen hättest …«

»Moment mal. Wer hat sich hier wem an den Hals geworfen? Wenn sich jemand an irgendeinen Hals geworfen hat, dann doch höchstens er sich an deinen!«

»Und wie kommen dann *seine* Bissspuren an *deinen* Hals?«, schrie Solveig erbittert. »Und erzähl mir jetzt ja nicht, dass du dich *nicht* mit ihm getroffen hast! Hinter meinem Rücken!«

Bilder von wilder Ekstase und grenzenloser Hingabe durchzuckten mich. »Ich kann mich an nichts erinnern«, behauptete ich kühl. »Vergiss nicht, ich war todkrank. Du hast mich doch erlebt. Ich konnte ja nicht mal den kleinen Finger heben. Er muss sich noch in der Nacht in mein Zimmer geschlichen und meinen elenden Zustand ausgenutzt haben.«

Solveig durchbohrte mich mit eifersüchtigen Blicken. »Was hat er mit dir gemacht?«

Ich zuckte nicht mit der Wimper. »Woher soll ich das wissen? Ich hatte hohes Fieber. Ich weiß gar nichts mehr. Absolut überhaupt nichts. Ich nehme an, dass er mich gebissen hat. Genau wie dich.«

Sie presste die Fingerknöchel an den Mund und nagte daran wie ein kleines Mädchen. »Er ist ein Vampir, nicht?«

»Quatsch«, meinte ich wider besseres Wissen. »Die gibt's nur im Film.«

»Aber er hat mich bis aufs Blut gebissen. Und dich auch. Dein ganzes Kopfkissen war voller Flecken! Ich musste alles frisch beziehen und dich verpflastern!«

»Und der Arzt? Hast du ihm davon erzählt? Oder ihm meine Male gezeigt?«

Das hatte sie nicht getan, weil sie selbst ähnliche Male trug und sich zu dieser Zeit im Hinblick auf den Verursacher noch einige Hoffnungen gemacht hatte. Wahrscheinlich hatte sie gedacht, dass er mich nur aus Versehen gebissen hatte, sie dagegen aus aufrichtiger Zuneigung heraus. Diese Vorstellung schien sich bei ihr zu einer fixen Idee entwickelt zu haben, deshalb hätte sie vermutlich auch nicht anders reagiert, wenn sie damals schon gewusst hätte, dass er sich nicht mehr melden würde. Schlimmer noch – zu ihrem Leidwesen war er wie vom Erdboden verschluckt, als hätte er niemals existiert. Unter der Handynummer gab es keinen Teilnehmer mehr. Freddy kannte die Adresse nicht. Beim Einwohnermeldeamt existierte der Name nicht.

Solveig hatte in den letzten Tagen alle Register gezogen, jedoch ohne Erfolg. Sie hatte ihn nicht ausfindig machen können. Er war spurlos verschwunden. Es war, als hätte es einen Martin Münchhausen nie gegeben. Solveigs Stimme zitterte vor Kummer und Wut, als sie mir davon berichtete.

»Ich dachte, ich könnte das alles einfach vergessen.« Solveig ging zu meinem Schreibtisch und ließ sich schwerfällig auf den Drehsessel fallen. »Aber wie kann ich das, wenn ich sehe, wie du dich veränderst.«

Über diese Veränderungen wollte ich momentan nicht nachdenken. Noch nicht. Vielleicht später. Wenn überhaupt.

Dafür interessierte mich etwas anderes umso mehr. »Wieso bist du eigentlich so sauer auf mich?«

Sie fing an zu weinen. »Das verstehst du nicht!«

»Vielleicht sagst du es mir trotzdem.«

Sie schluchzte auf. »Ich liebe ihn so!«

»Das halt ich nicht aus.« Ich stand auf und zog meine Jeans an, die zusammengeknüllt neben dem Bett lag. »Du willst diesen Blutsauger immer noch.«

»Ach, Luzie.« Sie schaute mich mit einem hingerissenen Ausdruck an, der nichts Gutes verhieß. »Glaubst du vielleicht, dass es so einen Mann noch einmal gibt? Hast du noch nie dieses Gefühl gehabt, dem absolut und unwiderruflich Richtigen gegenüberzustehen?«

»Doch, aber ich war ganz schnell davon geheilt. Dieser Mistkerl zahlt mir übrigens immer noch keinen Cent, und dabei ist er so reich wie nie zuvor.«

Sie war nicht beeindruckt. Emphatisch hob sie die Hände. »Ich will ihn ganz und gar. Ich will ihn für immer. Für mich allein.«

»Du bist irre. Du kennst den Typen doch gar nicht! Wie kannst du da behaupten, ihn zu lieben?«

»Weil es nun mal so ist.« Sie machte eine dramatische Pause. »Ich will so sein wie er.«

»Haha. Guter Witz.«

Ihre Lippen wurden schmal, und sie stand auf. »Ich hätte nie gedacht, dass es mal dazu kommen würde, doch jetzt muss es heraus: Ich hasse dich.«

Ich konnte sie nur anstarren und schlucken. Die Drähte in meinem Mund drückten sich unangenehm gegen meine Lippen. »Was habe ich dir getan?«

»Das fragst du noch?«, schleuderte sie mir entgegen. »Wo du hier sitzt und alles geschafft hast, was ich für mich will? Er hat *dich* einmal gebissen, und er hat *mich* einmal gebissen. Aber nur bei dir hat es gewirkt! Du kannst den ganzen Tag schlafen! Du siehst aus wie ein Engel von Botticelli, sogar, wenn du stundenlang gepennt hast! Keine normale Frau kann so … perfekt aussehen, wenn sie aus dem Bett kommt! Und das alles ohne jedes Make-up! Dein Haar, deine Haut, deine Augen … alles leuchtet förmlich, das *muss* dir doch aufgefallen sein!« Und dann kam ein Punkt, der ihr anscheinend besonders am Herzen lag. »Und du musst nicht mehr essen! Ich habe so darauf gewartet, dass sich bei mir auch was tut, doch es passiert nichts! Ich bin immer noch *fett!* Ich habe Hunger, Hunger, Hunger! Auf ganz normales Essen, nicht auf Blut!«

»Sekunde mal.« Ich brachte es endlich auf den Punkt und sprach es offen aus. »Willst du damit etwa zum Ausdruck bringen, dass ich mich in einen Vampir verwandelt habe?«

»Bestimmt hat er bei dir mehr Blut ausgesaugt als bei mir«, überlegte sie. In ihre Augen war ein fanatischer Glanz getreten. »Wenn ich ihn nur finden würde! Dann könnte er bei mir nachholen, was noch fehlt.«

»Du hast echt ein Rad ab.«

»Es war mir noch nie etwas so ernst. Ich muss ihn finden.«

»Wozu? Wenn ich ein Vampir bin, kann ich dich genauso gut beißen. Dann musst du nie mehr essen und wirst tausend Jahre alt. Mit Idealfigur, ohne ein Gramm Fett am Körper.«

Diesen Witz hätte ich mir besser verkniffen. Solveig fuhr hoch. Sie wirkte erleuchtet. »Das ist die Lösung!«

»Das ist der größte Scheiß des Jahrhunderts.« Ich streifte mein Sweatshirt über, zog ein paar frische Baumwollsocken an und ging ins Bad, wo ich den Zustand meiner Brackets überprüfte. Vorhin war es mir so vorgekommen, als hätte sich eines der Dinger vielleicht gelockert.

Solveig war mir gefolgt. »Du könntest es tun. Wenn du nur willst.«

»Was könnte ich tun?«

»Mein Blut trinken. Es wäre für dich auch gleich eine … ähm, Übung.«

»Eine Übung in was? In Kannibalismus?«

»Hast du … ich meine, musst du nicht …?«

»Ich schätze, du willst wissen, ob ich Blut trinken muss«, sagte ich barsch. »Die Antwort lautet definitiv Nein.«

»Aber du könntest es bei mir versuchen«, meinte Solveig eifrig. »Vielleicht findest du es ja toll. Und was mich betrifft … Ich meine, selbst wenn es nichts hilft – schaden kann es doch nicht, oder?«

Ich bleckte mein verdrahtetes Gebiss und grinste sie blinkend im Spiegel an.

»Das würde ich so nicht unterstreichen wollen«, bemerkte ich freundlich. »Siehst du all dieses unheimlich scharfkantige Metall? Ich könnte nicht für deine Schlagadern garantieren. Wusstest du, dass ein Mensch in weniger als zwei Minuten verblutet, wenn man ihm die Halsschlagader aufreißt?«

Noch während ich in den Spiegel schaute, platzten zwei der Brackets von meinen Zähnen. Ich schloss rasch den Mund, doch Solveig hatte es sowieso nicht mehr gesehen. Sie hatte sich bereits abgewandt und war aus dem Bad gestürmt, nicht ohne wütend die Tür hinter sich zuzuknallen.

*

Ich schloss hinter ihr ab, dann stellte ich mich wieder vor den Spiegel und begann die längst überfällige Zwiesprache mit mir selbst.

Ich hatte es selbstverständlich schon vor der Debatte mit Solveig gewusst, nur hatte ich vermieden, mich damit auseinanderzusetzen. Mein unstillbarer Ekel vor allem Essbaren hatte nichts mit plötzlich auftretender Magersucht zu tun, genauso wenig, wie meine Empfindlichkeit gegen Tageslicht eine profane Allergie darstellte.

Und ich hatte auch nicht den wilden Hunger vergessen, der mich befallen hatte, als ich die kleine Ader am Hals meines Ex hatte pochen sehen. Ich wusste, dass dieser Trieb dem Instinkt eines Raubtiers glich, und genau dazu konnte ich werden, wenn ich es zuließ. Vorhin, als Solveig mich eingeladen hatte, sie zu beißen, hatte mein ganzer Körper zu zittern begonnen. Die dunkle Gier war sofort in mir aufgewallt, meine Nasenflügel hatten sich geweitet und den Duft ihrer Bereitschaft aufgefangen. Sie wollte, dass ich es tat. Und ich wollte es tun. Ich wollte an ihr trinken, gleichgültig, welche Folgen es hatte.

Es ihr abzuschlagen hatte meiner ganzen Beherrschung bedurft, und fast wäre ich schwach geworden und hätte sie angefallen. Sie war keinen Moment zu früh hinausgelaufen. Im selben Augenblick hatte ich nämlich gespürt, wie sich meine Eckzähne verändert hatten, wie sie sich vorgeschoben hatten und länger geworden waren und dabei so spitz wie die Fänge einer Wildkatze. Gleichzeitig hatten sich meine Pupillen ins Riesenhafte vergrößert, um sich dann zu Schlitzen zusammenzuziehen – genau wie die Zähne eindeutig nicht menschlich.

Dann, binnen weniger Lidschläge, war es wieder vorbei. Der Rückbildungsprozess ging so schnell vonstatten, dass es aussah, als schmölzen die Zähne zusammen. Auch die Augen wirkten wieder völlig normal. Von den plötzlichen Veränderungen war mir nichts mehr anzumerken, bis auf die abgeplatzten Brackets, die jetzt lose an dem durchgehenden Drahtbogen baumelten und sich wie Perlen an einer Kette hin- und herschieben ließen. Der nette Doktor Schreiner hatte mir gesagt, wenn ein oder zwei von den Dingern sich lösen sollten, wäre das kein Problem, weshalb ich nicht allzu beunruhigt war. Ich würde sie mir einfach beim nächsten Termin wieder festkleben lassen.

Etwas anderes machte mir mehr Sorge. Wie lange würde ich die Blutgier noch unter Kontrolle halten können? Für mich stand außer Frage, dass ich es hier nicht mit einem so schlichten Bedürfnis wie Hunger oder Durst oder Lust auf Sex zu tun hatte, sondern mit einem rasenden, unkontrollierbaren Verlangen, das ausschließlich von den Instinkten meines veränderten Körpers diktiert wurde. Furcht beschlich mich, denn ich ahnte, dass der Tag käme, an dem dieses Tierische in mir die Oberhand gewinnen würde. Der Anfall von vorhin war weit stärker gewesen als der in Rainers Praxis. Beim nächsten Mal würde es nicht so glimpflich abgehen. Falls mich wieder jemand höflich um einen Biss bitten würde, war es mehr als fraglich, ob ich es dann noch abschlagen konnte.

Aber war das wirklich so schlimm? Wieso überlegte ich mir,

wie ich es verhindern konnte, wenn es in Wahrheit doch genau das war, was ich so gern tun wollte?

Ich weiß, Sie werden das für abscheulich halten, doch die Vorstellung, einem lebendigen Menschen die Kehle aufzureißen und sein Blut zu trinken, ließ einen wohligen Schauer über meinen Rücken laufen.

Ich schaute in den Spiegel und sah einen Vampir.

*

Die Veränderungen gingen langsam, aber stetig weiter.

Meine Lichtscheu war für mich der unangenehmste Aspekt. Im Sommer, so viel war mir mittlerweile klar, würde ich bei Tag nicht mehr vor die Tür gehen können; außerdem ahnte ich, dass ich dann auch innerhalb unserer vier Wände Schwierigkeiten bekommen würde. Sowie die Sonne untergegangen war, hatte ich keine Probleme mehr. Künstliches Licht, egal, wie hell es war, machte mir nicht das Geringste aus.

Jetzt, im Winter, konnte ich mich zwar tagsüber weitgehend problemlos in der Wohnung bewegen, doch sobald die Sonne hervorkam, musste ich die Rollos herablassen.

Am Tage ins Freie zu gehen, wurde, ganz unabhängig von der Witterung, immer unangenehmer und sogar mit Mütze, hochgeschlagenem Kragen, Sonnenbrille und Sunblocker zum Wagnis.

Einmal hatte ich bei bedecktem Himmel am frühen Abend nur rasch den Müll hinausgetragen, und anschließend hatte meine rechte Hand, die ich versehentlich nicht eingerieben hatte, rote Flecken gezeigt. Zwei oder drei davon wurden zu Brandblasen, die jedoch zu meiner Erleichterung binnen weniger Stunden folgenlos verschwanden.

Überhaupt schien mein Körper starke Selbstheilungskräfte entwickelt zu haben. Ich hatte mich eines Nachts beim Enthaaren meiner Achselhöhlen mit dem Einmalrasierer geschnitten, eine ziemlich blutige Angelegenheit, wovon aber schon am nächsten Morgen nichts mehr zu sehen war.

Mein Haarwuchs, einschließlich der Körperbehaarung, schien unverändert zu sein; es sah also nicht danach aus, als sei ich im Begriff, mich in einen fellüberwucherten Werwolf zu verwandeln. Dafür wuchsen meine Finger- und Fußnägel schneller als normal. Ich musste sie täglich schneiden. Außerdem veränderte sich die Form der Nägel; sie wirkten ein wenig spitzer als sonst. Zum Glück blieb die Farbe unverändert.

Ich war sehr blass, doch es war keine krankhafte Blässe. Solveig hatte recht; meine Haut wies tatsächlich einen durchscheinenden, beinahe perlmuttartigen Schimmer auf, ähnlich dem Inneren einer Muschel. Mein Mund wirkte röter als früher, fast wie geschminkt. Meine Augen waren immer noch blau, hatten aber einen dunkleren Farbton angenommen. Manchmal, je nach Lichteinfall, erschienen sie fast schwarz.

Mein Geruchssinn war entschieden besser, als der eines normalen Menschen es je hätte sein können. Ich konnte die Leute schon von Weitem an ihren Körperausdünstungen unterscheiden.

Jeder Mensch roch auf eine eigene, ganz unverwechselbare Art. Zuerst fiel es mir an Solveig auf. Bei ihr war es ein feiner, blumiger Duft, wie eine Mischung aus Klee und Rosen. Frau Herberich verbreitete das Odeur einer Ziege, die auf einem Dunghaufen geschlafen hat. Wenn sie vom Fußpfleger kam, hing noch am Abend der stechende Geruch ihrer Hornhautsalbe im Treppenhaus.

Aus der Wohnung unter uns roch es wie auf einem orientalischen Basar, nach Haschisch, Tee, Hammelfleisch, Knoblauch und teuren Männerparfüms. Einmal begegnete ich Mehmets Freund Schnabelnase im Aufzug. Wir fuhren ein paar Stockwerke zusammen, und er glotzte mir die ganze Zeit starr auf den Busen. Meine Körbchengröße war immer noch dieselbe, Vampir hin oder her, und zwar Siebzig B. Nicht gerade extrem winzig, aber auch alles andere als beeindruckend. Außerdem trug ich meine Winterjacke, sodass jemand, der unter dem dicken Stoff überhaupt Erhebungen wahrnehmen wollte, schon reichlich Phantasie mitbringen musste. Die schien Schnabelnase im Übermaß zu besitzen. Er ließ meinen Oberkörper nicht aus den Augen; gleichzeitig hatte er die rechte Hand vorn zwischen die Knopfleiste seines Fellparkas geschoben und spielte da unten ganz ungeniert Taschenbillard mit sich selbst, was wahre Stinkstürme in meine Richtung wehen ließ. Als er in der vierten Etage endlich ausstieg und sich im Vorbeigehen kurz, aber eindeutig an mir rieb, musste ich mich an die Wand lehnen, um von seinem Gestank nicht ohnmächtig umzusinken.

Im selben Ausmaß, wie die Lichtempfindlichkeit meiner Augen bei Tage zunahm, entwickelte sich meine Nachtsicht zur Perfektion. Ich konnte schließlich sogar im Dunkeln lesen. Sogar, wenn es stockfinster im Zimmer war, konnte ich die Umrisse einzelner Gegenstände erkennen.

Mein Gehör war ebenfalls besser geworden. Von nebenan hörte ich jetzt nicht nur Beethoven, sondern auch das Klicken von Frau Herberichs Zehenzange oder das Tschilpen ihres Wellensittichs. Ich hatte bis dahin gar nicht gewusst, dass sie einen besaß. Manchmal redete sie mit sich selbst, über das miese Fernsehprogramm, die Scheißer von der Fußpflege und die blöden Weiber von nebenan (wovon eines wohl ich war); hauptsächlich aber lobte sie sich für ihre samtweichen Füße.

Draußen konnte ich im Umkreis von rund hundert Metern jedes Auto vorbeifahren, jeden Hund bellen, jedes Kind schreien hören. Anfangs erschien mir der erhöhte Lärmpegel unerträglich laut, doch mit der Zeit akzeptierten ihn meine Ohren als normale Hintergrundgeräusche.

Ich ahnte, dass die Veränderungen in meinem Körper noch nicht abgeschlossen waren, doch ich hatte keinerlei Vorstellung davon, wie lange sie noch andauern würden. Ich fühlte mich ein wenig wie eine Raupe, die in ihrem Kokon eingesponnen war, fast fertig, aber noch nicht ganz bereit, die Hüllenhaut entzweizureißen und die Flügel auszubreiten. Instinktiv suchte ich die Zurückgezogenheit. Ich schlief fast den ganzen Tag. Nachts hielt ich mich im Schutz der Wohnung auf, las, sah fern, starrte hinaus in die nächtliche Dunkelheit. Manchmal drückte ich mein Ohr an die Tür von Solveigs Zimmer und konzentrierte mich so lange, bis ich alle Geräusche bis auf dieses eine aus meinem Bewusstsein verbannt hatte. Dann hielt ich die Luft an und lauschte dem Schlagen ihres Herzens.

*

Über die Frage, ob das, was mir widerfahren war, möglicherweise rückgängig zu machen sei, zerbrach ich mir kaum den Kopf. Nach meiner Bestandsaufnahme vor dem Badezimmerspiegel hatte ich diesen Punkt nur ganz kurz in Gedanken gestreift und dann gleichgültig abgetan.

Für mich war die Sache klar. Ich war jetzt ein Monster. Na und?

Falls Sie sich über diese Einstellung wundern, dann bestimmt zu Recht. Ein objektiver Betrachter hätte wohl erwarten können, dass ich mit meinem Schicksal haderte.

Doch wenn ich deswegen überhaupt etwas empfand, dann waren es eher angenehme Regungen. Manchmal überkam mich eine flüchtige Ahnung von Dingen, die ich nicht kannte, an die ich mich aber paradoxerweise zu erinnern glaubte: nächtliche Streifzüge durch die Stadt, der Geruch eines heißen Sommertages in der Abenddämmerung, das Sich-Treiben-Lassen in Menschenmengen, ein kühner Balanceakt in eisiger Luft auf dem Grat eines Berges, eine atemlose Kletterpartie auf den Wipfel eines uralten Baumes. Keine Ahnung, woher solche Eindrücke kamen. Vielleicht zapfte ich irgendein kollektives Gedächtnis der Vampire an, falls es so etwas gab.

Abgesehen davon war in mir nur ein Gefühl von Unausweichlichkeit. Ich hatte mich in dieses Schicksal ergeben und fand es nicht schlimm.

Aus diesem Grund bekam ich weder einen Nervenzusammenbruch, noch hatte ich vor, medizinische Hilfe in Anspruch zu nehmen. In diesem Punkt hatte ich Solveig belogen. Ich dachte gar nicht daran, unerwünschte Aufmerksamkeit auf mich zu ziehen. Ehe ich mich versah, würde ich tief unter der Erde im Bunker eines hochgeheimen Forschungszentrums der Regierung hocken, eingesperrt wie ein wildes Tier – das ich in den Augen der anderen ja auch war. Man würde mir Nadeln in die Venen und Drähte in den Kopf bohren und mich der Sonne aussetzen, nur um zu sehen, was geschah. Man würde mich zur Ader lassen, unter Strom setzen, ins Wasser werfen, vergiften, verbrennen. Man würde mich sondieren, punktieren und mir Biopsien, Endoskopien und Sonographien zuteilwerden lassen. Eventuell würde man sogar versuchen, mich zu schwängern, um herauszufinden, was mit meinen Genen los war.

Vielleicht hatte ich auch einfach zu viele schlechte Filme gesehen, doch meine Befürchtungen erschienen mir in Anbetracht der ungeheuerlichen Tatsache, dass ich ein Vampir war, nicht besonders paranoid.

Bereits die Tatsache, dass Solveig Bescheid wusste, machte mir zu schaffen. Nervlich instabil wie sie war, verfiel sie womöglich auf die Idee, mich vor aller Welt outen zu müssen. Ich wurde von Visionen geplagt, in denen sie einen Lynchmob anführte, der mich auf die Dachterrasse schleifte und dort pfählte und köpfte.

Seit dem Krach mit ihr waren fünf Tage vergangen. Sie redete nicht mehr mit mir, was vermutlich daran lag, dass wir uns kaum noch sahen. Sie schlief in der Nacht, ich bei Tage. An den Abenden gingen wir uns aus dem Weg. Sie ging meistens aus, und wenn sie doch einmal zu Hause war, blieb sie in ihrem Zimmer.

Nun, da sie Bescheid wusste, war es sinnlos, die geänderten

Bedürfnisse meines Körpers verbergen zu wollen. In die Küche ging ich nur noch, um mir ein Glas Wasser zu holen. Ein paar Tage später holte ich mir das Wasser der Einfachheit halber immer nur aus dem Bad und fühlte mich fortan nicht mehr für die Reinigung der Küche verantwortlich, wodurch Solveigs Stimmung noch mehr abkühlte.

Frühmorgens schloss ich die Tür meines Zimmers ab, sorgte für absolute Dunkelheit und schlief von Sonnenaufgang bis Sonnenuntergang durch. Ich wurde von allein wach, sobald die Sonne untergegangen war. Meist war es dann noch eine Weile relativ hell draußen, doch das schwindende Tageslicht konnte mir nichts mehr anhaben.

Während ich anfangs noch recht leicht zu wecken war und auch gelegentlich von unerwarteten Geräuschen hochschreckte, wurde mein Schlaf mit jedem Tag, der verstrich, immer tiefer. Falls ich noch träumte, erinnerte ich mich hinterher nicht mehr daran. Auf Klopfen oder Rufen reagierte ich nicht mehr – ich hörte es einfach nicht.

Solveig fand es auf recht drastische Weise heraus, wie ich später von ihr in allen Einzelheiten erfuhr. Meine Mutter hatte angerufen, um sich zu beschweren, dass ich mich nicht mehr meldete. Solveig, die der Meinung war, ein bisschen Familienstress könnte mir nicht schaden, klopfte an meiner Tür, dann rüttelte sie an der Klinke, und schließlich hämmerte sie mit beiden Fäusten gegen die Tür. Währenddessen brüllte sie ein ums andere Mal, dass ich, verdammt noch mal, endlich da rauskommen und meine Mutter zurückrufen solle, sonst werde sie die Tür aufbrechen und mich holen.

Da ich kein Lebenszeichen von mir gab, zog sie den naheliegenden Schluss, dass ich mich umgebracht hatte. Sie borgte sich aus dem Werkzeugkeller des Hausmeisters eine Kombizange und einen Meißel und knackte das Schloss, indem sie den ganzen Beschlag herausstemmte.

Ich lag starr im Bett, und sie hielt mich für tot. Bis sie nach einigem verschreckten Gefummel herausfand, dass ich noch Puls hatte, wenn auch nicht häufiger als zehnmal pro Minute. Meine Atemfrequenz war auf einmal pro Minute gesunken. Sie schaffte es schließlich, mich zu wecken, brauchte aber dafür fast fünf Minuten, und selbst dann befand ich mich immer noch in einem halb bewusstlosen Zustand und war dankbar, als sie mich weiterschlafen ließ.

12. Kapitel

Am Abend desselben Tages war ich kaum aufgestanden, als sie auch schon wie eine Furie auf mich losging. »Lucia von Stratmann, ich habe jetzt endgültig die Nase voll!«

»Oh, bitte, lass mich eben duschen gehen, dann können wir reden.«

Doch sie folgte mir ins Bad und stellte einen Fuß in die Tür, damit ich nicht absperren konnte. Achselzuckend zog ich mein Nachthemd aus – mittlerweile war ich aus Sicherheitsgründen auf ein hochgeschlossenes, langärmeliges, knöchellanges Modell umgestiegen – und ging unter die Dusche.

Solveig riss den Vorhang zur Seite. »Ich habe es satt, hier den Renfield zu spielen!«

Ich schäumte mir die Haare mit Shampoo ein. Ihre Laune war noch schlechter als beim letzten Mal, weshalb ich wohl davon ausgehen konnte, dass die Auseinandersetzung, die mir heute bevorstand, um einiges schlimmer ausfallen würde.

»Wer ist Renfield?« Noch während ich danach fragte, fiel es mir ein. Sie meinte den kleinen, kriecherischen, Kellerasseln fressenden Schleimer, der Draculas Schönheitsschlaf bewachte.

»Luzie, wir müssen einfach wieder miteinander reden. Es ist ewig her, dass wir uns unterhalten haben, und es fehlt mir so!«

Sie hatte recht. Es war eindeutig zu lange her.

»Mir fehlt es auch«, sagte ich zögernd.

»Dann lass uns endlich wie früher miteinander sprechen!«

»Von mir aus.« Ich lächelte sie hoffnungsvoll an, stieg aus der Duschwanne und trocknete mich ab, dann kämmte ich meine wüsten Locken in Form. Derweil betrachtete Solveig mich eingehend. »Dein Körper sieht eigentlich aus wie immer. Nicht dünner oder so. Du bist super in Form.«

»Ich weiß.«

»Und wie geht es dir sonst so?«

»Gut«, versicherte ich.

»Ich kann so nicht weitermachen«, bekannte sie, während sie mir meinen Bademantel reichte. Ich schlüpfte hinein und ging hinter ihr her ins Wohnzimmer, wo wir uns zum ersten Mal seit Wochen zusammensetzten. Sie bei einem Glas Rotwein, ich bei einem Glas Wasser.

Solveig räusperte sich. »Du bist meine beste Freundin, aber du lässt einen überhaupt nicht mehr an dich ran. Und nachdem du nicht aus deinem Schneckenhaus rauskommst, muss ich ja wohl oder übel den ersten Schritt machen.«

»Ich habe nichts dagegen.« Wärme breitete sich in mir aus. Ich hatte ihre Freundschaft so vermisst! Am liebsten hätte ich geweint, und mir wurde klar, dass meine Fähigkeit zu tiefen Gefühlen nicht gelitten hatte, wofür ich Gott, sofern er dafür verantwortlich war, aus vollem Herzen dankte.

»Soll das jetzt immer so bleiben?«, fragte sie.

»Was meinst du damit?«

»Na, deine neuen Lebensgewohnheiten.«

»Ich kann vor Sonnenuntergang nicht mehr wach sein, wenn du das meinst. Es ist nicht nur die normale Müdigkeit, wie du sie kennst, sondern viel schlimmer. Ich muss schlafen, solange es draußen hell ist. Und ich bin noch nicht so weit, dass ich abends weggehen könnte.«

»Ich verstehe.« Sie nippte an ihrem Wein, dann stellte sie das Glas weg und legte die Fingerspitzen zusammen, wie sie es immer tat, wenn sie etwas ausheckte. Mit einem Mal merkte ich, dass das nicht einfach nur ein nettes freundschaftliches Gespräch werden sollte. Ich witterte Unheil und war wieder auf der Hut.

»Ich habe noch einmal gründlich über all das nachgedacht.

Über dich. Über uns. Darüber, was aus dir geworden ist und wie es dazu kam. Und ich möchte, dass du eins weißt: Ich trage dir nichts nach.«

Ich rang mir ein demütiges Lächeln ab und befahl mir, die Geschichte aus ihrer Warte zu sehen. Schließlich hatte ich den eigentlich meiner besten Freundin zugedachten Liebesbiss ihres neuen Lovers kassiert und genoss nach diesem Verrat zu allem Überfluss auch noch an ihrer Stelle den Vorzug, niemals fett zu werden. Dabei konnte ich noch von Glück sagen, dass sie nur die frisierte Version kannte. Wenn sie gewusst hätte, wie es sich wirklich abgespielt hatte, hätte sie mich vermutlich längst im Schlaf ermordet. Dafür hätte sie nicht mal Hand an mich legen müssen. Es brauchte dazu nichts weiter als eine alltägliche kleine Verrichtung – sie hätte nur an einem sonnigen Tag mittags das Rollo hochziehen müssen und dann seelenruhig zuschauen können, wie ich mich bis zum Abend in Grillfleisch verwandelte.

»Es war nicht einfach für mich, aber inzwischen bin ich so weit, dass ich dir verzeihen kann.«

»Das ist lieb von dir«, heuchelte ich Dankbarkeit.

Die Fingerspitzen lagen immer noch zusammen. Das Dach, das sie bildeten, wurde steiler, ein Zeichen dafür, dass Solveig sich nun dem eigentlichen Kern ihres Anliegens näherte.

»Nur ist die Sache die, dass ich unheimlich schlecht mit der Situation fertig werden kann«, sagte sie. Mit meinen geschärften Sinnen hörte ich das winzige Zittern in ihrer Stimme, merkte, wie ihr Atem schneller ging, ihre Pulsfrequenz sich erhöhte. »Mein Therapeut hat gesagt, dass ich das irgendwie aufarbeiten muss.«

»Du bist in Therapie?« Ich war entsetzt. »Du hast doch nicht irgendeinem blöden Seelenklempner erzählt, dass ich …«

»Wo denkst du hin. Das weiß außer dir und mir kein Mensch, und so soll es auch bleiben!«

Ich zwang mich dazu, einen Schluck Wasser zu trinken, um meine trockene Kehle zu befeuchten.

Solveig räusperte sich. »Ich habe nur ganz allgemein diese vertrackte Dreiecksgeschichte dargestellt. Ohne zu erwähnen, dass du ... eh, ich meine, dass Martin ...« Sie holte Luft und nahm einen neuen Anlauf. »Die Vampirsache habe ich natürlich weggelassen.«

Jetzt wurde das Dach ihrer Hände so steil, dass kaum noch ein Blatt Papier dazwischengepasst hätte, und eine Sekunde später hatten ihre Handflächen Kontakt. Jetzt würde sie damit herausrücken.

»Und da hat er mir geraten, dass wir drei uns mal für einen Abend in aller Freundschaft zusammensetzen und das ganze Problem ausdiskutieren sollten.«

Ich starrte sie ungläubig an. »Wir ... drei? Du meinst, dich, mich und den Therapeuten?«

»Nein, ich meine dich, mich und Martin.«

Das verschlug mir die Sprache. Ich schluckte hart, dann trank ich rasch mein Wasserglas leer. Der Vorschlag, dass ich mit Martin und Solveig *das ganze Problem ausdiskutieren sollte*, war viel zu grotesk und unglaublich, als dass ich auf die Schnelle dazu einen Kommentar abgeben konnte. Doch schon im nächsten Augenblick sprang mir der komische Aspekt dieser hirnlosen Idee ins Auge. Nein, der Ausdruck *komisch* traf es bei Weitem nicht: Es war ein echter Brüller.

»Entschuldige mich«, sagte ich fromm, dann stand ich auf und entfernte mich mit gemessenen Schritten, um ins Bad zu gehen. Dort krampfte ich mir die Hände in den Leib, verbiss mich in den nassen Duschvorhang und versuchte, den wahnsinnigsten Lachkrampf aller Zeiten unter Kontrolle zu kriegen. Es gelang mir nicht ganz, wie Sie sich bestimmt vorstellen können. Der Duschvorhang hatte nachher gewaltige Löcher (obwohl ich schwören könnte, dass sich meine Eckzähne die ganze Zeit über im Normalzustand befanden), und an der Drahtverspannung in meinem Mund hingen drei weitere lose Brackets. Wegen dieser blöden Dinger musste ich mir auch bald Gedanken machen. Mein nächster Termin war kommende Woche. Vormittags um elf.

Doch im Moment war nur Solveig wichtig, beziehungsweise diese Ungeheuerlichkeit, die sie da mit Hilfe irgendeines idiotischen Psychofritzen ausgebrütet hatte.

Ich ging zurück ins Wohnzimmer. »Wo waren wir stehen geblieben?«, fragte ich leutselig. »Ach so. Eine Dreierrunde. Das leuchtet mir im Prinzip ein.«

Ihre schönen dunklen Augen blitzten überrascht auf. »Echt? Also, das hätte ich jetzt nicht gedacht, dass du so schnell zu überzeugen bist!«

»Doch, doch, es ist eine ganz logische, naheliegende Methode, Beziehungskonflikte aufzuarbeiten.«

»Ja, genau!«, rief Solveig begeistert. »Das hat der Therapeut auch gesagt! Vor allem, wenn sich der größte Teil des Konfliktpotenzials aus der Tatsache ergibt, dass zwischen den beiden konkurrierenden weiblichen Beteiligten, die um die jeweils ausschließliche Gunst des Mannes kämpfen, ursprünglich eine so tiefe Bindung wie bei uns zweien besteht!«

»Diesen Aspekt habe ich noch gar nicht berücksichtigt«, meinte ich wahrheitsgemäß.

Ich hätte ihr sagen können, dass ich überhaupt nicht kämpfen wollte, weder mit ihr noch mit sonst einer Konkurrentin, schon gar nicht um die ausschließliche Gunst dieses speziellen Mannes, doch das hätte sie mir sowieso nicht abgekauft. Also gab ich weiterhin vor, von ihrer Idee uneingeschränkt angetan zu sein.

Sie hakte nochmals nach. »Du würdest dich wirklich mit ihm und mir zusammensetzen und reden wollen?«

»Wenn es dir guttut – auf jeden Fall«, versicherte ich mit warmer Stimme.

»Wunderbar«, sagte sie gelassen. »Dann müssen wir ihn bald besuchen.«

»Ihn besuchen?«, echote ich mit leise aufkeimendem Misstrauen. »Soll das heißen, du weißt, wo er steckt?«

Ich muss wohl über die Maßen dämlich dreingeschaut haben, denn ihr Lächeln war eine Spur schadenfroh. »Selbstverständlich.«

Ich merkte, wie ich die Fassung verlor. »Aber wie …«

Sie fiel mir gereizt ins Wort. »Dachtest du etwa, ich hätte das alles bloß rein hypothetisch gemeint? Luzie, es ist nicht meine Art, mir rein hypothetisch einen abzulabern. Da müsstest du mich eigentlich besser kennen.«

»Ja, das müsste ich wohl.« In meiner Benommenheit riss ich das Fenster auf, um frische Luft zu schnappen. Die Winterkälte fuhr mir schneidend ins Gesicht, doch ich brauchte das, um Klarheit in meine Gedanken zu bringen. Sie hatte es tatsächlich irgendwie geschafft, ihn aufzustöbern! Und ich in meiner Bußfertigkeit war so blöd gewesen, ihr eine trauliche Aussprache mit diesem Raubtier auf zwei Beinen zu versprechen!

»Wie hast du ihn gefunden?«

»Es hat mich ein Vermögen gekostet«, sagte sie zufrieden. »Aber das war es mir wert.«

Sie hatte, wie sie sodann berichtete, einen Aktienfonds flüssiggemacht, den sie eigentlich für eine irgendwann in Zukunft anstehende Familienplanung angelegt hatte. Doch da Solveig ihr Seelenfrieden weit wichtiger gewesen war als ein Häuslebau in ferner Zukunft, war ihr die Entscheidung nicht schwergefallen. Sie hatte ein renommiertes Detektivbüro mit den Ermittlungen beauftragt, und denen war es binnen relativ kurzer Zeit gelungen, Martins Aufenthaltsort zu ermitteln.

»Und weißt du auch, wie sie es rausgekriegt haben?«

Ich wusste es nicht, doch es interessierte mich brennend. Vielleicht würde die Zeit kommen, da auch ich untertauchen musste!

»Über die Handynummer.«

»Das hattest du doch auch schon versucht.«

»Ja, aber als Profis sind sie ganz schnell an die Informationen rangekommen. Ich weiß zwar nicht, wie, aber ihre Methoden sind auf jeden Fall effektiver. Die Nummer lief auf irgendeine Firma, und die wiederum führte zu einer Adresse, wo sie ihn dann ermittelt haben. Da lebt er total anonym, wie in einem Bunker. Das Haus ist auf eine Vermögensverwaltung eingetragen. Der Wagen, den er fährt, auf eine andere Firma, und unter der Adresse laufen noch wer weiß wie viele Mobilanschlüsse, aber alle unter anderem Namen. In der Detektei meinten sie, so was wäre ihnen noch nicht untergekommen, und sie wollten wissen, ob unsere Zielperson was verbrochen hätte. Ich habe natürlich *Nein* gesagt.«

»Ach«, meinte ich säuerlich. »Und wo genau wohnt er jetzt?«

»Das wirst du sehen, wenn wir beide ihn besuchen.«

Wie war ich bloß in diese Farce geraten?

Ich versuchte es mit Vernunft. »Woher willst du wissen, ob er überhaupt daran interessiert ist, uns wiederzusehen? Er ist schließlich untergetaucht, oder nicht? Man sollte doch annehmen, dass er einen guten Grund dafür hatte.«

»Wir werden seine Meinung schon ändern. Du hast es mir versprochen.« Klang ihre Stimme bei diesen letzten Worten vielleicht eine Spur drohend? Ich war mir nicht ganz sicher. Dafür war ich hundertprozentig sicher, dass ich ihr nichts versprochen hatte, erst recht nicht, den Dritten im Bunde erst von den Vorteilen eines Konfliktgesprächs überzeugen zu müssen.

Denn genau dafür wollte Solveig mich offensichtlich einspannen. Aus Gründen, die nur sie allein kannte, wollte sie ihn immer noch wiedersehen, und wie es schien, war sie willens, dafür Himmel und Hölle in Bewegung zu setzen.

Damit diesmal auch ja nichts misslang, hatte sie sich sogar überwunden, nett zu mir zu sein, um sich meiner Loyalität zu versichern, sodass ich ihr – falls nötig – im entscheidenden Moment Schützenhilfe leistete.

Ob Solveig nun wirklich nur mit ihm reden wollte oder etwas ganz anderes im Sinn hatte, vermochte ich noch nicht zu durchschauen, doch sie schien zu glauben, dass ich ihr bei dem, was immer sie auch plante, in irgendeiner Weise nützlich sein konnte.

So, wie ich sie einschätzte, hätte ich jetzt nur die Wahl, mitzutun oder aus ihrem Leben zu verschwinden.

Doch wo sollte ich hin? Mein altes Kinderzimmer war jetzt eine Töpferwerkstatt, und außerdem gab es dort keinen richtigen Rollladen, sondern nur papierdünne Jalousien.

Ich könnte höchstens bei meinen Eltern in den Heizungskeller ziehen, der war fensterlos und hatte eine ziemlich dicke Stahltür. Der als Liegefläche verfügbare Spalt zwischen den beiden Öltanks war allerdings höchstens dreißig Zentimeter breit. Außerdem war ich dort zwar möglicherweise vor dem Tageslicht sicher, nicht aber vor Solveigs Rache. Davor konnte ich nirgends sicher sein, jedenfalls nicht, solange sie wusste, wo ich mich aufhielt. Im Grunde war es also gar keine Alternative, mich im Heizungskeller oder sonst wo zu verkriechen, denn Solveig hätte binnen kürzester Zeit herausgekriegt, wo ich steckte. Sie kannte persönlich jeden Einzelnen, der als Asylgeber für mich auch nur entfernt infrage kam – falls so jemand überhaupt existierte, woran ich ernstlich zweifelte, denn wer fühlte sich schon zum Renfield berufen? Wer, abgesehen von Solveig, würde die Selbstdisziplin aufbringen, über meine Eigenarten eisernes Stillschweigen zu bewahren? Meine Mutter bestimmt nicht. Sie würde mich zwingen, sie zu ihrem Hexenzirkel zu begleiten, auf einer Lichtung den Mond anzubeten und mich zur Erdmutter weihen zu lassen.

Ich knirschte mit den Zähnen und brach mir dabei den Aufbau im rechten Unterkiefer ab. Vorsichtig spuckte ich ihn in die hohle Hand, ein winziges Stück Kunststoff, das sich im Mund so gewaltig wie der Tafelberg angefühlt hatte.

Jetzt erst begriff ich das wahre Ausmaß meines Dilemmas. Ich war nicht nur auf Solveig angewiesen, sondern ihr auch auf Gedeih und Verderb ausgeliefert, weshalb ich gut daran tat, mir ihre Sympathien nicht zu verscherzen, zumindest so lange nicht, wie ich nicht imstande war, endgültig aus ihrem Dunstkreis zu verschwinden.

Zum Verschwinden aber brauchte ich Geld, das ich bekanntlich nicht besaß. Und es musste schon viel Geld sein, sehr viel, zumindest mehr als das, was sie noch auf der hohen Kante hatte und sicher ohne zu zögern für Aufenthaltsermittlungen ausgeben würde.

Natürlich konnte ich auch darauf vertrauen, dass ich noch lernen würde, mich in eine Fledermaus zu verwandeln. Oder wenigstens, mich unsichtbar zu machen, so wie Martin, doch ich argwöhnte, dass ich zum Entwickeln solcher Fertigkeiten weit länger brauchen würde als ein paar Tage. Außerdem hatte ihn dieser Trick auch nicht davor bewahrt, von Solveig aufgespürt zu werden.

Ihre Miene war undurchsichtig, doch ich war zu vertraut mit ihr, um nicht wenigstens einen Teil der Regungen hinter ihrem Pokerface zu erkennen. Triumph, Genugtuung, Vorfreude, eine Spur von Gier und … ja, es war auch Hass dabei.

Auf mich oder auf Martin? Schwer zu sagen. Es war ein wenig wie Roulette, und mein Leben war der Einsatz.

Ach, Solveig, dachte ich. Mir war schwindlig bei dem Gedanken, sie könnte mich womöglich ernstlich hassen. Im Grunde wollte ich es gar nicht wissen, doch es war natürlich eine Frage des Überlebens. Und es gab nur eine Möglichkeit, es herauszufinden. Ich machte das Fenster wieder zu und drehte mich zu ihr um. »Okay. Ich bin dabei.«

*

Der Tag für *Die große Aussprache*, wie ich insgeheim die bevorstehende Zusammenkunft nannte, wurde auf den Freitag der kommenden Woche festgelegt. Es musste ein Freitag sein, damit für alle Fälle noch das Wochenende drangehängt werden konnte. Welche Fälle Solveig damit genau meinte, blieb trotz meiner vorsichtigen Fragen im Dunkeln, ebenso wie die Adresse von Martin, von der Solveig lediglich offenbarte, dass es eine Villa im Taunus sei (*»Lass dich doch einfach überraschen, ja?«*).

Vielleicht befürchtete sie, ich könne es mir noch anders überlegen und sie allein zum Konfliktgespräch schicken. Oder ihn anrufen, um ihn vorzuwarnen.

Doch dergleichen hatte ich nicht vor. So unangenehm mir das alles war – ich wollte es durchziehen. Schon deshalb, weil ich herausfinden musste, woran ich mit Solveig war. Obwohl ich mir immer wieder sagte, dass sie wirklich nichts weiter vorhatte als *Die große Aussprache*, spürte ich die Beklemmung drohenden Unheils.

Zu der Zeit konnte ich jedoch auch bei aller Phantasie nicht ahnen, was wirklich geschehen sollte.

*

Solveig hatte sich für *Die große Aussprache* extra einen Tag Urlaub genommen, damit noch genügend Zeit für die mentale Einstimmung blieb.

Was die Zeit bis dahin betraf, so hatte Solveig allerdings sehr konkrete Pläne. Nicht für sich, sondern für mich.

»Du musst endlich wieder unter die Leute«, sagte sie. »Ich habe allen die ganze Zeit erzählt, dass du noch an den Nachwirkungen der Lungenentzündung rumlaborierst, doch das zieht inzwischen nicht mehr so richtig. Außerdem hast du immer noch nicht deine Mutter zurückgerufen. Sie war heute Nachmittag schon wieder am Telefon. Sie macht sich Sorgen wegen der Geburtstagsfeier von deinen Großeltern.«

»Soll die ausfallen?«, fragte ich hoffnungsvoll.

»Nein, der Alleinunterhalter ist krank geworden. Jetzt will deine Oma James Last, und wenn der nicht kann, Ernst Mosch. Sie macht jedenfalls den totalen Aufstand, meint deine Mutter.

Dein Opa hat Gürtelrose davon gekriegt und weigert sich, bei der Feier mitzumachen.«

»Und was habe ich damit zu tun?«

»Keine Ahnung.«

»Vielleicht sollte ich mal zu Hause anrufen«, meinte ich lustlos.

Solveig schüttelte den Kopf. »Luzie, es hat keinen Zweck, irgendwann musst du ja doch wieder richtig raus. Du kannst es nicht länger aufschieben, glaub mir. Und wer würde sich besser für deinen ersten Ausflug als Vampir eignen als deine Eltern?«

Ich musste ihr recht geben. »Vielleicht mache ich es. Hinfahren, meine ich.«

»Tu es auf jeden Fall. Und zu der Geburtstagsfeier im Altenheim gehst du auch. Vor nächste Woche Freitag musst du unbedingt noch ein paarmal raus. Damit du bis dahin total angstfrei bist.«

Angstfrei. Das klang gut. Sehr gut sogar. Gedankenverloren schob ich eines der losen Brackets auf dem Draht hin und her. Die Apparatur tat längst nicht mehr weh, war aber auch alles andere als angenehm. Inzwischen war mir klar, dass ich das Gestänge möglichst unauffällig wieder loswerden musste, denn wer hatte je von einem Vampir gehört, der sich den Kiefer regulieren ließ? Es scheiterte schon an den Praxiszeiten. Wenn es mit einer einmaligen Behandlung getan gewesen wäre oder wenn sich alles innerhalb eines Winters abspielen könnte, hätte es vielleicht funktioniert, doch es war vorgesehen, dass ich alle vier bis sechs Wochen in die Praxis kam, um die Drähte nachziehen zu lassen. Da es nur zu bald Frühling und danach Sommer werden würde, konnte ich dieses Vorhaben genauso gut gleich vergessen. Für mich stellte sich nur noch die Frage, wie ich die Klammer von meinen Zähnen bekam. Den zweiten Aufbau hatte ich mit einem heftigen Ruck ebenfalls weggerissen, ebenso zwei weitere Brackets im Unterkiefer, doch die übrigen Metallplättchen erwiesen sich als überraschend hartnäckig und klebten bombenfest am Schmelz. So, wie es aussah, konnte ich nicht alle ohne fremde Hilfe loswerden.

Momentan hatte ich reichlich an etwa zehn herumrutschenden Halteteilen und einem bereits ziemlich lockeren Drahtbogen zu kauen. Es war, als lutschte ich permanent auf den Überresten eines Saiteninstruments herum.

»Ich muss zum Kieferorthopäden«, sagte ich.

»Wann?«

»Nicht zu dem Termin, den ich bekommen habe. Der ist morgens um elf.«

»Oh, Shit. Was willst du jetzt machen?«

»Keine Ahnung. Vielleicht fällt ja doch noch alles von alleine raus.«

Doch das sollte nicht geschehen, und wenn ich geahnt hätte, welches Ungemach mir meine lockere Zahnspange noch bescheren sollte, hätte ich vielleicht sogar mit Kneifzange und Schraubenzieher selbst mein Glück versucht.

*

Noch am selben Abend fasste ich mir ein Herz und fuhr zu meinen Eltern. Mein an vielen Stellen rostender Kleinwagen tat mir den Gefallen und sprang sofort an. Es war seit Wochen das erste Mal, dass ich wieder Auto fuhr. Ich konnte es natürlich noch, doch das war nicht der Punkt. Es war eine Premiere – ich fuhr zum ersten Mal als Vampir!

Meine Eltern wohnen in U., einem der eher dörflichen Vororte von Frankfurt. Ihr kleines, gelb gestrichenes Reihenhaus sah genauso aus wie in meiner Kindheit, nur dass es mir damals geradezu riesig vorgekommen war. Seitdem war es schäbiger geworden, der Putz hatte hie und da Sprünge bekommen, die Dachpfannen waren von Moos überwuchert und vom Zahn der Zeit angenagt, der Jägerzaun verwittert, die Sandsteinplatten des Gehwegs von zahllosen Regengüssen ausgewaschen.

Doch es war immer noch das Haus meiner Kindheit, mein eigentliches Zuhause.

Das empfand ich schmerzlicher als je zuvor, während ich im Schatten der Dunkelheit durch den Vorgarten zur Haustür ging. Nie wieder würde ich unser Haus im Sonnenschein sehen! Ich unterdrückte ein Schluchzen.

Die Tür wurde aufgerissen, bevor ich klingeln konnte.

Meine Mutter stand vor mir, im orangefarbigen Kaftan, darüber ein wallender roter Wollmantel, der aussah wie selbst gewebt. »Hi, Schatz. Ich bin auf dem Sprung, aber Papa ist da. Geh rein.« Sie gab mir einen Kuss auf die Wange und lief rasch zu ihrem Wagen, um nicht zu spät zu einer ihrer zahlreichen öko-spiritistischen Sitzungen zu kommen. Ich blickte ihr sprachlos hinterher.

Papa saß im Wohnzimmer und schaute Fußball. »Heute ist Pokalspiel«, begrüßte er mich. »In der Küche ist Bier.«

Ich holte mir ein Glas Wasser und setzte mich zu ihm.

»Alles in Ordnung mit dir?«, fragte er in der Werbepause.

»Ja, alles bestens.«

»Mama ist zu einem Phrenologiekurs. Das ist Schädelkunde. Sag mir deine Kopfform, und ich sag dir, was du für einen Charakter hast, lauter solches Zeug. Sie fummelt allen Leuten am Kopf rum, seit sie das angefangen hat. Bei mir hat sie hinten über dem Nacken einen Höcker entdeckt und behauptet jetzt, ich litte an abartigen sexuellen Phantasien. Kannst du dir das vorstellen?«

»Nein.«

Es war zum Totlachen. Meine Mutter war wissenschaftlich gebildet. Sie hatte Soziologie studiert. Soziologie und Phrenologie hatten nicht gerade viel gemeinsam, sah man von den Endsilben einmal ab.

»Kommst du zu der Feier von Oma und Opa?«

»Ich denke schon.«

»Schön.«

Mein Vater verfolgte aufmerksam eine Autowerbung, dann meinte er: »Habe ich dir schon erzählt, dass ich jetzt mit dem Taxifahren aufhöre?«

»Ja, und ich finde das gut. Jeder muss mal in Rente.«

»Wir wollen nach Mallorca.«

»Wer?«, fragte ich verblüfft.

»Deine Mutter und ich. Wir haben schon einen Käufer für das Haus.«

Ich verschluckte mich an meinem Wasser. »Für das Haus?«

»Wir verkaufen es. Was sollen wir mit dem großen Kasten für uns alleine?«

Ja, was? Verkaufen ist völlig okay, sagte ich mir tapfer. Ich wohnte ja nicht mehr hier. Schon lange nicht mehr. Ich war seit Jahren erwachsen und aus dem Haus. Kein Grund also, den alten Kasten als Schrein der Erinnerungen hochzuhalten. Weg damit. Und tschüss.

»Ist was?«, fragte Papa.

»Nein, alles bestens. Mallorca ist toll.«

»Ja, es ist praktisch deutsch. Nur schöneres Wetter. Trinkst du kein Bier?«

Ich hatte sonst immer Wert darauf gelegt, ein Bier mit ihm zu trinken, wenn ich zu Besuch kam.

»Nein, heute nicht. Ich hab's mit dem Magen.«

»Du bist blass.«

»Ich weiß. Ich hab's mit dem Magen«, wiederholte ich.

»Nein, nicht auf die Art. Ich meine, du bist … du bist sehr hübsch. Du bist wirklich eine richtige Schönheit, Luzie.«

»Danke, Papa.«

»Du warst schon immer schön. Als du auf die Welt kamst, da dachte ich, mein Gott, gibt es das, so ein wunderschönes kleines Mädchen. Du warst perfekt. Zehn Finger, zehn Zehen, alles dran. Ich habe genau gezählt. Mindestens fünf Mal.«

Was für ein Glück. Sonst säße ich heute womöglich ohne die korrekte Anzahl von Extremitäten da.

»Was habt ihr auf Mallorca vor? Einfach abhängen?«

»Mal sehen. Ich bin gerade dabei, mich nach den Möglichkeiten für einen Taxischein da unten zu erkundigen.«

Auch dazu verkniff ich mir eine Bemerkung. Papa würde also weiter Taxi fahren. Mama würde vermutlich einen Hexenzirkel gründen oder einem beitreten, falls schon vorhanden, je nachdem. Die zwei würden eine winzige Finca in den Bergen bewohnen und dort häufig nackt herumlaufen. Papa würde am Wochenende im Satellitenfernsehen deutsche Sportschau gucken, Mama würde Wolle spinnen, und zusammen würden sie frei laufende Hühner füttern und mallorquinischen Wein trinken. Sie würden miteinander auf ihrer Terrasse sitzen und den Sonnenuntergang bewundern, ein Schauspiel, das ich für den Rest meines Lebens nie mehr würde genießen können. Und zu Weihnachten würde es Gänsebraten und Rotkohl und als Vorspeise einen Joint geben.

In meinem Hals steckte ein Kloß. Nie mehr Gänsebraten und Rotkohl und Dope zu Weihnachten. Nie mehr Bier mit Papa. Nie mehr nach Hause kommen.

Ich stand auf. »Ich muss jetzt gehen.«

»Wiedersehen, mein Schatz.«

»Wiedersehen, Papa.«

13. Kapitel

Solveig war nicht in der Wohnung, als ich zurückkam. Ich erkannte, dass zwischenmenschliche Kontakte den Nachteil hatten, zwangsläufig weitere zwischenmenschliche Kontakte nach sich zu ziehen, denn ich brauchte jetzt unbedingt jemanden, mit dem ich meinen Durchhänger aufarbeiten konnte, und da mir niemand sonst einfiel, rief ich meinen Bruder an, mit dem erstbesten Vorwand, der mir in den Sinn kam.

»Kommst du zu der Feier?«

»Das habe ich dich neulich auch schon mal gefragt.«

»Ich wollte auf jeden Fall kommen.«

»Ich eigentlich auch«, meinte er. Und dann: »Alles okay mit dir? Du hörst dich an, als hättest du einen Moralischen.«

»Ach, es ist eigentlich nicht so schlimm.«

Jetzt hätte er fragen müssen: *Wie schlimm ist es wirklich?*

Doch er war ein Mann und fragte nicht. Also war ich wieder an der Reihe.

»Wie läuft es in der Bank?«

»Super. Die Prokura ist durch. Mit dicker Gehaltserhöhung.«

»Darauf trinken wir übermorgen einen zusammen.«

»Du nuschelst so komisch. Stimmt was nicht?«

»Ach, das weißt du ja noch gar nicht. Ich sehe wieder aus wie vierzehn.«

Ich erzählte ihm von meiner Zahnklammer. »Hält leider nicht gut, das Ding. Wahrscheinlich lasse ich es mir wieder rausmachen.«

»Wo bist du in Behandlung? Bei Rainer?«

»Nein, der ist ja kein Kieferorthopäde.«

Doch Lucas' Frage hatte sofort eine Eingebung bei mir hervorgerufen. Rainer! Er war Zahnarzt, oder nicht? Und er war mein Ex, womit ich eine Rechtfertigung dafür hatte, irgendwann nach Feierabend, vorzugsweise nach Sonnenuntergang, bei ihm vorbeizuschneien.

Bei dieser Gelegenheit könnte er nicht nur in meinem Beisein eine Online-Überweisung auf mein Konto tätigen, sondern auch die blöden Brackets entfernen. Das passende Werkzeug hatte er bestimmt irgendwo herumliegen. Er konnte mir die Drähte ziehen und die Reste des Klebers abschleifen. Und mir eine Schiene zum Stabilisieren der lockeren Zähne anfertigen, was, wie ich aus dem Patientenreader wusste, unabdingbare Voraussetzung dafür war, dass die Zähne nach dem Entfernen der Klammer nicht in alle möglichen Richtungen auseinanderrutschten. Wenn ich schon ein Vampir war, sollten meine Zähne wenigstens weiterhin ordentlich in Reih und Glied stehen. Woher sollte ich wissen, ob ich nicht tatsächlich tausend Jahre damit leben musste?

»Was macht die Liebe?«, fragte Lucas, doch was er eigentlich meinte, war: Frag mich doch bitte, was die Liebe bei *mir* macht!

»Nix«, sagte ich. »Und was macht die Liebe bei dir?«

Er lachte auf, glücklich und befreit. »Sie heißt Claudia.«

»Hört sich gut an.«

»Warte nur, bis du sie siehst! Sie kommt mit zu der Feier.«

»Ich bin gespannt.«

»Sie ist erst zwanzig«, meinte er. »Fast neun Jahre jünger als ich.«

»Na und?«

»Findest du das nicht zu jung?«, fragte er.

»Wofür?«

»Na, *dafür* jedenfalls schon mal nicht.« Es klang anzüglich, woraus ich schloss, dass die beiden diesen Bereich schon ausgetestet hatten. Hoffentlich mit mehr Erfolg als bei Bea.

Trübselig wechselte ich das Thema. »Mama und Papa verkaufen das Haus.«

»Ich weiß.« Auch er hörte sich nicht allzu begeistert an.

»Sie haben sich einen schönen Lebensabend verdient«, meinte ich.

»Scheiß drauf. Wenn das Haus weg ist, werde ich mir irgendwie amputiert vorkommen. Ich meine, es kratzt mich nicht mal so, dass sie nach Mallorca abrauschen. Aber dass sie das Haus verkaufen wollen, bricht mir das Herz. Komisch, oder?«

Es war kein bisschen komisch. Mein Herz war jetzt schon gebrochen, denn ich hatte weit mehr verloren, als er sich je würde vorstellen können.

»Ich muss jetzt Schluss machen«, sagte ich. »Wir sehen uns dann auf der Feier.«

*

In den folgenden drei Tagen sah ich Solveig häufiger als in den letzten Wochen. Der Frieden, den wir miteinander geschlossen hatten, schien sich als stabil zu erweisen, doch es konnte überhaupt keine Rede davon sein, dass uns dieselbe Eintracht verband wie vor meiner Veränderung.

Wenn wir abends zusammen im Wohnzimmer saßen, war das einzige Thema, das sie interessierte, mein Vampirzustand. Mit ihren zahlreichen Fragen zu meinen Befindlichkeiten trieb sie mich an den Rand der Verzweiflung. Sie wollte buchstäblich alles wissen. In erster Linie interessierte sie natürlich, wie es sich anfühlte, nicht mehr essen zu müssen. Ob ich nicht wenigstens zwischendurch mal Hunger hätte, zumindest ein kleines bisschen, auf Schokolade oder Eis zum Beispiel.

Hatte ich nicht.

Wie das mit dem Blutdurst war.

Nicht vorhanden (eine kleine, aber verzeihliche Lüge von

mir – ich wollte nicht wieder von ihr unter Beißzwang gesetzt werden).

Ob ich noch Monatsblutungen bekam?

Ja, aber nur noch ganz schwach.

Ob mir an meinen Zähnen was aufgefallen war?

Nur, dass die Klammer nicht hielt.

Und sonst?

Nein, überhaupt nichts (hier log ich aus denselben Gründen wie vorher).

Ob ich noch Lust auf Sex hatte?

Nein, aber die hatte ich ja vorher auch nie gehabt (die Nacht mit Martin ließ ich wohlweislich außen vor).

Ob meine Puls- und Atemfrequenz im Wachzustand genauso langsam war wie während des Schlafs?

Das wusste ich nicht, weshalb sie mir mindestens drei Minuten lang den Puls fühlte und ich meine Atemzüge zählen musste, die im Übrigen ebenso häufig kamen wie bei ihr.

Ob ich allergisch gegen fließendes Wasser/Knoblauch/Kreuze geworden war?

Nein in allen Punkten.

Sie nervte mich mit tausend Fragen nach weiteren, völlig uninteressanten Details, etwa, ob ich noch schwitzte, und wenn ja, ob ich dann anders roch als früher, ob – und wenn ja, wie oft – ich zur Toilette musste, ob ich meine Beine rasieren musste, ob ich noch weinen, schlucken, rülpsen konnte. Ob ich über dieselben Witze lachen konnte wie früher.

Anfangs beantwortete ich alle Fragen nach bestem Wissen und Gewissen, aber irgendwann ging sie mir mit ihrer Neugier derart auf die Nerven, dass ich mich wieder auf mein Zimmer zurückzog. Sie reagierte darauf so verschnupft, dass ich mich gezwungen sah, wieder schönes Wetter bei ihr zu machen. Nicht, weil ich ein schlechtes Gewissen wegen meines Rückzugs hatte, sondern um der Tatsache Rechnung zu tragen, dass sie meine Lebensversicherung war.

Ich war nicht etwa panisch, sie könne, bloß weil sie sauer auf mich war, in einer Kurzschlussreaktion doch noch mein Rollo hochziehen, während ich schlief. Es bereitete mir zwar Sorge, dass das Schloss an meiner Zimmertür immer noch kaputt war, aber so viel Mordlust traute ich Solveig nicht zu. Ich musste jedoch berücksichtigen, dass sie mir auch auf andere Weise schaden konnte, und das nicht einmal in böser Absicht. Etwa, indem sie herumtratschte. Solveig war von Hause aus ein sehr mitteilsamer Mensch. Sie konnte nicht gut Geheimnisse hüten, und dass sie es in meinem Fall überhaupt fertigbrachte, grenzte an ein Wunder. Wenn wir nicht so eng befreundet gewesen wären, hätte sie diese Verschwiegenheit sicher nicht an den Tag gelegt. Das hätte sie nie und nimmer durchgehalten. Nach einer Woche hätte halb Frankfurt davon gewusst, dass sie mit einem Vampir zusammenwohnte.

*

Für die Geburtstagsfeier meiner Großeltern machte ich mich sorgfältig zurecht. Ganz gegen meine sonstige Gewohnheit schminkte ich mich, wobei ich vor allem mit dem Rouge nicht sparte. Ich hätte Solveig gern gefragt, ob ich normal aussah – normal im Sinne von unverdächtig –, doch sie war nicht zu Hause. Ich hatte keine Ahnung, wo sie sich aufhielt, und es interessierte mich auch nicht sonderlich. Mir war es nur recht, wenn sie nicht da war, denn ihre zunehmende Gereiztheit verursachte mir Magenkribbeln. Dem kommenden Freitag sah ich mit äußerstem Unbehagen entgegen.

Da die Feier schon um sechs Uhr anfing, kam ich zu spät, denn ich wurde erst gegen halb sechs wach und musste mich danach noch fertigmachen. Als ich um sieben Uhr im Seniorenheim eintraf, war die Party bereits in vollem Gange.

Die Heimleitung hatte es anscheinend doch noch geschafft, einen Ersatz für den ausgefallenen Alleinunterhalter zu beschaffen. Ein hochbetagter Glatzkopf saß am offenen Ende der zu einem Hufeisen aufgestellten Tische und spielte auf einer Heimorgel ein Stück, das bei genauerem Hinhören wie ein Walzer klang. Vier Paare bewegten sich inmitten der Tische im Dreivierteltakt übers Parkett. Einige waren noch sehr beweglich, doch selbst nach dreimaligem Abzählen war unter all den Tänzern nur ein einziger Mann auszumachen.

Die Tische waren gut besetzt. So ziemlich das ganze Seniorenheim schien versammelt zu sein. Manche hatten ihren Tropf dabei, und ein paar waren im Rollstuhl gekommen. Doch das tat der guten Laune keinen Abbruch. Eine untersetzte Mittfünfzigerin mit Schürze und Gesundheitsschuhen eilte zwischen den Tischen hin und her und schenkte Rotkäppchensekt aus. Auf jedem Tisch stand ein Teller mit belegten Schnittchen.

»Da ist ja Luzie!«, rief Opa. Er saß am Kopfende des Hufeisens, wo für die Geburtstagskinder eine nette Dekoration in Form eines künstlichen Blumengebindes aufgebaut war. Er winkte mir zu. Ich schlängelte mich an den Tänzern vorbei

»Hallo, Luzie«, sagte Oma. Sie hatte ihr feinstes Kleid angezogen, elfenbeinfarbene Spitze auf dunkelgrauem Samt, und ihr dünnes weißes Haar war zu neckischen Löckchen gekräuselt.

Ich gratulierte meinen Großeltern und überreichte ihnen meine Geschenke, die ich auf die Schnelle bei einem Zwischenstopp an einer Tankstelle besorgt hatte.

Mit neunzig hatten die meisten Menschen in der Regel schon alles, was sie nicht brauchten, weshalb es auf ein paar weitere nutzlose Kleinigkeiten auch nicht mehr ankam. In diesem beruhigenden Wissen hatte ich die erstbesten Gegenstände aus den Regalen gegriffen und mir einpacken lassen. Für Oma Pralinen und Blumen, für Opa einen Autoatlas und Cognac.

Ich sagte mir, dass es auf die Geste, nicht auf den Inhalt ankam. Oma und Opa schienen genauso darüber zu denken wie ich. Sie kriegten sich kaum ein vor Freude.

»Ich hatte schon seit mindestens zwanzig Jahren keinen Autoatlas mehr!«, erklärte Opa begeistert. Er blätterte den Atlas durch und tippte mit seinem gichtknochigen Finger auf die Orte, die er kannte.

Oma packte die Pralinen aus und zeigte sie herum.

»Das ist meine Enkelin«, stellte sie mich der Frau vor, die neben ihr saß. Es war meine Mutter. Sie trug einen kornblumenblauen Leinenkaftan und Caprihosen. Dem zunehmenden Grauanteil in ihrem Haar hatte sie mit einer pflaumenvioletten Tönung Paroli geboten, ganz das modebewusste Erdweib.

»Hallo, Mama.«

»Hallo, mein Schatz.«

Mein Vater stand mit Lucas und einer großbusigen Rothaarigen am anderen Ende des großen Speisesaals und unterhielt sich mit ihnen. Als er mich sah, winkte er mir zu und stieß Lucas an, der ebenfalls winkte. Ich winkte zurück und setzte mich zu Mama. Sie schaute ziemlich angeödet drein.

»Wie geht's?«, fragte ich.

»Danke. Und dir?«

»Ich bin okay. Freust du dich auf Mallorca?«

»Mal ja, mal nein.« Sie schaute auf ihre Armbanduhr. »Du kommst spät.«

»Ich bin noch aufgehalten worden.«

»Du hast ziemlich viel Rouge drauf.« Dann wechselte sie, wie es häufig ihre Art war, abrupt das Thema. »Stell dir vor, was ich in Omas alten Sachen noch gefunden habe.«

»Keine Ahnung. Geld?«

»Fotos!«

Oma mischte sich ein. »Was hast du da im Mund, Kind?«

»Eine Zahnspange, Oma.«

Sie wandte sich an meine Mutter. »Was die Kinder heutzutage alles schick finden!«

Meine Mutter fand es nicht schick. »Kannst du das nicht rausnehmen, wenn du eingeladen bist?«

»Nein, es ist festgeklebt. Aber ich will es demnächst rausmachen lassen.«

»Bist du bei Rainer in Behandlung?«

»Mal ja, mal nein.«

Lucas und die Rothaarige kamen zu uns an den Tisch. Ihr Haar war gefärbt, aber der Busen wirkte echt. Außerdem sah sie aus, als ginge sie noch zur Schule. Kein Zweifel, das war Claudia.

Lucas küsste mich auf die Wange und stellte uns vor. »Das ist Claudia.«

»Hi«, sagte Claudia. Sie entblößte ihre perfekt regulierten Zähne zu einem freundlichen Lächeln.

»Hi«, lächelte ich zurück.

»Oh, du hast ja 'ne Spange.«

»Ja, aber bald kommt sie raus.«

»Ich hatte auch eine. Ist aber schon Jahre her.« Sie zeigte auf meine Haare. »Tolle Locken. Und dein Rock ist auch toll.«

Womit sie wohl ein Gegenkompliment erwartete. »Danke. Deine Bluse ist auch toll.«

Lucas war ganz offensichtlich derselben Meinung. Er himmelte Claudias Bluse verliebt an.

Der Alleinunterhalter stimmte mit zittrigem Tastendruck eine Art Tango an, und die Paare auf der Tanzfläche zerstreuten sich und gingen zu ihren Plätzen zurück.

Claudia sah sich mit künstlichem Lächeln um. Das hier war wohl nicht gerade die Art von Party, die sie sonst besuchte.

»Was machst du so?«, fragte ich.

»Beruflich? Ich geh noch zur Schule. In vier Monaten mach ich Abi.«

»Ach«, meinte ich.

Ein paar Minuten darauf ging sie zur Toilette, und Lucas meinte: »Ist sie nicht toll?«

»Ja«, erwiderte ich höflich.

»Sie geht noch zur Schule.«

»Ich hab's schon gehört.«

»Aber sie ist unheimlich erwachsen für ihr Alter.«

Was immer das hieß.

Ich sollte es gleich erfahren. Er beugte sich näher. »Übrigens – im Bett ist mit ihr alles super.«

»Hat sie dir das gesagt?«

Ihm schwoll die Brust. »Das merke ich auch so. Sie ist doch erst zwanzig.«

Anscheinend war er der Ansicht, in diesem unbedarft-jugendlichen Alter könne eine Frau unmöglich einen Orgasmus simulieren. Ich wusste es besser, doch dies war weder der Ort noch die Zeit, um Lucas an meinem Erfahrungsschatz teilhaben zu lassen.

Oma zeigte mir das Geschenk, das sie von meinen Eltern bekommen hatte. Es war ein Säckchen mit Runensteinen und ein Plaid aus Schafwolle.

»Die Steine sind zum Würfeln«, meinte sie. »Aber es sind keine Zahlen drauf. Und wofür die Matte ist, muss ich noch mal fragen.«

Mama ballte die Hände zu Fäusten. »Mutter, das sind Runen. Und es ist keine Matte, sondern ein Plaid.«

»Ich weiß, was ein Plaid ist. Ein Plaid ist kariert.«

Ich stand auf und ging zu meinem Vater, der vorn bei der Tür stand und sich mit dem Heimleiter unterhielt.

»Hallo, Luzie!« Er begrüßte mich mit einem Kuss auf die Stirn und stellte mich dem Heimleiter vor, einem leicht gequält dreinschauenden Mann um die vierzig mit wässrigen Augen und überdimensionalem Adamsapfel. »Ich habe gerade von dir gesprochen.«

»Hoffentlich nur Gutes«, sagte ich.

»Immer. Wenn deine Mutter und ich erst mal auf Mallorca sind, muss ja hier jemand als Ansprechpartner fungieren.«

Papa und der Heimleiter lächelten mich an. Der Adamsapfel des Heimleiters hüpfte aufmunternd.

Ich schaute mich um, ob sie vielleicht jemand anderen meinten. Doch da war nur der Alleinunterhalter, der soeben einen schwummerigen Foxtrott intonierte.

Papas Lächeln wurde amtlich. »Für alle Fälle habe ich schon mal deine Adresse und deine Telefonnummer vorne im Büro hinterlassen.«

Ich tat so, als müsse ich noch etwas erledigen und entschuldigte mich.

Die rothaarige Claudia und mein Bruder standen im Schatten eines Gummibaums und knutschten, also setzte ich mich wieder an den Tisch.

»Sie ist erst zwanzig«, sagte Mama missfällig.

»Zwanzig ist ziemlich jung«, räumte ich ein.

»Sie ist noch nicht mal mit der Schule fertig.«

»Aber immerhin macht sie Abi.«

»Bea hatte auch Abi.«

»Aber ihr Busen war mindestens zwei Nummern kleiner.«

Darüber konnte Mama sich nicht amüsieren. Sie schwieg verstimmt.

»Nimm dir ein Schnittchen«, sagte Oma.

»Danke, aber ich habe Magenprobleme.«

»Die Berta Cerwinsky ist letzten Monat an Magenkrebs gestorben.«

»Das war letzten August«, verbesserte Opa sie. Sein nahezu kahler, von Altersflecken übersäter Schädel spiegelte das Licht der Deckenbeleuchtung wider, als er sich vertraulich zu mir neigte. »Sie hat Alzheimer, sagen die Ärzte. Da ist nichts mehr zu retten.«

»Was hast du da im Mund, Kind?«, fragte Oma besorgt.

»Ich habe für dich auch gleich ein paar Fotos aussortiert«, sagte meine Mutter. Sie nahm ihre Handtasche von der Stuhllehne und kramte darin herum. »Da sind welche dabei, die sind bestimmt hundert Jahre alt. Warte mal …« Sie zog einen braunen Umschlag heraus, öffnete ihn und entnahm ihm einige alte

Studioaufnahmen. Sie schob den Schnittchenteller beiseite und legte eine Handvoll der brüchigen, sepiafarbigen Aufnahmen vor mir auf den Tisch. Liebevoll fächerte sie die steifen Pappbilder auseinander und deutete auf die einzelnen Personen.

»Das ist Uroma Magdalene.«

»Deine Oma aus Lothringen?«

Sie nickte. »Und das hier ist Tante Clara. Sie war die Zweitälteste. Und wer dann kam, weißt du ja. Hier ist sie.«

Ich starrte das Bild an, das meine Mutter in mein Blickfeld gerückt hatte. Es zeigte ein junges Mädchen. Ihr helles Haar war, wie es in den frühen Jahren des zwanzigsten Jahrhunderts Mode war, in gefälligen Wellen aus der Stirn frisiert und zu zwei Zöpfen geflochten, die hinter den Ohren zu Schnecken aufgesteckt waren. Sie trug ein Matrosenkleid, damals das absolute Muss für eine Studioaufnahme, dazu dicke weiße Wollstrümpfe und schwarze Schnallenschuhe. Sie stand vor einer Dekoration, die ganz im maritimen Stil gehalten war: Schiffe auf bemalter Leinwand, ein ausrangierter Anker rechts neben ihr, ein aufgerolltes Tau zu ihren Füßen, ein wie zufällig hingeworfenes Fischernetz im Hintergrund.

Doch das war nur Staffage. Der eigentliche Mittelpunkt der Aufnahme war das Gesicht der jungen Frau. Es war von klassischer Schönheit. Die hohe, glatte Stirn, die ernsten Augen, die schmale, leicht kecke Nase, der perfekte Amorbogen ihrer Oberlippe, der kindlich runde Schwung ihres Kinns – das alles vereinigte sich zu einem Bild jungfräulicher Unschuld.

Oma hatte ihre Brille aufgesetzt. Ihre Blicke wechselten von mir zu dem Foto und wieder zurück.

»Na so was«, sagte sie.

»Da war sie sozusagen noch in Zivil«, sagte Mama begeistert.

Ich nahm das Bild vom Tisch und drehte es um. Auf der Rückseite des steifen Pappkartons war in spinnwebartiger Schrift eine Jahreszahl notiert.

»Neunzehnhundertsechzehn.«

Mama nickte. »Da lebte sie noch zu Hause. Ins Kloster ist sie erst später gegangen, als ihr Verlobter im Feld geblieben war.«

»Sie war verlobt?«

»Das hatte ich auch nicht gewusst. Oma hat es mir erzählt. Manchmal fallen ihr die alten Sachen wieder ein. Ich hab's mir sofort aufgeschrieben. Habe ich dir schon gesagt, dass ich an einer wissenschaftlichen Dokumentation über Lucia arbeite?«

Ich drehte das Bild wieder um und starrte das Foto an, außerstande, meinen Blick von dem Gesicht zu lösen. Meine Mutter sprach aus, was ich selbst dachte.

»Es ist nicht zu übersehen, oder? Deshalb sollst du ja auch das Bild haben. Von mir aus kannst du es gleich mitnehmen. Bei Gelegenheit lasse ich es dann mal abfotografieren, für meine Unterlagen.«

»Sie war ein Früchtchen«, sagte Oma.

»Ach, sei doch still, Mutter.«

Ich schaute in Lucias Augen, und es war, als würde ich in einen Spiegel sehen. Natürlich war sie damals jünger, schöner, ernster und idealistischer gewesen als ich heute, doch die Ähnlichkeit war viel zu frappierend, als dass sie jemand hätte übersehen können. Sie hätte meine Zwillingsschwester sein können.

Plötzlich spürte ich heftigen Durst. Ich nahm mir von dem überall bereitstehenden stillen Mineralwasser und trank mit wenigen Schlucken ein randvolles Glas leer.

Meine Mutter glühte förmlich. Ich erkannte sofort, dass die esoterische Implikation dieser merkwürdigen Familienähnlichkeit alle Erdweib-Saiten in ihr zum Schwingen brachte. Sie strahlte mich an, und es stand ihr sozusagen auf der Stirn geschrieben. Wer konnte jetzt noch daran zweifeln, dass sie recht daran getan hatte, mir, ihrer Tochter, den Namen dieser fernen blonden Schönheit zu geben? Konnte es eine bessere Bestätigung der alten Dritte-Glied-Geschichte geben als dieses Foto?

»Danke«, sagte ich und schob das Foto in meine Handtasche.

»Hast du die Übersetzung gelesen? Ein paar von meinen Freundinnen haben gemeint, dass sie ziemlich lückenhaft ist. Ich habe sie auch dem Pfarrer gezeigt, und er war der Ansicht, dass es keine direkten Anhaltspunkte gibt, wonach wir ein offizielles Verfahren einleiten könnten.«

»Welches Verfahren?«

Mama machte eine ungeduldige Geste. »Das weißt du doch. Zur Seligsprechung. Na ja, er hat mehr Ahnung davon als ich. Aber so schnell gebe ich nicht auf.« Sie wartete meine Antwort nicht ab, sondern fuhr eifrig fort: »Ich lasse das Original momentan noch mal neu übersetzen, von Luigi, der war früher Lehrer.«

Luigi war, wenn ich richtig informiert war, der Vater von Mario. Mario wiederum betrieb nur drei Ecken von meinem Elternhaus entfernt eine Pizzabäckerei, wo wir schon in meiner Kindheit Spaghetti Milanese und Pizza Capricciosa verspeist hatten.

Ich konnte mich daran erinnern, wie Luigi damals zwischen den Tischen des Lokals umhergeflitzt war und auf Italienisch die Bestellungen in Richtung Ofen gebrüllt hatte, wo Mario den Teig durch die Luft wirbelte wie ein Jongleur.

Der Seniorchef Luigi hatte schon damals kaum noch Haare gehabt, und seine Falten hätten einem Truthahngeier Konkurrenz machen können. Heute musste er meiner Meinung nach mindestens hundert sein.

»Er ist ja immer noch ganz fit für seine dreiundsiebzig«, meinte Mama.

»Wer? Mario?«

»Nein, Luigi natürlich. Mario ist doch erst fünfzig. Luigi will es mir für hundert Euro machen.«

»Äh … was?«

»Na, die Übersetzung natürlich. Ich kopiere sie gleich für dich, wenn ich sie bekomme. Luigi hat gemeint, er kriegt es auf jeden Fall fertig, bevor wir ausziehen.«

Mit dieser Bemerkung katapultierte sie meine Laune auf den absoluten Tiefpunkt. Die ganze Zeit hatte ich es geschafft, möglichst wenig daran zu denken, doch jetzt wurde mir die bevorstehende Ausreise meiner Eltern schlagartig wieder ins Gedächtnis zurückgerufen.

»Ist irgendwas nicht mit dir in Ordnung?«

Ich starrte meine Mutter an. War irgendwas mit mir nicht in Ordnung?

Ja, das kann man wohl sagen. Ich bin ein Vampir. Ich esse nicht, ich trinke nichts außer Wasser, ich kann nur noch bei Nacht ins Freie, denn bei Sonnenaufgang sinke ich in totenähnliche Bewusstlosigkeit. Falls dann jemand das Rollo hochziehen sollte und Sonnenlicht auf mich fällt, würde ich innerhalb kürzester Zeit verkohlen und es nicht mal mitkriegen, weil mein Schlaf zu fest ist.

Ich bin auf Gedeih und Verderb meiner besten Freundin ausgeliefert, die vielleicht schon längst meine schlimmste Feindin ist.

»Luzie?«

»Mir geht's gut, Mama.« Ich war schon wieder durstig und stürzte ein weiteres Glas Wasser hinunter.

Omas Augen hinter den dicken Brillengläsern funkelten mich eulenhaft an. »Wenn du nicht aufpasst, verbrennen sie dich.«

Ich erstarrte, doch der Moment verging so schnell, wie er gekommen war.

Omas Aufmerksamkeit wurde von einem Damentrio abgelenkt, das zusammen mindestens zweihundertfünfzig Jahre alt war. Sie sahen einander alle ähnlich, mit weiß gelockten Haaren, knittrigen Wangen, dunklen Strickkleidern und Gesundheitsschuhen mit Einlagen. Sie hatten sich vor dem Kopfende des Hufeisens aufgebaut, um Oma und Opa ein Geburtstagsständchen zu bringen. Der Alleinunterhalter begleitete sie, und es war unmöglich zu sagen, was fisteliger klang, der Gesang oder das Orgelspiel.

Bei den Schlussakkorden von *Am Brunnen vor dem Tore*

hatte ich bereits eine Flasche stilles Wasser geleert, und nach *Im Frühtau zu Berge* und *Die Gedanken sind frei* eine zweite.

Ich fand, dass es höchste Zeit sei, aufzubrechen.

14. Kapitel

Ich verabschiedete mich in aller Eile, doch anschließend wusste ich nicht, wohin. Ich fuhr eine Weile mit dem Wagen herum, den Kopf voller Sorgen. Es zog mich nach Hause in Solveigs und meine Wohnung, doch in mir lehnte sich alles dagegen auf, den Rest des Abends womöglich gemeinsam mit ihr verbringen zu müssen. Die Chancen standen zwar gut, dass sie noch gar nicht da war, doch darauf wollte ich nicht vertrauen.

Ich fuhr in die Stadt, stellte den Wagen in einem Parkhaus ab und stromerte ziellos durch die Einkaufsstraßen. Da die Geschäfte längst geschlossen hatten und auch das Wetter nicht gerade zu einem abendlichen Bummel einlud, herrschte kaum Betrieb. Nur wenige Leute eilten an mir vorbei, die Köpfe gegen den schneidenden Februarwind gesenkt. Es hatte angefangen zu graupeln; auf dem Asphalt bildete sich nach und nach eine dünne Eisschicht, die im Licht der Straßenlaternen glitzerte.

Dann merkte ich, dass ich wieder Durst bekam, und um halb eins hielt ich das Herumlaufen nicht länger aus und fuhr nach Hause.

In der Wohnung war es dunkel, als ich hineinkam, doch ich ließ mich nicht täuschen. Schon beim Aufschließen der Wohnungstür hörte ich, dass sich im Wohnzimmer etwas regte. Es war nur ein leises Rascheln, etwa so, als ob sich jemand, der auf dem Sofa saß, aufrechter hinsetzte. Und genauso war es auch. Solveig war noch wach. Sie saß im Dunkeln auf dem Sofa und hatte offensichtlich auf mich gewartet.

»Hallo«, sagte ich vorsichtig. Ich betrachtete sie, ohne Licht anzumachen, eine interessante Erfahrung, da sie mich dabei nicht sehen konnte. In ihren Zügen arbeitete es heftig, und ich konnte ihre Wut förmlich riechen.

»Hallo«, erwiderte sie. Der freundliche Tonfall ihrer Stimme stand in so eklatantem Widerspruch zu ihrer wirklichen Stimmung, dass es schon fast lachhaft war. »Die Feier hat wohl ziemlich lange gedauert. Du kommst ziemlich spät.«

»Ich war noch spazieren.«

»Bei dem Scheißwetter?«

»Ich war lange nicht an der frischen Luft.«

»Stimmt.« Sie starrte in meine Richtung, ohne mehr von mir zu erkennen als meine Silhouette. »Kannst du mich im Dunkeln sehen?«

»Nein«, log ich und knipste das Licht an. Sie hielt geblendet die Hand vor die Augen. Ich machte das Licht wieder aus. »Entschuldige. Ich wollte dich nicht stören. Ich geh dann mal. Gute Nacht.«

Ich ging ins Bad, schrubbte, so gut es ging, um das Stahlgewirr in meinem Mund herum meine Zähne, trank mindestens drei Liter Wasser aus der Leitung und zog mich dann in mein Zimmer zurück. Ich hörte, wie Solveig noch eine Weile im Wohnzimmer rumorte. Dann ging sie in die Küche, wo sie sich größere Mengen Schokolade einverleibte. Der süßliche Kakaoduft, das typische Knistern der Alufolie und das Knacken beim Abbeißen waren unverkennbar. Danach wurde eine Flasche entkorkt, und ich konnte den Likör riechen. Aha, wir nahmen uns noch einen zur Brust.

Anschließend ging sie ins Bad, putzte sich die Zähne, schminkte sich ab und ging zu Bett. Ich hörte sie gähnen, und am Geräusch der Sprungfedern in ihrer Matratze erkannte ich, dass sie sich noch eine ganze Weile hin und her wälzte.

Irgendwann schlief sie dann doch ein. Das Zifferblatt meiner Armbanduhr zeigte halb drei. Ich stand vom Bett auf und fing an, mit wachsender Unruhe durch die Wohnung zu marschieren. Mein Durst nahm wieder zu. Ich konnte trinken, so viel ich wollte, er hörte einfach nicht auf. Das Wasser, das ich literweise in mich hineinschüttete, verschaffte mir nur für kurze Zeit Erleichterung. Ansonsten bewirkte die ganze Trinkerei lediglich, dass ich alle halbe Stunde zur Toilette musste.

Rastlos lief ich zwischen meinem Zimmer, dem Wohnzimmer, der Küche und dem Bad hin und her. Ich betrachtete die Möbel, unsere gemeinsame Einrichtung, all die liebevoll ausgesuchten und mit Sorgfalt arrangierten Kleinigkeiten, mit denen wir unser Nest hergerichtet und wohnlich gestaltet hatten. Mir drehte sich der Magen um, wenn ich daran dachte, das alles hinter mir lassen zu müssen.

Doch weit schlimmere Bauchschmerzen verursachte mir die Tatsache, dass ich überhaupt nicht wusste, wohin ich verschwinden sollte.

Ich unterbrach meine Wanderung durch die Wohnung und blieb vor Solveigs Zimmertür stehen. Vorsichtig drückte ich die Klinke nieder. Die Tür war unverschlossen. Ich bewegte mich lautlos wie ein Schatten in das dunkle Zimmer, hielt vor ihrem Bett inne und lauschte ihrem Herzschlag. Das Geräusch wurde immer lauter, immer intensiver, bis es mein ganzes Dasein auszufüllen schien.

Tok-tok, tok-tok, tok-tok.

Plötzlich wurde mein Durst so übermächtig, dass ich erschrak. Brennende Hitze breitete sich, von meiner Brust herkommend, nach oben hin aus und setzte meine Kehle und meine Mundhöhle in Flammen. Ich musste … *musste … wollte …*

Um mich herum verschwamm alles, und mein Verstand setzte zeitweilig aus. Ich kam wieder zu Bewusstsein, als ich den Mund schon fast an ihrer Kehle hatte. Ich kniete vor ihrem Bett, den Kopf dicht über ihren Hals gebeugt. Meine Zähne waren so lang und spitz, dass ich mir die Unterlippe damit aufritzte. Ich sah die Adern an Solveigs Hals in so klarer Schärfe vor mir, als seien sie von Neonlicht beleuchtet. Sie waren wie feine blaue Stricke unter ihrer Haut, so zart und lebendig …

Ich presste meine Faust vor den Mund und spürte, wie die Zähne in ihre natürliche Form zurückwichen. Nur noch die scharfen Kanten der Brackets schnitten in meine Fingerknöchel. Hastig kämpfte ich mich wieder auf die Füße und stolperte von dem Bett weg. Dabei stieß ich mit der Hüfte gegen Solveigs Schreibtisch und streifte einen Ordner, der herunterfiel. Mit blitzartigem Griff fing ich ihn in der Luft auf und legte ihn zurück auf die Schreibtischplatte. Dann blieb ich stehen und holte Luft, bis ich spürte, wie ich allmählich meine Beherrschung zurückgewann.

Dabei bemerkte ich die Bücher, die Solveig auf dem Schreibtisch aufgestapelt hatte, samt und sonders Literatur, die sich direkt oder indirekt mit dem Thema Vampirismus auseinandersetzte. Zwei oder drei der Werke waren Dissertationen, aber hauptsächlich handelte es sich um Romane. Ich verzog das Gesicht, als ich den Titel des oben liegenden Buchs las. *Interview mit einem Vampir* von Anne Rice.

Klar, das lag auf der Hand. Ich selbst hatte es auch gelesen. Wahrscheinlich war es sogar meines.

Dann natürlich Bram Stokers *Dracula*, Goethes *Die Braut von Korinth*, Sheridan Le Fanus *Carmilla*, Tolstois *Die Familie der Wurdalaken*.

Es hätte mich nicht gewundert, wenn sie inzwischen auch alle Vampirfilme gesehen hatte, die auf dem Markt erhältlich waren. Schließlich saß sie als Dramaturgin einer Filmproduktionsfirma sozusagen direkt an der Quelle. Ein Anruf genügte, und DVDs aller Sparten wurden ihr frei Haus ins Büro geschickt, sei es *Nosferatu* oder *Tanz der Vampire* oder eine der anderen bekannten Adaptionen von Tod Browning, Terence Fisher, John Badham, Francis Ford Coppola, Neil Jordan.

Als Film- und Kinofreak kannte ich sie selbst alle.

Es war nur verständlich, dass Solveig sich informieren wollte. Schließlich lebte sie mit einem echten Vampir zusammen.

Ich wollte das Zimmer bereits wieder auf leisen Sohlen verlassen, als der Ordner erneut meine Aufmerksamkeit auf sich zog. Ein Blatt war zum Teil herausgerutscht; es schien eine Rechnung zu sein, denn auf der Ecke, die hervorstand, war das Wort *Rechnungsendbetrag* zu lesen, und daneben die Summe von rund fünfzehntausend Euro.

Das war enorm viel Geld. Ich zog die lose Seite ganz aus dem Ordner. Es war tatsächlich eine Rechnung, ausgestellt von einer bekannten Frankfurter Detektei mit einem bundesweiten Netz von Filialen. Solveig hatte es sich in der Tat eine schöne Stange kosten lassen, Martin aufzustöbern. Die Rechnung erstreckte sich über drei Seiten und listete akribisch jede noch so marginale Ermittlungsmaßnahme auf. Anfragen bei Versicherungen und Behörden, Ausforschungsreisen von hier nach da, Lichtbilder, Porto, Mehrwertsteuer.

Ich blätterte das ganze Dossier durch und fand Fotos sowie eine Liste mit diversen Adressen, kreuz und quer über die ganze Republik verstreut. Die Anschrift am Ende der Liste war anscheinend diejenige, die zurzeit aktuell war – die Information, für die letztlich das ganze Geld geflossen war. Demnach wohnte Martin in B., unmittelbar in der reizvollen Umgebung des Taunus, und zwar, wie es der Zufall wollte, ganz in der Nähe von Rainers Praxis, sozusagen direkt um die Ecke.

Das zu der Anschrift gehörende Foto zeigte eine Villa von düsterem Charme, im Schatten hoch aufragender Nadelbäume und umgeben von einer zwei Meter hohen Mauer aus Granit. Kein Zweifel, er hatte sich ein Anwesen zugelegt, das zu ihm passte.

Was er wohl sagen würde, wenn wir am Freitag plötzlich bei ihm auf der Matte standen und *Die große Aussprache* forderten?

Möglicherweise würde er uns beiden nacheinander die Kehle durchbeißen. Solveig hatte keine Ahnung von den mächtigen Kräften, die ihn umtrieben.

Meine eigene Vorstellung davon wurde indessen von Tag zu Tag genauer.

Es war ein halsbrecherischer Balanceakt auf dem einsamen Grat zwischen Wunsch und Wirklichkeit. Der Wunsch – das war die Hingabe an die räuberischen Instinkte, die unermessliche Gier, wie ein wildes Tier durch die Nacht zu streifen und Beute zu reißen. Die wenigen Male, die ich bisher von diesen Anfällen heimgesucht worden war, hatten einen deutlichen Eindruck von dem verschafft, was mir in dieser Richtung vielleicht noch bevorstand.

Dagegen die Wirklichkeit – sie verkörperte all das, was unser Menschsein ausmachte: Mitgefühl, Achtung vor der Einmaligkeit des Lebens, die tief verwurzelte Scheu, zu töten.

Blieb die Frage, zu welcher Seite dieses schmalen Grats Martin hintaumelte, wenn man ihn überraschend aus dem Gleichgewicht brachte.

Solveig bewegte sich und seufzte im Schlaf. Während sie sich auf die andere Seite rollte, legte ich den Ordner zurück und schlich aus dem Zimmer.

*

Als ich den Sonnenaufgang kommen fühlte, blieb mir keine Wahl. Ich musste mich verkriechen, um zu schlafen. Doch meine Angst, mir könne im Schlaf etwas passieren, war so groß wie nie zuvor, und es sollte sich schnell herausstellen, dass mein Instinkt mich nicht getrogen hatte.

Als ich am frühen Abend kurz nach Sonnenuntergang erwachte, merkte ich sofort, dass ich nicht mehr in meinem Zimmer war. Um mich herum war Solveigs Geruch; ich lag unter ihrer Bettdecke, auf ihrem Bett. Mein Körper schmerzte, als sei ich geschlagen worden, und als ich mich aufrichtete, spürte ich die Verbrennungen auf der Haut.

Mein rechtes Bein war vom Knie bis zur Fußsohle krebsrot, und vereinzelt waren Brandblasen zu sehen. Mein Gesicht stach und juckte und spannte, und als ich es vorsichtig betastete, fühlte ich Blasen auf der Stirn und den Wangen. Meine Lippen waren aufgesprungen. Auch auf den Handrücken zeigten sich rote Stellen. Ich kämpfte mich aus Solveigs Bettzeug und stolperte hinaus in den Flur, um mir dort im Spiegel die Bescherung anzusehen.

Solveig kam mir aus der Küche entgegen, eine Scheibe Knäcke in der Hand.

»Guten Abend«, meinte sie kauend.

»Was hast du mit mir gemacht?«, fuhr ich sie an.

»Luzie, es tut mir wahnsinnig leid, ich dachte nicht, dass es so viel ausmacht! Ich habe dich rüber in mein Bett geschafft, weil ich den Schlosser hier hatte …«

»Schlosser?«

»Ja, das Schloss an deiner Tür musste doch mal gerichtet werden, und das konnte ich wohl schlecht machen lassen, wenn du in deinem Bett liegst. Also habe ich dich rübergetragen. Das heißt, ich habe dich zum Teil geschleppt, zum Teil geschleift. Du bist zwar ziemlich dünn, aber so leicht auch wieder nicht.«

Ich starrte sie an. »Du hast das Rollo hochgezogen.«

Sie war beleidigt. »Wo denkst du hin? Wenn es irgendwo hell war, dann nur hier im Flur, und ich habe so schnell gemacht, wie ich konnte.«

»Du hättest es überhaupt nicht machen sollen. Oder du hättest mich bitten können, woanders zu schlafen.«

»Ach, du, das war eine ganz spontane Entscheidung, weil ich zufällig mitgekriegt hatte, dass die Mieter unten im Zweiten einen Schlosser bestellt hatten. Bei denen ist eingebrochen worden, weißt du. Obwohl – wenn du mich fragst, waren die das selber, weil sie im Suff ihren Schlüssel vergessen haben.«

»Wieso bist du überhaupt zu Hause geblieben? Musstest du nicht zur Arbeit?«

»Mir war heute früh nicht so besonders.«

Ich ging ins Bad, zog das Nachthemd aus und betrachtete

mich von Kopf bis Fuß. Es sah schlimmer aus, als ich gedacht hatte. Die Blasen an meinen Beinen taten besonders weh. Ein paar von ihnen waren prall mit Gewebeflüssigkeit gefüllt und spannten bei jeder Bewegung. Mein Gesicht sah aus wie nach einem akuten Strahlungsunfall. Eine Blase am Kinn war aufgeplatzt, und während ich noch hinschaute, sickerte trübe das Wundwasser heraus.

»Verdammt!«, stieß ich hervor. Ich setzte mich nackt auf den Wannenrand und fühlte mich wie ein zu lange gegrilltes Huhn. Unschlüssig schob ich die losen Brackets auf dem inzwischen nicht minder losen Draht über meinen Zähnen hin und her. Ob ich es wagen konnte, eine kalte Dusche zu nehmen? Ich entschied mich dagegen und rieb stattdessen die Verbrennungen mit Heilsalbe ein. Dann zog ich mich vorsichtig an, wofür ich entsprechende Kleidung wählte: eine locker fallende Bluse, einen weiten Rock, dünne Baumwollsocken. Die Unterwäsche ließ ich weg. Steifbeinig ging ich in die Küche, wo Solveig in aller Seelenruhe ihr Abendbrot verzehrte. Knäckebrot ohne alles und ungesüßten Tee. Nach der Schokoladenorgie letzte Nacht war jetzt offenbar eine kleine Fastenzeit angesagt.

Ich überlegte, wie ich es angehen konnte, ihr die himmelschreiende Gefährlichkeit ihres Handelns vor Augen zu führen, doch dann sah ich ihr Gesicht und war mir mit einem Mal gar nicht so sicher, ob sie das nicht schon längst von allein wusste.

»Morgen geht's dir bestimmt wieder besser«, meinte sie tröstend, als sie mein salbenverschmiertes Gesicht sah. »Bei dir heilt ja neuerdings alles so unheimlich schnell. Wenn wir morgen Abend zu Martin rausfahren, siehst du so aus wie immer, wetten?«

Das kann nicht wahr sein, dachte ich fassungslos.

Sie saß da, als könne sie kein Wässerchen trüben, und führte sich ein Knäckebrot nach dem anderen zu Gemüte.

»Wenn du zehn von den Dingern isst, sind das so viele Kalorien wie eine Tafel Schokolade«, sagte ich gehässig.

Der letzte Bissen blieb ihr im Hals stecken, und ich glaubte förmlich den Dampf zu sehen, den sie wütend durch die Nase schnob. Doch sie riss sich zusammen. Fürs Erste.

»Wenn du irgendein Problem mit mir hast, dann beiß mich doch«, meinte sie beiläufig.

»Aha!«, schrie ich. »Daher weht also der Wind! Du hast es immer noch nicht aufgegeben!«

Jetzt verlor sie die Beherrschung. »Nein, das habe ich nicht! Ich werde es nie aufgeben! ICH WILL, DASS DU MICH BEISST!!!«

Der Durst kam so plötzlich über mich, dass ich wie gelähmt davon war. In meinem Hals breitete sich die schon bekannte, sengend heiße Trockenheit aus, und das Knirschen der Knäckebrotkrümel zwischen Solveigs Zähnen wurde übertönt vom rauschenden Klang ihres Herzens.

»Nein«, krächzte ich, als ich meine Zähne wachsen spürte.

Ich drehte mich um und rannte hinaus, ohne Mantel, ohne Schuhe, ohne alles. Ich wollte nur weg von ihr, bevor ich meine Zähne in ihrem Hals vergrub.

Der Aufzug war da und stand offen. Ich rannte hinein, und die Tür glitt zischend zu. Dass ich einen Fehler gemacht hatte, begriff ich erst, als mich Frau Herberichs Geruch mit der Wucht einer Keule traf. Ich wollte ins Treppenhaus zurückweichen, doch die Kabine hatte sich schon mit schwachem Quietschen abwärts in Bewegung gesetzt.

Frau Herberich starrte mich an. Oder besser, die weit über meine Unterlippe herausragenden oberen Eckzähne. Sie waren diesmal so lang, dass sie sich in mein Kinn bohrten, zusammen mit einem Stück Draht.

»Gehen Sie zu 'ner Fastnachtsveranstaltung?«

»Hnghn«, machte ich hilflos.

»Kaum zu glauben, dass Sie mit solchen Hackern rumlaufen können. Ich habe mit meinen schon Probleme – und dabei brauche ich zum Einsetzen nicht mal solche komischen Drähte.«

Wie zum Beweis griff sie in ihre Manteltasche und holte ihre Zahnprothese heraus, um sie sich mit einem nassen Schmatzen zwischen die Kiemen zu schieben. Sie klackte ein paarmal probeweise herum und rückte sie mit den Fingern zurecht.

Der Aufzug hielt im ersten Stock, doch als die Tür aufglitt, war niemand zu sehen. Ich hätte hier aussteigen sollen, doch ich tat es nicht.

Gott, dieser Geruch! Sie stank so bestialisch nach Fußsalbe, Vogelfutter, Mottenkugeln, feuchter Wolle und altem Schweiß, dass ich sicher war, davon zu ersticken, wenn ich zu tief einatmete, doch ganz dicht unter der Haut, da roch sie überaus köstlich. Da gab es literweise warmes, fließendes, wunderbar dickes rotes Blut …

»He, was machen Sie da?«

Ohne mein Zutun hatte mein Körper sich auf sie zubewegt. Meine Lippen zogen sich zurück wie die Lefzen einer Wildkatze. Ihr Hals war ganz nah! Ich konnte nicht anders. Eher würde ich sterben.

»Was soll das?«, keifte sie wütend. »Haben Sie was getrunken?«

Nein, aber gleich!

»Gehen Sie weg! Sie besoffene kleine Schlampe!«

Ihr Geschrei erstarb zu einem erstickten Gurgeln, als sich meine Hand auf ihren Mund legte. Gleichzeitig senkten sich meine herrlich langen, spitzen, messerscharfen Eckzähne mit traumwandlerischer Zielsicherheit in ihre Halsvenen. Ich wusste genau, wie viel Druck ich ausüben musste, um an den göttlichen Nektar zu kommen.

Da! Ihre runzlige Haut platzte auf wie die Hülle einer Weintraube, und ich keuchte wie besessen in Erwartung des dünnen Stroms, der sich gleich über meine Zunge ergießen würde.

Doch dazu kam es nicht, denn im nächsten Moment geschah zweierlei: Der Aufzug hielt erneut an, und Frau Herberich nutzte die Millisekunde meines Erschreckens, um mit der verzweifelten Wut einer aufgescheuchten Wildsau ihre künstlichen Hauer in meinen Handteller zu graben. Sie biss so hart zu, dass ich den Knochen knirschen hörte. Und sie hielt fest.

Ich prallte mit bluttriefenden Zähnen zurück und sah meine Hand zwischen ihren Kiefern klemmen. Aus den beiden winzigen Löchern in ihrem Hals perlten zwei winzige, köstlich rote Tropfen ... Ich schloss die Augen und stöhnte. Dann öffnete ich sie wieder.

Frau Herberich machte keine Anstalten, ihren Biss zu lockern, sondern schaute mich über meine Hand hinweg boshaft schielend an.

Mit aller Kraft entriss ich ihr meine schmerzende Rechte und ließ einen ordentlichen Fetzen Fleisch zurück.

Die Tür des Aufzugs ging auf, und ich fuhr herum, während ich mir die heftig blutende Hand rieb. Doch auch hier wartete niemand.

Wir waren im Keller gelandet. Frau Herberich hatte wohl den falschen Knopf gedrückt. Ich hätte sie jetzt packen, in den Heizungskeller zerren und dort weitermachen können. Die Kraft dazu besaß ich, das spürte ich. Ich war viel stärker als sie. Sie hatte mich vorhin überrascht, das war alles. Wenn es darauf ankam, würde ich ihren Widerstand brechen wie den eines flatternden kleinen Vogels.

Der Augenblick der Entscheidung zog sich in die Länge wie der Blutstropfen, der in Zeitlupe vom Hals der alten Scharteke herabrollte, sich löste und auf dem Kabinenboden landete. Ein Paukenschlag hätte nicht ohrenbetäubender klingen können als das Aufplatschen dieses kleinen Tropfens.

Der Moment dehnte sich zur Ewigkeit, und ich verstand erstmals, wie dünn der Grat zwischen Wunsch und Wirklichkeit tatsächlich war.

Mit einem Aufschluchzen sprang ich aus der Kabine, hieb wahllos auf die Knöpfe neben der Tür und wich zur Seite, während der Aufzug sich schloss und nach oben fuhr. Frau Herberich hörte unterdessen nicht auf, zu lamentieren, während der Fahrstuhl sich entfernte. Sie hätte mir ebenso gut direkt ins Ohr kreischen können, so laut erschien es mir.

»Nix als Schnaps und Drogen! Immer auf die Alten! Aber nicht mit mir! Der habe ich's gezeigt, der kleinen Nutte!«

Ich war außer mir vor Entsetzen. Was hatte ich getan! Um ein Haar hätte ich einer harmlosen alten Frau Blut abgezapft! In einem Aufzug, also quasi in einem öffentlichen Verkehrsmittel! Was war nur über mich gekommen!

Ich lehnte mich mit dem Rücken gegen die Wand und sackte zu Boden. Wenn das so weiterging, war ich geliefert! Mit Entsetzen begriff ich, dass ich diesen Trieb nicht mehr unter Kontrolle hatte. Wenn es noch einmal passierte, würde ich wieder zubeißen, aber dann richtig. Daran führte kein Weg vorbei. Mein Körper brauchte das Blut, und er würde es sich holen, egal, wo oder bei wem. Als Nächstes würde mich der Blutdurst vielleicht mitten in der Stadt übermannen! In der Straßenbahn, im Kino – sollte ich jemals wieder eins besuchen – im Schwimmbad, im Kaufhaus … Es war nicht auszudenken!

Ob die Herberich mich anzeigen würde? Diese zusätzliche Sorge vertiefte mein Elend noch.

Zusammengekrümmt hockte ich auf dem kalten, zugigen Kellerboden, die Arme um mich geschlungen, und weinte leise vor mich hin. Irgendwann rappelte ich mich hoch. Mir war kalt. Da ich nun schon hier unten war, beschloss ich, mir aus dem Waschkeller einen Pulli zu holen. Am Vorabend hatte ich ein paar Teile in den Trockner gesteckt, die ich gleich mit nach oben nehmen konnte.

Ich rieb mir Tränen und Blut aus dem Gesicht und betastete mit der Zunge meine Eckzähne, die jetzt wieder klein waren. Dafür war der Draht inzwischen so locker, dass mir ein Ende davon aus dem Mund hing. Es war ein scheußliches Gefühl.

*

Sie waren zu dritt. Den Waschkeller hatten sie vermutlich für diese besondere Art der Zusammenkunft gewählt, weil es hier wärmer war als in den übrigen Kellerräumen.

Sie standen um den Trockner herum, auf dem ein aufgeklappter Koffer lag. Ich konnte nicht sehen, was in dem Koffer war, weil einer der drei ihn blitzschnell zuwarf, als ich hereinkam. Dort standen Mehmet, sein Freund Schnabelnase und noch ein Typ, den ich nicht kannte. Alle drei schienen nicht besonders erbaut über die Störung. Ich roch ihre Wut.

Merkwürdigerweise hatte ich keine Angst, eine Tatsache, die mich eigentlich hätte erstaunen sollen, über die ich in diesem Moment jedoch gar nicht groß nachdachte. Es war einfach so, dass mir kalt war und dass in dem Trockner da vorn mein Pulli steckte. Was mit dem Koffer los war, interessierte mich nicht. Hier galt Solveigs Motto *Vergiss es, dann vergessen sie es auch*.

»Lasst euch nicht stören, Jungs, ich will nur eben rasch meinen Pulli holen.«

Ich hatte mich gerade gebückt, um die Tür des Trockners zu öffnen, als ich den kalten Stahl des Messers an meinem Hals spürte.

Eine Hand packte mein Haar und zog mich hoch, eine andere hielt mir das Messer an den Hals, eine dritte grapschte nach meinem Busen, eine vierte fummelte an meiner Hüfte herum und zerrte mir den Rock hoch.

Hände Nummer fünf und sechs fuchtelten vor meinem Gesicht herum. Sie gehörten zu Mehmet, der mich ärgerlich anfunkelte. »Was willst du hier, eh?« Zu seinen Bekannten sagte er etwas, das ich nicht verstand, das aber für mich wie *Lass sie in Ruhe* klang. Doch sein Protest verhallte ungehört.

»Fuck«, sagte Schnabelnase. Er keuchte mir von hinten ins Ohr und schob mir die Hand zwischen die Beine, wobei es ihn aufs Angenehmste zu überraschen schien, dass ich keine Unterwäsche trug. Der andere Typ stand daneben und hielt das Messer an meine Halsschlagader.

»Yeah, fuck her«, meinte er gut gelaunt. Er trat mir mit einem Ruck die Beine weg, und ich fand mich flach auf dem Rücken liegend wieder. Im nächsten Augenblick schnappte ich nach Luft, denn Schnabelnase warf sich mit der Eleganz eines zusammenbrechenden Rhinozerosses auf mich. Mit seiner Rechten packte er meine beiden Hände, zog sie mir über den Kopf, schob mir mit den Knien die Beine auseinander und versuchte mit der freien Hand seine Hose aufzumachen. Der Typ mit dem Messer ragte hinter ihm auf und sah breit grinsend zu. Mehmet sah dagegen ziemlich unglücklich aus, offenbar fand er das Ganze weniger erfreulich. Er versuchte noch einmal zu protestieren, wurde aber ignoriert. Hastig schnappte er sich schließlich den Koffer und verschwand aus meinem Blickfeld. Unmittelbar darauf hörte ich eine Tür zufallen. Damit schied er als Retter eindeutig aus. Doch das machte nichts, denn ich hatte immer noch keine Angst.

All das geschah innerhalb so kurzer Zeit, dass es höchstens zehn Sekunden beansprucht haben konnte. So lange dauerte es, bis Schnabelnase einen entscheidenden Fehler beging. Vielleicht wäre ihm tatsächlich der Vollzug geglückt (obwohl ich das im Rückblick doch eher bezweifle), wenn er nicht gleichzeitig versucht hätte, mich zu küssen.

Er hatte ziemlichen Mundgeruch, doch als er seine Zunge zwischen meine Zähne zwängte, merkte ich schon nichts mehr davon. Die Wirklichkeit entglitt mir von einer Sekunde auf die andere, und zwar so vollständig und nachhaltig, dass ich später nicht mehr sagen konnte, was genau überhaupt passiert war. Ich versank in einem heißen, wirbelnden, dunkelroten Rausch, ich raste in einem Hochgeschwindigkeitsexpress einer Explosion entgegen, die nichts und niemand mehr verhindern konnte, am allerwenigsten ich selbst.

Ich erinnere mich nur noch an das Knirschen des Drahts, der unter der Wucht entzweibrach, mit der meine Zähne hervorschossen und sich in Fänge verwandelten. Und dann floss das Blut in meinen Mund, so sengend köstlich und betäubend herrlich, dass mir die Sinne schwanden.

Ab da war ich buchstäblich narkotisiert und kam erst wieder zu mir, als alles vorbei war.

15. Kapitel

Es dauerte eine Weile, bis ich meine Befindlichkeiten sortiert hatte. Mein Denkvermögen kehrte nur stückweise wieder. Zunächst drangen nur wenige, aber entscheidende Details in mein Bewusstsein vor.

Ich hatte nicht nur einen nassen Lappen im Mund stecken, sondern auch ein Messer zwischen den Rippen. Das waren meine beiden ersten konkreten Wahrnehmungen nach diesem Blackout. Die dritte war, dass Schnabelnase neben mir lag, ich sah seinen Hinterkopf und sein Ohr mit dem Brilli. Der Typ mit dem Messer (oder besser: ohne das Messer) war verschwunden.

Ich lag immer noch flach auf dem Rücken. Das Messer steckte bis zum Heft in meiner Seite. Ich hatte vorhin gesehen, wie lang es war, und ich wagte nicht darüber nachzudenken, was es in mir drin angerichtet hatte.

Dann spuckte ich den widerlich nassen Lappen aus. Als ich sah, was für ein Lappen das war, wäre ich fast ohnmächtig geworden. Es war ein ziemlich großes Stück Zunge, in der ein paar Zentimeter silbriger Draht von meiner Zahnspange steckten, wie ein exotisches Piercing.

»O Gott«, keuchte ich. »Oh, mein Gott! Ich habe ihm die Zunge abgebissen! Oh, was für eine Scheiße!«

Ob er das überlebt hatte?

Ich krabbelte um ihn herum. Hatte er nicht. Vor ihm breitete sich eine Pfütze von Blut aus, das an den Rändern bereits geronnen war.

»Oh, mein Gott!«, stöhnte ich. »Ich habe ihn umgebracht!«

Es gab nichts daran zu deuteln. Ich hatte ihm die Zunge abgebissen, und weil ich dann schon dabei war, hatte ich auch gleich seine Halsschlagader aufgerissen und sein Blut getrunken. Seine Kehle war eine einzige zerfleischte Masse.

Wenn er nicht versucht hätte, mich zu vergewaltigen, hätte ich vielleicht genügend Konzentration aufgebracht, um die Vene zu erwischen, dann hätte er eine gute Chance gehabt, durchzukommen – natürlich ohne Zunge, aber doch immerhin.

Während ich noch hinsah, stieg Luft in meiner Speiseröhre hoch, und im nächsten Augenblick, ich wollte es gar nicht glauben, entwich mir ein gewaltiger Rülpser.

»O Gott!«, jammerte ich, aber es klang schon etwas halbherziger als vorhin. Abgesehen von dem entsetzlichen Schmerz in meiner Seite hatte ich mich seit Wochen nicht so zufrieden gefühlt. So … satt!

Ich hatte es getan, oder besser: mein Es. Mein tiefdunkles Es, rabenschwarz, böse und unersättlich, hatte meinem Ich und meinem Über-Ich einen harten Tritt verpasst und sie ins Nirwana befördert.

Im Grunde war es auch ohne Freudsche Interpretationshilfe ein Kinderspiel, die Ereignisse zu rekonstruieren. Schnabelnase hatte die Zunge verloren, und der Typ mit dem Messer die Nerven. Als er kapiert hatte, was ich mit Schnabelnase anstellte, hatte er, ohne groß nachzudenken, das Messer in mich gerammt, und nachdem ihm klargeworden war, dass ich trotzdem nicht aufhören würde, hatte er sich vom Acker gemacht, bevor ich es ihm auch noch auf diese spezielle Weise besorgen konnte.

Mühsam stemmte ich mich hoch. Um mich herum drehte sich alles. Von dem Messer breitete sich der Schmerz wellenförmig in meinem Körper aus, und dann muss ich für ein paar Sekunden wieder das Bewusstsein verloren haben, denn als ich das nächste Mal zu mir kam, lag ich flach auf dem Gesicht, und die Reste des Drahtbogens bohrten sich spitz in meine Wangenschleimhaut.

Wieder zog ich mich hoch, diesmal etwas vorsichtiger. Ich

wunderte mich einen Moment lang, weil meine Bluse sich so nass anfühlte, doch dann ging mir auf, dass sie nur so triefte vor Blut. Auch mein Gesicht war feucht, dasselbe galt für mein Haar.

Ich musste aussehen wie der Schrecken der Nacht persönlich, eine wandelnde Horrorfigur.

Mir wurde klar, dass mich jeden Moment ein Hausbewohner hier finden konnte, und dann würde ich wirklich in Erklärungsnotstand geraten. Zum Beispiel würde man von mir wissen wollen, warum ein Stück von meiner Zahnspange in Schnabelnases Zunge steckte, die sich zu allem Überfluss nicht mehr in seinem Mund befand, sondern mitten im Waschkeller auf dem Fußboden lag.

Ich unterdrückte ein Wimmern und robbte hinüber, dann zupfte ich mit spitzen Fingern den Draht aus der Zunge. Es klappte nicht auf Anhieb, weshalb ich mit der einen Hand die Zunge festhalten musste, während ich mit der anderen am Draht zog, bis er endlich herausflutschte. Ich schüttelte mich vor Ekel, doch ich hatte keine Wahl. Schließlich war es meine Schuld. Ich hätte ihm das Ding ja nicht abbeißen müssen.

Ich ließ den Draht im Kellergully verschwinden, dann kroch ich weiter zur Waschmaschine. Unter schmerzhaften Verrenkungen versuchte ich, mir die Bluse auszuziehen. Als ich begriff, dass es nicht klappen würde, weil das Messer den Stoff gleichsam an meinen Körper genagelt hatte, verlor ich um ein Haar wieder das Bewusstsein. Ich fasste das Heft und zog daran, ganz leicht nur, doch es war schon zu viel. Mir wurde schwarz vor Augen.

Beim nächsten Versuch zerriss ich die Bluse. Das tat zwar ebenfalls weh, doch es war eindeutig der Weg des geringsten Widerstands. Jetzt konnte ich endlich das klamme Zeug abstreifen. Ich zog den Rock und die Bluse aus, schob beides an Ort und Stelle in die Trommel, gab eine großzügig bemessene Ladung Vollwaschmittel dazu und schaltete den Kochwaschgang ein. Sicher war sicher.

Jetzt war ich nackt bis auf meine Strümpfe und das Messer, das immer noch in mir steckte. Kriechend und laut stöhnend vor Schmerzen legte ich den Weg von der Waschmaschine bis zum Trockner zurück, normalerweise nur eine Entfernung von höchstens zwei Metern, doch da ich erst den Leichnam von Schnabelnase umrunden musste, war es mindestens doppelt so weit.

Ich öffnete den Trockner und fand meinen Pulli und eine Jogginghose von Solveig, die ich gestern mitgewaschen hatte. Irgendwie schaffte ich es, beides anzuziehen, ohne mich dabei umzubringen. Aus der Messerwunde war Blut geflossen, das jetzt rings um den Einstich zu trocknen begann. Mir wurde klar, dass es ein Fehler wäre, das Messer herausziehen zu wollen. Das Blut würde nur so sprudeln, ganz zu schweigen davon, dass ich meine inneren Verletzungen nur verschlimmern konnte, wenn ich die Schneide im Stichkanal bewegte. Ein Messer in der Wunde zu belassen, so hatte ich einmal gelesen, war die Ultima Ratio an Erster Hilfe. Ich beschloss, das für bare Münze zu nehmen. Was blieb mir auch übrig? Mir fehlte momentan nicht nur die nötige Kraft, sondern auch der Mut, es einfach herauszuziehen.

Ich sah mich um. Welche Spuren musste ich noch beseitigen, die Rückschlüsse auf meine Beteiligung an dem grässlichen Geschehen zuließen? Auf Anhieb konnte ich nichts sehen, das ich unbedingt hätte wegschaffen müssen – abgesehen natürlich von Schnabelnase. Doch der war eine Nummer zu groß für mich. Wo hätte ich ihn auch verstecken sollen? Nach einiger Überwindung rang ich mich schließlich dazu durch, wenigstens die Zunge zu entsorgen. Mit abgewandtem Gesicht hob ich sie auf und stopfte sie gewaltsam zwischen die Stäbe des Gullys. Mit einem Plumpsen verschwand sie unter der verborgenen Wasseroberfläche.

Was blieb sonst noch zu tun, bevor jemand kam?

Ich sollte mich waschen, mir Gesicht, Haare und Hände reinigen, doch dazu hätte ich mich nicht nur hochziehen müssen, um das kleine Emailwaschbecken in der Ecke zu erreichen, sondern auch davor stehen bleiben müssen, wozu ich derzeit nicht in der Lage war. Ich würde von Glück sagen können, wenn ich es in meinem Zustand überhaupt schaffte, den Keller zu verlassen.

Halb auf der Seite liegend, gestützt auf Hüfte, Ellbogen und Unterarm, schob ich mich Meter um Meter vorwärts. Zuerst an Schnabelnases Leiche vorbei, dann hinaus in den Vorraum und weiter bis zum Aufzug. Dort blieb ich schätzungsweise eine Viertelstunde liegen und starrte zum Rufknopf hoch. Er war nur einen Meter entfernt, aber ebenso gut hätte es ein Kilometer sein können. Mit aller Sachlichkeit, die ich in dieser Lage noch aufbringen konnte, konstatierte ich, dass ich es nicht schaffen würde, auf den Scheißknopf zu drücken. Das Ding befand sich schlicht und ergreifend außerhalb meiner Reichweite. Falls ich noch irgendwelche Reserven gehabt hatte, so hatte ich sie samt und sonders schon im Waschkeller verpulvert. Ich dachte daran, dass ich woanders besser aufgehoben wäre als hier im Vorraum, wo es zwei Lichtschächte gab. Im Fahrradkeller vielleicht? Da war es schön dunkel. Doch diese Idee schlug ich mir sofort aus dem Kopf. Ich konnte mich nicht mehr bewegen. Meine Wahrnehmungen vernebelten sich zusehends, und die Wände um mich herum begannen zu schwanken.

Während ich noch überlegte, wer mich wohl morgen früh als Erster hier finden würde – verblutet oder verbrannt, je nachdem, ob ich bis zum Sonnenaufgang durchhielt oder nicht –, glitt die Aufzugtür auf, und Solveig stand vor mir, einen Korb schmutziger Wäsche unterm Arm.

Sie schrie vor Entsetzen laut auf, als sie mich dort liegen sah, Gesicht und Haar blutig wie nach einem Kettensägenmassaker.

Mit letzter Kraft lüpfte ich den Pulli und zeigte ihr das Messer. Dann verlor ich das Bewusstsein.

*

Ich kam wieder zu mir, als sie mir eine Decke überwarf und mich über die Außentreppe des Kellers ins Freie schleifte. Sie hielt mich unter den Armen und zerrte mich Stufe für Stufe die Treppe hoch, hinaus auf den hinterm Haus gelegenen Parkplatz. Der Nachtwind traf eisig mein Gesicht und meine auf dem Pflaster nachschleifenden Füße.

»Was soll das werden?«, murmelte ich.

Ich konnte nicht sehen, wohin sie mich brachte. Vor mir schwankte das Panorama des Hinterhofgärtchens auf und ab. Die einzige Laterne beleuchtete matt die wenigen Büsche und den bereiften Rasen.

Ich schrie auf, als sie mich fester packte.

»Brüll nicht so. Wir haben's gleich.«

»Was haben wir gleich?«

»Dich in meinem Auto.«

Und wirklich, sie riss und zerrte so lange an meinem geschundenen Körper herum, bis sie mich auf den Rücksitzen ihres Wagens verstaut hatte. Zwischendurch wurde ich immer für ein paar Sekunden ohnmächtig vor Schmerz.

»Hast du das Messer rausgezogen?«

»Wo denkst du hin? Glaubst du, ich bin blöd? Ein Messer in der Wunde zu lassen, ist die Ultima Ratio an Erster Hilfe.«

Sie hatte es also auch gelesen. Wahrscheinlich hatte es in einer der Illustrierten gestanden, die wir immer auf der Toilette lasen. Das heißt, jetzt las nur noch Solveig auf der Toilette. Ich verbrachte nicht mehr genügend Zeit dort.

Ich spuckte aus, um den metallischen Geschmack im Mund loszuwerden. Dabei flogen auch ein oder zwei Brackets durch die Gegend und verfingen sich in meinem Haar. »Bringst du mich ins Krankenhaus?«

»Willst du das denn?«

»Nur, wenn es auf der Intensivstation keine Fenster gibt.«

»Was schlägst du vor? Sollen wir eine Besichtigungstour durch die verschiedenen Krankenhäuser unternehmen?«

Sie warf die Autotür zu, ging um den Wagen herum und setzte sich auf den Fahrersitz. Ich bemühte mich, möglichst flach zu atmen, um nicht wieder die Besinnung zu verlieren.

»Im Grunde gibt es nur eine Chance«, sagte sie. »Ich kenne sonst niemanden, der dir helfen könnte.« Hörte ich aus ihrer Stimme einen Beiklang von Selbstzufriedenheit heraus?

Ich kombinierte in Windeseile und schrak zusammen. »Nein! Auf keinen Fall!«

»Wieso nicht? Wir wollten doch sowieso zu ihm, hast du das etwa schon vergessen? Welche Rolle spielt es schon, ob wir heute oder morgen fahren? Wo ist der Unterschied?«

Ja, wo war er? Ich unterdrückte nur mit Mühe ein hysterisches Lachen. Genau betrachtet gab es tatsächlich keinen Unterschied. Höchstens einen ganz kleinen, in Form einer zwanzig Zentimeter langen Klinge in meiner Seite. Kein Grund, *Die große Aussprache* abzusagen.

»Solveig, ich habe kein gutes Gefühl dabei. Er wird uns umbringen!«

»Das hätte er schon vorher tun können, wenn er es drauf angelegt hätte.«

»Du kennst ihn nicht.«

»Ich kenne ihn besser als du. Schließlich habe ich ihn eingeladen. Und *mich* hat er geküsst, bevor er mich gebissen hat.«

Ich hütete mich, darauf hinzuweisen, dass er mich auch geküsst hatte, von dem Rest ganz zu schweigen. Sie hätte dann zwar möglicherweise ihr dämliches Vorhaben fallen gelassen, doch wer wusste schon, wie ihr Alternativplan aussah. Zum Beispiel könnte sie wie jeder vernünftige Bürger, der eine Leiche im Waschkeller findet, einfach die Polizei rufen.

»Hast du vielleicht eine bessere Idee?« Sie wandte sich zu mir um. Auf ihrer Oberlippe stand Schweiß. Es musste sie sehr angestrengt haben, mich in den Wagen zu schaffen. »Schau mal. Es ist doch ganz einfach. Morgen früh, vielleicht sogar heute Nacht noch, wird dieser Typ im Keller gefunden. Dann rennt die Polizei durchs ganze Haus und mischt uns alle auf. Vielleicht hat ja sogar irgendwer gesehen, wie du in den Keller gegangen bist.«

Ich dachte an Frau Herberich, Mehmet und den Messerschwinger. Wenn es denn nur einer gewesen wäre. Aber gleich drei! Und eine Zeugin hatte ich sogar gebissen! Wenn das nicht wunderbar zusammenpasste!

»Was soll ich sagen, wenn die Kripo dich sprechen will? Tut mir leid, aber Frau von Stratmann muss leider tagsüber Bettruhe einhalten? Nein, du kannst auf keinen Fall in der Wohnung bleiben. Wir müssen weg, so schnell wie möglich. Wenn ich dich erst mal untergebracht habe, sehen wir weiter. Wir können so tun, als seien wir ein paar Tage in Urlaub gefahren. Für morgen hatte ich mir ja sowieso freigenommen. Am Montag lasse ich mich dann wieder hier blicken und sondiere die Lage.«

»Und wenn die Polizei wissen will, wo ich bin?«

»Dann sage ich einfach, dass du noch woanders hinfahren wolltest.«

Sie hatte anscheinend an alles gedacht.

»Können wir den Kerl nicht einfach verschwinden lassen?«

»Er ist zu schwer. Ich schaffe das nicht alleine. Und du kannst mir wohl kaum dabei helfen.«

Damit hatte sie recht. Der Schmerz war zwar abgeebbt, doch dafür fühlte sich meine ganze rechte Seite taub an. Mein Bein, mein Arm, meine Schulter – alles war wie gelähmt.

Solveig machte Anstalten, aus dem Wagen zu steigen. »Ich gehe mich mal eben etwas frisch machen, bevor wir fahren.«

»Wozu das denn?«

Doch sie war schon ausgestiegen und hatte die Tür zugeknallt.

Wahrscheinlich war ich sowieso dem Tode geweiht, dachte ich, von plötzlichem Selbstmitleid übermannt. Ich sah schon meine eigene Beerdigung vor mir. *Durch einen tragischen Schick-*

salsschlag mitten aus dem blühenden Leben gerissen wurde unsere liebe Tochter, Schwester, Enkelin und Freundin Lucia von Stratmann …

Es dauerte eine Ewigkeit, bis Solveig zurückkam. Zwischendurch verlor ich immer wieder das Bewusstsein.

»Versprich mir, dass in der Todesanzeige keine betenden Hände vorkommen«, flüsterte ich, als sie frisch parfümiert wieder ins Auto stieg. »Ich hasse betende Hände in Todesanzeigen.«

»Na hör mal, ich kannte den Typ im Keller doch nur vom Sehen. Ich habe da keinen Einfluss drauf. Darum kümmern sich seine Angehörigen.«

»Du weißt genau, wovon ich rede.«

»Ach, Luzie, sei nicht so miesepetrig. Das war ein Scherz!«

»Super. Ich kratze hier gerade ab, und du riechst nach Bulgari und machst Witze.«

»Kopf hoch. Du packst das schon.«

Ich ließ mich schlaff zurückfallen. »Mir ist kalt.«

Sie ließ den Motor an. »Gleich wird's wärmer.« Während sie den Wagen vom Parkplatz steuerte, fragte sie beiläufig: »Was war das eigentlich für ein Gefühl? Ich meine, den Kerl zu beißen? Hast du total die Beherrschung verloren? Warst du richtig im Blutrausch?«

»Können wir vielleicht über was anderes reden?«

»Du hast doch wohl kein schlechtes Gewissen, oder?«

Ich horchte in mich hinein. Darüber hatte ich mir noch keine Gedanken gemacht.

»Es war eigentlich eher Notwehr«, meinte ich.

»Also hat er angefangen, nicht du?«

Ich nickte. »Er wollte mich vergewaltigen. Da habe ich mich gewehrt und muss irgendwie mit den Zähnen an seinen Hals gekommen sein.«

Das schien sie zu entzücken. »Toll! Du wirst nie mehr Selbstverteidigungsprobleme haben!« Dann fiel ihr etwas anderes ein.

»Wird er jetzt zum Vampir? Ich meine, du hast ihn ja schließlich gebissen und praktisch leergesaugt. Der Kerl war so bleich wie Waschpulver. Müsste er da jetzt nicht zum Wiedergänger werden?«

»Hm … ich schätze, dafür ist er zu tot.«

Doch sie war mit ihren morbiden Mutmaßungen noch längst nicht fertig. »Vielleicht muss man ja erst ganz leergesaugt werden, bevor man wiederkommen kann. Das hieße dann, dass Martin dich quasi erst umgebracht hat.« Sie schüttelte den Kopf. »Ich weiß nicht. Ich meine, du warst zwar echt krank, aber wenn du vorher tot gewesen wärst, hätte mir das doch irgendwie auffallen müssen. Oder dem Arzt.«

»Ja, mit Sicherheit.«

»Ich nehme an, dass einfach die richtige Menge der Blutentnahme entscheidend ist. Oder die Häufigkeit des Saugens. Zum Beispiel drei Mal oder so. Wie bei Dracula.«

Ich gab mich unwissend. »Kann sein.«

»Du kannst dich wohl nicht mehr erinnern, wie oft Martin an dir gesaugt hat?«

Wieder hatte ich den Eindruck, mich auf sehr dünnes Eis zu begeben. »Nein, ich war ja völlig weggetreten von der Grippe, ich kann mich nicht mal dran erinnern, dass er überhaupt da war«, behauptete ich. Dann stöhnte ich auf, als hätte ich besonders schlimme Schmerzen.

Solveig sagte nichts mehr, sondern konzentrierte sich aufs Fahren. Ihre Haltung signalisierte beträchtliche Verbissenheit, doch ich war zu geschwächt, um diesem Eindruck auf den Grund zu gehen. Erleuchtete nächtliche Straßen glitten an mir vorbei, dann die Dunkelheit der Autobahn. Während der Fahrt dämmerte ich mehrmals weg und kam erst wieder richtig zu mir, als Solveig mich weckte.

»Wir sind da.« Sie hatte vor der Villa gehalten, die ich von dem Foto her kannte. Dort, wo wir parkten, konnte man nur die hohe Mauer sehen. Die Villa stand am Hang, und sie war tatsächlich so einsam gelegen, wie ich es vermutet hatte. Die nächsten Häuser waren mindestens zweihundert Meter weit weg. Es war stockdunkel, denn die Laterne auf dem Bürgersteig vor dem Haus, die einzige weit und breit, funktionierte nicht.

Solveig machte Anstalten, auszusteigen.

»Sekunde«, sagte ich. »Was ist, wenn er nicht zu Hause ist?«

»Dann warten wir, bis er kommt.«

Ich geriet in Panik. »Aber er könnte verreist sein! Und irgendwann geht die Sonne auf!«

»Keine Sorge. Bevor es Tag wird, bring ich dich rechtzeitig ins Dunkle. Aber erst mal versuche ich mein Glück.« Sie stieg aus und ging auf das Portal in der Mauer zu. Es gab keinen Bewegungsmelder, und die einzige Lichtquelle der Umgebung war die Standbeleuchtung des Wagens. Ich brauchte kein Licht, denn ich konnte alle Einzelheiten meiner Umgebung auch so erkennen.

Oben an der Mauer war eine Überwachungskamera installiert. Neben der Pforte war eine Sprechanlage, die Solveig inzwischen auch entdeckt hatte. Sie drückte auf den Klingelknopf und wartete.

Ich spitzte die Ohren und hörte das schwache Surren, als sie nochmals klingelte. Dann ein Rauschen, dann eine Stimme: »Ja?«

Das war er. Mein Herz fing an zu rasen, und die Wunde begann wieder zu schmerzen, schlimmer als je zuvor.

»Überraschung!«, meinte Solveig fröhlich.

Von der anderen Seite kam nichts, womit wohl als gesichert gelten konnte, dass er tatsächlich überrascht war.

Solveig wurde ungeduldig. »Ich weiß, dass du mich hören und sehen kannst, also lass die Faxen.«

»Was willst du hier?«

»Mach auf, dann erzähl ich es dir.«

»Das ist keine gute Idee. Ich glaube nicht, dass wir etwas zu besprechen haben.«

»Die Polizei würde es vielleicht sehr interessant finden, was ich über dich erzählen könnte.«

»Ich weiß nicht, wovon du redest, aber wenn du meinst, du müsstest zur Polizei gehen, solltest du das tun.«

»Damit du in der Zwischenzeit auf Nimmerwiedersehen verschwinden kannst, so wie sonst? O nein, so blöd bin ich nicht. Jetzt mach schon auf.«

Es wurde endgültig still. Ich vermutete, dass er irgendwo im Haus in aller Eile ein paar Sachen in den Koffer warf und sich zum Aufbruch rüstete. Sobald Solveig ihre Belagerung aufgab, würde er diese Festung zugunsten einer anderen Bleibe räumen. Falls sie so blöd war, ihn daran hindern zu wollen, würde er schon Mittel und Wege finden, sich dieser lästigen Störung zu entledigen.

»Ich komme ja nicht meinetwegen«, sagte Solveig flehend zur Überwachungskamera.

Ich war wider Willen von ihren schauspielerischen Fähigkeiten beeindruckt.

»Luzie ist hinten bei mir im Wagen! Sie hat ein Messer im Bauch stecken, und ich glaube, sie stirbt!« Sie machte eine dramatische Pause. »Ins Krankenhaus kann ich sie nicht bringen. Du weißt ja, warum.«

Wieder Pause.

»Glaubst du mir nicht? Warte.«

Sie drehte sich zum Wagen um und kam herüber. Ich machte eine abwehrende Bewegung, als sie die Tür auf der Beifahrerseite aufriss, den Sitz nach vorn klappte und Anstalten machte, mich ins Freie zu zerren. Doch dazu kam es nicht. Sie wurde beiseitegeschubst wie eine Puppe. Das dumpfe Geräusch, mit dem ihr Allerwertester gegen den Kotflügel prallte, klang allerdings durchaus menschlich, ebenso wie ihr empörter Aufschrei.

»Du hast mir wehgetan, du Idiot!«

Seine Stimme war leise und gefährlich. »Du solltest dich besser vorsehen.«

Martin beugte sich zu mir in den Wagen.

Ich wich zurück. »Wenn du ihr was tust, wirst du mich kennenlernen.«

»Das dürfte interessant werden.« Er blähte die Nüstern, dann streckte er die Hand aus, tastete kurz über meinen Oberkörper und fand sofort das Messer.

»Hast du Schmerzen?«

Als ich nicht antwortete, packte er mich und hob mich in einer einzigen fließenden Bewegung auf seine Arme. Der Schmerz schwappte wie eine Woge über mir zusammen, als er mich vorsichtig durch das jetzt offen stehende Portal über den gepflasterten Weg zum Haus trug.

»He, was ist mit mir?« Solveig stolperte hinter uns her. »Mist, ist das hier finster. Gibt es denn hier überhaupt kein Licht?«

Martin stieß mit dem Fuß die Haustür auf. Das Innere der Villa lag ebenfalls in nächtlicher Schwärze.

»Ihr könnt also doch im Dunkeln sehen, stimmt's?« Solveig folgte Martin und mir, wobei sie sich, so gut es ging, an den Wänden entlangtastete.

Dann wurde es unvermittelt hell, denn die nächste Tür, die Martin mit dem Fuß aufstieß, führte in einen Salon, der durch ein prasselndes Kaminfeuer in Licht getaucht wurde.

»Gemütlich«, meinte Solveig zweifelnd.

Außer dem Feuer war nichts in dem Raum gemütlich. In einer Ecke befand sich ein PC-Tisch mit einem aufgeklappten und eingeschalteten Laptop. Davor stand ein Drehstuhl. Sonst gab es weit und breit kein Mobiliar. Das Eichenholzparkett spiegelte die flackernden Flammen in einem Spiel aus Licht und Schatten wider, das dem Raum eine geheimnisvolle Tiefe verlieh.

Doch auch das konnte nicht darüber hinwegtäuschen, dass dieses Zimmer genauso aussah wie das, was es darstellte: eine Zwischenstation für jemanden, der ständig auf dem Sprung lebte.

Vermutlich stand der Rest des Hauses ebenfalls leer, bis auf eine schwer zugängliche, vielfach gesicherte Schlafstatt im Keller.

Solveig beäugte kritisch das karge Ambiente. »Von Möbeln hältst du wohl nicht viel. Oder stehst du einfach bloß auf Purismus?«

Martin gab keine Antwort.

Sein Gesicht schwebte über mir, ernst und unglaublich schön. Du lieber Himmel, ich hatte völlig vergessen, wie wundervoll dieser Mann aussah! Als ich einatmete, erwischte ich eine Nase voll von seinem unverwechselbaren Geruch.

»Aaah«, machte ich schwach.

»Dies ist nicht der passende Anlass für so etwas«, meinte er, während er mich vorsichtig vor dem Kamin auf das blanke Holz des Fußbodens bettete.

»Ich will überhaupt nichts von dir«, sagte ich.

»Ich werde dich bei Gelegenheit dran erinnern.«

»Ich liege im Sterben«, protestierte ich. »Und außerdem ist sowieso alles deine Schuld.«

»Das sollten wir später gemeinsam ausdiskutieren«, mischte Solveig sich ein. Sie hatte sich neben uns aufgebaut und verfolgte jeden Handgriff Martins mit argwöhnischer Aufmerksamkeit. Ich ließ ihn ebenfalls nicht aus den Augen. Wohin hätte ich auch schauen sollen? Es gab ja weit und breit nichts außer dem Feuer und seinem Laptop. Das Informationszeitalter kommt einsamen Vampiren sicher entgegen, dachte ich, während Martin mich sanft aus der blutigen Decke wickelte. Per Internet können sie mit dem Rest der Welt Verbindung halten, ohne je mit dem Tageslicht in Berührung kommen zu müssen. Anonym, bequem und risikolos.

Aber auch einsam. Was wirklich eine Verschwendung war, denn im Leben gab es schließlich auch andere Dinge. Solche, die man zu zweit anstellen konnte, Blutsaugen mal nicht mitgerechnet. Ich erinnerte mich genau, wie er sich auf mein

Geheiß hin ausgezogen hatte. Und daran, wie wundervoll seine Haut sich unter meinen suchenden Fingern angefühlt hatte …

Schwäche befiel mich, als ich das Grübchen an seiner Wange aufblitzen sah.

»Schlag dir das für den Augenblick aus dem Kopf«, sagte er.

»Ich weiß überhaupt nicht, wovon du redest«, meinte ich beleidigt.

»Ich auch nicht«, sagte Solveig misstrauisch.

»Aua«, japste ich, als er mir den Pulli hochzog.

Martin sog Luft durch die Zähne. »Wo ist das Schwein, das dir das angetan hat?«

»Ähm … Also die Sache ist so …«

»Ah ja«, sagte Martin gelassen. »Ich verstehe. Er hat sein Fett weg. Und was ist mit deinem Gesicht passiert?« Er berührte die verbrannte Wange.

»Das war ein Versehen.«

Ich betrachtete ihn hingerissen, während er sich über die Einstichstelle beugte und sie von allen Seiten begutachtete. Mein Busen sah im Feuerschein ausnehmend hübsch aus, wie ich fand. Ob Martin auch dieser Meinung war? Er selbst war wie immer ein ungeheuer attraktiver Teufel, ganz in Schwarz gekleidet. Schwarzes Strickhemd, schwarze Jeans, schwarze Slipper. Auch seine Augen wirkten im Licht der Flammen tiefschwarz, obwohl ich genau wusste, dass sie grau waren. Irgendwie glaubte ich jetzt nicht mehr, dass er mich umbringen würde. Nicht, wenn er mich so ansah. Allerdings konnte es nicht schaden, wenn ich mich vergewisserte.

»Du bringst mich doch nicht um, oder?«, fragte ich.

»Das kann ich dir nicht versprechen. Es wird sehr, sehr wehtun. Das Messer steckt meiner Meinung nach in der Leber.«

»Lieber Gott«, sagte Solveig, jetzt doch leicht erschüttert.

»Sie wird es höchstwahrscheinlich überstehen, aber das kann dauern.«

Ich traute meinen Ohren nicht. »Höchstwahrscheinlich?«, echote ich schrill.

»Wer ist schon allwissend?«, meinte Martin.

»Dir macht das auch noch Spaß«, argwöhnte Solveig.

»Wir gehen wieder«, verlangte ich. »Der Kerl ist ein Sadist.«

»Ich werde das Messer mit einem Ruck herausziehen, dann wird die Wunde noch eine Weile bluten. Bis morgen muss dann der Heilungsprozess in Gang kommen, sonst sieht es schlecht aus.«

»Solltest du nicht heißes Wasser oder so was holen?«, wollte Solveig wissen. »Außerdem finde ich es ziemlich ungesund, wenn sie hier die ganze Zeit mit nacktem Oberkörper auf dem zugigen Fußboden rumliegen soll.«

Ich hatte keinen Zweifel, dass sie nicht so sehr wegen der Zugluft, sondern eher wegen meines blanken Busens, respektive dessen möglicher Wirkung auf den einzigen hier anwesenden männlichen Betrachter besorgt war.

»Sie wird sich nicht erkälten, und eine Wundinfektion wird es auch nicht geben. Ich entferne das Messer, und dann warten wir einfach ein paar Tage. Entweder es kommt von allein in Ordnung oder gar nicht. Verbände oder Medikamente bringen überhaupt nichts.«

»Ach«, sagte Solveig mit kaum unterdrücktem Ärger. »Das haben wir uns wohl abgewöhnt, seit wir unter die Vampire gegangen sind, oder?«

»Was willst du eigentlich?«, fragte Martin. »Ich nehme doch an, du bist mit einem bestimmten Anliegen hier.«

»Ich sagte doch, das können wir alles später ausdiskutieren. Erst mal müssen wir Luzie auf die Beine bringen.«

»Lucia.« Er sagte es auf die italienische Art, genauso, wie er es in jener fiebrigen Silvesternacht so oft in mein Ohr geflüstert hatte, als wir …

Ich schmolz bei der Erinnerung in Gedanken dahin.

»Lucia?«

Er suchte meinen Blick, und mir wurde heiß. »Ja?«
»Bist du bereit?«, fragte er leichthin.
»Keine Ahnung«, behauptete ich.
Er packte das Messer und zog es mit einem Ruck heraus.
Ich schrie auf.
Und verlor mal wieder die Besinnung.

16. Kapitel

Als ich das nächste Mal wach wurde, befand ich mich in absoluter Dunkelheit. Sogar meine nachtsichtgeschärften Augen schafften es nicht, sich auf die Umgebung zu fokussieren. Es gab keine Schatten, keine Umrisse, nichts. Desorientiert streckte ich eine Hand aus und tastete um mich herum. Ich lag auf etwas Weichem, das war schon mal gut. Es fühlte sich an wie eine Matratze. Dann merkte ich, dass das Bett, sofern es denn eines war, ziemlich eng war. Und der Raum, in dem ich mich befand, hatte eine sehr, sehr niedrige Decke. Genauer gesagt war sie direkt über meinem Kopf. Herr im Himmel, ich war in einem Sarg!

Das Entsetzen war so übermächtig, dass sich meine Blase entleerte. Mir war klar, was passiert sein musste. Man hatte mich für tot gehalten und beerdigt, aber in Wahrheit war ich nicht tot, sondern … untot. Und jetzt lag ich hier, ein gerade erwachter Wiedergänger, zehn Kubikmeter Erde über mir, einen Riesenhaufen Kränze und ein frisches Holzkreuz. Wahrscheinlich war die Todesanzeige gerade im Druck. Hoffentlich hatten sie keine betenden Hände genommen!

Ich fing an zu weinen. Ich wollte kein Zombie sein! Ich hasste den Gedanken, mich bei Nacht durch wurmige Friedhofserde nach oben zu wühlen und als irre grinsender, grausiger Golem einherwanken zu müssen! Lieber wollte ich tot sein! *Richtig* tot!

Mein Weinen wurde zum Schluchzen, dann zum durchdringenden Heulen.

Und dann ging der Deckel des Sarges auf, und Martins besorgtes Gesicht beugte sich über mich.

Noch nie in meinem Leben war ich so erleichtert gewesen. Von Heulkrämpfen durchgeschüttelt, stieß ich stupide, unartikulierte Laute hervor, die Martin veranlassten, mich in den Arm zu nehmen und zu trösten. Dankbar schnüffelte ich seinen Geruch ein, stützte mich mit beiden Händen an seiner festen warmen Brust ab und ließ mich, immer noch leise schluchzend, von ihm wiegen wie ein kleines Kind.

Er strich mir übers Haar. »Hast du Schmerzen? Geht es denn noch nicht besser? Du hast drei Tage und drei Nächte geschlafen.«

Langsam nahm ich meine Umgebung wahr. Es war immer noch dunkel, doch dies war die normale Dunkelheit eines fensterlosen Raums, genauer gesagt eines gruftartigen Kellers. Ich erblickte spartanische Steinwände, einen kahlen Fußboden und eine schwere, dreifach verriegelte Eisentür.

Als Nächstes stellte ich fest, dass ich tatsächlich in einem Sarg saß. Martin kniete neben dem aufgeklappten Deckel.

Ich kam zur Besinnung und stieß ihn ergrimmt von mir. »Du hast mich in einen Sarg getan!«

»Nur zu deinem Schutz.« Er grinste mich an. »Mit der Zeit wirst du erkennen, dass diese Dinger die idealen Betten sind. Eigentlich ist es ja *mein* Bett. Ich habe es dir überlassen und solange da drüben geschlafen.« Er deutete hinter sich, wo auf dem nackten Fußboden eine ausgerollte Isomatte und ein zerknautschter Schlafsack lagen.

Ich knirschte mit den Zähnen und spuckte ein Stück Draht aus. »Du warst bestimmt nicht die ganze Zeit hier unten. Was wäre, wenn ich zwischendurch aufgewacht wäre?«

»Dann hättest du vermutlich den Deckel hochgeklappt, wärst ausgestiegen und raufgekommen. Abgesehen davon war ich die ganze Zeit im Haus. Wenn du aus irgendeinem Grund nicht zum Öffnen des Deckels in der Lage gewesen wärst, hätte ich dich auf jeden Fall gehört.« Er zeigte auf einen kleinen schwarzen Kasten am Fußende des mit stilvollen Schnitzereien verzierten und angeberisch mit Satin ausgeschlagenen Eichensargs.

»Was ist das?«

»Ein Babyphon«, sagte Martin.

Ich konnte nicht anders, ich musste kichern. Bei dieser Gelegenheit stellte ich auch fest, dass ich auf dem Wege der Besserung war. Meine Seite tat noch ein wenig weh, doch nur dann, wenn ich mich unbedacht bewegte. Ich fuhr mit der Hand unter meinen Pulli und tastete über die Einstichstelle. Dort, wo mich das Messer durchbohrt hatte, fand ich nur glatte, unversehrte Haut.

»Keine Narbe«, sagte ich erstaunt.

»Keine Narbe«, pflichtete er mir bei.

Da die rustikale Art, mit der er mir das Messer aus dem Körper gerissen hatte, nicht gerade als feinchirurgische Meisterleistung gelten konnte, war dieses erfreuliche Endergebnis seiner Operation wohl meinem veränderten Metabolismus zuzuschreiben.

»Hast du das auch schon mal gehabt? Ich meine …« Ich suchte nach Worten, denn ich wusste nicht, wie ich es vornehm umschreiben konnte. Dann sagte ich es geradeheraus. »Eine tödliche Verletzung?«

»Ja«, sagte er wortkarg.

»Ein Unfall?«

»So was in der Art.«

»Ein Autounfall?«

»Das nun nicht gerade.«

»Du willst wohl nicht darüber reden?«, bohrte ich. »Ist es vielleicht geheim, oder was?«

Er zuckte die Achseln. »Es war im Krieg.«

»Im Krieg? Du … äh, warst du etwa eine Art Söldner?«

»Ich war Soldat. Und zwar ein deutscher Soldat«, setzte er hinzu, bevor ich fragen konnte, für welche Bananenrepublik er gekämpft hatte.

Ich schluckte und überlegte fieberhaft, an welcher Art von Krieg die Bundeswehr bisher beteiligt gewesen war. Mir fiel keiner ein. Es hatte seit der Gründung der Republik nur Friedenskommandos gegeben.

»Warst du in Afghanistan?«

»Es war in der Schlacht von Verdun«, sagte er knapp.

»Ver…« Ich brachte es nicht heraus. Mein Mund blieb sperrangelweit offen stehen.

Die Schlacht von Verdun, so viel wusste ich noch aus dem Geschichtsunterricht, hatte sich im Weltkrieg zugetragen. Und zwar im Ersten.

Ich konnte es nicht fassen. Dieser Mann musste so alt wie Methusalem sein!

Fieberhaft fing ich an zu rechnen, doch ich warf sämtliche Jahreszahlen durcheinander. Martin lehnte sich zurück und blieb wippend auf den Fersen hocken. Abwägend schaute er mich an. Seine Augen funkelten in der Dunkelheit in einem blassen metallischen Grau.

»Wie alt bist du genau?«, platzte ich heraus.

»Willst du das wirklich wissen?«

»Nein.« Ich besann mich. »Doch, klar will ich das! Du warst mit mir im Bett, und … ähm, ich meine …«

Er grinste anzüglich. »War ich dir nicht ausdauernd genug? Zu senil? Zu verbraucht?«

Ich rechnete erneut. Martin, der offenbar ein begabter Gedankenleser war, half mir auf die Sprünge. »Nächsten Monat werde ich hundertundfünfzehn.«

Ich hielt mich an den Stahlbeschlägen des Sargdeckels fest. Wenn das nicht der Gipfel der Perversität war! Ich hatte mit einem Mann Sex gehabt, der fast neunzig Jahre älter war als ich!

Er warf den Kopf zurück und lachte. »Du bist einfach süß, weißt du das?«

Meinte er das im wörtlichen oder im übertragenen Sinne?

»Sowohl als auch«, sagte er.

Ich legte meine Fingerspitzen an die Schläfen. Sich mit diesem Mann zu unterhalten, bedurfte besonderer Fähigkeiten, die mir momentan schlicht abgingen.

»Wo ist Solveig?«, wollte ich wissen.

Er zog ein Gesicht, und im nächsten Augenblick war er mit einer geschmeidigen Bewegung, die zu schnell gewesen war, als dass ich sie in allen Einzelheiten hätte verfolgen können, bei der Tür und entriegelte sie.

»Warte!« Mühsam kämpfte ich mich aus meinem Satinlager, nach dem langen Liegen alles andere als gelenkig. »Wenn du glaubst, dass du mich mit deinen Tricks beeindrucken kannst, bist du schiefgewickelt! Das hast du schon mal versucht, und da bin ich auch nicht drauf reingefallen!«

Er war schon auf dem Weg nach oben. Ich flitzte ihm hinterher, wobei ich bemerkte, dass ich immer noch Solveigs schlabberige Jogginghose trug, die ich in der Schreckensnacht im Waschkeller mit letzter Kraft angezogen hatte. Ich musste sie mit beiden Händen festhalten, um sie nicht beim Laufen zu verlieren. Stolpernd hastete ich Martins Geruch und dem Geräusch seiner sich rasch entfernenden Schritte hinterher. Womöglich kam er auf die Idee, mich hier unten einzusperren, bloß um sich nicht mit mir abgeben zu müssen! Und bei meiner Frage nach Solveig hatte er alles andere als begeistert gewirkt. Wenn ich daran dachte, was er in der Zwischenzeit alles mit ihr angestellt haben konnte, wurde mir mulmig.

Eine gewundene steile Steintreppe führte nach oben. Die Wände sonderten Nässe ab und rochen scharf nach Moder und Schimmel. Irgendwo im Mauerwerk hörte ich es rascheln, ein kleines Tier, wahrscheinlich eine Maus. An anderen Stellen ertönte ein schwaches Schaben wie von Kellerasseln.

Die Treppe endete nicht im Erdgeschoss, sondern in einem weiteren Keller, von dem aus eine Leiter zu einer Falltür nach oben führte. Es hätte mich nicht gewundert, wenn er die noch durch ein Zeitschloss gesichert hatte.

Doch dem war nicht so. Er stand oben und wartete auf mich, und als ich die Leiter erklommen hatte und oben herausgeklettert war, ließ er die Falltür zukrachen und schob einen Sisalteppich darüber. Wie überall war es auch hier dunkel, doch wozu Licht anmachen, wenn auch so alles zu erkennen war?

Wir befanden uns im Erdgeschoss des Hauses, in einem schmalen fensterlosen Raum, anscheinend eine Speisekammer, von der ein Durchgang in eine Küche führte. Dass es eine Küche war, erkannte man an der einsam an der Wand stehenden Spüle und an dem Kühlschrank. Damit gab es hier sozusagen alles, was ein Vampir küchentechnisch brauchte. Ich hörte das schwache Summen des Kühlschranks, und meine Nase witterte den schweren, beißenden Duft von Blut.

Ich schnüffelte alarmiert. »Wo ist Solveig? Wenn du ihr was getan hast, dann …«

»Ich weiß nicht, wo sie ist. Doch ich vermute, sie wird heute oder morgen vorbeikommen.«

Er konnte mir viel erzählen. Vorsichtshalber ging ich zum Kühlschrank und riss ihn auf. Der Geruch kam eindeutig von dort. Drinnen fand ich zum Glück keine abgetrennten Gliedmaßen, sondern nur ein paar Blutbeutel mit dem Aufdruck vom Rotkreuzkrankenhaus. So viel zu meinen Flashbacks und Blackouts.

»Hast du Durst?«, fragte Martin neugierig.

Ich dachte nach. »Nein. Kein bisschen.«

»Hast du viel getrunken?«

»Du meinst … ehm … Du redest wohl *nicht* von Wasser, oder?« Ich machte die Kühlschranktür zu und lehnte mich dagegen. Natürlich redete er nicht von Wasser. Ich schluckte und versuchte das plötzliche Gefühl der Enge loszuwerden, das meine Kehle zuschnürte. »Ich glaube, ich habe einen ganzen Mann leergetrunken.«

Martins Zähne blitzten weiß in der Dunkelheit. »Das hat dir sicher gutgetan.«

»Ich hab's nicht absichtlich gemacht«, protestierte ich, doch es hörte sich wenig überzeugend an.

»Du wirst jetzt lange nichts brauchen«, meinte Martin sachlich. »Nicht nach dieser Menge. Außerdem hält arterielles Blut viel länger vor als venöses. Du wirst natürlich ab und zu Lust zum Beißen haben, aber nicht mehr diesen unkontrollierten Durst.«

»Und wann kommt der wieder?«, fragte ich besorgt.

»Überhaupt nicht, wenn du so vernünftig bist, ab und zu einen Schluck zu dir zu nehmen.«

»Machst du das so, wenn du durstig bist? Du ... hm, du bringst wohl keine Leute deswegen um, oder?«

»Nur, wenn man mich zwingt.«

Da war er wieder, dieser leise, gefährliche Tonfall, der einen Schauer über meinen Rücken laufen ließ – was sich zu meinem Ärger nicht ganz so eiskalt und unangenehm anfühlte, wie es eigentlich angebracht gewesen wäre. Man konnte sogar fast sagen, dass es ein eher wohliges Gruseln war, das mich bei seiner kryptischen Äußerung befiel.

»Ach, Lucia. Nimmst du eigentlich immer nur das Schlimmste von mir an?« Martin lächelte entwaffnend und schob die dunkle Locke zur Seite, die ihm fortwährend in die Stirn fiel. Plötzlich sah er so jung und unglaublich charmant aus, dass mein Herz schmerzhaft schneller schlug.

»Ich weiß nicht, was du meinst«, krächzte ich.

»Lüg nicht«, wies er mich nachsichtig zurecht. »Du glaubst, dass ich jederzeit unliebsame Zeugen um die Ecke bringe, stimmt's? Dass ich Leute töte, nur weil sie mir vielleicht gefährlich werden könnten.«

»Ja. Genau das glaube ich.« Wozu ihn anschwindeln, wenn er sowieso wusste, was ich dachte? Und außerdem war ich *sicher*, dass er es getan hatte. Wie viele er wohl auf die Art erledigt hatte?

»Es waren drei.«

»Drei was?«

»Ich habe drei Menschen mit meinem Biss getötet.«

»War das auch im Krieg?«

Er nickte ernst. »Da waren zwei Partisanen, die mir die Kehle durchschneiden wollten. Ich kam ihnen zuvor und habe ihr Blut getrunken.«

Ich versuchte vergeblich, die Kälte des Kühlschranks in meinem Rücken zu ignorieren. »Und der dritte? Hat der auch versucht, dich zu ermorden?«

»Nein. Das war eine völlig andere Geschichte.« Seine Miene verschloss sich, und es war klar, dass er mir nicht mehr darüber erzählen wollte.

Dann kam er zu mir und legte die Hand auf meine Schulter. »Ich habe dich verwandelt.« Seine Miene war ernst, und bevor ich protestieren konnte, redete er weiter. »Du bist durch mich zu dem geworden, was du heute bist. Das war ein unverzeihlicher Fehler, aber ich habe ihn begangen. Es lässt sich nicht mehr rückgängig machen, doch ich kann dich daran hindern, dass du irgendwann denselben Fehler begehst.«

Ich wollte ihn darauf aufmerksam machen, dass ich selbst an diesem »Fehler« genauso beteiligt gewesen war, doch er schnitt mir das Wort ab.

»Deine Verwandlung hat bereits den Tod eines Menschen nach sich gezogen. Sieh zu, dass es nicht noch mehr werden.«

»Es war Notwehr!«

»Sicher war es das. Aber er ist tot, oder?«

Ich ließ den Kopf hängen. Er hatte recht. Ich hatte ein Menschenleben auf dem Gewissen. Schnabelnase hatte eine Mutter und einen Vater gehabt. Vielleicht gab es sogar Kinder, die jetzt um ihn trauerten!

Tränen traten mir in die Augen, und ich presste meine Faust so hart an den Mund, dass die scharfen kleinen Brackets meine Unterlippe zerschnitten und Blut hervortrat.

»Versteh mich nicht falsch, Lucia. Nicht du trägst die Hauptschuld an seinem Tod, sondern ich.«

Ich blickte auf. Da er mich um Haupteslänge überragte, musste ich den Kopf in den Nacken legen, um ihm in die Augen sehen zu können. Jetzt begriff ich erst, worauf er hinauswollte. »Du meinst, weil du mich … verwandelt hast? Ist das so eine Art Todsünde für Vampire?«

Er nickte. »Das ist es, was ich dir begreiflich machen will. Dieses Verlangen ist weit schlimmer als das, für Blut zu töten, denn es kommt aus unserer menschlichen Natur. Das ist die eigentliche Tragik unserer Existenz. Nicht so sehr die beständige Flucht, die Geheimhaltung, die Angst vor der Sonne, die Blutgier. Es ist diese entsetzliche Einsamkeit, zu der uns das Schicksal verdammt hat, und die Versuchung, sie zu durchbrechen, indem wir uns zum Schöpfer aufwerfen. Du darfst dieser Versuchung niemals erliegen, denn wenn du es tust, wirst du die Folgen auf dich nehmen müssen und daran zugrunde gehen.«

»Aber bei mir konntest du doch gar nichts dafür«, wandte ich ein. »Ich wollte es doch so! Es war allein meine Entscheidung!«

Er beugte sich zu mir herunter und küsste mir vorsichtig das Blut von der Lippe. »Da siehst du es«, sagte er lächelnd. »Ein klassischer Fall. Du bist meine Sirene. Ich konnte dir von Anfang an nicht widerstehen. Ich habe mich entblößt, mich vergessen und alle Vorsicht in den Wind geschlagen.« Er nahm meine Hand und legte sie auf seine Brust, dort, wo warm und fest das Herz schlug.

»Hier drin war er verborgen, der verzweifelte Wunsch, dich auf diese unselige Art zu der Meinen zu machen. Ich habe es zugelassen, obwohl ich es besser hätte wissen müssen. Dass es dann tatsächlich geschehen ist, war nur die logische Konsequenz meines armseligen Unvermögens, die Finger von dir zu lassen.«

Atemlos lauschte ich seinen Worten, seiner chevaleresken, längst aus der Mode gekommenen Ausdrucksweise, die in so krassem Gegensatz zu seinem knabenhaften Lächeln stand.

Ich dachte über den Inhalt dessen nach, das er mir da in seiner süßen, altertümlichen Art mitgeteilt hatte. War das eben etwa so eine Art Antrag gewesen? Es konnte nicht schaden, wenn ich mich vergewisserte.

»Soll das heißen, dass wir jetzt ein Paar sind oder so?«

»Nein, meine liebe Lucia. Das soll heißen, dass du sterben wirst, wenn du meine Warnung missachtest.«

Er lächelte nicht mehr, als er zurücktrat, mich höflich vom Kühlschrank wegschob, die Tür aufmachte und einen der Beutel hervorholte. Sprachlos schaute ich ihm zu, wie er den Verschluss aufriss und ein paar Schlucke direkt aus dem Beutel nahm, bevor er das Ding wieder zurück ins Fach legte und die Tür schloss.

Endlich fand ich meine Stimme wieder. »Sollte das so eine Art Drohung sein?«

Er leckte sich über die Lippen. »Das hast du hervorragend erfasst.«

Ein fließendes Gleiten, ein rasches Zucken, und wieder hatte er die Gesetze der Physik außer Kraft gesetzt und sich selbst unsichtbar gemacht. Ich horchte, und zwei Sekunden später hörte ich aus dem Wohnzimmer das Klicken des Laptops. Wütend stürmte ich ihm hinterher.

»Glaub ja nicht, dass du mich mit dieser Machomasche fertigmachen kannst! Du kannst mich nicht einfach behandeln wie eine x-beliebige blöde Torte! Ich bin schließlich auch ein Vampir! Gleiches Recht für alle!«

Er tippte unbeeindruckt auf seinem Laptop herum. Im Widerschein des Displays war er so fern und erhaben schön wie ein gefallener Engel.

»Wie machst du das?«, fragte ich zögernd. »Ich meine, dass du so ruck, zuck verschwindest.«

»Das kommt von allein«, antwortete er ohne aufzuschauen.

»Bei mir auch?«

»Ich denke schon.«

»Wann denn?«

»So in zwanzig, dreißig Jahren.«

»Na super«, sagte ich lahm. Doch meine Neugier war noch nicht befriedigt. »Und wie fühlt sich das an? Kommst du dir dann so schnell vor, wie es aussieht?«

»Nein, ich fühle mich dabei normal. Die Umgebung wirkt wie eingefroren.«

»Und wie lange kannst du das so durchhalten? Zehn Meter? Zwanzig?«

»So lange, wie ich es brauche«, sagte er einfach.

»Wie praktisch«, meinte ich spitz. Dann fiel mir ein, dass ich besser höflich zu ihm sein sollte, denn ich war in jeder nur denkbaren Hinsicht auf ihn angewiesen. Ich hatte erstens keine feste Bleibe und zweitens keine Ahnung, wie ich mich als Vampir künftig durchs Leben schlagen sollte.

Da er die einzige verfügbare Sitzgelegenheit beansprucht hatte, raffte ich die ausgebeulte Jogginghose zusammen und hockte mich im Schneidersitz vor dem kalten Kamin aufs Parkett. Beiläufig fragte ich: »Sag mal, würde es dir viele Umstände machen, wenn ich für eine Weile bei dir im Keller penne?« Als er aufblickte, setzte ich eifrig hinzu: »Ich nehme auch gern die Isomatte. Den Sarg kannst ruhig du benutzen.«

»Du bist mein Gast, solange du es wünschst.«

Erleichtert atmete ich auf. Das wäre zum Glück schon mal geklärt. Für mein leibliches Wohl war vorerst auch gesorgt, wenn ich Martin glauben konnte. Falls ich irgendwann wieder durstig wurde, konnte ich mir immer noch was einfallen lassen. Oder an den Kühlschrank gehen.

Ich stand auf, schlenderte zum Fenster und drückte den dort angebrachten Bedienungsknopf für den elektrischen Rollladenheber.

Mit schwachem Surren glitt der Laden nach oben und gab den Blick in den Garten frei. Im Lichte der Dämmerung erstreckte sich ungepflegter Rasen bis zu einer Gruppe von Kiefern, hinter denen zur Straße hin die Mauer aufragte. Die Sonne war vielleicht vor einer knappen Stunde untergegangen.

Es ärgerte mich enorm, dass er die ganze Zeit auf seinen Bildschirm starrte und tippte, obwohl mir so ungeheuer viele Fragen auf der Seele brannten, dass ich hätte schreien können. Da war zum Beispiel die Sache mit den Pferdekadavern neulich in der Zeitung …

»Das war ich nicht.«

Nun ja. Es war zwar ziemlich penetrant, wie er meine Gedanken ausspionierte, ersparte mir aber andererseits auch den Aufwand, knifflige Fragen zu formulieren.

Gut, die armen Pferde mochte irgendein geisteskranker Weideripper auf dem Gewissen haben, aber es war eine Tatsache, dass Martin an ein und demselben Abend gleich zwei Frauen gebissen hatte. Mich und meine beste Freundin.

Na schön, ich hatte zurückgebissen, doch das war eine andere Sache.

Erwartungsvoll schaute ich zu ihm hinüber, doch er machte keine Anstalten, meine unausgesprochene Frage zu beantworten. Also musste ich sie wohl oder übel stellen.

Ich beschloss, es auf Umwegen anzugehen. »Wieso bist du überhaupt auf unsere Silvesterparty gekommen?«

»Ich war eingeladen.«

»Warst du nicht überrascht, als Solveig dich angerufen hat?«

»Nicht wirklich. Ich habe mitbekommen, wie sie sich bei Freddy meine Nummer notiert hat.«

»Du hast es darauf *angelegt*?«

»Nein«, sagte er unwirsch. »Ich sagte: Ich habe es mitbekommen.«

»Wieso bist du auf die Feier gekommen?«, insistierte ich. »Hattest du von Anfang an vor, sie zu beißen?«

»Nein. Ja. Ich weiß nicht.«

»Was denn nun?«

Er schlug mit der Faust auf seinen PC-Tisch. »Himmel, ich hatte einfach Lust, wieder mal unter Leute zu gehen! Ich war seit fast fünf Jahren auf keinem Fest mehr eingeladen!«

Bei seinen Worten schnürte sich etwas in mir zusammen. Das musste sie sein, die schreckliche Einsamkeit, von der er gesprochen hatte.

In seinem Gesicht arbeitete es. »Dass du dann auch da warst und mich erkannt hast, war ... aufregend. Es war wie eine Scharade, ein spannendes Verwirrspiel, bei dem keiner genau wusste, woran er war.«

»Ich war krank«, fauchte ich. »Ich habe die schlimmste Grippe aller Zeiten ausgebrütet! Und ich habe noch tagelang hinterher gedacht, dass ich an Halluzinationen gelitten habe!«

»Wenn das so war, tut es mir leid. Für mich war es trotzdem ein sehr amüsanter Abend.«

Amüsant? Das war ja die Höhe! Wahrscheinlich dachte er dabei an die Scampi in meinem Ausschnitt und die Remoulade auf meinem wunderschönen Kleid!

»Sicher hast du dich halb totgelacht«, meinte ich erbittert. »Und dann musstest du ja unbedingt auch noch Solveig beißen!«

»Ach, damit sind wir wohl beim zentralen Thema!«

»Allerdings! Du ahnst ja gar nicht, was du damit angerichtet hast!«

Er fuhr sich mit einer unwilligen Geste durchs Haar. »Das musst du mir nicht unter die Nase reiben. Ich mache mir deswegen schon genug Vorwürfe. Himmel, ich weiß selbst, dass ich es nicht hätte tun dürfen! Es war eine Augenblickslaune! Manchmal wird auch unsereins von Leichtsinn und Übermut gepackt!«

»Natürlich«, erwiderte ich mit ätzendem Tonfall. »Außerdem wollte sie es doch, nicht wahr? Warum solltest du ihr da nicht den Gefallen tun?«

»Ja, sie wollte es!«, rief er zornig aus. »Sie hat mir zwar nicht den Befehl dazu ins Ohr posaunt wie du, aber ihr Verlangen danach habe ich trotzdem gespürt!«

»Oh, du … du perfider … steinalter … Bock!«, zischte ich.

Er reagierte mit kühler Gelassenheit. »Es bleibt dir unbenommen, das so zu sehen. Für mich war es einfach eine stillschweigende Übereinkunft, aus der wir beide unser Vergnügen gezogen haben. Keiner hatte einen Schaden davon, und ich hätte sie nie wiedergesehen.«

»Genau wie sonst auch, wenn du die Frauen zum Abschied mal kurz in den Hals beißt, hm?«

Er lächelte maliziös. »Du beschreibst das sehr treffend. Frauen haben im Allgemeinen ein lustvoll-ambivalentes Verhältnis zum Vampirbiss, auch bei so steinalten Kerlen wie mir. Das verschafft mir bisweilen die Gelegenheit zu einem kleinen, aber schmackhaften Imbiss, und für die Frauen ist es ein ungemein erregendes, zutiefst verbotenes Abenteuer, über das sie gewiss mit niemandem sprechen.«

Das Knirschen meiner Zähne dröhnte mir in den Ohren. »War ich das auch für dich? Ein schmackhafter kleiner Imbiss?«

»Du warst ein richtiger Leckerbissen. Eine seltene Delikatesse.« Er zwinkerte mir kurz zu. »Obwohl du im Moment durchaus eine Dusche vertragen könntest. Wenn du nach oben gehst, findest du im Bad alles, was du brauchst.« Dann beugte er sich ungerührt wieder über die Tastatur.

Am liebsten hätte ich den Stecker seines Akkukabels aus der Wand gerissen, den Laptop zusammengeklappt und ihm das blöde Ding auf dem Schädel zertrümmert.

Wütend ballte ich die Hände zu Fäusten, wobei sich meine Fingernägel in die empfindlichen Handballen bohrten. Ein Großteil meines Zorns verrauchte auf der Stelle. Ich betrachtete meine Finger. Igitt, wie sie aussahen! Die Nägel waren in den wenigen Tagen abnorm lang geworden! Wie beim Struwwelpeter! Ich brauchte dringend eine Maniküre. Und eine Pediküre auch.

Überhaupt merkte ich erst jetzt, wie heruntergekommen ich war.

Martin hatte, der Teufel sollte seine schwarze Seele holen, unbestreitbar recht mit der Dusche. Die Ausdünstungen meines Körpers stiegen mir plötzlich unangenehm in die Nase. Die viel zu große Jogginghose hing klamm zwischen meinen Schenkeln, immer noch feucht von dem Urin, den ich vorhin in meiner Zombiepanik nicht hatte halten können. Es stank widerwärtig. Und der Rest von mir roch wie ein alter Putzlumpen, mit dem jemand ein Schlachthaus aufgewischt hatte. Meine Haare starrten immer noch von Schnabelnases getrocknetem Blut, und auch unter meinen Nägeln klebte einiges davon. Die Kleidung, die ich trug, war von meinem eigenen Blut befleckt. Unter meinen Armen und zwischen meinen Beinen juckte es von altem Schweiß, und meine nackten Füße waren schwarz von dem Staub, der überall im Haus reichlich herumlag.

Wortlos wandte ich mich ab, um nach oben zu gehen. Bevor ich das Zimmer verließ, schaute ich kurz zurück. Er war mir mit den Augen gefolgt. Seine Blicke ruhten mit solch unverhüllter, verzweifelter Sehnsucht auf mir, dass ich am liebsten zurückgerannt wäre und die Arme um ihn geworfen hätte. Doch da war auch ein leises, irritierendes Flackern, das mich daran hinderte, ein Ausdruck, der mir vorkam wie eine dunkle Drohung, dass ich mich nur ja vorsehen solle.

17. Kapitel

Mit durchgedrückten Schultern ging ich weiter zur Treppe, die in elegantem Bogen hinauf zur Galerie des Obergeschosses führte. Während ich die Stufen hinaufstapfte, ergründete ich meine widersprüchlichen Empfindungen. Zu meiner Rechtfertigung kann ich sagen, dass ich sofort zum Kern des wilden Aufruhrs in meinem Inneren vorstieß. Es gab nichts daran zu deuteln, nichts zu beschönigen und nichts zu leugnen, und deshalb gestand ich es mir auch ohne Umschweife ein: Ich war von rasender Eifersucht zerfressen.

O ja, Eifersucht ist eine Kraft, die mit Eifer sucht, was Leiden schafft.

Wer hatte das gesagt? Es war mir entfallen.

Doch es traf in allen Punkten zu.

Es machte mich verrückt. Er hatte Solveig gebissen und es genossen, und kaum eine Stunde später hatte er sich mit mir in verzehrender Leidenschaft im Bett gewälzt.

Zugegeben, ich hatte den besseren Teil von ihm erwischt, denn er hatte mir sozusagen alles gegeben, was er hatte, einschließlich dem heißesten Sex, den ich je erlebt hatte, doch was half mir das jetzt? Wenn ich nicht zufällig wie eine Verrückte vor der Tür zur Dachterrasse herumgeschrien und ihn abgelenkt hätte, wäre er vielleicht später in der Nacht zu Solveig ins Bett gekrochen statt zu mir.

So oder so, es fraß an mir. Allein die Entscheidung, auf wen ich wütender sein sollte, auf ihn oder auf sie, kostete ziemlich viel Kraft, ohne dass ich dabei zu einem Ergebnis gekommen wäre.

Ich schob die unerfreulichen Gedanken beiseite, denn unvermittelt wurde mir noch etwas anderes bewusst: In einer eigentümlichen Gefühlsmischung aus Genugtuung und Mitleid ging mir auf, dass auch Martin nur ein Mensch war, genauer gesagt ein Mann, und zwar einer mit normalen männlichen Bedürfnissen. Er sehnte sich nach weiblicher Nähe, nach zärtlicher Zuwendung, nach liebevoller Anerkennung und sanfter Fürsorge, doch die Einschränkungen seines Vampirseins brachten es zwangsläufig mit sich, dass er sich diese Bedürfnisse, wenn überhaupt jemals, nur sehr selten erfüllen konnte.

Und jetzt hatte er zu allem Überfluss eine Xanthippe wie mich am Hals. Wider Willen musste ich grinsen, während ich oben hinter der Galerie auf der Suche nach dem Bad eine Tür nach der anderen öffnete. Wenn er sich ein friedlich säuselndes Weibchen erhofft hatte, das ihm nach dem Aufwachen die Pantoffeln an den Sarg holte oder ihm ein Tässchen Blut an den PC brachte, hatte er wirklich den absoluten Fehlgriff getan.

Hinter den Türen, die ich bisher geöffnet hatte, fanden sich nur leere Zimmer. Der Staub war allgegenwärtig. Das Haus sah aus, als sei hier seit Monaten nicht sauber gemacht worden. Putzen war anscheinend nicht seine Stärke.

Der Grund dafür, dass er ein Haus von dieser Größe bewohnte, obwohl er es doch nur in so eingeschränktem Umfang nutzte, lag natürlich auf der Hand. Es war der gruftartige Keller, auf den er solchen Wert legte. Dasselbe Haus hätte ich für mich auch gewählt, wenn ich nur über die nötigen Mittel verfügt hätte. Und vermutlich hätte ich ebenso aus dem Koffer gelebt wie er, ohne viele überflüssige Besitztümer, die bei den vielen Umzügen nur im Weg waren und die nicht ohne fremde Hilfe transportiert werden konnten. Na ja, einen Fernseher würde ich mir wahrscheinlich schon zulegen. Und einen anständigen Sessel zum Abhängen.

Ich fragte mich, wie er sein Geld verdiente. Ob er an der Börse spekulierte? Oder eine große Erbschaft gemacht hatte? Vielleicht nutzte er seine Zaubertricks nicht nur zum Knacken von Blutbanken, sondern raubte auch richtige Banken aus. Vorausgesetzt natürlich, er fand eine mit langen Öffnungszeiten.

Bevor jemand mitbekam, dass er überhaupt da war, war er auch schon wieder weg. Sehr praktisch. Ich beneidete ihn stumm, aber heftig und überlegte dabei wehmütig, dass zwanzig oder dreißig Jahre doch eine sehr lange Zeit waren.

Hinter der sechsten Tür fand ich endlich das Bad. Ich pfiff lautlos durch die Zähne, denn ich hatte noch nie ein so schönes Badezimmer betreten. Es stammte wie das Haus selbst aus der Gründerzeit und war fast vollständig im Original erhalten. Die Badewanne stand auf Klauenfüßen, welche die Form von Löwenköpfen aufwiesen, und die Armaturen waren anmutig geschwungene Antiquitäten mit beachtlicher Goldauflage.

Waschbecken und WC bestanden aus rosa geädertem Marmor, und der Fußboden war im Stil römischer Mosaike verlegt, mit abertausend glitzernden bunten Steinchen. Die Wand über dem Waschbecken wurde beherrscht von einem prachtvollen Spiegel mit den bezauberndsten Jugendstilornamenten, die ich je gesehen hatte.

In diesem Palast von Bad gab es auch eher profane Gebrauchsgegenstände, etwa ein Rattanregal mit weißen Handtüchern, eine Schale mit Shampoo, Duschgel und Seife am Wannenrand sowie ein Arrangement aus Zahnputzbecher, Rasierzubehör, Deo, Nageletui, Föhn und Kamm auf der Ablage über dem Waschbecken.

Ich riss mir sofort die Sachen vom Leib, schleuderte sie in eine Ecke und stieg in die Wanne. Das Wasser kam in prasselndem Strahl und war herrlich warm.

Nach einer ausgiebigen Badeorgie, inklusive dreimaligem Haarewaschen, schnitt ich mir Hand- und Fußnägel, rasierte mir mit Martins Rasierequipment Achselhöhlen und Beine, bestrich mich ausgiebig mit seinem teuren Deo, besprengte mich mit seinem noch teureren Rasierwasser, benutzte seinen Föhn und seine Zahnbürste. Anschließend bewunderte ich mich in dem großen Spiegel. Die Fläche war vom Dampf noch leicht beschlagen, doch das trübte meinen Blick nicht wesentlich.

Ich war noch nie so schön gewesen. Meine Haut war überall von makellosem, ätherisch-seidigem Glanz, meine Brüste waren spitz und fest, meine Taille schmal. Meine Augen leuchteten in tiefdunklem Blau, meine Lippen schimmerten in sattem Rot. Mein Haar fiel in wildem Gelock bis über die Schultern.

Meine Eitelkeit kannte keine Grenzen. Dieser weißgoldene Engel war tatsächlich ich! Entzückt drehte ich mich hin und her und strahlte mich im Spiegel an. Und hörte sofort wieder damit auf.

»Scheiße«, sagte der Engel desillusioniert.

Welcher Engel lief schon mit solchen Zähnen herum?

Meine Zähne, so musste ich missmutig zugeben, waren ein Kapitel für sich. Nicht, dass sie mittlerweile nicht ebenso makellos gewesen wären wie der Rest von mir. Doch unter all dem Metall waren sie kaum zu sehen. Im Unterkiefer war der Drahtbogen zwar wegen der zum Teil abgelösten und frei herumrutschenden Brackets recht locker, aber noch vollständig vorhanden. Im Oberkiefer fehlten etliche der silbrigen Plättchen ganz. Der Bogen war mehrfach gebrochen und auf der rechten Seite völlig verschwunden. Links hing er nur noch an drei Brackets und stach hinten, wo eine Befestigung gänzlich fehlte, in die Schleimhaut der Wange. Ich versuchte, den Draht zu verbiegen und einzurollen, damit er mich nicht mehr störte, doch es wollte nicht klappen. Er rutschte immer wieder in seine Ausgangsposition zurück.

In Martins Nageletui gab es eine stabil aussehende Zehenzange, mit der ich mein Glück versuchte. Überraschenderweise funktionierte es sogar einigermaßen. Es gelang mir zumindest, das hintere, herausragende Ende des Drahts zu kappen. Ich spuckte es aus und probierte dasselbe mit dem verbliebenen Teil, doch der Winkel war ungünstig, weshalb ich lediglich schaffte, das Ding noch weiter zu verbiegen. Auch die Brackets blieben an Ort und Stelle, obwohl ich sie mit der Zange traktierte. Es fing an, wehzutun, weshalb ich meine Bemühungen notgedrungen fürs Erste einstellte. Ich hatte nicht vor, mir wegen dieser blöden Dinger aus Versehen einen Zahn auszureißen. Bei der nächsten sich bietenden Gelegenheit würde ich schon eine Lösung finden. Rainers Praxis befand sich ja praktisch um die Ecke. Ich wusste, dass er häufig abends noch dort zu tun hatte, womit ich die Chance hatte, meine Kieferregulierung endgültig abzubrechen, vorausgesetzt, ich schob es nicht vor mir her. Wenn die Tage erst länger wurden, waren meine Möglichkeiten zwangsläufig noch eingeschränkter als jetzt. Grund genug also, es recht bald in Angriff zu nehmen. Vielleicht morgen schon.

Momentan hatte ich, abgesehen von meinen Zähnen und meinem unzugänglichen Gastgeber, auch noch ein anderes, weit akuteres Problem: Ich hatte nichts zum Anziehen. Und das war nicht etwa allegorisch zu verstehen, sondern wörtlich.

Eher würde ich nackt herumlaufen, als das fleckige, verschwitzte, blutige Zeug noch einmal anzufassen.

Fürs Erste behalf ich mich mit einem Handtuch, das ich mir um den Körper wand.

Auf diese Weise ausgerüstet, machte ich mich auf die Suche nach frischer Kleidung. Ich hatte Glück. Gleich neben dem Badezimmer fand ich eine Art Ankleidezimmer, jedenfalls kam es dem nahe, nach den überall herumliegenden, teils geöffneten, teils verschlossenen Koffern und Reisetaschen zu urteilen. Alles stand kunterbunt durcheinander, über die gesamte verfügbare Fläche des Zimmers verstreut. Von Ordnung schien der Mann nicht viel zu halten. Ich stieg über ein paar Koffer hinweg und schaute mich in dem ganzen Gepäckwirrwarr um.

Es handelte sich durchweg um teure, strapazierfähige Behältnisse, die geeignet waren, die häufigen Umzüge ihres Besitzers unbeschadet zu überstehen. Als ich ein paar davon öffnete, sah ich, dass er Kleidungsstücke für viele Gelegenheiten und jeden denkbaren Bedarf besaß.

Martin war zwar rund dreißig Zentimeter größer als ich und sicher annähernd vierzig Kilo schwerer, doch ich war zuversichtlich, dass ich unter seinen Sachen etwas finden würde, das für mich geeignet war. Und ich sollte recht behalten.

Ein Paar Baumwollsocken wurde bei mir zu warmen Kniestrümpfen. Ein schwarzes geripptes Hemd aus Baumwolle zum praktischen Unterkleid, ein ebenfalls schwarzes, samtartiges Designersweatshirt mit V-Ausschnitt zum dekorativen Hängerchen. Ich raffte alles mit einem messingbeschlagenen Gürtel um die Taille zusammen und fand mich todschick – bis auf das fehlende Schuhwerk natürlich. Schuhe gab es in dem Durcheinander zuhauf, das war nicht das eigentliche Problem. Doch er hatte Schuhgröße sechsundvierzig, ich sechsunddreißig, ein Paradebeispiel dafür, dass Unisex-Mode in manchen Bereichen an ihre Grenzen stößt.

Für die Unterwäsche galt leider dasselbe. Ich probierte einen seiner Calvin-Klein-Slips an, doch das Ding hing mir schlabberig um die Hüften. Trotzdem behielt ich die Unterhose an, die ungezählten Warnungen meiner Oma noch im Ohr, wonach ein Mädchen nie genug auf seine Blase achten könne. Blasenentzündungen waren der Anfang vom Ende eines ungetrübten Frauendaseins, eine Lebensweisheit, die mir Oma schon in meiner frühen Kindheit nahegebracht hatte.

Sie selbst ging nie ohne Liebestöter bis zu den Knien aus dem Haus, die Gute.

Ich schluckte. Ob ich sie je wiedersehen würde? Konnte ein Vampir überhaupt Familie haben? Würde ich wenigstens meinen Bruder ab und zu abends besuchen können?

Was meine Eltern betraf, so machte ich mir keine Illusionen. Waren sie erst auf Mallorca, hätten sie ebenso gut auf dem Mond leben können. Die Reise war zu weit, das Wetter dort zu sonnig.

Bei dem Gedanken an Mama und Papa musste ich heftig schlucken. Doch was half es mir? Ich würde ihnen mailen und sie anrufen, mehr ging nun mal nicht. Vielleicht kamen sie ja ab und zu zurück, um bei Oma und Opa nach dem Rechten zu sehen. Dann bekäme ich wenigstens Gelegenheit, ihnen auch persönlich *Hallo* zu sagen. Zumindest abends.

Frisch gereinigt und angenehm beschwingt ging ich wieder nach unten – und blieb überrascht stehen. Meine Nase hatte den frischen, wohltuenden Geruch von Solveig aufgefangen. Sie musste hier im Haus sein. Ich spitzte die Ohren. Ja, jetzt hörte ich sie auch reden. Sie unterhielt sich mit Martin, drüben im Wohnzimmer.

»Also, Luzie würde bestimmt wahnsinnig werden, wenn sie keinen Fernseher hätte. Sie hängt praktisch nonstop vor der Glotze. Wenn jemand wirklich permanent fernsieht, ist sie es. Und du kannst echt völlig darauf verzichten?«

»Mehr oder weniger.«

»Aber was ist mit Radio, Zeitungen, Büchern?«

»In den letzten Jahren bin ich fast ganz dazu übergegangen, mir mittels dieses Apparates hier alle erforderlichen Informationen zu beschaffen.«

Mit dieser altmodischen Beschreibung musste er seinen Laptop meinen.

»Stimmt«, meinte Solveig. »Heutzutage bekommt man fast alles im Internet.«

Nur nicht seine Blutbeutel, aber vielleicht gab es auch die ja eines Tages virtuell zu kaufen.

»Was machst du eigentlich so beruflich?«, wollte Solveig wissen. Sie kicherte mädchenhaft albern. »Ich meine natürlich, außer dass du ein Vampir bist!«

»Nun, ich handle mit Wein. Ich dachte, das hätte ich dir erzählt.«

»Oh, sicher, stimmt ja. Aber ich war irgendwie der Meinung, dass du …«

»Dass ich dir in diesem Punkt nicht die Wahrheit gesagt hätte?«

»Aber du machst doch auch noch was anderes, oder?«

»Nur das, was jeder Geschäftsmann macht. Ich lege meine Gewinne an.«

Was wahrscheinlich eine vornehme Umschreibung dafür war, dass er nur so im Geld schwamm.

Dummerweise wechselte Solveig das Thema, obwohl die Unterhaltung gerade interessant geworden war.

»Ich finde es übrigens hochanständig von dir, dass du Luzie aus dieser Klemme geholfen hast.«

Martin erwiderte nichts.

»Es ist eine unglaubliche Erleichterung für mich, dass sie wieder fit ist. Bestimmt ist sie froh, dass sie wieder nach Hause kann.«

»Wenn sie es will.«

»Warum sollte sie nicht wollen? Ich habe schließlich alles bestens für sie geregelt.«

»Inwiefern?«

»Na, bei der Polizei und so. Die haben ja im ganzen Haus rumgefragt, ob jemand was von der Sache im Keller mitgekriegt hat. Wir konnten natürlich nichts mitkriegen, weil wir da schon in Urlaub gefahren waren.«

Ich lauschte interessiert und erfuhr aus ihrem folgenden Bericht, wie sie bei der Polizei ausgesagt hatte, dass ich noch ein, zwei Urlaubstage hatte dranhängen wollen, ganz spontan, und dass ich deswegen noch unterwegs sei, aber voraussichtlich in dieser Woche wiederkommen wolle. Sie selbst sei nur deshalb schon eher zurückgekommen, weil sie arbeiten müsse.

Den Zeitpunkt unserer angeblichen gemeinsamen Abreise hatte sie in ihrer polizeilichen Aussage praktischerweise vor die Bluttat im Waschkeller verlegt, weshalb die Kripo, so ihre Meinung, uns auch ganz bestimmt nicht mehr wegen etwaiger Zeugenaussagen nerven werde.

»Ist den Ermittlern nicht aufgefallen, dass dein Wagen noch da war?«

»Ich habe ihn gleich in der ersten Nacht weggefahren und auf einem Park-and-Ride-Platz abgestellt.«

»Das war sehr klug von dir.«

Ich konnte Solveigs Busen förmlich schwellen sehen. Triumphierend fuhr sie fort: »Aber das Allerbeste ist, dass es einen Verdächtigen gibt! Einer von den Mietern aus dem Haus ist nämlich spurlos verschwunden, er heißt Mehmet. Der ist übrigens wegen Rauschgifthandel vorbestraft. Im Keller haben sie Spuren von Kokain gefunden, an der Leiche und auf dem Fußboden. Da hatten sie dann schnell den Mehmet in Verdacht.«

Ich runzelte die Stirn. Ausgerechnet dieses Weichei!

»Wegen der Verletzungen sind die Untersuchungen noch im Gange, aber die ersten Vermutungen gehen dahin, dass er einen abgerichteten Kampfhund eingesetzt hat.«

»Oh«, meinte Martin indigniert. »Hoffentlich sehen sie bei der Obduktion nicht zu genau nach. Dann würde auffallen, dass etwas von seinem Blut fehlt.«

Praktisch alles davon, dachte ich betreten.

»Martin?« Solveigs Stimme hatte einen schmeichelnden Klang angenommen. Plötzlich nahm ich wahr, wie sich ihr Atem beschleunigte, und auch ihr Geruch änderte sich. Ich roch den scharfen Dunst weiblicher Erregung. Mühsam unterdrückte ich ein heftiges Zähneknirschen. Dieses Weib war geil auf ihn! Immer noch! Am liebsten hätte ich das Wohnzimmer gestürmt und ihr Sitten beigebracht. Meine veränderte Konstitution hatte mir beachtliche Körperkräfte beschert. Ich war jetzt nicht nur weit flinker, sondern auch um einiges stärker als zuvor. Wahrscheinlich konnte ich sie mit einer Hand hochheben. Und sie gegen die Wand drücken. Und ihr mit gebleckten Eckzähnen die Meinung sagen!

Ich spürte bereits, wie mir Fänge wuchsen und sich in die Unterlippe bohrten. Doch eisern hielt ich an mich und lauschte der Unterhaltung. Vielleicht wollte Martin es selbst übernehmen, sie in ihre Schranken zu weisen. Dann hätte ich mich ganz umsonst aufgeregt.

Solveig räusperte sich, und ich glaubte förmlich zu sehen, wie sie von hinten dicht an seinen Drehstuhl herantrat, sich über ihn beugte und dabei wie zufällig ihre Brust an seine Schulter drückte. »Ich war übrigens schon zwei Mal hier. Gestern Abend und vorgestern Abend. Ich fing schon an, mir Sorgen zu machen. Um Luzie, meine ich. Falls mir heute wieder niemand aufgemacht hätte – ich weiß nicht, was ich dann getan hätte.«

Dafür wusste ich es umso besser. Höchstwahrscheinlich hätte sie wieder einen Schlosser bestellt. Ganz spontan, wie es ihre Art war.

»Hast du die Klingel abgestellt?«

»Ich war nicht da.« Die Lüge ging ihm glatt über die Lippen, das musste man ihm lassen.

»Das habe ich mir gedacht. Eigentlich schade. Ich hätte mich gern mit dir unterhalten.«

»Das tust du ja jetzt.«

Ja, das tat sie. Wobei ihr allerdings viel lieber gewesen wäre, wenn ich noch irgendwo halb tot und regungslos herumgelegen hätte.

»Wo ist Luzie denn im Moment?«, hörte ich sie scheinheilig fragen.

»Bestimmt kommt sie gleich. Sie wollte sich nur etwas frisch machen.«

»Du hast wohl nicht oft Besuch, oder?«

Blöde Frage. Es gab ja nicht mal Stühle.

Martin ersparte sich dementsprechend die Antwort.

»Gibt es eigentlich viele, die so sind wie du und Luzie? Vampire, meine ich.«

Das war wieder ein Thema, das mich brennend interessierte. Gespannt wartete ich auf Martins Antwort.

»Hier und da trifft man sie.«

»Es sind wohl alles Einzelgänger, so wie du.« Solveig seufzte. »Fühlst du dich nicht manchmal sehr allein?«

Jetzt kommt's, dachte ich wutentbrannt. Sie machte ihn nach allen Regeln der Kunst an!

»Möchtest du, dass ich dich noch einmal beiße?«, fragte Martin mit seidenweicher Stimme. Beim Klang dieses schmelzenden Timbres breitete sich irgendwo in meinen tiefer gelegenen Körperzonen Hitze aus, die sich binnen Augenblicken in einen wahren Hochofen verwandelte.

Oh, ja, beiß mich noch mal, dachte ich benommen.

»Oh, ja, beiß mich noch mal«, sagte Solveig benommen.

»So wie damals?« Das war Martin, sanft und gütig.

»Nein, so wie bei Luzie!«, rief Solveig leidenschaftlich aus. »Ich will, dass du mich *richtig* beißt! Damit ich auch so werde wie sie!«

»Was meinst du mit richtig?«, forschte Martin.

»Keine Ahnung. Mehrmals. Oder fester. Ich weiß nicht. Was habt ihr denn gemacht?«

»Nun, ich habe sie bestimmt nicht fester gebissen als dich.«

Das war vermutlich sogar die Wahrheit. Dieser Halunke! Ich legte meine Hand auf das Treppengeländer neben mir und grub die Nägel hinein. Holz splitterte unter meinen Fingern, und der geschwungene Lauf löste sich auf einer Länge von zehn Zentimetern zu Sägespänen auf.

»War da was?«, fragte Solveig beunruhigt.

»Wahrscheinlich nur eine Maus.«

Die Maus würde gleich den ganzen Laden hier aufmischen! Wehe, du beißt sie, mein Freund!

»Aber wenn du sie genauso gebissen hast wie mich – wieso hat es dann bei ihr gewirkt, und bei mir nicht?«, klagte Solveig.

»Das hängt von verschiedenen Faktoren ab«, behauptete Martin fromm. »Nach meinen Informationen ist es eine Frage der Enzyme. Sie lösen eine bestimmte hormonelle Reaktion im

Körper aus, und da die Zusammensetzung der Enzyme bei jedem Menschen anders ist, kann auch die Stärke der jeweiligen Reaktion unterschiedlich ausfallen.«

Enzyme? Hormone? Das war definitiv frei erfunden. Doch für Solveig klang es anscheinend glaubhaft genug.

»Das ist dann ja praktisch fast genau so wie beim Alkohol«, mutmaßte sie eifrig. »Der eine trinkt ein paar Glas und ist sofort blau, der andere kann eine ganze Flasche vertragen!« Sie hielt inne. »Luzie kann übrigens so gut wie nichts vertragen. Zwei Gläser, und sie ist zu. Ich kann mindestens drei Mal so viel wegbechern!«

Das war mehr als eindeutig. Wenn sie drei Mal so viel vertrug wie ich, musste er sie auch drei Mal so oft beißen. Dachte sie. Ich machte mich bereit, dazwischenzugehen. Doch zuerst wollte ich wissen, was er jetzt tat.

»Bist du ganz sicher, dass du es willst?«

»Oh, ja!«

»Nun, in dem Falle …«

Ich legte die zehn Meter bis zur Tür des Salons mit einem einzigen Satz zurück. Die Tür flog auf, krachte aus den Angeln und landete mit einem gewaltigen Knall auf dem Parkett. Mit einem weiteren Sprung war ich beim Computertisch, von wo aus Solveig mir mit angstvoll aufgerissenen Augen entgegenglotzte. Es war genau so, wie ich es mir vorstellt hatte. Er hatte sie zwar nicht gerade auf seinem Schoß, aber bestimmt hätte sie im nächsten Augenblick dort gesessen, wenn ich nicht dazwischengefunkt hätte. Sie stand so dicht hinter ihm, dass kein Blatt Papier dazwischengepasst hätte.

Martin lächelte mich teuflisch an.

Seine Zähne sahen ganz normal aus, doch wie ich wusste, konnten sie in Sekundenbruchteilen zu voller Länge hervorschießen, bereit zum Biss.

So wie meine. Wütend fauchte ich Solveig an, die Finger zu Krallen gekrümmt.

»Um Himmels willen, Luzie!«, schrie Solveig, entsetzt und fasziniert zugleich. »Das sieht ja irre aus!«

»Völlig irre«, bestätigte Martin. Jetzt grinste er von einem Ohr bis zum anderen.

Ich hielt mir die Hand vor den Mund und senkte die Augen. Die Zähne schrumpften auf Normalgröße. Soeben war mir siedend heiß etwas eingefallen. Martin hatte die ganze Zeit gewusst, dass ich draußen in der Halle gelauscht hatte. Seine Nase und sein Gehör, in Jahrzehnten zu voller Perfektion geschärft, waren unvergleichlich viel besser als bei mir. Er hatte mal wieder sein Spiel mit mir getrieben!

Du Scheißkerl, dachte ich, außer mir vor Zorn.

»Nicht doch«, sagte Martin wie zu einem ungezogenen Kind.

Ach, richtig. Meine Gedanken konnte er ja auch lesen.

Wütend funkelte ich ihn an, dann wandte ich mich mühsam beherrscht Solveig zu. »Hallo, Solveig. Entschuldige die stürmische Begrüßung. Manchmal habe ich meine Bewegungen noch nicht so ganz unter Kontrolle.« Ich ging zu ihr und küsste sie auf die Wange. Zuneigung wallte in mir auf, als ich ihr so nah war, doch die Vorbehalte, die ich in letzter Zeit ihretwegen entwickelt hatte, waren immer noch dieselben. Ich konnte ihr nicht mehr trauen. Nicht, nachdem jetzt unzweifelhaft feststand, weshalb sie *Die große Aussprache* initiiert hatte. Von Anfang an hatte sie damit nur zwei Ziele verfolgt: Erstens wollte sie Martin. Und zweitens einen ordentlichen Biss in den Hals, der sie in einen Vampir verwandeln sollte.

Meine Rolle bei diesem Vorhaben war ebenfalls klar. Sie brauchte mich als eine Art Rückversicherung, für den Fall, dass seine Reaktion auf ihr Ansinnen einfach darin bestanden hätte, ihr den Hals umdrehen zu wollen anstatt lustvoll-ambivalent seine Zähne hineinzubohren.

»Du bist wahnsinnig stark geworden«, stellte Solveig fest. Ihre Blicke waren auf die ruinierte Wohnzimmertür gerichtet.

»Und schnell. *Sagenhaft* schnell! Und du siehst einfach *phantastisch* aus!« Ihre Augen glänzten hoffnungsvoll. »Möchtest du mich vielleicht beißen?«

»Nein«, sagte ich verdrossen.

»Oh. Ich habe dir übrigens eine Tasche mit Klamotten mitgebracht. Und deine Handtasche. Handy ist auch drin, frisch aufgeladen. Liegt alles vorn im Vestibül bei der Garderobe.«

»Danke«, meinte ich wortkarg.

»Du könntest mich aber beißen, oder?« Sie ließ nicht locker. »Ich meine, rein zahntechnisch hättest du es drauf, ich habe vorhin gesehen, was für Hauer du rausschieben kannst.« Solveig schwieg und dachte nach. »Klar kannst du es. Du hast es ja schon getan. Bei uns zu Hause im Keller. Also könntest du auch mich beißen.«

Höchste Zeit, dass sie sich diesen Schwachsinn endlich aus dem Kopf schlug!

»Dann mache ich mit dir vielleicht dasselbe wie mit dem Typen im Keller. Wie gesagt, ich habe das nicht unter Kontrolle.«

»Aber du schon, oder, Martin?«, fragte Solveig.

»Nun ja«, meinte er bescheiden.

»Dann muss ich darauf bestehen, dass du es noch mal bei mir versuchst. Luzie, es macht mir nichts aus, wenn du zuschaust. Im Prinzip ist es ja nichts anderes, als wenn man anderen Leuten beim Essen zusieht.«

»Was ist deine Meinung dazu, Lucia?«, fragte Martin augenzwinkernd.

»Das hör ich mir nicht länger an.« Ich drehte mich um und stolzierte in die Halle. Was zu viel war, war zu viel. Hätte ich nicht vorhin die Tür aus den Angeln gerissen, hätte ich sie hinter mir zugedonnert. So trampelte ich nur darüber hinweg und beschränkte mich im Übrigen auf einen würdevollen Abgang.

Im Vestibül lagen nicht nur die von Solveig erwähnten Gegenstände, sondern auch ihre eigene Handtasche. Sie stand auf einem staubigen Garderobentischchen, eines der an einer Hand abzuzählenden Möbelstücke in diesem Haushalt.

In ihrer Tasche fand ich wie erwartet den Autoschlüssel. Ich musste hier weg, bevor *Die große Aussprache* in Schmatz- und Sauggeräusche überging, womöglich noch untermalt von Solveigs wollüstigem Stöhnen.

In der Reisetasche waren unter anderem auch meine Thermojacke, Jeans und warme Stiefel. Ich zog alles an Ort und Stelle über die Sachen, die ich schon trug, schnappte mir meine Handtasche und Solveigs Autoschlüssel und zog los.

*

Ich hatte keine Ahnung, wohin ich überhaupt wollte, aber es war ein gutes Gefühl, einfach nur herumzufahren. Der Tank war voll, im Radio brachten sie coole Musik, und die Nacht war noch jung. Ich trommelte den Takt zu einem alten Hall & Oates-Song auf dem Lenkrad mit und raste über die Autobahn stadteinwärts.

She's deadly, man, and she could really rip your world apart …

Aufgekratzt brummte ich den Refrain mit.

Oh-oh, here she comes, she's a maneater …

Erst als ich zum dritten Mal um ein Haar von anderen Wagen gerammt worden wäre, fiel mir auf, dass ich ohne Licht fuhr. Eine der Segnungen des modernen Vampirtums, doch fraglos auch eine ungeheure Gefahr für den übrigen Straßenverkehr.

Meine Zunge stieß auf den lose herabhängenden Draht im Oberkiefer, und in meinem Inneren erstand ein Bild von köstlicher Sinnlichkeit: Martin, wie er sich über mich beugte, nackt, die breite Brust schweißglänzend vor Erregung, die Augen dunkel vor Gier. Er biss mich in den Hals. Küsste mich bis zur Bewusstlosigkeit. Riss mich mit sich in den Sog ekstatischer Raserei. Pfählte mich mit seinem harten Glied. Mein Körper erinnerte sich mit solcher Vehemenz an die hitzige Fülle seines Eindringens, dass ich nass wurde wie eine überschwemmte Wiese.

Was er einmal mit mir gemacht hatte, könnte er wieder tun. Und warum auch nicht? Ich war seine Sirene. Er hatte es selbst gesagt.

Was in seinen Augen natürlich nicht gegen einen gelegentlichen kostenlosen Imbiss an anderen Hälsen sprach. Außerdem trug Solveig keine Zahnspange, was sie wohl als deutliches Plus für sich verbuchen konnte. *Sie* konnte er küssen, ohne Gefahr zu laufen, sich an irgendwelchen Drähten die Zunge zu amputieren.

Plötzlich war ich wild entschlossen, das Metall in meinem Mund noch heute Nacht loszuwerden.

Ich wendete bei der nächsten Gelegenheit, kehrte nach B. zurück und fuhr langsam an dem Haus vorbei, in dem Rainer praktizierte. Im Erdgeschoss war alles dunkel. Hier war niemand mehr, was nicht verwunderlich war, da es schon nach zehn war.

Das brachte jedoch meinen Entschluss nicht zum Wanken. Kurzerhand fuhr ich weiter in den Nachbarort, ein ebenso verschlafenes wie nobles Kurstädtchen am Fuße des Taunus. Er hatte sich hier von einem kleinen Teil seiner fetten Erbschaft einen Bungalow zugelegt und die Frechheit besessen, mich zur Housewarmingparty einzuladen. Damals war der Stempel auf der Scheidungsurkunde noch nicht trocken gewesen und meine inneren Wunden noch nicht verheilt, weshalb ich natürlich nicht hingegangen war. Doch ich kannte die Adresse, denn an jenem Abend war ich im Schutze der Dunkelheit ein paarmal um das Anwesen herumgefahren und hatte es mir angesehen. Es war nicht allzu snobistisch – schließlich sollte es ja nichts weiter als ein fröhlicher Junggesellenhaushalt sein (er selbst hatte es in seiner Einladung so formuliert, der Widerling), doch es machte natürlich weit mehr her als Solveigs und meine schlichte Bleibe in einem verrufenen Viertel und einem nicht minder übel beleumdeten Haus, wo zwielichtige Subjekte sich zum Dealen und Vergewaltigen und Blutsaufen im Waschkeller einfanden.

In mir hatte sich alles verkrampft, als ich damals die gut gelaunten Gäste zu seiner Feier hatte kommen sehen (nicht wenige davon waren unsere gemeinsamen Freunde gewesen!), und ich hatte trotzig mit einem Kavalierstart das Feld geräumt, fest entschlossen, nie wieder herzukommen.

Ein Vorsatz, den ich bis heute durchgehalten hatte. Die Büsche um das niedrige, weiß verputzte Gebäude waren ein wenig höher als vor drei Jahren, doch sonst hatte sich nichts geändert. Nein, dieser Eindruck war nicht korrekt, wie ich beim Einparken feststellte. Vor der Garage standen zwei neue Luxusschlitten. Ein BMW-Cabrio und ein teurer Geländewagen.

Die Abstellplätze in der Doppelgarage waren vermutlich von seinem Porsche und seinem großen Daimler belegt. Falls er den nicht inzwischen gegen einen Bentley ausgetauscht hatte. Wem wohl das Cabrio gehörte? Seine letzte Flamme hatte einen Boxter gefahren, daran erinnerte ich mich genau.

Ich stieg aus und klingelte.

18. Kapitel

Von drinnen war Musik zu hören, ein langsames Stück, das nach Kuschelrock klang. Dann eine Unterhaltung, leise geführt, sodass ich nicht alles verstehen konnte.

Im Wesentlichen ging es darum, dass Rainer und die mir unbekannte Frau, die bei ihm war, darüber stritten, ob und wer von ihnen beiden an die Tür gehen sollte.

»So spät noch …«

»Keine Lust, verdammt …«

»… aber was Wichtiges sein, vielleicht mit den Autos …«

Ich klingelte vorsichtshalber Sturm und wurde mit näher kommendem Getrappel belohnt. Ich roch ihn, noch bevor er die Tür aufriss. Dann stand er vor mit, einen Hemdzipfel über der halb offenen Hose, das rotblonde Haar wirr abstehend, atemlos und mit panischem Blick sofort die kostbaren Autos anpeilend.

Dann erst sah er mich. »Lu«, sagte er überrascht. »Was machst du denn hier?«

»Wer ist es denn?«, quäkte es von drinnen.

»Meine Frau«, rief er über die Schulter.

»Was will sie hier?«

»Was willst du hier, Lu?«

»Ich bin ein Notfall.«

»Sie ist ein Notfall! Hast du Schmerzen?«, fragte er besorgt, während er sich das Hemd ordentlich in die Hose stopfte und den Knopf zumachte. »Willst du nicht reinkommen?«

»Hast du hier eine Ausrüstung?«

»Leider nein.«

»Dann würde ich dich sehr herzlich bitten, kurz mit mir in deine Praxis zu fahren und mich zu behandeln.«

»Zeig doch mal.«

Ich öffnete den Mund, und er schnalzte mit der Zunge, als er die hier und da noch hervorstehenden Drahtreste sah. »Wie ist das denn passiert?«

»Nach und nach. Ich dachte, es geht noch, aber jetzt halte ich es nicht mehr aus.«

»Dass du es überhaupt ausgehalten hast, ist kaum zu glauben. Du musst der reinste Fakir sein.«

Er wandte sich um, und ich erhaschte einen Blick ins Innere des Hauses. Es war einem Erfolgszahnarzt angemessen. Marmorfliesen, dazu viel Glas, helles Holz, Chrom und großformatige abstrakte Acrylbilder – hier ließ es sich leben.

»Ich muss noch mal weg, Mausi«, rief Rainer.

»Kalt draußen?«, fragte er mich.

Ich nickte, und er nahm eine dicke, gefütterte Goretexjacke von der Garderobe.

Mausi kam in die Diele, neckisch im lila Babydoll, das fransige schwarze Haar im Sechzigerjahre-Stil hinter die Ohren frisiert, die Lippen schmollend verzogen. Anscheinend passte es ihr nicht, dass der nette Abend so jäh unterbrochen wurde. Sie kam näher und baute sich neben der offenen Haustür auf. Aus der luftigen Höhe ihrer eins achtzig schaute sie ärgerlich auf uns herunter und schnaubte stoßartige Dampfwölkchen in die eisige Luft. Rainer reckte sich und küsste sie aufs Kinn, weiter hinauf kam er nicht. Ich bemerkte mit Interesse, dass sie barfuß war. Ich fragte mich, wie er sie küsste, wenn sie Schuhe anhatte. Wahrscheinlich im Liegen. Darin war er wirklich gut.

»In einer Stunde bin ich wieder da«, versprach er. »Ich fahr nur mal rasch mit meiner Frau in die Praxis. Sie hat schlimme Probleme.«

Oh ja, die hatte ich, wenn auch ganz andere, als er dachte.

»Eine Neue?«, fragte ich. Wir fuhren in meinem Wagen, weil er aufgeheizt war.

»Babsi? Oh, nein, wir sind schon seit zwei Wochen zusammen.« Er sagte das ganz ernsthaft. Zwei Wochen waren für ihn also schon eine länger andauernde Beziehung. Zwei Monate bildeten demnach vermutlich die Grenze des Zumutbaren. Ein Jahr – wie mit mir – musste die reinste Ewigkeit sein. Seltsamerweise hatte ich mich vorhin zum ersten Mal nicht darüber geärgert, dass er mich schon wieder als seine Frau bezeichnet hatte. Auf eine bestimmte Art rührte es mich sogar. An seiner abstrusen Einteilung in Bumsis und Herzis schien sich seit damals nichts geändert zu haben. Offensichtlich fiel ich für ihn immer noch in die Herzi-Kategorie.

Er musterte mich von der Seite. »Lu, du bist umwerfend. Habe ich dir schon gesagt, dass du immer, wenn ich dich sehe, schöner geworden bist?«

»Du sagst es jedes Mal.«

»Es ist die Wahrheit. Du bist so schön, dass ich mich frage, wie ich dich je verlassen konnte.«

Na toll, dachte ich entnervt. Die alte Leier.

»Hast du einen Freund? Du siehst aus, als hättest du in letzter Zeit guten Sex gehabt.«

Ich zuckte nicht mit der Wimper. »Nicht mit diesem Drahtverhau in meinem Mund.«

Ich parkte den Wagen vor dem eleganten Jugendstilhaus, wobei ich mir schmerzlich der Tatsache bewusst war, dass nur ein paar Minuten von hier der Ursprung meiner Rastlosigkeit in seiner Villa saß und vielleicht mit meiner ehedem besten Freundin Dinge tat, über die ich nicht nachdenken konnte, weil ich sonst garantiert Amok lief.

Rainer schloss die Tür zur Praxis auf, knipste das Licht an und half mir aus der Jacke. Im Behandlungsraum herrschte nächtliche Kühle. Rainer setzte einen Infrarotwärmer in Betrieb und holte meine Patientenkarte.

»Hast du zu viele Nüsse gegessen?«, fragte er, während er mit der Sonde in meinem Mund herumstocherte und an den

Drahtresten zupfte. »Man soll nämlich möglichst nichts Hartes kauen, wenn man Brackets trägt.«

Das Härteste, das ich damit gekaut hatte, war Schnabelnases Hals gewesen.

»Ich habe mich in letzter Zeit sehr mit dem Essen eingeschränkt«, meinte ich fromm.

»Dann muss es am Kleber liegen. Schlechte Mischung. Das kommt vor. Und du bist wirklich sicher, dass du die Behandlung vollständig abbrechen willst?«

»Absolut und unwiderruflich. Alles soll raus.«

Er entfernte mir die restlichen Brackets, alle Bänder und die Reste des Drahtbogens, und seine Hände mit den Instrumenten bewegten sich dabei flink, geschickt und sanft. Er behandelte mich mit der ihm eigenen Feinfühligkeit, und bei dem gesamten Eingriff tat er mir kein einziges Mal weh.

Anschließend schliff er mir die Reste des Klebers und des Zements vom Zahnschmelz.

»Ich könnte schwören, dass sich in der kurzen Behandlungszeit deine Bisslage schon geändert hat«, meinte er anschließend nachdenklich. »Es scheint sogar so, als hätten sich die Knirschspuren gebessert. Obwohl das faktisch kaum möglich ist.« Er tippte mit der Sonde gegen meine Schneidezähne. »Sie sehen außerdem ein bisschen anders aus. Weißer. Fester. Benutzt du irgendwelche Präparate?«

»Äh … Präparate?«

»Ja, zum Putzen. Oder nimmst du irgendwas ein?«

»Ich habe da so ein Zeug zum Gurgeln …«

Er grinste ungläubig.

»Sind wir fertig?« Als er langsam nickte, krabbelte ich von der Liege. »Vielen Dank. Du warst meine Rettung. Das war echt nett von dir, Rainer.«

Er ließ sich meine Versicherungskarte geben und trug ein paar Angaben in den Patientenordner ein. Geschäft war Geschäft, und wozu hatte er eine Kassenzulassung?

»Normalerweise müsstest du noch eine Weile eine Kunststoffschiene tragen, bis die Zähne wieder vollständig fest geworden sind.«

»Mir ist nicht aufgefallen, dass sie locker wären.«

»Sind sie nicht.« Er gab mir meine Versicherungskarte zurück. »Das ist auch so eine Sache. Sie müssten es eigentlich sein.«

»Da kann ich ja froh sein, dass sie es nicht sind«, meinte ich leichthin, schon auf dem Weg zur Tür.

»Warte, Lu.«

»Keine Angst, ich gehe schon nicht ohne dich, ich will nur meine Jacke anziehen.«

Auf der Rückfahrt nahm er einen neuen Anlauf. »Lass uns reden.«

»Worüber denn?«

»Über dich.«

»Das ist ein unergiebiges Thema.«

»Du bist verändert, Lu. Deine Augen, deine Haut … ich weiß nicht.«

Er schaute mich an, verwirrt, neugierig, ein wenig ängstlich – und geil. Ich sah den Puls unter seinem linken Ohr, das schwache Klopfen seiner Schläfenader.

Oh, gut, dachte ich, und dann: Wieso eigentlich nicht? Nur ein kleiner Schluck, während wir es miteinander treiben! Er war scharf auf mich, ich roch ja förmlich, dass er eine Erektion hatte!

Meine Eckzähne schoben sich leicht nach vorn. Ich steuerte mit einer Hand und hielt die andere beiläufig vor den Mund, bis ich merkte, dass es wieder verging.

»Lu?«

»Es geht mir gut«, sagte ich entschieden.

»Das ist nicht der Punkt. Du siehst gut aus. Aber anders.« Er zögerte. »Bist du vielleicht schwanger?«

Ich wandte vorsichtshalber den Kopf weg, bevor ich herzlich lachte. »Du liebe Zeit, nein!«

»Warst du in der letzten Zeit mal bei einem Arzt?«

Ich tippte ihm auf die Schulter. »Gerade eben.«

»Nein, bei einem Internisten zum Beispiel.«

»Anfang Januar war ein Arzt da, als ich die Grippe hatte. Ich habe mich seitdem bestens erholt und bin topfit. Zufrieden?«

Er rieb sich die Stirn, offenbar unschlüssig, was er davon halten sollte.

Mir war klar, was los war. Er hatte ein Jahr lang mit mir gelebt, mit mir in einem Bett geschlafen, mir bei Tisch gegenübergesessen. Er kannte jeden Zentimeter meines Körpers, so gut wie kein anderer Mann vor ihm und keiner nach ihm. Und er besaß all die ausgeprägten Instinkte des erfolgreichen Machers. Ihm entging so schnell nichts, und vermutlich machte ihm in erster Linie zu schaffen, dass er nicht den Finger darauflegen konnte. Wenn ich ihm nicht Einhalt gebot, würde er nicht lockerlassen. Und ich würde ihn vielleicht doch noch beim Hals packen, einfach so, für einen netten kleinen Mitternachtsimbiss.

Ich gab Gas und beeilte mich, ihn zu Hause abzusetzen. Als ich vor dem Bungalow anhielt, machte er keine Anstalten, auszusteigen.

»Babsi wartet sicher schon«, sagte ich.

»Lu.« Es klang gequält. Er wollte das, was er nicht kriegen würde, und da er das wusste, wünschte er es sich doppelt.

Um nicht der Versuchung zu erliegen, ihn doch noch mit den lustvoll-ambivalenten Freuden eines Vampirbisses bekanntzumachen, nahm ich seine Hand und hielt sie fest.

Er suchte meinen Blick. »Es hätte keinen Zweck mit uns beiden, oder?«

Ich konnte nichts sagen, weil er meine Zähne sonst gesehen hätte. Ich konnte sie ja kaum hinter der Lippe halten.

Doch zum Glück sagte ihm mein Schweigen genug, und seufzend entzog er mir die Hand, schob sie in die Innentasche seiner Jacke und brachte einen dicken braunen Umschlag zum Vorschein. »Hier. Bevor ich's wieder vergesse.« Er öffnete den Umschlag, und ein Geldbündel kam zum Vorschein.

Meine Zähne schrumpften rapide, die Beißlust wich grenzenlosem Erstaunen. »Meine Güte, das hast du einfach so in der Tasche stecken?«

»Sicher. Ich habe mir angewöhnt, immer eine größere Menge Bargeld bei mir zu tragen.«

»Seit wann denn das?«

»Seit unserer letzten Diskussion über meine Säumigkeit.«

Überrascht nahm ich das Geld und wog es in der Hand. »Danke. Das ist ja ein richtiges Pfund.«

»Fünfzigtausend.«

»Das ist zu viel, Rainer!«

»Nicht für dich. Irgendwie habe ich das komische Gefühl, dass du es dringend gebrauchen kannst.«

»Dafür hast du bestimmt ziemlich viele Wurzelbehandlungen machen müssen.«

»Ich weiß sowieso nicht, wohin damit. Es ist Schwarzgeld, das muss eh unter die Leute.«

»Na dann … trotzdem danke. Ich nehme es als Abschlusszahlung. Damit bist du mich endgültig los.«

»Ich weiß gar nicht, ob ich das will.« Er tat so, als wolle er sich das Geld schnappen, doch ich steckte es lachend in meine Handtasche.

Ich hätte ihn zum Abschied immer noch gerne geküsst oder gebissen oder beides, doch da ich nicht wusste, wohin das möglicherweise führen würde, ließ ich es lieber.

Stattdessen sagte ich ihm mit Worten, was ich empfand, obwohl ich darin noch nie besonders gut gewesen war.

»Du bist in Ordnung, weißt du das?«

Er fasste es sofort als Antrag auf und legte hoffnungsvoll die Hand auf mein Knie.

»Raus«, sagte ich liebevoll.

Er stieg aus, hielt aber die Tür noch einen Moment fest. »Pass auf dich auf. Ruf an.«

Ich versprach ihm beides und fuhr davon.

*

Die Nacht war noch jung, und ich hatte Sehnsucht nach menschlicher Gesellschaft. Ich wollte Leben und Betriebsamkeit um mich herum, ich wollte in den Geruch einer wogenden Menge eintauchen und mich darin treiben lassen wie in einem warmen Meer.

Nach Lage der Dinge hatte ich einige Auswahl. Eine Diskothek. Ein Kino. Eine Bar vielleicht.

Doch mir war auch nach Helligkeit zumute, und sei es nur das künstliche Licht von Neon. Ich wollte weite, sich scheinbar ins Unendliche erstreckende Räume, die das Gefühl von Freiheit und Aufbruch vermittelten.

Was lag näher, als zum Flughafen zu fahren?

Ich stellte den Wagen im Parkhaus ab und ging in die Abflughalle, wo aber wegen der fortgeschrittenen Stunde nicht viel los war. Es war fast zwölf, nicht gerade die Zeit, ins Flugzeug zu steigen.

Vor den Ankunftsterminals war mehr Betrieb. Dort fand ich, wonach ich suchte. Ein Strom von Menschen ergoss sich gerade aus einem der Tore. Müde und braun gebrannt kamen sie hinter der Trennwand hervor und reckten die Köpfe in Richtung der Menge, die bei der Absperrung auf die Ankunft der Reisenden wartete. Ich begab mich mitten ins Gedränge und ließ mich herumschubsen, getragen von einer Woge unterschiedlichster Gerüche und Geräusche. Parfüm, Schweiß, Kaffee, Schokolade, Bier, Ketchup, Vanille, Benzin, Sex, Piña Colada, Gummi, Zahnpasta, Menstruation, Bananen, der wunderbar süße Duft eines Babys, der stechende Geruch eines eitrigen Hautgeschwürs.

Laute Rufe, entzücktes Lachen, Schimpfen, asthmatisches Keuchen, hier und da eine gestörte Verdauung, das feuchte Saugen eines innigen Kusses – und über allem das wogende, rhythmische Brausen all der pumpenden Herzen, ein kollektiver Ton, wie das Zusammenspiel alles Lebendigen schlechthin.

Die Vielfalt an Eindrücken um mich herum war ebenso erstaunlich wie berauschend. Ich atmete tief ein und konnte nicht genug davon bekommen.

Irgendwann zerstreute sich die Menge, die Leute packten ihre Koffer auf Kulis, setzten ihre kleinen Kinder in die mitgebrachten Buggys und bewegten sich zu den Ausgängen.

Ich schlenderte durch die Geschäfte, mein erster Bummel seit längerer Zeit. Normalerweise hielt mein Enthusiasmus sich in Grenzen, wenn ich zu meinen gelegentlichen Ausflügen in die Kaufhäuser und Boutiquen aufbrach. Anders als beispielsweise Solveig, der das stundenlange Schauen und Probieren ein geradezu orgiastisches Vergnügen bereitete, konnte ich kaum genug Interesse aufbringen, um mehr als einen Laden zu betreten.

In dieser Nacht, mit dem beruhigenden Knistern vieler großer Scheine in der Tasche, gönnte ich mir dagegen ausgedehnte Blicke auf teure Auslagen. Mir fielen sofort einige Gegenstände ins Auge, die ich meinen Eltern schenken konnte, bevor sie nach Mallorca auswanderten. Mama würde garantiert in einen Taumel des Entzückens verfallen, wenn ich ihr dieses komische Spinnrad schenken würde, das da im Schaufenster einer noblen Boutique zu sehen war. Ich ging in den Laden und fragte, was das Ding kostete. Die Verkäuferin belehrte mich, dass es sich um eine unverkäufliche Dekoration handle, doch als ich ihr einen Hunderter zeigte, waren wir sofort handelseinig. Für Papa fand ich einen herrlich flauschigen, knöchellangen Bademantel von Cardin, gegen den das Spinnrad sich geradezu als Billigschnäppchen ausnahm, weshalb ich genötigt war, für Mama noch ein Seidentuch von Donna Karan zu erstehen. Es war so groß wie ein mittleres Bettlaken und kostete so viel wie ein Überseeflug. An der Kasse zögerte ich kurz, doch der Kaufrausch hatte mich bereits erfasst, und ich blätterte bedenkenlos die nötige Anzahl von Scheinen hin.

Für Lucas erwarb ich zwei Nobelkrawatten und einen Kaschmirpullunder, für die großbusige Claudia parfümierte Bodylotion, für meine Großeltern eine Riesentube Venensalbe und ein erstklassiges Blutdruckmessgerät, das ich im Schaufenster der Flughafenapotheke entdeckt hatte.

Ich haderte mit mir, ob ich auch für Solveig ein Geschenk kaufen sollte. In einer ersten Aufwallung von Zorn entschied ich mich dagegen, doch dann dachte ich an all die vielen Dinge, mit denen sie mich im Laufe unserer gemeinsamen Jahre bedacht hatte, und das Herz wurde mir schwer. Sie war und blieb der Mensch, der mir am nächsten stand. Es wäre schon sehr anmaßend gewesen, wenn ich ihr die kleine Neurose, die sie sich in jüngster Zeit zugelegt hatte, so übel genommen hätte, dass ich nicht wenigstens eine Kleinigkeit für sie besorgte. Also sah ich mich nach einem brauchbaren Geschenk für sie um, von dem ich sicher wusste, dass es ihr gefallen würde. Es war nicht leicht. Über und über mit Tüten und Kisten bepackt, kämpfte ich mich durch die Geschäfte, mehrmals aneckend und Gegenstände herunterreißend. Dann endlich fand ich das passende Geschenk: eine hinreißende, strahlend blau gefärbte Federboa, die einfach phänomenal zu ihrem sexy schwarzen Kleid aussehen würde. Es war ein Accessoire, das auch Solveig zum sofortigen Kauf gezwungen hätte, sobald sie seiner ansichtig geworden wäre – genau wie bei dem roten Kleid, ihrem letzten Weihnachtsgeschenk für mich.

Die wunderschöne kleinkindgroße Puppe mit den schwarzen Locken und den dichtbewimperten Augen, die ich kurz darauf in einem Spielzeugladen fand, musste dann auch noch mit, denn sie sah genauso aus wie Solveig.

Schwer beladen machte ich mich auf dem Weg zum Parkhaus. Ich hatte in jeder Hand ungefähr ein halbes Dutzend Tüten; die Kiste mit dem Spinnrad hatte ich über der Schulter baumeln, den riesigen Karton mit der Puppe unterm Arm. Dann blieb ich bei einem Geschäft mit Abendmoden wie angewurzelt stehen und starrte die Schaufensterpuppe an. Das männliche Plastikmodell trug über dem eleganten Smoking ein ganz ähnliches Cape wie Martin auf der Silvesterfeier. Auch der weiße Seidenschal sah genau so aus wie der von Martin. Das Ensemble wurde durch einen glänzenden Zylinder komplettiert, mit dem Martin faszinierend aussehen würde. Dazu der Schal, das Cape, die weiße gerüschte Hemdbrust – er wäre der Star jeder Operngala oder jedes eleganten Kostümfestes!

Mir fiel ein, dass das Cape nicht mehr bei uns zu Hause gewesen war. Also musste er es nach unserem Schäferstündchen wieder mitgenommen haben. Immerhin hatte er den Wein dagelassen. Doch was sollte er auch damit machen? Trinken konnte er ihn sowieso nicht. Er hätte ihn natürlich verkaufen können, das war ja sein Geschäft, doch mit dem Geld hätte er auch nicht viel anfangen können, nicht nach der Art zu urteilen, in der er lebte. Er hatte schon ein Haus, einen Sarg, einen PC und einen Kühlschrank. Was brauchte er mehr?

Ich merkte, dass ich mir über ihn den Kopf zerbrach, obwohl ich mir geschworen hatte, nicht mehr an ihn zu denken. Doch es half nicht viel. Trotz des tiefen Grolls, den ich gegen Martin hegte, ging ich in den Laden und kaufte den Zylinder. Er war unverschämt teuer, doch dafür war es ein klassischer Chapeau claque, weshalb die Hutschachtel von den Dimensionen her nicht zu viel Platz beanspruchte. Daher konnte ich auch noch das in wundervoller Elfenbein- und Achatschnitzerei ausgeführte Schachspiel mitnehmen, das mir wenig später ins Auge stach. Wenn Martin es nicht mochte, würde ich es kurzerhand meinem Ex schenken. Schließlich war es ja Rainers mühsam erbohrtes Schwarzgeld, das ich hier ausgab.

Anschließend kam ich, behängt mit all meinen Neuerwerbungen, nur mühsam voran – nicht, weil mir die Last der Tüten und anderen Behältnisse zu schwer geworden wäre, sondern weil ich mit all dem Kram um mich herum kaum noch etwas sehen konnte.

Während ich noch überlegte, ob ich das ganze Zeug nicht besser auf einen Kuli laden sollte, rempelte ich jemanden an.

Der größte Teil meiner Lasten krachte um mich herum zu Boden, und als ich mich danach bückte, fand ich mich Auge in Auge mit Kommissar Schimanski wieder.

»Na so was!«, sagte er verblüfft.

Ich richtete mich auf und starrte ihn an, dann ergriff ich mechanisch die Hand, die er mir hinhielt. Mehr verdattert als entsetzt betrachtete ich ihn anschließend dabei, wie er meine Habseligkeiten auflas. Erst als er wankend und stöhnend unter der Last zusammenzubrechen drohte und den Karton mit dem Spinnrad keuchend wieder abstellte, kam mir in den Sinn, dass ich ihm wohl tragen helfen sollte. Hastig sammelte ich die restlichen Tüten vom Boden auf und klemmte mir die Kiste mit dem Spinnrad unter den Arm. Die Puppenkiste kam unter den anderen.

Schimanski wog den Karton mit dem Schachspiel in den Händen.

Schwer, sagte sein Blick.

Im nächsten Moment sprach er es aus. »Für so ein kleines Persönchen sind Sie sehr stark.«

»Ich mache Liegestütze und Hanteltraining«, behauptete ich.

»Vielleicht sollte ich es auch mal damit versuchen. Wollen Sie das Zeug zu Ihrem Wagen bringen?«

Ich überlegte, ob diese Frage irgendwelche Fallstricke enthielt, doch da mir nichts einfiel, nickte ich.

Er half mir, die Tüten und Schachteln auf einen Kofferkuli zu packen und legte auch Hand beim Schieben an, womit er gleichzeitig klarstellte, dass er noch mit mir reden wollte.

»Ein interessanter Mordfall, da bei Ihnen im Waschkeller.«

»Dazu kann ich nichts sagen. Ich war ja in Urlaub.«

»Ah, dann Sie sind wohl gerade wiedergekommen und haben noch schnell ein paar Geschenke besorgt.« Prüfend musterte er die Tüten auf der Ladefläche des Kofferkulis. »Wo ist denn Ihr Gepäck?«

»Ich war mit dem Wagen unterwegs«, sagte ich vorsichtig.

»Richtig, Ihre Bekannte hat das ja erwähnt. Dann sind Sie also schon vorher zurückgekommen und nur so hier rausgefahren, zum Einkaufen?«

»Wieso interessiert Sie das?«, wollte ich argwöhnisch wissen. »Hat das was mit dem Mord zu tun? Sind Sie überhaupt bei der Mordkommission?«

»Nein, ich bearbeite normalerweise Eigentumsdelikte. Aber der Fall, in dem ich vor Weihnachten ermittelt habe, und dieser Mord in Ihrem Keller weisen einige hochinteressante Parallelen auf. Ich habe deshalb veranlasst, dass beide Fälle gemeinsam ermittelt werden, und zwar unter meiner Mitwirkung. Man könnte also sagen, dass ich mit zuständig bin.«

Was nichts anderes besagte, als dass er über den Sachstand, wie ihn Solveig heute Abend für Martin zusammengefasst hatte, bestens im Bilde war.

Ich blieb wie angewurzelt stehen, denn mir war plötzlich eingefallen, welches kleine Versteckspiel Solveig zur Irreführung der Polizei mit meinem Wagen veranstaltet hatte. Der stand bekanntlich momentan auf irgendeinem Vorstadtparkplatz, obwohl ich ja offiziell damit in Urlaub gefahren war.

Wenn Schimanski mich jetzt bis ins Parkhaus verfolgte, würde er sehen, dass ich mit Solveigs Wagen unterwegs war, und noch mehr blöde Fragen stellen.

Natürlich bestand noch die entfernte Möglichkeit, dass er gar nicht wusste, welcher Wagen mir und welcher Solveig gehörte, doch daran glaubte ich keine Sekunde. Der Kerl wollte mir was am Zeug flicken. Ich spürte das so deutlich, dass er es mir ebenso gut ins Gesicht hätte schreien können.

»Wollen wir nicht noch irgendwo was trinken?«, fragte ich spontan. »Ich habe Durst.«

Er zog die Brauen hoch und wirkte erfreut. »Warum nicht?«

Und so kam es, dass ich fünf Minuten später mit dem Namensvetter eines berühmten Fernsehschnüfflers in einer Cafeteria saß und an einem Mineralwasser nippte, während er Tee trank. Den bepackten Kofferkuli hatte ich neben dem Tisch abgestellt, wild entschlossen, das Ding allein zum Auto zu karren. Irgendeine Ausrede, warum ich auf gar keinen Fall seine Hilfsbereitschaft ausnutzen wollte, würde mir schon einfallen. Ich sann heftig über meine Optionen nach, doch im Moment hatte meine Phantasie Sendepause. Das hing vor allem damit zusammen, dass Schimanski gerade seine Brieftasche zückte, einen winzigen Gegenstand hervorpraktizierte und ihn mir auf seiner offenen Handfläche entgegenhielt.

»Sie haben wohl keine Ahnung, was das für ein Ding sein könnte, oder?«

Einen scheußlichen Moment lang war ich versucht, mir den Mund zuzuhalten. Gerade noch rechtzeitig fiel mir ein, dass da kein Metall mehr war.

Ich starrte das Bracket an. Es funkelte mich im künstlichen Licht der Deckenstrahler boshaft an.

»Keine Ahnung. Sieht aus wie ein Teil aus einem Radio oder so. Könnte eventuell auch ein Verschluss von einem Armband sein.«

»Wir haben es im Keller gefunden. Genauer gesagt wurde es bei der Obduktion der Leiche entdeckt. Im … äh, Hals. Oder besser in dem, was davon übrig war.« Er spielte mit seiner Teetasse. »Und noch etwas sehr Interessantes wurde entdeckt. Oder besser: nicht entdeckt. Und zwar sein Blut.«

»Wessen Blut?«, fragte ich mit forscher Stimme und gähnend leerem Hirn.

»Das des Opfers. Heute am späten Nachmittag habe ich mir den Bericht aus der Gerichtsmedizin angeschaut. Ich hatte da so eine Ahnung, wissen Sie. In diesem Beruf braucht man das.«

Ein Bulle mit Ahnung hatte mir gerade noch gefehlt! Ich merkte, wie ich allmählich in Panik geriet. Wenn ich verhaftet wurde, war ich so gut wie tot. Es sei denn, man würde mich in einem fensterlosen Kellerverlies einkerkern. Doch diese glorreichen Zeiten waren seit mindestens zweihundert Jahren vorbei. Heutzutage hatten die Untersuchungsgefängnisse helle, luftige Räume mit großen Fenstern und lächerlich dünnen, kaum Schatten spendenden Gittern.

»Stellen Sie sich vor, er hatte praktisch kaum noch was davon. An Blut, meine ich. Oh, es war natürlich noch einiges da, in Form einer Pfütze zum Beispiel. Aber es war nicht so viel, wie es hätte sein müssen.«

Ich schluckte und leckte mir über die trockenen Lippen. »Warum erzählen Sie mir das eigentlich alles? Was habe ich damit zu tun?«

»Haben Sie sich irgendwann mal mit Wahrscheinlichkeitsrechnung befasst?«, stellte er eine Gegenfrage.

»Ich habe höchstens mal Lotto gespielt.«

»Das ist ein guter Vergleich«, lobte er mich. »Wenn Sie einen Tipp abgeben, beträgt die Wahrscheinlichkeit, zufällig sechs Richtige zu landen, eins zu vierzehn Millionen. Ungefähr. Was glauben Sie, wie groß die Wahrscheinlichkeit für einen Zufall ist, wenn, sagen wir, eine Person als mutmaßliche Zeugin bei einem Diebstahl von frischem Menschenblut infrage kommt und nur wenige Wochen darauf im Haus ebendieser Person eine völlig ausgeblutete Leiche gefunden wird?«

Ich zuckte die Achseln. »Woher soll ich das wissen. Manchmal ist Frankfurt halt ein Dorf. Schauen Sie uns beide an. Sie sind auf dem Flughafen, ich bin auf dem Flughafen, und es ist zwei Uhr nachts. Wie groß ist die Wahrscheinlichkeit, dass sich zwei Leute, die überhaupt nicht verreisen wollen, um diese Zeit auf dem Flughafen begegnen?«

»Da haben Sie mich. Obwohl – ich muss sagen, dass ich ziemlich häufig dienstlich hier draußen zu tun habe, das engt die Zufälligkeit unseres Treffens vielleicht doch ein wenig ein.« Er schob das Bracket auf seiner Handfläche herum und wechselte das Thema. »Nun, der Pathologe wusste auch nicht so recht, wie dieses Ding in den Hals des Opfers gekommen ist, aber wir stellen natürlich gewisse Mutmaßungen an. Eine davon ist beispielsweise, dass der oder die Täter oder einer davon sich einer kieferorthopädischen Behandlung unterzogen hat.«

»Wieso?« Ich tat verdutzt.

»Dieses kleine Plättchen sieht vielleicht nicht auf den ersten Blick danach aus, ist aber gewissermaßen ein zahntechnisches Präzisionsinstrument. Es wird auf den Zahnschmelz geklebt und dient zur Führung des Drahtbogens bei der kieferorthopädischen Behandlung mit der sogenannten Zahnspange.«

Ich grinste ihn mit meinen drahtlosen Zähnen an. »Ein Schulkind vielleicht?«

»Das scheint in der Tat eine kleine Ungereimtheit zu sein. Allerdings soll es auch gelegentlich Erwachsene geben, die sich einer solchen Behandlung unterziehen.«

»Ich persönlich kenne da niemanden«, sagte ich.

»Ich auch nicht. Bis jetzt jedenfalls nicht.« Er trank von seinem Tee und schaute mich über den Rand der Tasse hinweg an. »Sie sehen bezaubernd aus.«

Wieder dieser sprunghafte Wechsel. Anscheinend war das seine Masche, um bei einer Vernehmung ordentlich Verwirrung zu stiften. Er war wie eine Schlange, die sich von allen Seiten heranwindet, um dann urplötzlich aus völlig unerwarteter Richtung zuzustoßen.

Ich verzog das Gesicht. »Soll das eine Anmache werden?«

»Nicht doch. Sie haben mich nicht ausreden lassen. Ich wollte gerade hinzufügen, dass Sie ungewöhnlich blass sind.« Er furchte die Stirn. »Allerdings auf eine höchst attraktive Art, wenn ich das mal sagen darf.« Er stellte die Tasse ab und lächelte freundlich. Ich erwiderte aufmerksam seinen Blick und spürte, dass er jetzt wieder einen Haken schlagen würde.

»Woher wussten Sie eigentlich von dem Mord? Sie waren doch in Urlaub.«

Das war einfach.

»Ich habe mit meiner Freundin telefoniert, die hat mir davon erzählt.«

»Wo waren Sie in Urlaub?«

»In Italien.«

»Ach?«, meinte er erstaunt. »Ihre Freundin sagte, Sie seien nach Österreich gefahren.«

»Ja, da war ich auch, das lag quasi auf dem Weg«, sagte ich lahm.

Als Nächstes würde er meine Tankbelege sehen wollen. Und die Hotelrechnungen. Spätestens morgen hätte er auch rausgekriegt, dass das Bracket nur von mir stammen konnte. Ich war geliefert.

Während ich ihn noch völlig niedergeschmettert anstarrte, piepte es aus seiner Jackentasche.

»Telefon«, erklärte er und holte sein Handy raus. Er sah auf das Display. »Hm, das ist wichtig. Ich muss rasch drangehen. Entschuldigen Sie mich für eine Minute.«

»Kein Problem«, meinte ich großmütig.

Er stand auf und ging vor die Tür. Freundlicherweise wandte er mir dabei den Rücken zu. Kaum hatte er sich abgewandt, als ich auch schon losflitzte. In halsbrecherischem Tempo jagte ich mit meinem Kofferkuli aus der Cafeteria in die Halle.

Natürlich kriegte er es mit und winkte hektisch. »Warten Sie! Was ist denn los?«

»Hatte auch eben einen Anruf«, schrie ich. »Wichtiger Termin! Hatte ich ganz vergessen!«

Eine dämlichere Ausrede hätte mir kaum einfallen können. Immerhin war es zwei Uhr morgens, welche wichtigen Termine gab es da schon einzuhalten? Anscheinend dachte er dasselbe.

Er steckte sein Handy ein und setzte sich in Marsch, um mir zu folgen. »Ich komme morgen Vormittag gegen zehn Uhr dreißig bei Ihnen vorbei, würde das passen?«, rief er mir nach.

»Ja, gerne!«, brüllte ich zurück und legte noch einen Zahn zu, nur für den Fall, dass er auf die Idee kam, aufholen zu wollen.

Dabei muss ich den inoffiziellen Flughafenrekord im Kofferkulisprint gebrochen haben, denn die Leute blieben reihenweise stehen und starrten mir mit offenen Mündern hinterher.

»Wow, hat die einen Speed drauf«, hörte ich im Vorbeirasen einen Mann staunen. Passanten, Wände, Schalter und Anzeigetafeln verschwammen und wurden zu einem bunten, vorbeihuschenden Spalier. Ich achtete nicht auf die vereinzelten überraschten Ausrufe, sondern hielt unbeirrt meine Richtung bei.

Dann war ich endlich im Parkhaus. In fliegender Hast rollte ich den Kuli zum Wagen, warf meine Einkäufe in den Kofferraum, sprang hinters Steuer und verschwand mit qualmenden Reifen in der Nacht.

19. Kapitel

Ich fuhr unverzüglich nach Hause, das heißt, zu meiner und Solveigs Wohnung. Da dieser oberschlaue Bulle sich morgen Vormittag bei mir einfinden wollte, sozusagen nach hochoffizieller Ankündigung, durfte ich wohl davon ausgehen, dass er heute Nacht keine Verhaftungs- oder sonstige Aktion mehr gegen mich plante.

Damit blieb mir genug Zeit, ein paar Sachen zu packen und auf Nimmerwiedersehen zu verschwinden. Viel würde ich bei diesem überstürzten Umzug nicht mitnehmen können, doch ein paar Dinge wollte ich nicht zurücklassen. Meine Familienfotos, ein Bündel alter Liebesbriefe von meinem ersten Freund, mein Examenszeugnis, meine Digitalkamera, mein Netbook.

Außerdem brauchte ich Unterwäsche, warme Kleidung, Schuhe, Bücher, Schminkzeug. Ich dachte gar nicht daran, mir alles neu anzuschaffen, wenn ich es doch nur zu Hause abzuholen brauchte. Ab sofort würde ich jeden noch verbleibenden Cent von dem Geld, das Rainer mir gegeben hatte, für weitere Notfälle wie diesen bunkern. Ich ärgerte mich bereits, dass ich so leichtfertig fast zweitausend Euro für ebenso teure wie überflüssige Geschenke verpulvert hatte. Solche Anfälle von Verschwendungssucht würde ich mir künftig nicht leisten können, denn ich musste damit rechnen, dass Martin sein Angebot, mit ihm die Gruft zu teilen, sofort zurückzog, wenn er erst erfuhr, dass ich unter Mordverdacht stand. Solange ich mich im Mittelpunkt polizeilicher Ermittlungen befand, würde ich ihm nichts außer Ärger einbringen, Grund genug, mich schnellstmöglich und in hohem Bogen hinauszuwerfen.

Der Aufzug im Haus war außer Betrieb. Als ich durch das

dunkle Treppenhaus nach oben schlich, atmete ich die nächtlichen Gerüche des Hauses ein. Im Erdgeschoss Schweiß und Schnaps, im ersten Stockwerk leichter Öl- und Kohldunst, im zweiten Stock das Odeur voller Windeln und geronnener Milch, im dritten das schale Aroma von kaltem Kaffee und verbranntem Fleisch, im vierten Haschischausdünstungen. Doch das war alles nichts gegen das, was danach kam: Ich hielt mir die Nase zu, als ich in den fünften hochstieg, denn der unbeschreiblich ekelhafte Gestank aus Frau Herberichs Wohnung ließ mich fast rücklings die Treppe runterstürzen. Gott, wie das miefte! Dieses Konglomerat an unglaublich widerwärtigen, zutiefst abstoßenden Gerüchen inhalieren zu müssen, war der reinste Abstieg in den Hades. Ein Treffer mit dem Vorschlaghammer direkt auf die Nasennerven. Kein Vampir konnte das aushalten!

Ich schloss mit Solveigs Schlüssel unsere Wohnungstür auf. Drinnen war es dunkel und still. Unverzüglich eilte ich weiter zu meinem Zimmer – und erstarrte, die Hand auf der Klinke. Solveig war zu Hause! Sie war in ihrem Bett und schlief. Ich vernahm das gleichmäßige Pochen ihres Herzens, ich erkannte den feinen Duft ihres Körpers. Sie roch wie immer, wie ich sofort voller Erleichterung erkannte. Da war kein Blut. Nicht ein bisschen. Ich hätte es sofort gemerkt. Er hatte sie nicht gebissen!

Wilde, völlig unsinnige Erleichterung durchströmte mich. Ich hätte singen mögen, so gut aufgelegt war ich mit einem Mal.

In meinem Zimmer warf ich rasch ein paar Kleidungsstücke in meinen Koffer, obenauf das Netbook und die Kamera, außerdem ein paar Lieblingsbücher und die Fotoalben, meine wichtigsten Erinnerungsstücke. Da in Martins Haus bereits eine vollgepackte Reisetasche mit meinen Sachen stand, hatte ich schnell alles Nötige beisammen und war bereit zum Aufbruch. Nach kurzem Überlegen beschloss ich, den Fernseher mitzunehmen. Solveig sah sowieso nicht gern fern, und schließlich musste ich mir irgendwie bei Martin die Zeit vertreiben, denn wenn er im Internet surfte, war er nicht gerade der interessanteste Unterhalter.

Fragte sich nur, ob ich das Riesending allein wegschaffen konnte, zumal der Fahrstuhl nicht ging. Der Fernseher war damals von einer Lieferfirma hierhertransportiert worden. Zwei Männer hatten ihn schwitzend zuerst in den Aufzug und dann von dort in die Wohnung geschleppt.

Ich umfasste das Gerät und hob es probehalber an. Besonders schwer war es nicht, wie ich erleichtert feststellte.

Kein Problem für die bärenstarke Gräfin Dracula, dachte ich mit leisem Stolz.

Ich packte den Apparat fester und trug ihn kurz entschlossen die Treppe runter und raus zum Wagen. Er passte mit Ach und Krach auf die Rückbank.

Anschließend ging ich wieder nach oben und holte mein Marschgepäck. Beim nächsten Gang beförderte ich mein Bettzeug nach unten, nicht nur, weil der Sarg gewöhnungsbedürftig war, sondern auch, weil ich es beim Fernsehen gern kuschelig hatte und nicht auf dem kalten, harten Boden sitzen wollte.

Auf meiner letzten Tour – im fünften Stock immer mit fest angehaltenem Atem – brachte ich die Geschenke nach oben, die ich für Solveig gekauft hatte. Ich dekorierte die Puppe auf dem Wohnzimmertisch und wickelte die Federboa malerisch um den Puppenhals. Während ich noch überlegte, ob ich einen netten Brief dazulegen sollte, hörte ich, wie Solveig aufwachte. Sie reckte sich, gähnte und setzte sich auf. Danach musste ich nicht lange warten. Sie krabbelte aus dem Bett und taumelte in Richtung Küche, wo sie den Kühlschrank aufriss und die Schokolade hervorkramte. Als ich die Verpackung knistern hörte, ging ich hinüber. Sie stand verschlafen vor dem offenen Kühlschrank und wollte gerade ein Stück abbeißen.

»Krieg keinen Schreck«, sagte ich.

Sie schrie schrill auf, ließ die Schokolade fallen und griff sich ans Herz.

»Luzie! Mein Gott, ich krieg 'nen Infarkt!« Sie wankte zum Tisch und ließ sich auf einen der Stühle fallen.

»Ich habe nur ein paar Sachen geholt. Hoffentlich hast du nichts dagegen, dass ich den Fernseher mitnehme.«

»Wieso? Wo willst du denn hin? Zu Martin?«

»Ich weiß nicht. Wenn, dann höchstens für heute Nacht. Ab morgen sehe ich dann weiter. Irgendwas werde ich schon finden. Es ist besser, wenn du's gar nicht weißt, dann brauchst du auch den Bullen nichts vorzulügen.«

»Wieso den Bullen?«

Ich erzählte ihr von meiner unverhofften Begegnung auf dem Flughafen und dem neuesten Stand der Ermittlungen.

»Wenn der Typ morgen herkommt und ich nicht da bin, kann er sich sowieso seinen Teil denken. Und dass das Bracket von mir stammt, hat er auch ruck, zuck raus.«

»Von mir erfährt er kein Sterbenswörtchen«, beteuerte Solveig. Sie hob die Schokolade auf, brach einen Riegel ab und schlang ihn in zwei Bissen hinunter.

»Wie bist du überhaupt nach Hause gekommen?«, fragte ich. »Hat Martin dich gefahren?«

»Nein, sein Auto ist kaputt. Ich musste mit dem Taxi fahren. Ich habe dich dauernd angerufen, aber du bist nicht drangegangen.« Sie spießte mich mit erbosten Blicken auf, beide Backen voller Schokolade.

»Ich hatte mein Handy auf lautlos gestellt«, flunkerte ich.

Sie betrachtete mich grimmig. »Und? Hat Martin dir schon alles brühwarm erzählt?«

»Nein, ich war noch gar nicht wieder dort, und meine Handynummer hat er bislang nicht. Ich habe Rainer besucht, er hat mir in seiner Praxis die Zahnspange entfernt.«

Kauend blickte sie auf. »Oh, jetzt seh ich's erst. Hat's wehgetan?«

Ich schüttelte den Kopf. »Was war denn nun los mit dir und Martin?«

Sie warf verärgert die restliche Schokolade auf den Tisch. »Nichts. Nichts war los.«

»Er wollte dich nicht beißen?«

»Er wollte schon, aber er konnte nicht.«

»Er *konnte* nicht?«

»Ja, doch. Er hat es probiert, aber es ging nicht.«

»Wie hat er es denn probiert?«

»Na, er hat seinen Mund auf meinen Hals gelegt, ein bisschen rumgeschmatzt, und dann meinte er, er hätte leider momentan nicht den nötigen Blutdurst.«

»Ah ja«, meinte ich verbindlich.

»Er sagte, es wäre so ähnlich wie beim Sex, da könnten die Männer auch nicht auf Kommando.« Solveig seufzte. »Na ja, vielleicht hat es einfach nicht sollen sein.«

»Was denn? Beißen oder Sex?«

»Sex kann er überhaupt nicht haben. Sag nur, das wusstest du nicht?«

»Äh … nein.«

»Es ist aber so. Vampire sind von Natur aus impotent.«

»Oh«, machte ich lahm.

»Hast du das nicht bei dir selbst auch festgestellt?«

»Uh … Ich weiß nicht. Das ist mir noch gar nicht in den Sinn gekommen.«

»Kann ich mir denken. Bei dir war ja auch vorher immer schon Dauerflaute.« Sie schüttelte den Kopf. »Der arme Mann. Nix mehr los in der Hose! Das ist natürlich hart. Beziehungsweise das genaue Gegenteil.«

»Da hast du ja gerade noch mal Glück gehabt. Ich meine, dass er dich diesmal nicht beißen konnte.«

»Das ist die Frage. Es ist eine Art Güterabwägung, würde ich sagen.«

»Welche Güter?«

»Na, schlank plus frigide gegen fett plus scharf.«

Bei *schlank plus frigide* zeigte sie auf mich, bei *fett plus scharf* auf sich selbst.

»Wir sind praktisch zwei Seiten derselben Medaille.« Zaudernd betrachtete sie die Schokolade, dann brach sie sich kurz entschlossen noch einen Riegel ab und schob ihn sich zwischen die Zähne. »Leider kann nur eine Seite oben liegen«, philosophierte sie kauend. »Grund genug, in dieser Hinsicht nichts zu überstürzen. Ich denke, ich muss mir das alles noch mal ganz genau durch den Kopf gehen lassen.«

Ich nickte, immer noch perplex von dieser Wendung der Dinge. Da hatte Martin sich ja ungemein elegant aus der Affäre gezogen!

Fragte sich nur, ob es ihre Entscheidung beeinflussen würde, wenn sie erfuhr, dass Vampire nicht körperlich alterten. Keine Krähenfüße, keine Falten am Hals, kein hängendes Kinn, keine erschlaffenden Brüste, keine grauen Haare, keine Cellulite.

Sobald sie das erst rauskriegte, würde sie vermutlich schnell wieder auf Beißkurs umschwenken.

Solveig verleibte sich auch noch die beiden letzten verbliebenen Schokoladenriegel ein, stand auf und ging ins Wohnzimmer. Ich folgte ihr erwartungsvoll, doch nichts hatte mich auf ihre Reaktion vorbereitet. Als sie meine Geschenke sah, blieb sie wie angewurzelt stehen und starrte sie an. Dann, ganz plötzlich, fingen ihre Schultern an zu zucken, und sie begann lautlos zu weinen. Tränen strömten ihr aus den Augen, liefen über ihre Wangen und den Hals bis hinab in den Ausschnitt ihres Nachthemds.

»Oh, Luzie, Luzie, jetzt hast du es mal wieder geschafft«, schluchzte sie. »Jetzt muss ich furchtbar heulen!«

Dann warf sie die Arme um mich, hundertfünfunddreißig Pfund warmer, weicher Weiblichkeit. Ich schnupperte glücklich an ihrem feuchten Hals, nur ein bis zwei Millimeter von all dem köstlichen Blut entfernt, dann wandte ich das Gesicht zur

Seite und hielt mir vorsichtshalber die Nase zu, aber natürlich so, dass sie es nicht mitbekam.

»Ach, ich weiß nicht, wie ich das aushalten soll ohne dich«, weinte sie. Dann ließ sie mich los und stürzte sich auf die Puppe und die Boa. Sie drückte beides an sich, warf sich aufs Sofa und wiegte sich hin und her, schniefend und zitternd.

»Luzie, das ist fast so schlimm wie damals, als meine Eltern gestorben sind!«

»Unsinn. Ich bin ja nicht aus der Welt.«

»Erzähl mir nichts. Bestimmt sehe ich dich nie wieder!« Sie wickelte sich die Federboa um den Hals, presste die Puppe an die Brust und heulte zum Steinerweichen.

Ich setzte mich zu ihr aufs Sofa und heulte mit. Wir heulten unisono wie die Klageweiber, bis sie zuerst damit aufhörte, ein Beweis dafür, dass sie von uns beiden schon immer die Robustere gewesen war.

»Es ist ein bisschen wie eine Scheidung, nicht?« Sie wischte sich die feuchten Augen.

»Nicht ganz.« Ich grinste sie unter Tränen an. »Wir müssen uns nicht wegen Unterhalt zoffen.«

»Aber du ziehst beim Scheidungsgrund ein.«

»Wenn, dann nur vorübergehend. Was soll ich schon mit einem Typen anfangen, der bloß einen Stuhl im Haus hat?«

Ein entrückter Glanz trat in ihre Augen. »Ach, wenn er doch nur ein ganzer Mann wäre – ich glaube, ich könnte dich töten, um an deiner Stelle zu sein!«

Ich fühlte ein unangenehmes Kribbeln in der Herzgegend, ungefähr da, wo sie als Anführerin des Lynchmobs in meinem Fiebertraum den Pfahl in mich gestoßen hatte.

»Ja, also …« Ich rieb mir die Rippen, um das Gefühl loszuwerden. »Da wäre noch die Sache mit deinem Auto. Wenn ich es vielleicht heute Nacht noch mal haben könnte, um die ganzen Sachen zu meinem Wagen zu bringen …«

Sie sagte mir, wo mein Auto stand. Ich würde meine Siebensachen in ihrem Wagen dorthin transportieren und alles umladen. Sie würde morgen mit der Straßenbahn hinfahren und einfach in ihr Auto umsteigen. Den Schlüssel würde ich ihr im Handschuhfach zurücklassen, sie hatte einen Reserveschlüssel.

Den Bullen würde sie erzählen, ich wäre überraschend von einer Bekannten angerufen worden, die zufällig ein Last-Minute-Ticket für einen New-York-Flug an der Hand gehabt hatte und noch jemanden zum Mitreisen suchte.

Alles kein Problem.

Nein, das einzige Problem war, dass mein bisheriges Leben hier und jetzt unwiderruflich endete. Dieser Einschnitt schien mir weit bedeutender als das Ereignis in der Silvesternacht, das meinen Körper verändert hatte.

Jetzt musste meine Seele endgültig nachziehen. Ich musste nicht mehr und nicht weniger fertigbringen, als mein ganzes Dasein über Bord zu werfen. Ich musste alles hinter mir lassen, meine Jugend, meine Familie, meine Freunde, meine Träume. Nicht nur für heute oder morgen oder ein Jahr, sondern für immer.

Ich würde ein Wesen der Nacht sein, heimlichtuerisch, raffiniert, oft auf der Flucht und immer auf der Hut.

Plötzlich hatte ich Angst. Jetzt, an der Schwelle des Unvermeidbaren, fürchtete ich mich vor der Zukunft, von der ich definitiv nur wusste, was sie nicht für mich bereithielt: keinen Scampisalat, kein Vanilleeis, keinen Champagner, keine Strandspaziergänge im Sonnenlicht. Keine Kinder.

Und dennoch hing das Leben, das vor mir lag, nur von mir ab. Ich selbst hatte es in der Hand, ob ich im Dunkeln der Höhle sitzen und die Schattenbilder an der Wand anstarren würde, oder ob ich neue Freiheiten suchen und sie erfahren würde.

Alle Möglichkeiten zur Veränderung lagen in mir selbst begründet. Ich musste sie nur zu finden wissen.

*

Solveigs Wagen war vollgepackt bis unters Dach mit dem Fernseher, meinem Bettzeug, dem Koffer, Taschen, Tüten und Schachteln. Ich erreichte den Parkplatz in R. in weniger als zwanzig Minuten und hatte kurz darauf das ganze Transportgut in meinen Wagen umgeladen, obwohl es diesmal noch mehr Probleme mit dem Platz gab, zwangsläufige Folge des Unterschieds zwischen Klein- und Kleinstwagen. Der Größe nach verhielten sich unsere beiden Autos zueinander wie Schuhkarton zur Zigarrenschachtel.

Als ich meinen Wagen schließlich langsam vor Martins Haus ausrollen ließ, war es Viertel nach vier. Ich holte die Schachtel mit dem Zylinder und den Karton mit dem Schachspiel vom Rücksitz und stieg aus. Als ich klingelte, lächelte ich – möglichst versöhnlich, wie ich hoffte – in die Infrarot-Kamera oben an der Mauer beim Portal.

Allerdings hatte ich keine Angst, dass Martin mich nicht einlassen würde oder dass er nicht zu Hause war, denn für mich stand außer Frage, dass weder Mauern noch Türschlösser oder Fensterriegel mich vom Betreten des Hauses würden abhalten können. Ich hatte im Laufe des letzten Tages eine schwere Tür aus den Angeln gerissen, ein Treppengeländer zerquetscht und einen Kingsize-Fernseher fünf Stockwerke nach unten getragen, und all das hatte mich nicht mehr Kraft gekostet als Haarekämmen oder Zähneputzen.

Meine Überlegungen zu einem etwaigen Einbruch erwiesen sich als gegenstandslos, denn schon wenige Augenblicke nachdem ich geläutet hatte, ertönte ein Summen, und das Tor sprang auf. Ich ging über den gepflasterten Gehweg zum Haus.

Martin stand in der offenen Haustür. Seine Umrisse hoben sich scharf gegen einen rötlichen Lichtschein ab, der aus dem Inneren des Wohnzimmers kam. Ich schnupperte und roch den Duft von brennendem Holz. Er hatte ein Feuer im Kamin entzündet.

»Hallo«, sagte ich und hasste mich für die Unsicherheit in meiner Stimme.

»Guten Abend, Lucia. Ich habe dich erwartet.« Er lächelte mich an, und mein Herz machte einen Satz.

»Du warst beim Zahnarzt«, stellte er fest.

Ich zeigte glücklich meine blanken Zähne. Er nickte beifällig. »Dein Mann?«

»Mein Ex.«

Er ging nicht weiter darauf ein. »Komm«, sagte er, nahm meinen Arm und führte mich in den Salon. Die Tür war wieder eingehängt, wie mir auffiel, als Martin sie nachlässig aufstieß.

Die Schachtel unterm Arm, blieb ich wie angewurzelt stehen. War das etwa derselbe Raum wie gestern Abend?

Die Veränderung hätte gar nicht dramatischer sein können. Dort, wo gestern noch kahler Parkettboden gegähnt hatte, befand sich jetzt ein Arrangement aus eleganten, gemütlichen Möbeln und Teppichen. Vor dem Kamin stand eine Sitzgruppe aus weichem, dunklem Büffelleder um einen niedrigen Tisch, auf dessen achatfarbiger Platte sich die züngelnden Flammen spiegelten. An der gegenüberliegenden Wand befand sich ein breiter, antiker Schrank, hinter dessen Glastür zahlreiche Buchrücken zu sehen waren. Kleinigkeiten wie eine Stehlampe, eine schimmernde Teppichbrücke und ein Fernsehsessel vervollständigten das erstaunlich gefällige Bild.

Ein Fernsehsessel? Ich riss die Augen auf, doch dort drüben in der Ecke stand tatsächlich ein LCD-Fernseher, ein Topgerät, noch größer als der, den ich mitgebracht hatte.

Ich war gerührt. »Für mich?«

Er lächelte schief. »Nein, ich hab's selbst auch gern gemütlich, und Fernsehen kann sehr entspannend sein.«

»Aber wo standen denn die ganzen Sachen vorher?«

»Da drüben.« Er deutete auf eine Tür, die vom Salon in einen Nebenraum führte und die während der anderen Male, als ich hier drin gewesen war, verschlossen gewesen war. Jetzt stand sie offen und bot einen Blick auf das benachbarte Zimmer, das fast ebenso groß war wie dieses. Jetzt stand dort drüben sein PC-Equipment.

»Zum Arbeiten brauche ich eine nüchterne Umgebung«, erklärte er, als er meinen konsternierten Blick bemerkte. »Heute habe ich umgeräumt, weil ich dachte, dass du vielleicht gern am Kaminfeuer sitzt. Ich liebe Kaminfeuer.«

»Ich verstehe. Für deine Gäste nur das Beste. Nicht immer, aber immer öfter.«

»Es gibt keinen Grund für deinen Sarkasmus. Als du das erste Mal herkamst, brauchtest du am nötigsten die Wärme, also habe ich dich vor das Feuer gelegt. Und gestern gab es keine Gelegenheit für ein gemütliches Beisammensitzen, denn du warst nicht nur konfus und abweisend, sondern mir schien auch, als hättest du nichts als Streit und Eifersucht im Sinn.«

Wieder beeindruckte mich die verschroben-altmodische Eleganz seiner Ausdrucksweise, doch dann begriff ich, was er da eben gesagt hatte. Eifersucht?

»Ich bin nicht eifersüchtig. Bilde dir bloß keine Schwachheiten ein!« Dann sagte ich das Nächstbeste, das mir in den Sinn kam. »Du hast Solveig auf Distanz gehalten, oder?«

Darauf bedurfte es keiner Antwort, weshalb er mir auch keine gab. Er hatte sie ebenso wenig in sein Wohnzimmer gebeten, wie er sie gebissen hatte. Zwar hatte er bewusst vermieden, sie dabei zu brüskieren, doch hatte er seit der Silvesternacht ihr gegenüber nichts mehr von sich preisgegeben. Seit er … seit er mit mir zusammengekommen war. Aber hatte er mir deswegen mehr von sich verraten?

Unvermittelt ging mir auf, wie wenig ich über ihn wusste. Er hatte in so vielen Jahren so vieles erlebt und gesehen, dass ich mir plötzlich grenzenlos unbedarft vorkam, fast wie ein Kind. Das Gefühl abgrundtiefer Unterlegenheit wurde zusätzlich geschürt durch seine einschüchternde Männlichkeit, die mich vorhin beim Betreten des Hauses wie immer überwältigt hatte. Das wiederum war wie ein Anker, an den ich mich klammern konnte, die einzige zuverlässige, handfeste Tatsache, die ich über meine Verbindung zu diesem verwirrenden Fremden wusste: Ich fühlte mich intensiv zu ihm hingezogen. Um es vulgär auszudrücken: Ich war scharf auf ihn.

Es war, zumindest was das Körperliche betraf, sozusagen Liebe auf den ersten Biss gewesen.

Ich starrte ihn an. Er trug heute kein Schwarz, sondern ganz profane Jeans und dazu ein blaues Sweatshirt mit einem Nike-Aufdruck. Sein Haar war frisch gewaschen. Ich konnte das Shampoo riechen, das ich gestern selbst benutzt hatte. Er hatte sich rasiert und über den Ohren ein wenig die Locken gestutzt.

Und jetzt, da er mich so teuflisch überlegen anlächelte, weil er genau wusste, was ich dachte, erschien dort, direkt neben seinem sinnlichen Mund, das Grübchen …

Bevor ich mich in dem wilden Durcheinander meiner Gedanken rettungslos verirrte, zog ich die Notbremse. Ich straffte mich entschlossen und streckte ihm meine Mitbringsel hin.

»Da. Für dich.«

Das Lächeln wich von seinen Zügen und machte Verblüffung Platz. Ich sah es mit großer Befriedigung.

Er nahm die Kartons entgegen und schaute sie an. Dann hob er die Blicke und sah mir direkt in die Augen, überrascht, ja fast fassungslos.

»Du meinst – für mich? Ein Geschenk?«

»Zwei Geschenke. Habe ich heute Nacht für dich am Flughafen besorgt. Willst du sie nicht aufmachen?«

In seinem Gesicht arbeitete es, und wieder erstaunte es mich, zu welch starken Emotionen er fähig war, denn er wandte sich von mir ab und fuhr sich unwillig mit dem Handrücken über die Augen.

»Was ist?«, fragte ich bestürzt.

»Ich habe seit vielen Jahren keine Geschenke bekommen. Seit … Ich weiß nicht, seit wann.«

Er starrte ins Feuer. Ich ließ ihm Zeit.

Nach einer Weile drehte er sich um und legte behutsam die Schachteln auf den Tisch, wo er sie öffnete. Er nahm eine der Schachfiguren heraus und drehte sie zwischen Daumen und Zeigefinger. »Das ist sehr schön. Und bestimmt sehr teuer.«

»Ich hab's nicht geklaut«, sagte ich entrüstet.

»Im Gedankenlesen machst du Fortschritte«, meinte er verschmitzt. Anscheinend hatte er seine gute Laune wiedergefunden.

Dann hob er den Deckel von der Schachtel mit dem Zylinder, nahm ihn heraus und ließ ihn mit fachmännischem Schlag auf sein Handgelenk aufschnappen. Grinsend schaute er sich zu mir um, setzte den Hut auf und schob ihn keck auf ein Ohr.

»Ich danke dir für die Geschenke«, sagte er mit einer förmlichen kleinen Verbeugung, ganz Kavalier alter Schule.

»Ich wusste, dass er dir gut steht«, sagte ich entzückt. »Du musst ihn unbedingt in der Oper anziehen. Am besten passt natürlich ein Frack dazu.«

»Würdest du mit mir in die Oper gehen?«

Ich zuckte die Achseln. »Klar, ab und zu kann ich das gut ab. Wenn's nicht gerade Beethoven ist. Aber der hat ja zum Glück sowieso nur eine einzige Oper geschrieben. Ich würde sagen, wir suchen uns was von Verdi aus. Wie wär's mit Aida? Das ist doch irgendwie passend, findest du nicht? Ich denk da nur an die letzte Szene im vierten Akt: Radames und Aida, lebendig begraben im Gewölbe unter dem Tempel. Das ist Romantik pur.«

Seine Augen wurden dunkel. »Bei der Vorstellung musst du das rote Kleid tragen.«

»Meinetwegen. Wenn ich die Mayonnaiseflecken rauskriege.«

Wir lachten beide, doch bei mir klang es etwas zittrig. Wenn er mich auf diese spezielle Art ansah, wurden mir sofort die Knie weich. Er streckte die Hand aus und fuhr mir sanft über die Wange. Ich legte den Kopf in seine offene Handfläche, um die Liebkosung auszudehnen.

Falls ich mir eingebildet hatte, wir würden nun keuchend vor Leidenschaft aufs Sofa sinken und uns gegenseitig in wilder Hast die Klamotten vom Leib reißen, so hatte ich mich getäuscht.

»Du bist ein recht lüsternes Geschöpf«, sagte er.

Ich knirschte mit den Zähnen, doch was wollte ich machen? Auf dem Gebiet hatte er mir zu viel voraus. Und außerdem musste ich zugeben, dass es stimmte. Zumindest, was die letzte Zeit betraf. Es hätte mir längst selbst auffallen müssen. Spätestens in dem Augenblick, als ich überlegt hatte, mit meinem Ex intim zu werden. War ich im Begriff, eine Art Nymphomanin zu werden?

Aber wie war das bei Martin? Was er Solveig über seine männlichen Triebe erzählt hatte, konnte nicht stimmen, nicht nach unserem privaten Silvesterfeuerwerk in meinem Bett. Aber vielleicht hatte er ja nur alle fünf Jahre Sex. Oder noch seltener.

Ich räusperte mich, dann stieß ich mit rauer Stimme hervor: »Im Auto sind noch meine ganzen Sachen. Ich geh sie mal rasch ausladen, sonst gucken die Nachbarn morgen blöd.«

Er selbst, und das muss ich ihm hoch anrechnen, guckte kaum blöd, sondern erwies sich beim Anblick meines bis an die Decke beladenen Wagens als wahrer Gentleman. Er half mir beim Auspacken, wobei er den Fernseher unter einem Arm und meinen Koffer und eine Kiste mit Büchern unter dem anderen ins Haus trug. Anschließend fand er offenbar, dass wir uns eine kleine Erfrischung verdient hatten, denn er bat mich in die Küche, wo er mir einen Schluck Blut kredenzte – aus einem Likörglas. Ich kicherte haltlos, als er mir die kühle Köstlichkeit servierte, doch dann verging mir das Lachen, denn der berauschende Geruch stieg mir in die Nase, und ich fing an zu zittern.

»Trink es langsam«, riet er mir. »Nicht alles auf einmal, sonst wird dir schwindlig.«

Ich gehorchte, aber trotzdem drehte sich alles um mich. Das Blut biss mir in die Zunge, metallisch, schwer, sirupartig. Es war heiß und eiskalt, salzig und süß – das Elixier des Lebens. Ich wollte mehr und bekam ein weiteres Gläschen voll, doch damit hatte es sich.

»Du musst lernen, es zu zügeln«, meinte er, während er den Beutel wieder zurück in den Kühlschrank legte. »Sonst gerät es dir schnell außer Kontrolle. Dann gibt es Nachschubprobleme.«

20. Kapitel

Wir gingen zurück ins Wohnzimmer. Ich setzte mich aufs Sofa und schaute angelegentlich ins Feuer, bis ich es endlich geschafft hatte, meine Befangenheit zu überwinden.

»Ich möchte dich besser kennenlernen. Kann ich dir ein paar Fragen stellen?«

Er saß mir gegenüber auf dem Sessel, die Hände auf den Oberschenkeln, entspannt zurückgelehnt, die Augen halb geschlossen. »Das ist wohl fair.«

»Wie heißt du eigentlich richtig?«

Das Grübchen zeigte sich. »Martin. Martin Tobias Johannes, um genau zu sein. Der Name steht jedenfalls auf meinem Taufschein. Mein Nachname hat im Laufe der Jahre zu oft gewechselt, als dass er noch von Belang wäre.«

»Wenn du meine Gedanken liest – wie machst du das? Ist es, als ob du in einem Buch lesen würdest?«

»Das kommt auf den Inhalt deiner Gedanken an. Manche Dinge erkenne ich so deutlich, als würdest du sie aussprechen.«

Welche das waren, lag auf der Hand. Manches von dem, was mir seinetwegen durch den Kopf ging, war so heiß, dass es mir schon fast den Schädel wegbrannte!

»Das gilt nicht für alles, was du denkst«, schränkte er ein. »Hauptsächlich für die Gedanken, die sich auf meine Person beziehen, vor allem die … intensiveren Gefühle. Vieles andere bleibt mir verborgen. Es ist im Grunde nichts weiter als eine besondere Art von Empathie.«

Jetzt kam die Kardinalfrage.

»Wie bist zu zum Vampir geworden? Wer hat dich verwandelt?«

»Eine Frau«, antwortete er bereitwillig. »Sie war Krankenschwester in einem Feldlazarett. Ich war verwundet und lag im Sterben. Ich hatte eine Kugel im Rücken und Granatsplitter in der Brust. Es war nur noch eine Sache von Stunden. Sie gab mir ihr Blut, und so wurde ich zu dem, was ich heute bin.«

Ein heftiges Déjà-vu-Gefühl wallte in mir auf, und dann durchzuckte es mich. Die alten Dokumente! Lucia! Lucia und die Soldaten …

»Ja, sie hieß wie du«, sagte er sanft.

»Hast du sie geliebt?«

»Ich habe sie getötet.«

Ich saß starr. »Warum?«, stieß ich schließlich hervor.

»Warum sie sterben musste? Weil sie meine Warnung missachtet hat. Sie hat nicht aufgehört.«

»Sie hat … sie hat die Soldaten verwandelt«, krächzte ich, weil ich es plötzlich wusste.

»Das hat sie getan.«

»Sie hat es aber nur bei denen gemacht, die sowieso gestorben wären, stimmt's?«

Er nickte. »Du weißt davon. Das heißt, es existieren Aufzeichnungen davon in eurer Familie.«

Ich schluckte. Er kam vom Thema ab, doch das war mir momentan nur recht.

»Sie war die Tante meiner Großmutter. Es gibt da Überlieferungen, einen alten Bericht, aber man muss sich das meiste zusammenreimen. Und ich habe ein Foto. Sie hat mir ein bisschen ähnlich gesehen.«

»Das, mein liebes Kind, ist auch der Grund, warum ich bisweilen glaube, dass das Schicksal seine Possen mit uns treibt.«

Ich war verwirrt. »Was meinst du damit?«

»Erinnerst du dich an den Abend, als wir uns das erste Mal gesehen haben?«

Natürlich erinnerte ich mich. Wie konnte ich das je vergessen?

»Ich bin von der Haltestelle gekommen«, sagte ich langsam. »Ich habe gedacht, du wolltest auch zum Zahnarzt, und dass du nur deswegen nicht gleich reingegangen bist, weil du Angst hattest. Aber du hast da bloß auf mich gewartet, oder? Wusstest du, dass ich kommen würde?«

Er schüttelte den Kopf. »Ich ging spazieren an diesem Abend. Nur um den Block, frische Luft schöpfen. Es war einer der Tage, an denen einem die Decke auf den Kopf fällt, wo man glaubt, wahnsinnig zu werden, wenn man nicht ins Freie kann. Ich war kurz vorher aufgewacht, und gleich beim Einsetzen der Dämmerung machte ich mich auf den Weg. Als ich sah, wie du durch das Schneetreiben auf mich zukamst, blieb ich genau dort, wo ich mich gerade befand, denn ich glaubte, das Herz müsse mir stehen bleiben, als ich dein Gesicht sah.«

Ich war wie betäubt. Die Weissagung hatte sich erfüllt. Lucia … Sie war wiedergekommen im dritten Glied: Anfang und Ende, Vergangenheit und Zukunft, alles war unauflöslich miteinander verknüpft.

»Zu diesem Zeitpunkt dachte ich noch an Zufall. Ich machte mir deinen Irrtum zunutze und folgte dir in die Praxis, weil ich neugierig war und mehr über dich erfahren wollte. Ich hörte der Unterhaltung zwischen dir und deinem geschiedenen Mann zu, und dabei stellte ich zu meiner Beruhigung fest, dass du einfach ein bezauberndes blondes Dingelchen warst, nicht anders als viele andere Mädchen, abgesehen natürlich von deinen Kiefergelenkproblemen.«

»Danke schön«, sagte ich säuerlich.

Er achtete nicht auf meinen Einwurf. »Dann sah ich dich in der Klinik wieder. Noch ein verrückter Zufall, dachte ich, nichts weiter. Du konntest mich sehen, doch das schob ich darauf, dass ich wegen des unerwarteten Wiedersehens unaufmerksam war. So oder so, ich lehnte es ab, darüber nachzudenken.«

Damit war es ihm anscheinend ganz ähnlich ergangen wie mir. Im Grunde hatte ich es sogar noch besser gehabt als er.

Ich hatte mir wenigstens vorübergehend einen netten kleinen Flashback einbilden können.

Martin holte tief Luft. »Aber dann, auf der Feier …« Er schwieg eine Weile, bevor er schleppend fortfuhr: »Zuerst hatte ich gar nicht hinkommen wollen, doch dann … tat ich es doch. Ich war sehr einsam und sehnte mich nach Gesellschaft. Ich werde nie vergessen, wie ich die Treppe hinaufkam und dich dort vor dem Spiegel stehen sah, in diesem roten Kleid, das Haar offen, und diese Augen …« Er starrte mich an. »Ich musste erkennen, dass es wahrlich mehr Dinge zwischen Himmel und Erde gibt, als wir uns in unserer Schulweisheit träumen lassen.«

Genau das, so erinnerte ich mich, hatte ich selbst auch gedacht, als er zu uns in die Wohnung gekommen war! Eine bemerkenswerte Duplizität!

»Als ich dich so dort vor dem Spiegel stehen sah, sagte mir mein Instinkt sofort, dass dies kein Zufall mehr sein konnte. Und doch war ich entschlossen, mich zu amüsieren.«

»Katz und Maus zu spielen«, warf ich korrigierend ein. »Und zwar mit mir!«

Er verzog in gespielter Reumütigkeit die Mundwinkel. »Ich gebe zu, dass mir das besonders viel Spaß gemacht hat. Eine Weile ging es gut, doch irgendwann wurde es zu viel. Ich merkte, dass ich dir zusetzte, und schließlich entschied ich mich, das Spiel zu beenden und zu gehen. Aber weit kam ich nicht. Eine innere Macht trieb mich zurück zu dir. In dein Bett. Ich wollte dich und musste dich haben.«

»Und du bist ins Wasser gesprungen, obwohl du wusstest, wie tief es ist«, brachte ich mühsam hervor.

Er lächelte flüchtig. »Wir sind beide ertrunken.«

»Wusstest du da schon, dass ich mit ihr verwandt bin?«

»Ich wusste, dass es eine familiäre Verbindung geben muss, doch welche das genau ist, habe ich gerade zum ersten Mal von dir gehört.«

»Du hast mich dich beißen lassen, um es ihr heimzuzahlen«, warf ich ihm vor. »Du hast mich verwandelt, weil sie dich verwandelt hat.«

Er lachte über diese hirnrissige Bemerkung, doch dann hielt er grübelnd inne. »Dieses Ereignis an Silvester erfordert in der Tat eine differenzierte Interpretation. Mein Schock über dein eigenmächtiges Verhalten hat sich erstaunlicherweise sehr in Grenzen gehalten. Tatsächlich erschien mir die Art, wie du mich exakt im Augenblick höchster Wehrlosigkeit gebissen hast, im Rückblick sogar als folgerichtige Antwort auf eine unbewusste Einladung und somit letztlich als die Erfüllung verborgener Sehnsüchte.« Er machte eine nachdenkliche Pause. »Die tiefenpychologischen Implikationen sind nicht zu übersehen. Ich sprach mit dir bereits über das Thema, falls du dich daran erinnerst.«

Ich schnaubte. »Verschon mich mit deinem akademischen Mist und sag mir, was Sache ist. Wie soll das jetzt hier mit uns weiterlaufen?«

»Das, meine liebe Lucia, liegt ganz bei dir. Ich sagte dir bereits, dass du mein Gast bist, solange du es wünschst.«

Oh, Scheiße, dachte ich.

Was jetzt? Erst mal raus hier, nachdenken.

»Super, dann wär das ja schon mal in Butter«, sagte ich gewollt fröhlich. Dann schaute ich auf meine Armbanduhr. »Oh, noch nicht mal fünf. Mehr als genug Zeit für einen kurzen Spaziergang.«

Ich stand auf und ging in die Halle, wo ich in meine Jacke schlüpfte.

Er war mir gefolgt. »Mir ist nicht nach Spazierengehen zumute.«

»Ich dachte eher an einen kleinen Waldlauf.«

»Auch danach steht mir nicht der Sinn.«

»Kann ich verstehen. Mit hundertfünfzehn ist man wohl aus dem Alter raus. Na, dann mach ich mich mal alleine auf die

Socken. Äh … Hast du vielleicht einen Hausschlüssel? Dann muss ich dich nachher nicht rausklingeln.«

Er hatte einen und reichte ihn mir mit undurchdringlichem Gesichtsausdruck. »Vergiss nicht die Zeit.«

»Nein, ich pass schon auf.« Ich schob den Schüssel in meine Hosentasche und winkte lässig. »Ciao, bis später.«

Er blickte mir unbewegt nach, als ich mit federnden Schritten in die Nacht rannte.

*

Bis zur Waldgrenze waren es nur ein paar hundert Meter. Das Haus lag in einer Sackgasse, die am Waldrand endete. Bald ragten die ersten Bäume vor mir auf. Es ging steil bergan, doch schon nach wenigen Herzschlägen legte ich das Tempo einer Dampflok vor, dann flog ich förmlich zwischen den Bäumen hindurch. Mein Atem kam stoßweise und verteilte sich zu Schwaden, die hinter mir zurückblieben. Es war finster wie am Grund des Meeres, doch ich erkannte jeden Stamm, jede Wurzel, jeden Ast, jeden Stein. Zielsicher fand ich meinen Weg über den mit Tannenzapfen, Kiefernnadeln und morschen Zweigen übersäten Boden. Herabgefallene Äste splitterten unter meinen Tritten, und ungeduldig wischte ich die ausladenden Sträucher zur Seite, die mir den Weg versperrten.

Mit jedem Schritt sah ich klarer. Es war ein klassischer Fall von Übertragung. Wahrscheinlich hätte mir Martin mehr darüber sagen können. So, wie er daherredete, hatte er mindestens die Hälfte seines langen Lebens damit verbracht, sich in allen möglichen Unarten weiterzubilden.

Ich konnte es vielleicht nicht so geschliffen ausdrücken wie er, doch das Prinzip lag für mich auf der Hand.

Wenn er mich biss, wollte er eigentlich sie beißen.

Wenn er mich im Bett beglückte, stellte er sich vor, es mit ihr zu tun.

Wenn er mir den Hals umdrehte, war das fast so gut, wie ihr den Hals umzudrehen.

Vor allem der letzte Punkt machte mir Sorge. Schließlich hatte er sie umgebracht, nicht wahr? Gut, es war schon lange her. Sehr, sehr lange. Es war schon fast nicht mehr wahr. Doch für ihn war sie ein unverrückbarer Bestandteil seiner Vergangenheit. Schließlich war sie so etwas wie die Mutter all seines Elends. Dabei spielte überhaupt keine Rolle, wer sie selbst verwandelt hatte. Das würde ich vermutlich nie erfahren. Martin und ich waren nicht die einzigen dieser Spezies auf der Welt.

Man trifft sie gelegentlich, hatte er gesagt.

Also gab es andere. Wahrscheinlich hatte es zu allen Zeiten welche gegeben. Sie konnten sich nur auf die Art vermehren, die Martin und ich praktiziert hatten. Beziehungsweise Martin und die andere Lucia, die, die ihm offenbar wie ein Dorn im Fleisch steckte.

Sie hatte ihn verwandelt, hatte vermutlich auch eine Reihe seiner Kumpel verwandelt und wer weiß was sonst noch angestellt, um sich Martins tödlichen Zorn zuzuziehen. Selbst, wenn man einmal unterstellte, dass sie die Verwandlungen völlig reinen Herzens durchgeführt hatte, war ihr dabei vermutlich einfach die auf der Hand liegende Tatsache entgangen, dass die von ihr auf so ungewöhnliche Weise Geheilten kaum Gelegenheit hatten, sich nach ihrer spontanen Genesung ihres neuen Lebens zu erfreuen. Denn dazu hätten die armen Burschen sich, Kriegsgetümmel hin oder her, tagsüber aufs Ohr legen müssen, und zwar ausschließlich dort, wohin kein Sonnenlicht fiel. Wahrscheinlich waren die bedauernswerten Jungs, wenn sie nicht schon vorher an Verstrahlung zugrunde gegangen waren, reihenweise gefallen, im Ergebnis also nicht nur ein einziges Mal elend krepiert, sondern zwei Mal, oder, wenn sie Pech hatten und wieder in Lucias Lazarett kamen, sogar noch häufiger. Vielleicht war genau das auch Martin passiert. Wie auch immer, jedenfalls musste sie ihn mit ihrem Verhalten so auf die Palme gebracht haben, dass er sie tötete.

Und plötzlich kam *ich* daher, sah so aus wie sie und hieß wie sie. Voilà, das Schreckgespenst aus seiner Vergangenheit war aus der Gruft zurückgekehrt. Ich war sozusagen der Phönix aus der Asche. Eine Neuauflage reinsten Wassers. Die Familiensage war der ultimative Beweis, dass es stimmte.

Dabei konnte ich noch von Glück sagen, dass er diese alte Story gar nicht kannte, sonst würde ich vielleicht jetzt schon nicht mehr leben. Schließlich war er unberechenbar und von gefährlich sprunghafter Emotionalität. Im einen Moment noch ganz der coole Dracula, kamen ihm im nächsten die Tränen, bloß weil ihm jemand ein paar kleine Geschenke mitgebracht hatte. Wer wusste, wozu er imstande war, wenn er erst die *Blut-aus-dem-Mund-* und *Ich-komme-wieder-im-dritten-Glied-*Legende hörte.

Mit Schaudern erinnerte ich mich an die Szene in seiner Küche, als mein dämonischer neuer Artgenosse mir so unverhohlen mit dem Tode gedroht hatte, wenn ich jemals einen Menschen verwandelte. Jetzt glaubte ich ihm aufs Wort.

Und auf gewisse Art verstand ich ihn sogar. Ich empfand denselben Widerwillen, dieselbe tief verwurzelte Furcht vor Entgleisungen, die einer der unseren begehen könnte. Unkontrollierte Verwandlung war die größte Gefahr für eine ohnehin am Rande des Aussterbens lebende Rasse von Nachtwesen wie uns. Sie war tabu, und das aus gutem Grund. Vordergründig auf Vermehrung der Art gerichtet, konnte sie letztlich doch nur zur Ausrottung führen. Märchen, Mythen, Sagen, Romane, Filme, Gruselgeschichten – das war eine Sache. Der Mob eine andere.

Mit allen Fasern wusste ich, wie durchlässig die Grenze war. Im Zeitalter wuchernder Medienlandschaften galt das umso mehr. Verwandlungen, die verstohlen, versehentlich und vor allem vereinzelt vorkamen, mochten tolerabel sein. Doch nur eine einzige Blutgabe zu viel, egal, aus welchem Motiv heraus, konnte den Mob auf den Plan rufen, und nach den Gesetzen der Evolution würde eine Rasse die andere jagen, um sie auszurotten, mit Pfählen und Feuer und Silberkugeln und all den anderen überlieferten Waffen, ob tauglich oder nicht, und zwar so lange und so gründlich, bis die Wirklichkeit wieder zur Legende geworden war.

Blieb nun nur noch die Frage, ob mein privater Schöpfer seiner uralten Psychose erliegen und mich vielleicht töten würde, einfach so, bloß, um lästige Gespenster zu vertreiben.

Du kannst dich wehren, raunte es in mir. *Du musst dir nichts von diesem Blutsauger gefallen lassen! Wenn er dir blöd kommt, sagst du ihm die Meinung! Wenn er dich beißt, beißt du zurück! Wenn er dich würgt, trittst du ihm in die Eier! Du bist stark! Fast genauso stark wie er!*

O ja, das stimmte, ich hatte phänomenale Kräfte! Ich spürte, wie sie in mir wuchsen und Ausmaße annahmen, die ich mir nicht hatte träumen lassen. Die Nacht änderte ihr Gesicht, sie wurde zu einem gleißenden Schemen, der an mir vorbeiflog, zu einem Tümpel feuchter Gerüche und feiner Geräusche, so sinnlich wie das Blubbern des Blutes, das von meinem Herzen in die Lunge strömte. Um mich herum war ein Schaben und Zirpen, ein Kratzen und Summen, ein Zupfen und Gleiten, ich hörte jeden einzelnen Ton dieser kostbaren Symphonie, die mich packte, hinabzog, verflüssigte und auf immer mit der Natur des Waldes zusammenschweißte.

Ich schrie auf in diesem Augenblick grenzenloser Freiheit und wurde eins mit der Nacht, mit dem Wind, mit der Erde.

Tau sank herab, und ich atmete ihn ein, sog ihn ein, wurde auch mit ihm eins und dadurch mit dem Himmel.

Meine Schuhe wurden mir hinderlich, und ich zog sie aus. Ich war oben auf dem Gipfel des Berges, doch der Himmel war nicht nah genug. Ich fand einen Baum und kletterte hinauf wie ein Tier. Oben angekommen, setzte ich mich zurecht und sah die Welt im Angesicht der Sterne. Drüben über den raunenden Baumwipfeln war der Mond, so glatt und rund und gelblich bleich wie eine ausgeblutete Orange, ein Bild von hypnotischer Schönheit. Ich versank in Kontemplation, sammelte mich, reckte den Kopf und begann eine ausdauernde Zwiesprache mit dem Universum.

Doch da, was war das? Ein störender Einfluss zu meinen Füßen gewann an Kontur, und eine schattenhafte Gestalt kam zu mir hochgeklettert.

»Habe ich dir nicht gesagt, dass du auf die Zeit achten sollst?«

Ein letztes Heulen himmelwärts, und ich kam wieder zu mir.

»Was?«, murmelte ich.

»Die Sonne geht in ein paar Minuten auf, und du hockst hier oben und heulst den Mond an!«

Er packte mich bei meinen nackten Füßen, zerrte mich aus der Baumkrone, klemmte mich unter seinen Arm und begann den Abstieg. Mir war schwindlig.

»Scheiße, wo sind wir hier?«, beschwerte ich mich würgend.

»Auf einem vierzig Meter hohen Baum, würde ich sagen.«

Eine Minute später waren wir unten und auf dem Rückweg. Meine Schuhe lagen irgendwo im Gebüsch; ich hatte mich nicht damit aufgehalten, sie zu suchen. Hinter dem schwarzen Gewölbe des Waldes zeigte sich bereits ein fahler rötlicher Saum.

Wir rannten schneller, bis er mich am Arm packte.

»Langsamer. Da ist jemand.«

Ich witterte und bemerkte es auch. In einer Entfernung von ungefähr zweihundert Metern kauerte ein Mann auf einem Hochstand. Er hatte ein Fernglas auf uns gerichtet.

Wir zwangen uns, wie harmlose nächtliche Spaziergänger weiterzugehen. Das Fernglas im Rücken, galt es für uns nun, den Anschein zu erwecken, als seien wir ein spät von einer Feier heimgekehrtes Paar, nur rasch noch zum Luftschnappen in den Wald gegangen, bevor wir endgültig den Heimweg antraten. Martin legte sogar den Arm um mich, damit es echt aussah. Er hielt mich mit festem, entschlossenem Griff, eher grimmig als innig. Es war mir egal. In dem Moment war mir sogar egal, ob er mich umbrachte oder nicht. Ich wollte nur noch ins Bett und schlafen, schlafen, schlafen.

Auf einer Lichtung erschien wie hingemalt ein Rudel Rehe, das Leittier voran. Sie verharrten und fingen dann an zu äsen. Martin und ich merkten gleichzeitig, dass die Aufmerksamkeit des Jägers auf dem Hochsitz nun auf die Lichtung gerichtet war.

Und wir spürten das Sengen des Lichts auf der Haut. Die Sonne kam.

Wir sprinteten wie auf Kommando los und hatten binnen Sekunden den Waldrand erreicht. Bis zum Haus waren es nur noch wenige Augenblicke. Wir liefen durchs Portal, stürmten ins Haus und schlugen die Haustür hinter uns zu. Keinen Moment zu früh. Draußen verwandelte sich das geisterblasse Zwielicht in ein sanftes Strahlen und dann übergangslos in ein sattes rotes Glühen.

Die Sonne war da.

Wir sahen sie nicht, doch unser Instinkt jagte uns in den Keller.

Die Falltür der Speisekammer fiel über unseren Köpfen zu, und wir waren im Dunkeln und stiegen die Treppe zur Gruft hinab. Ich rieb mir die Haut. Nichts passiert. Höchstens ein paar leichte Rötungen. Längst nicht so schlimm wie an dem Tag, als der Schlosser da war. Morgen wäre davon nichts mehr zu sehen.

Das war knapp, dachte Martin wütend, und ich verstand es so deutlich, als hätte er es ausgesprochen. Sieh mal einer an! In dieser Disziplin schien ich rasche Fortschritte zu machen!

Ich zog meine Jacke aus und warf sie in die Ecke. Jeans und Pulli flogen hinterher. Martins Baumwollhemd ließ ich an. Den schlabberigen Calvin-Klein-Slip auch.

»Von wegen zwanzig oder dreißig Jahre«, murmelte ich, während ich in den Schlafsack kroch und mir den Reißverschluss bis zum Hals hochzog.

Martin stieg in den Sarg. »Wie praktisch. Dann weißt du ja sicher auch, was dir nach dem Aufwachen blüht.«

*

Ich wusste es leider nicht, weshalb ich auch einigermaßen nervös wurde, als ich beim Aufwachen feststellte, dass Martin zu mir in den Schlafsack gekrochen war. Wir lagen auf der Seite. Er war hinter mir; seine breite Brust drängte sich gegen meine Schulterblätter. Sein Atem blies gegen meinen Nacken, und die empfindlichen Härchen dort stellten sich auf.

»Oh«, flüsterte ich schockiert. Entweder war das, was sich da an meinen Rücken drückte, der größte Ständer aller Zeiten, oder er hatte dort unten einen Pfahl versteckt, mit dem er mich erledigen wollte.

Sein Mund berührte die Haut unter meinem Ohr, und seine Hand packte meine und zog sie hinter mich, an seinen Bauch.

Ein Pfahl. Aber einer aus pulsierendem, warmem Fleisch, das sich zuckend gegen meine Handfläche drängte.

»Oh«, machte ich wieder, diesmal hilflos und wie gelähmt von der Erregung, die mich durchflutete. Ich fing unkontrolliert an zu zittern und konnte mich nicht bewegen.

»Lucia«, murmelte er, und dann biss er in mein Ohrläppchen, vorsichtig, doch nachdrücklich, so lange, bis ein Tropfen Blut kam. Er leckte ihn weg, dann drehte er mich in seinen Armen um, und sein hartes Glied presste sich gegen meinen Bauch. Das Gefühl war unbeschreiblich. In meinem Körper zogen sich alle möglichen Muskeln zusammen, auch solche, von deren Existenz ich bisher nichts geahnt hatte.

Ich konnte nur denken: *Oh, endlich, verdammt noch mal!* Und dann rechnete ich nach, wie lange es her war, und dachte: *Gott sei Dank, er kann es mindestens einmal im Monat bringen!*

Und dann dachte ich überhaupt nichts mehr, denn er hielt sich nicht mit weiteren Vorspielen auf, sondern hakte eine Hand unter meine Kniekehle, schlang mein Bein um seine Hüfte und drang ohne Umschweife in mich ein.

Ich schrie auf, weil er so groß war und weil es ein bisschen wehtat, aber vor allem deshalb, weil es genau das war, was ich brauchte und wollte – und das Gute daran war, dass ich es ihm nicht mal hatte sagen müssen!

Er legte seine Hände um meine Hinterbacken und bewegte sich, zuerst bedächtig, dann schneller, und dann, als ich es kaum noch aushielt, biss ich spontan in seinen Brustmuskel, weil der meinen voll ausgefahrenen Zähnen am nächsten war.

Ich muss ihm wohl ein bisschen wehgetan haben, denn er zischte leise auf und legte seine Hand auf meinen Hinterkopf, damit ich mich mäßigte. Mein Biss wurde zum Kuss, nachdem ich ein paar Tropfen Blut abgesaugt hatte. Meine Zunge fuhr über seine Kehle, sein Kinn und dann in seinen Mund. Ich keuchte in zügelloser Gier, denn ich schmeckte sein Blut und mein eigenes, genau wie er, ich roch unser beiderseitiges Verlangen mit schmerzhafter Schärfe.

Aber dann, ganz plötzlich, wurde er ruhig. Er legte seine Hand um mein Gesicht, mit äußerster Behutsamkeit, als sei ich aus feinem Glas. Sein Kuss war tief und innig, von liebevoller Süße. Ich entspannte mich, so gut ich konnte, denn ich wusste, was er mir auf diese Weise mitteilen wollte. In diesen kostbaren, nur wenige Herzschläge andauernden Momenten begriff ich, dass wir Menschen waren, dass auch die besinnungsloseste Leidenschaft uns nicht die Fähigkeit nehmen konnte, unsere Seelen auf eine Weise zu verbinden, die nichts gemein hatte mit der wilden, rücksichtslosen Paarung von Wölfen in der Finsternis.

»Lucia«, sagte er leise. Sein Herz schlug an meiner Wange

wie Donner. Wir hielten einander umfangen wie zwei Verirrte im Sturm. Denn dort befanden wir uns: Im Auge des Hurrikans. Der fragile, zauberhafte Augenblick der Zärtlichkeit war fast vorbei. Sie würde später wieder zurückkehren, dann würden wir uns mehr Zeit nehmen und es voll auskosten, doch diesmal wollte ich, dass er über mich kam wie ein Orkan, dass er mich nahm und hinwegfegte.

Ich schob mich an ihm hoch und biss ihn in die Lippe – vorsichtig –, und er verstand sofort. Das kehlige Stöhnen, mit dem er mich packte und flach auf den Rücken warf, beendete blitzartig unser kurzes, sanftes Zwischenspiel, und wir beide ließen uns wieder in den Strudel ziehen, um zu versinken, genau da, wo das Wasser am tiefsten war.

*

Es war ziemlich schnell vorbei, eine heißblütige, heftige Explosion, doch die Nacht war ja noch lang. Nach dem ersten Mal nahm er sich nur kurz die Zeit, mir das zerknautschte Hemd auszuziehen, das sich wie eine Würgeschlange um meinen Hals verheddert hatte. Und mir wegen meines leichtsinnigen Ausflugs in den Wald eine Standpauke zu halten.

»Du hättest dich um ein Haar umgebracht.«

Ich gab mich gebührend zerknirscht. »Ich weiß auch nicht, wieso ich auf einmal so weggetreten war. Muss wohl der Mond gewesen sein. Beim nächsten Mal passe ich besser auf.«

»Es wird kein nächstes Mal geben. Jedenfalls nicht allein.«

Der Typ versuchte, mich zu bevormunden, so viel stand fest. Doch darüber wollte ich jetzt nicht nachdenken, nicht wenn sich dieser wunderbare Pfahl wieder regte und sich gegen meinen Schenkel rieb.

»Mmh«, machte ich und streckte die Hand danach aus. Dann wand ich mich an seinem Körper, glitt tiefer und verschwand im Schlafsack.

»Was hast du da unten vor?«

Ohne ihn loszulassen, zerrte ich mir mit der freien Hand den völlig verdrehten Calvin-Klein-Slip vom rechten Fußknöchel und warf ihn raus.

»Ich hatte gar keine Unterhose an, als ich zu dir in den Schlafsack gekommen bin«, meinte er verwundert.

Der Mann hatte Sinn für Humor, das gefiel mir.

»Warte, ich seh mal nach, ob das stimmt.«

»Lucia!«, keuchte er, die Hand in meinem Haar.

»Halt still, sonst beiß ich dich.«

21. Kapitel

Als wir später durch die Falltür in die Speisekammer hochkletterten – er mit stolzgeschwellter Brust wie ein Pascha und ich wund, breitbeinig und völlig zerschlagen –, war es fast Mitternacht. In den letzten Stunden hatte ich so viel komprimierten Sex erlebt, dass ich sicher die nächsten Jahre keinen mehr brauchen würde. Martin schien anders darüber zu denken, denn als ich in der Küche ein Gläschen Blut verkonsumierte, legte er mit eindeutigen Absichten seine Hand auf meinen Hintern.

»Ich kann nicht mehr«, stöhnte ich und wich aus.

Er packte mich und zog mich an seine Brust. »Ich weiß«, sagte er mit albernem Grinsen.

»Für dein Alter bist du wirklich unersättlich.«

»Ich zeige dir gleich, wer hier alt ist.«

Und dann taten wir es in der Küche, an die Kühlschranktür gelehnt. Für mich war es eine interessante Erfahrung, nicht nur, weil ich zum ersten Mal in meinem Leben im Stehen geliebt wurde, sondern weil ich dabei ganz neue Erkenntnisse über die Strapazierfähigkeit der weiblichen Anatomie gewann.

Anschließend hatte ich gerade noch die Kraft, mich nach oben in die Wanne und von dort wieder nach unten aufs Sofa zu schleppen, wo ich mir frisch gebadet und mit hochgebundenen Haaren eine Gesundheitssendung über Bandscheibenvorfälle und Wirbelsäulenverkrümmungen im Fernsehen ansah.

Ich trug wieder meine eigene Unterwäsche und darüber Jogginghosen und ein weites Karohemd. Sicher war sicher. Wenn ich mich in aufreizendem Outfit präsentierte, käme Martin womöglich auf die Idee, das als Einladung zu einem neuen Clinch aufzufassen.

Allerdings hatte ich vergessen, Socken anzuziehen. Martin, der vorhin ein Feuer im Kamin entfacht hatte und dann ebenfalls nach oben verschwunden war, kam geduscht und umgezogen zurück und setzte sich zu mir aufs Sofa. Er nahm meinen rechten Fuß und fing an, ihn zu massieren. Dann schob er meinen großen Zeh in seinen Mund und biss zu. Ganz sacht nur, ohne Vampirzähne und ohne die Haut zu ritzen. Er fuhr mit der Zunge zwischen die Zehen, dann schnappte er sich den kleinen Zeh und saugte daran.

Mir wurde heiß, doch er machte keine Anstalten, das frivole Spiel fortzusetzen, sondern legte meinen Fuß auf seinen Oberschenkel und streichelte ihn sanft mit seinem Handrücken. Er sah mich unverwandt an, dann ergriff er meine Hand und hielt sie fest. Der orangefarbige Widerschein des Feuers warf ein Wechselspiel aus flackerndem Licht und tiefen Schatten über sein Gesicht. Seine Augen waren hell, und er wirkte sehr jung und sehr glücklich. In diesem Moment fühlte ich mich ihm zum ersten Mal auf eine Weise nah, die mich denken ließ, dass sich allein dafür alles gelohnt hatte: Hier mit ihm zu sitzen, mein nackter Fuß in seinem Schoß, meine Hand in seiner – es erschien mir so richtig, so gut, als hätte ich nach langem Herumirren endlich nach Hause gefunden.

*

Ich nutzte die Gelegenheit, diese neue Vertrautheit zu vertiefen. Es war mir ein großes Bedürfnis, alles über ihn zu erfahren.

Ich fing mit einfachen Fragen zu seiner Herkunft an, um ihn in mitteilsame Stimmung zu versetzen.

Er war Ende des neunzehnten Jahrhunderts als einziges Kind eines Bremer Werftbesitzers auf die Welt gekommen. Seine Mutter, die Tochter eines Senators, war kurz darauf an Kindbettfieber gestorben. Sein Vater war nur zwei Jahre später bei einem Brand in einem Lagerhaus ums Leben gekommen. Sein alleinstehender Großvater hatte Martin großgezogen, aber da sein Hauptinteresse der Politik gegolten hatte, war für den Jungen wenig Zeit geblieben.

Doch natürlich hätte Martin nicht der Mann werden können, den ich jetzt kannte, fähig zu solcher Zärtlichkeit und offener Hingabe, wenn nicht in seiner Kindheit jemand für ihn da gewesen wäre, der sich seiner in Liebe angenommen hätte. In Martins Fall war das eine Kinderfrau gewesen, eine junge französische Gouvernante, die ihm alles geben konnte, was ihm von anderer Seite versagt worden war. An sie erinnerte er sich noch heute voller Dankbarkeit.

Doch seine Jugend hatte ein jähes Ende gefunden. Er hatte gerade zu studieren begonnen, als der Krieg ausbrach, und wie viele andere junge Männer seines Alters hatte er sich aus glühendem Patriotismus heraus zu den Waffen gemeldet. Die grausame Wahrheit trat bald zutage, und alle Illusionen erloschen jäh, zusammen mit den Resten seiner jugendlichen Naivität. Er war gezwungen, Soldaten zu erschießen, die jünger waren als er selbst, zum Teil noch halbe Kinder. Sie waren Feinde, nur weil sie von anderer Nationalität waren. Er sah seine besten Freunde sterben, erlebte, wie sie in überfluteten Schützengräben verbluteten, von Granaten zerfetzt wurden oder elend an Cholera und Wundbrand zugrunde gingen.

Dann, in der Nacht vor seinem vierundzwanzigsten Geburtstag, wurde er ebenfalls verwundet, und er empfand das Wissen, bald sterben zu müssen, beinahe als Erlösung. Im Lazarett erlebte er die letzten Stunden seines alten Lebens im Fieberdelirium, er glaubte einen hellhaarigen Engel zu sehen, der sich über ihn beugte und ihn mit blutigen Lippen küsste. Das war der einzige Eindruck, den er aus jener Nacht behalten hatte. Ihr Gesicht – mein Gesicht.

Sie hatte ihm also ihr Blut gegeben und ihm damit gewissermaßen sein Leben zum Geburtstag geschenkt. Wie hatte es nur dazu kommen können, dass er sie später tötete? Meine Scheu, mit meinen Fragen alte Wunden aufzureißen, die ihn, wie ich gut erkennen konnte, immer noch quälten, war unüberwindlich. Ich sparte das Thema aus, was ihn sichtlich zu erleichtern schien, und er erzählte mir, wie es ihm weiter ergangen war. Nach seiner Verwandlung war er zunächst aus dem Lazarett geflohen, dann war er stundenlang halb tot und immer noch fiebernd umhergeirrt und hatte sich anschließend einige Wochen im Keller eines ausgebrannten Gehöfts verkrochen, bis er vollständig wiederhergestellt war. Entgegen landläufiger Meinung können Vampire durchaus an schweren Verletzungen sterben, wenn sie auch ungleich widerstandsfähiger sind als gewöhnliche Menschen.

Es gelang ihm, sich in die Berge durchzuschlagen, wo er den letzten Kriegswinter in einer Höhle verbrachte. Kaum, dass er den Unterschlupf gefunden hatte, wurde er von zwei Partisanen überfallen, doch als sie ihm die Kehle aufschlitzen wollten, kam er ihnen zuvor.

Er kehrte nie nach Hause zurück. Sein Großvater war alles gewesen, das ihm an Familie geblieben war, und auch er starb, bevor das Tausendjährige Reich begann.

Die Jahre zwischen den Kriegen verbrachte Martin größtenteils in Paris. Da man zu jener Zeit noch keine Blutbanken kannte, stellte ihn die Nahrungssuche regelmäßig vor Probleme. Er hielt sich an Betrunkene oder an Huren, die sich für ein paar nette Komplimente und Küsse sowie eine Handvoll Sous gern beißen ließen, oder er bediente sich bei einem herumziehenden Kurpfuscher, der den damals noch vereinzelt gebräuchlichen Aderlass praktizierte. Niemals aber nahm er den Menschen ihr Blut gegen ihren Willen.

Er gab sich als Student aus und später als Künstler. Zum Schlafen ging er in die Katakomben oder in die Kellergewölbe von Kirchen oder Museen. Er war arm und besaß kaum mehr als die Kleidung, die er auf dem Leib trug, doch damit fiel er nicht weiter auf, denn vielen anderen erging es nicht besser. In jener Zeit fing er mit seinen Geschäften an. Zuerst tat er das, was bequem im Dunkeln zu erledigen war und vergleichsweise viel Geld einbrachte: Schmuggel. Die Leute hungerten nach Luxus, nach Parfüm, Tabak, teurem Alkohol, und um die hohen Einfuhrzölle und Steuern zu umgehen, brauchte es ebenso findige wie windige Händler. Martin wurde rasch einer der besten und brachte damit ein erkleckliches Sümmchen für weitere Investitionen auf die Seite.

Kurz vor Ausbruch des Zweiten Weltkriegs zog er nach London, wo er fortan seine Geschäfte auf seriöserer Basis weiterbetrieb. Über gut bezahlte, verschwiegene Mittelsmänner kaufte er sich als Aktionär in mehreren vielversprechenden Handelsfirmen ein. Er beschäftigte sich eingehend mit allen Fragen der Geldwirtschaft und stieg zwangsläufig ins Devisengeschäft ein, was ihn bald zum reichen Mann machte.

Nie hielt er sich allzu lange an einem Ort auf. Er nutzte die Anonymität der Großstadt und zog von einem Viertel ins andere, um dann nach einigen Jahren der Stadt ganz den Rücken zu kehren und seine Zelte woanders aufzuschlagen, in einer neuen Stadt, einem neuen Land. So hielt er es seit damals, weshalb er seine persönliche Habe stets auf das Notwendige beschränkte.

Sein Vermögen ermöglichte es ihm, bei der Wahl seiner Häuser höchste Sicherheitsstandards anzulegen, und in aller Regel unterhielt er mindestens zwei, zeitweilig sogar drei Objekte als Ausweichmöglichkeiten für den Notfall.

Solche Notfälle hatte es nicht so häufig gegeben, wie man hätte meinen können, doch sie waren vorgekommen und hatten ihn jedes Mal völlig aus der Bahn geworfen. Im Laufe der Jahre hatte er mehrmals Hals über Kopf fliehen und alles zurücklassen müssen. Einmal, Anfang der Vierzigerjahre des letzten Jahrhunderts, war er von Nachbarn bei den Behörden denunziert worden, da man ihn für einen nächtlich umgehenden Serienmörder hielt, der zu dieser Zeit in der Gegend sein Unwesen trieb. Man hatte – was für eine Laune des Zufalls! – unmittelbar vor Sonnenaufgang sein Haus aufgebrochen, weil eine Frau behauptet hatte, er habe in der Nacht einen Sack mit einer Leiche hineingeschleppt. Er hatte in letzter Sekunde in seinem Wagen fliehen können und binnen weniger Minuten sein Ausweichquartier erreicht, doch bereits innerhalb dieser kurzen Zeit hatte er sich im aufziehenden Tageslicht schwerste Verbrennungen zugezogen, von denen er sich erst nach Wochen vollständig erholt hatte. Grund genug für ihn, fortan nie zu lange an einem Ort zu bleiben und regelmäßig den Standort zu wechseln, bevor die jeweilige Umgebung beginnen konnte, sich über sein lichtscheues Wesen den Kopf zu zerbrechen.

Im Jahr des großen Luftkriegs über England war er ausgebombt worden und hatte nur überlebt, weil er für diesen Fall am Stadtrand eine Kellerwohnung angemietet hatte, die er noch in derselben Nacht aufsuchen konnte. Damals war sein gesamter Besitz in Flammen aufgegangen. Ein ähnliches Unglück war ihm nach dem Krieg in Madrid widerfahren, wo er fünf Jahre gelebt hatte. Auch hier hatte ein Brand sein Haus vernichtet.

Feuer – das war für ihn Passion und Angst zugleich. Ich merkte es daran, wie er in die züngelnden Flammen im Kamin starrte, während er von diesen lange zurückliegenden Ereignissen berichtete.

Ich hatte es mir etwas bequemer gemacht. Mein Kopf lag in seinem Schoß, und er hatte eine Hand auf meine Stirn gelegt. Die andere war unter meinem Hemd und strich sanft und gedankenverloren über meinen Bauch und meine Brüste. Es schien, als könne er nicht genug davon bekommen, mich zu halten und zu berühren, und ich ahnte, dass sein Hunger nach menschlicher Nähe im Laufe der Zeit ins Unermessliche gewachsen sein musste, ja mehr noch: Ich empfand es als höchst bemerkenswert, dass er überhaupt noch lachen und charmant sein konnte. Die meisten anderen Menschen wären nach so langer Zeit der Isolation sicherlich zu unheilbaren Misanthropen geworden.

Ich schaute zu ihm hoch und genoss das unschuldige Vergnügen, ihn reden zu sehen und seiner ausdrucksvollen Stimme zu lauschen, als er mir den Rest seiner Geschichte erzählte.

In der Aufbauphase nach dem Zweiten Weltkrieg war sein Leben in gemäßigteren Bahnen verlaufen, woran sich seither nicht viel geändert hatte. In den letzten Jahren dann hatten moderne Kommunikationsmittel wie das Internet oder ständig wechselnde Mobilfunkanschlüsse ihm immer mehr Anonymität und damit größere Sicherheit verschafft. Während er in früheren Jahren häufig auf Helfer oder gar Vertraute angewiesen war, gelang es ihm mit der Zeit, völlig autark zu leben.

An dieser Stelle platzte ich mit einer Zwischenfrage heraus.

»Hattest du viele Renfields?«

Er lachte herzlich. »So kann man es nicht nennen. Renfield war ein Irrer, ein armer, seinem Meister höriger Psychopath. Diese spezielle Art von Kammerdiener habe ich nie benötigt. Aber ich hatte Freunde, die wussten, wer ich bin. Im Laufe der Jahre hatte ich vier Vertraute. Es waren alles sehr gute Kameraden, wunderbare Männer, die mir ihr Leben lang immer wieder geholfen haben und denen ich in aufrichtiger Zuneigung verbunden war. Der letzte starb leider vor mehr als zehn Jahren.«

»Und … äh, Frauen?«

Er senkte den Kopf und brachte seine Nase dicht vor meine. »Viele. Ich kann sie gar nicht mehr alle zählen.«

Ich schluckte und widerstand dem plötzlichen Drang, ihm die Nasenspitze abzubeißen. Dann sah ich das Grübchen.

»Du willst mich bloß ärgern, oder?«

»Was genau willst du denn wissen? Ob ich hundert Jahre lang wie ein Mönch gelebt habe? Nun, das habe ich nicht. Ich war immer gern mit Frauen zusammen, wenn ich Gelegenheit dazu hatte.«

Ich wusste sofort, dass es nicht so viele gewesen waren, wie er mich vielleicht gern glauben machen wollte. Im Grunde war er nicht der Typ Mann für One-Night-Stands, doch natürlich ließ ihm seine Natur in diesem Punkt kaum eine andere Wahl. Ich spürte, dass er in seinen früheren Jahren – vermutlich um sich zu beweisen – häufiger auf diese Art Bekanntschaft mit Frauen geschlossen hatte, aber jedes Mal mit einem schalen und leeren Gefühl zurückgeblieben war, nur um am Ende festzustellen, dass die damit verbundenen Komplikationen die flüchtige Erfüllung nicht wert waren.

Er war einsam, und zwar seit sehr langer Zeit.

Ich war seit fast fünf Jahren auf keiner Feier mehr eingeladen …

Ich habe seit vielen Jahren keine Geschenke bekommen. Seit … Ich weiß nicht, seit wann …

Ich wollte es genau wissen. »Hattest du jemals eine feste Beziehung?«

»Nein.« Er log. Es hatte jemanden gegeben, ich sah es sofort. Er hätte genauso gut einen Vorhang vor sein Gesicht ziehen können, so verschlossen wirkte er plötzlich. Wie bei der Geschichte mit Lucia hatte ich einen wunden Punkt in seiner Vergangenheit berührt, was in mir zu der vagen Vermutung führte, dass es sich vielleicht in beiden Fällen um ein und dieselbe Frau handelte.

Nun, er wollte nicht darüber reden. Noch nicht. Aber sicher würde er es bald tun, denn ich würde natürlich bei nächster Gelegenheit darauf zurückkommen. Ich glaubte ein Recht zu haben, alles über seine früheren Beziehungen – zumindest die festen – zu erfahren, nach allem, was wir miteinander angestellt hatten. Damit meine ich nicht unsere vergnügte Turnstunde unten in der Gruft und die Stehnummer hinterher am Kühlschrank, sondern den Akt, der mich zu seinesgleichen gemacht hatte.

»Reicht dir meine Lebensbeichte fürs Erste?«, fragte er.

Ich zuckte die Achseln. »So weit ja.«

»Was fangen wir jetzt mit dem Rest der Nacht an?«

»Wer stellt mir diese Frage? Du oder deine Libido?«

Die Frage war rein rhetorisch, denn seine Hände waren schon wieder auf Wanderung. Anscheinend hatte er viel nachzuholen. »Lucia, du kannst einen alten Mann völlig um den Verstand bringen.«

»Tut mir leid. Zu mehr als einer Fußmassage bin ich heute Nacht nicht mehr in der Lage. Wobei du mir die Füße massieren musst, wohlgemerkt.«

Er lächelte und tat es. Anschließend probierten wir das Schachspiel aus. Nachdem er mich mehrmals vernichtend geschlagen hatte, weil ich unfähig war, meine Dame zu decken, ging er nach oben in sein Taschen- und Kofferzimmer und kam mit einer Violine zurück. In der folgenden halben Stunde stellte mein uralter, charismatischer Liebhaber unter Beweis, dass er auch auf diesem Gebiet über erstaunliche Fähigkeiten verfügte. Ich verstand zwar nicht allzu viel von diesem Instrument, doch in meinen Ohren klang sein Spiel herrlich.

»Was war das für ein Stück?«, fragte ich, als er zum ersten Mal den Bogen absetzte.

»Vivaldi. Gefällt es dir?«

»Du könntest in einem Orchester spielen.«

Eine Zeit lang hatte er das sogar getan, und zwar im Kriegswinter dreiundvierzig, wie ich erfuhr. Proben und Aufführungen fanden abends statt, was seiner Veranlagung entgegengekommen war. Im Laufe des Frühjahrs hatte er allerdings wieder damit aufhören müssen, als die Tage länger und die Abende heller wurden.

Nach einigen weiteren Darbietungen verlegten wir uns aufs Erzählen.

Ich gab ein paar Anekdoten aus meiner ungezügelten Jugend zum Besten und berichtete vom Fiasko meiner Ehe. Er lachte und bedauerte mich jeweils an den richtigen Stellen, und so verging die Nacht. Ich lag in seinen Armen auf dem Sofa, den Kopf an seiner Schulter.

Als unsere innere Uhr uns sagte, dass es Zeit zum Schlafen war, löschte er das Feuer im Kamin, hob mich vom Sofa hoch wie ein Kind und trug mich in seinen Armen hinunter in die Gruft. Hatte ich wirklich jemals Angst vor diesem Mann gehabt? Wie lachhaft dumm ich doch gewesen war!

Noch auf der steinernen Treppe schloss ich die Augen, drückte meinen Kopf an seine Brust und überließ mich der samtigen Schwärze. Wie gut es tat, ihm endlich vorbehaltlos vertrauen zu können!

Zu der Zeit ahnte ich noch nicht, wie bald ich meine Meinung wieder ändern sollte.

*

Der nächste Abend begann, so weit das überhaupt vorstellbar war, noch besser als der vorangegangene. Diesmal blieben wir zwar nicht annähernd so lange im Schlafsack wie am Vortag, doch es war trotzdem eine überaus denkwürdige Stunde. Meine Blessuren waren dank meiner extremen Regenerationsfähigkeit längst verschwunden, sodass ich bei unseren Liebesspielen begeistert mitmachen konnte. Wir überboten uns gegenseitig an Einfallsreichtum und Energie bei unseren sinnlichen Neckereien. Einmal krabbelten wir sogar nackt die steinernen Wände hoch und versuchten, uns wie Spinnen an der Decke zu lieben. Leider sind auch Vampire den Gesetzen der Schwerkraft unterworfen, deshalb fielen wir ziemlich schnell runter. Doch dafür entdeckten wir bei dieser Gelegenheit eine neue Stellung, die in keinem Kamasutra zu finden ist. Es war grandios, und ich schrie so laut, dass Martin hinterher behauptete, er hätte einen Hörsturz dabei erlitten.

Doch wie es im Paradies so üblich ist, war die Schlange nicht weit. Als wir nach unserem Aufstieg aus der Gruft gerade angenehm entspannt in der Küche einen Snack aus dem Blutbeutel nahmen, dudelte es aus meiner Handtasche.

»Oh«, sagte ich betreten mit Blick auf mein Handy. »Das ist Solveig.« Ich stellte es sofort auf lautlos und ließ es vor sich hinvibrieren.

»Wir müssen heute noch umziehen«, erklärte Martin streng. »Diese Frau wird uns ins Verderben stürzen. Sie ist die gefährlichste, unberechenbarste Person, die ich je getroffen habe.«

Warum nur kam mir diese Einschätzung so ekelhaft zutreffend vor?

»Sie kann nichts dafür«, sagte ich lahm.

»Das ist ja gerade das Schlimme. Glaub nur nicht, dass sie ihre Pläne einfach aufgegeben hat! Sie will verwandelt werden, egal, ob von dir oder von mir. Und sie wird es mit Zuckerbrot und Peitsche so lange versuchen, bis wir ihr endgültig Einhalt gebieten.« Es klang drohend, doch er relativierte es sofort mit seiner nächsten Bemerkung: »Oder auf Nimmerwiedersehen verschwinden.«

Das Handy vibrierte immer noch.

»Es könnte was Wichtiges sein«, gab ich zu bedenken.

»Geh dran«, befahl er mir, »sonst ist sie in einer Stunde hier. Und sei freundlich zu ihr, denn sie kann uns Schwierigkeiten machen.«

Ich stellte die Verbindung her. »Solveig?«, meldete ich mich.

»Luzie!« Es klang entnervt, misstrauisch, wütend. »Wo warst du die ganze Zeit? Ich rufe seit gestern ununterbrochen an!«

»Du weißt doch, dass ich tagsüber schlafe«, protestierte ich.

»Ich rede nicht vom Tag, sondern von der Nacht. Wo, zum Teufel, habt ihr gesteckt, du und Martin?«

Martin in mir und ich im Schlafsack. Doch das durfte ich natürlich nicht verraten. Mein neues Leben fing mit unerwarteten, ärgerlichen Verwicklungen an.

»Was ist denn los?«, fragte ich. »Waren die Bullen da?«

»Ja, dieser komische Schimanski schon wieder, er hat mich gelöchert, und ich weiß nicht, ob er mir meine Lüge mit der New-York-Reise abgekauft hat. Doch deswegen rufe ich nicht an. Deine Mutter hat sich seit gestern mindestens zehnmal hier gemeldet, weil sie dich sprechen wollte und du per Handy nicht zu erreichen warst. Luzie, deine Oma ist gestorben. Morgen soll die Beerdigung sein. Luzie? Hallo? Bist du noch dran?«

Ich ließ das Handy sinken und hockte mich auf den Fußboden. Oma war tot!

Das Erste, was ich dachte, war: Ich kann nicht mit zur Beerdigung gehen! Und dann: Wie soll ich das Mama und Papa erklären? Und schließlich: Hoffentlich hat sie wenigstens noch die Pralinen gegessen und das Badeöl aufgebraucht!

Das Blutdruckmessgerät, das ich vorgestern am Flughafen gekauft hatte, musste Opa jetzt allein benutzen. Ob er was mit der Venensalbe anfangen konnte?

»Luzie? Hörst du mich?«

»Danke, dass du mir Bescheid gesagt hast«, sagte ich mit dünner Stimme. »Ich fahr heute noch rüber.«

Solveigs Stimme wurde drängend. »Hör zu, Luzie, stell dein Handy nicht wieder ab. Lass es an, auf laut! Damit du erreichbar bleibst. Hast du mich verstanden? Luzie!«

Ich hatte das Handy neben mich auf den Boden gelegt und starrte blicklos auf meine Füße. Oma war tot! Oma in ihrem grauen Kleid mit dem geklöppelten weißen Spitzenkragen, mit ihren beißend sarkastischen und doch so liebevollen Bemerkungen. Oma mit ihrem Alzheimer und ihrer Weigerung, ihn kennenzulernen.

Jetzt war Opa ganz allein. Sie hatten voriges Jahr ihren fünfundsechzigsten Hochzeitstag gefeiert. Und letzte Woche ihren neunzigsten Geburtstag.

Ich fing an zu weinen.

Solveig sagte noch irgendetwas, doch ich hörte nicht mehr zu, sondern trennte die Verbindung und machte das Handy aus.

Martin ging neben mir in die Hocke und zog mich an sich. Ich schluchzte wortlos an seinem Hals, und er hielt mich fest. Irgendwann löste ich mich aus seiner Umarmung und stand auf.

»Ich muss zu meinen Eltern«, erklärte ich, während ich ihn mit nassen Augen anstarrte. »Meine Oma ist gestorben.«

Er erwiderte meinen Blick ein paar endlose Sekunden lang, dann sagte er das, was ich so dringend hören wollte. »Ich komme mit.«

*

Die Garage neben dem Haus war über den Keller zu erreichen; es gab keine Fenster, und das schwere Rolltor war aus massivem Metall. Der Schließmechanismus war wie das Portal mit Infrarotsensoren gesichert.

Sein Wagen, eine Limousine der gehobenen Klasse, bot alles, was der Vampir von Welt sich an Ausstattung und Geschwindigkeit für eine schnelle Fahrt von A nach B wünschen konnte, ohne dabei allzu sehr aufzufallen oder den Neid neugieriger Zeitgenossen über Gebühr zu schüren.

»Dein Wagen war wohl gar nicht in der Werkstatt«, mutmaßte ich, nachdem wir eingestiegen waren. »Solveig war ziemlich sauer, dass du sie nicht nach Hause fahren konntest.«

Das Tor glitt lautlos nach oben, und er steuerte den Wagen aus der Garage. »Ich hätte es tun können, aber dann hätte sie mich sicher auf einen Kaffee hochgebeten. Oder auf mehr.«

»Du kannst sie wohl nicht ausstehen, oder?«

Er blickte mich überrascht von der Seite an. »Wie kommst du darauf? Sie ist bezaubernd.«

»Äh … ach ja?«

»Sie ist eine der entzückendsten Frauen, die ich in den letzten Jahren kennengelernt habe. Sonst wäre ich sicher nicht ihrer Einladung zu eurer Silvesterfeier gefolgt.«

»Aber?«

»Wieso aber? Es gibt kein Aber.«

Meine Zähne knirschten mit der Wucht einer Schleifmaschine. »Sekunde mal. Das kann nicht dein Ernst sein. Wo ist der Pferdefuß? Wenn du sie so toll findest, wieso bist du dann nicht mit ihr ins Bett gestiegen?«

»Weil ich in *dein* Bett gestiegen bin.«

Ich merkte, wie es in mir zu sieden begann. »Aber du *hättest* sie flachgelegt. Wenn du nicht zufällig auf mich scharf gewesen wärst.«

»Das werden wir nun nie erfahren, nicht wahr?«

Jetzt fing ich an zu kochen.

Er lachte.

Ich fuhr meine Zähne aus, beugte mich vor und biss ihm in den Handrücken. Ich kriegte ihn nicht so fest zu packen, wie er es verdient hatte, dafür war er zu schnell. Er zog die Hand weg, bevor das Blut richtig spritzen konnte. Es kamen nur ein paar dürftige Tröpfchen. Ich sah es mit Missfallen.

Er hob die Hand an den Mund und leckte das Blut mit der Zunge ab. Dabei warf er mir unter seinen dichten Wimpern einen anzüglichen Blick zu.

»Was bist du doch für ein temperamentvolles Geschöpf!«

»Ich hasse dich«, fauchte ich.

»Nein, das tust du nicht«, sagte er ruhig.

Natürlich hatte er recht. Meine Gefühle für ihn hatten mit Hass nichts zu tun. Ich war verrückt nach ihm. Und verrückt vor Eifersucht. Auf die alte Lucia. Auf alle, die es nach ihr gegeben hatte. Auf Solveig. Und auf die, die nach mir kamen. Vor allem auf die!

Wenn er je beschloss, mich auszumustern und sich eine neue Flamme zuzulegen, so wie mein sexsüchtiger Ex, dann würde ich schön dumm dastehen. Der Trost, den andere Frauen nach einer Trennung mit ins Bett nehmen, nämlich die Hoffnung, dass der nächste Ritter auf dem weißen Pferd bestimmt bald um die Ecke galoppiert käme, wäre mir nicht vergönnt.

Ich würde nie wieder einen anderen abkriegen. Wie denn auch? Welcher Typ hatte schon Lust auf eine Frau, der beim Sex und auch sonst jedes Mal, wenn sie sich aufregte, Zähne wuchsen, die fast so lang waren wie bei einem Walross? Höchstens ein paar total durchgeknallte Perverslinge!

Ich fing an zu flennen.

»Lucia«, sagte er begütigend, wie zu einem Kind.

»Glaub ja nicht, dass ich deinetwegen heule«, schluchzte ich. »Ich bin nur so fertig, weil meine Oma gestorben ist.«

»Sie muss doch schon alt gewesen sein.«

»Sie war viel jünger als du«, schniefte ich. »Erst neunzig.«

»Ach«, sagte er unverbindlich.

Ich starrte ihn an, immer noch niedergeschlagen und wütend. »Und jetzt kann ich nicht mal auf die Beerdigung.«

»Höre ich da einen Vorwurf? Was soll ich deiner Meinung nach tun? In Sack und Asche gehen, weil ich schuld bin an deiner Tageslichtempfindlichkeit?«

»Es würde mir schon reichen, wenn du endlich aufhören würdest, mich mit deinen anderen Weibern auf die Palme zu bringen«, schnauzte ich ihn an.

Und wenn du mir sagst, dass du mich liebst.

»Ich kann dir versichern, dass es keine anderen ...« Er stockte und musterte mich erstaunt. Dann fuhr er den Wagen an den Straßenrand und hielt.

»Lucia«, begann er weich.

»Ich habe nichts gesagt«, erklärte ich rasch. »Überhaupt nichts.«

»Nein, natürlich nicht.« Er packte mich, hob mich hoch wie eine Feder und setzte mich auf seinen Schoß. Das Lenkrad bohrte sich in meine Rippen, doch das machte mir nichts aus. Am liebsten wäre ich ganz in ihn hineingekrochen. Wenn es nur nicht so ein warmes, köstliches Gefühl gewesen wäre, so von ihm gehalten zu werden! Ich fühlte mich wie ein schmelzendes Marshmallow in einer Tasse Kakao.

»Ich beiße«, warnte ich unter Tränen.
»Ich auch«, flüsterte er, und dann küsste er mich.
Danach fühlte ich mich etwas besser.

22. Kapitel

Meine Mutter hatte verheulte Augen, als sie uns die Tür öffnete. Sie war am Ende mit den Nerven, weil Oma ein erst wenige Tage altes Testament hinterlassen hatte, in dem sie alles dem Alleinunterhalter von der Geburtstagsfete vermacht hatte.

»Wie konnte sie mir das antun?«, schluchzte meine Mutter, nachdem sie mir anstelle einer Begrüßung diesen himmelschreienden Affront mitgeteilt hatte. Es ging ihr dabei nicht ums Geld, wie sie mir sofort erklärte. Du liebe Zeit, da war sowieso kein Cent zu erben, bloß die vergammelte Granatbrosche und ein Haufen alter Stützstrümpfe, und im Grunde wäre es sogar sehr praktisch, dass Oma den Kerl als Erben eingesetzt hatte, dann müsste er auch die Beerdigung bezahlen.

»Sie hatte doch Alzheimer«, beruhigte ich sie. »Wahrscheinlich war er einfach nur der letzte Mensch, an den sie sich überhaupt noch erinnern konnte.«

»Die Carla Fahrenberg hat gemeint, dass das Testament sowieso nicht gültig ist, weil Oma schon vor dreißig Jahren ein gemeinsames Testament mit Opa gemacht hat.«

»Wer ist Carla Fahrenberg?«

»Die Nichte von der Mechthild Schuster. Sie ist Rechtsanwalts- und Notarsgehilfin.«

Mir war nicht klar, ob nun Carla oder Mechthild diejenige war, die bei einem Anwalt arbeitete, doch da ich von beiden noch nie gehört hatte, spielte es ohnehin keine Rolle.

Meine Mutter wischte sich über die Augen und musterte Martin, der stumm hinter mir stand.

»Du hast ja jemanden mitgebracht.«

»Martin Münchhausen, mein Freund. Martin, meine Mutter.«

Sie gab ihm die Hand. »Wie der Lügenbaron?«

»Genau wie der. Mein Beileid zum Tode Ihrer Mutter.«

»Danke.« Mamas Blicke wechselten zwischen uns beiden hin und her. Was sie sah, schien ihr zu gefallen. »Oh, du hast ja die Zahnspange raus. Hat's wehgetan?«

»Nein. Wie geht's Opa?«

»Er nimmt Beruhigungstabletten«, meinte mein Vater. Er kam aus dem Wohnzimmer, eine Flasche Bier in der Hand. Er begrüßte Martin mit freundlichem Interesse und bat ihn ins Wohnzimmer. »Kennen Sie meine Tochter schon lange? Sie hat uns noch gar nichts von Ihnen erzählt.«

»Wir haben uns auf einer Silvesterfeier kennengelernt.«

»Und jetzt wohnt ihr schon zusammen?«

»Ich … äh …«

Martin mischte sich ein. »Sie denkt noch darüber nach.«

»Solveig hat gesagt, du bist quasi schon ausgezogen«, meinte meine Mutter. »Kann ich Ihnen vielleicht was anbieten?«

»Danke, nein.«

Sie nahm es nicht zur Kenntnis, sondern lief hinüber in die Küche und kam mit Kräutertee und Körnergebäck wieder. Sie schenkte uns beiden ein und schob uns den Teller mit den Plätzchen hin. »Da, nehmt nur, muss sowieso alles weg, bevor wir fahren.«

»Nächste Woche geht's schon los«, sagte Papa. »Wir müssen praktisch nur noch Oma unter die Erde bringen.«

Ich verkrampfte meine Hände auf dem Schoß und sagte kein Wort.

Mama aß fünf Kleie- und Haferplätzchen in rascher Folge hintereinander. Sie starrte auf einen imaginären Punkt über der selbst getöpferten Fruchtbarkeitsgöttin, die auf der Fensterbank thronte, ein schlammfarbiges, tönernes Ungetüm mit urwüchsig ausladenden Hüften und glockenartigen Titten, die bis zu den klobigen Knien reichten.

»Was machen Sie denn beruflich so?«, wollte sie wissen.

»Ich bin Geschäftsmann.«

»Er ist Geschäftsmann.«

Das kam unisono. Martin und ich hielten inne, sahen einander an und lächelten. Ich spürte seine Sympathie für unser schäbiges kleines Reihenhaus, für die überall sichtbaren Auswüchse von Mamas Esoterikspleen, für ihr bemüht alternatives und dadurch erst recht spießiges Gebaren. Um diesem Ambiente etwas abgewinnen zu können, musste man es mögen, und das war im Grunde nur möglich, wenn man es durch die Augen der liebenden Tochter sah. Irgendwie brachte Martin es fertig, mein Elternhaus durch meine Augen zu sehen, und dafür war ich dankbar.

»Das mit Opa ist natürlich hart«, meinte Mama. »Er ist jetzt ganz allein. Aber was sollen wir machen? Wir können ja jetzt nicht mehr aus dem Vertrag aussteigen. Und er kann auch nicht einfach mit nach Mallorca.«

»So einen alten Baum verpflanzt man nicht mehr«, pflichtete Papa ihr bei.

Mama stand vom Sofa auf. Sie war unruhig, ich merkte es an ihren ziellosen Blicken, an den nervösen Bewegungen, mit denen sie sich über ihr regenbogenfarbiges Hemdblusenkleid strich. Sie packte den riesigen Achat, der an einem Lederbändchen auf ihrem Busen baumelte, und rieb ihn zwischen den Fingern.

»Ich bin wirklich wahnsinnig froh, dass du dich um ihn kümmern willst«, sagte sie zu mir.

Ich zuckte zusammen. Dann starrte ich verzweifelt zu Papa, doch auch dort sah ich nur beifällige Dankbarkeit.

»Sonst wäre das für uns echt ein Problem«, meinte er. »Für alte Leute ist es ganz wichtig, dass sie jemanden haben, der ein bisschen nach ihnen schaut. Damit sie das Gefühl haben, noch gebraucht und geliebt zu werden.«

»Aber …«, setzte ich an.

Martin nahm meine Hand und drückte sie. »Es kann sein,

dass wir bald umziehen. Mein berufliches Engagement führt mich vielleicht demnächst ins Ausland, und ich möchte, dass Ihre Tochter mit mir kommt, wenn es so weit ist. Doch ich verspreche Ihnen, dass wir bis dahin jede Gelegenheit nutzen werden, nach ihrem Großvater zu sehen.«

»Das ist anständig von euch«, seufzte Mama. »Auf Lucas können wir nämlich im Moment nicht zählen.«

»Wieso? Was ist mit ihm?«

»Er leidet noch ziemlich unter der Trennung von Claudia.«

»Claudia? Du meinst Bea, oder?«

»Nein, Claudia«, sagte Papa.

»Das Schulmädel«, setzte Mama abfällig hinzu.

»Sie hat Schluss gemacht?«

»Ja, mit der Begründung, sie müsste sich mehr auf die Schule konzentrieren.«

Das war wenigstens ein Grund, der einem Mann nicht das Gefühl gab, ein rettungsloser Versager zu sein, überlegte ich.

»Und außerdem hat sie überall rumerzählt, dass Lucas unter *Ejaculatio praecox* leidet«, fügte Mama aufgebracht hinzu.

»Ach du liebe Zeit«, sagte ich erschrocken.

»Ja, stell dir vor! Und dabei stimmt es nicht mal! Er hat gesagt, es wäre erstunken und erlogen, denn wenn er überhaupt irgendwas wäre, dann höchstens impotent!«

»Fragt sich, was schlimmer ist«, meinte Martin und kniff mich dabei so, dass meine Eltern es nicht mitkriegten.

»Was für Geschäfte betreiben Sie eigentlich genau?« Papa dachte kurz nach, denn ihm war eine Idee gekommen. »Wir sollten eigentlich *Du* sagen. Ich meine, wenn du schon mit Luzie wegziehen willst …«

Martin hatte nichts dagegen und erklärte, dass er Finanzfachwirt sei, was sehr solide klang und auf meine Eltern entsprechenden Eindruck machte, obwohl sie sich nicht viel darunter vorstellen konnten.

Vor der Abfahrt hatte ich die Geschenke, die ich für meine

Eltern am Flughafen erstanden hatte, in den Kofferraum von Martins Wagen gelegt, und als Mama mich zwingen wollte, wenigstens einen ihrer eigenhändig fabrizierten Kekse zu vertilgen, nutzte ich die Gelegenheit, um aufzuspringen, Martin den Autoschlüssel zu entreißen und meine Mitbringsel hereinzuholen.

Meine Eltern waren verblüfft über so viel Luxus. Papa hielt sich den Bademantel vor und meinte, damit könnte er auf seine alten Tage noch als Tunte durchgehen. Mama wickelte sich das Seidentuch um die Hüften und fand, dass es eine Idee breiter hätte sein können, für den Fall, dass sie mal ohne was drunter zum Bummeln nach Palma wollte. Das Spinnrad dagegen fand ihre fast uneingeschränkte Begeisterung. »Das ist ja echt alt! Total morsches, wurmstichiges Holz! Super! Bloß schade, dass keine Spindel dran ist. Sonst könnte man sogar richtig Wolle damit spinnen.«

»Das muss alles ganz schön was gekostet haben«, sagte Papa, als er das Designeremblem vorn am Bademantel sah. »Bist du in letzter Zeit zu Geld gekommen?«

Dabei sah er Martin an, als hätte der maßgeblich mit meiner neuen Finanzlage zu tun.

»Rainer hat endlich seine Unterhaltsrückstände ausgeglichen«, erklärte ich. »Deshalb bin ich momentan ganz gut bei Kasse.«

»Oh«, sagte Papa. »Dann kannst du uns ja bald mal auf Mallorca besuchen. Die Flüge sind gerade sehr günstig. Unterkunft hättest du natürlich frei.« Er wandte sich an Martin. »Das gilt auch für dich. Ihr seid beide herzlich eingeladen auf der Finca Esmeralda.«

»Ach, heißt euer neues Haus so?«, gab ich mich interessiert.

»Ja, das hat der Vorbesitzer so eintragen lassen«, meinte Mama. »Aber man kann sich dran gewöhnen, finde ich. Ihr solltet ruhig diesen Sommer schon vorbeikommen. Ich will euch ja nicht zu nahetreten, aber ihr seid beide so blass wie verschimmelter Mozzarella.«

»Wir schauen, wie wir es terminlich einrichten können«, log Martin.

»Ja, wir schauen mal«, sagte ich mit wachsender Verzweiflung.

Meine Eltern erläuterten anschließend die näheren Umstände, unter denen die Bestattung stattfinden sollte. Ihre Erklärungen fingen damit an, wer morgen Opa aus dem Stift abholen musste *(»Das kann Lucas erledigen, irgendwas muss er schließlich auch machen!«)*, erstreckten sich über die Details der Trauerrede *(»Der Pfarrer ist vielleicht 'ne Marke, der will bei Adam und Eva anfangen und ihr ganzes Leben nacherzählen, da sitzen wir morgen Abend noch in der Kapelle!«)* und führten bis hin zur Gestaltung des geselligen Beisammenseins nach der Beisetzung.

»Ich wollte ja nur Schnittchen reichen«, meinte Mama. »Aber die vom Bestattungsinstitut meinten, dass das für den Mittag zu dürftig wäre. Es müsste wenigstens eine Suppe mit Einlage und hinterher Kuchenplatten geben. Was sollten wir also machen? Es könnte uns eigentlich egal sein, wir sind ja eh bald weg, nur irgendwie denkt man dann doch an die Leute …«

Ich rang hart mit mir. Sollte ich Ihnen jetzt gleich sagen, dass ich nicht mit auf den Friedhof kam, oder sollte ich einfach wegbleiben und morgen Abend nach dem Aufstehen mit einer faulen Ausrede daherkommen?

Ich entschied mich für die bequeme Lösung, weil mir momentan nicht nach Konfrontation zumute war.

»Du hast deinen Tee nicht getrunken«, meinte Mama.

»Ich habe immer noch Magenprobleme.«

»Es ist Kräutertee, Schatz. Gut für den Magen. Sehr gut.«

»Was ist mit dir, Martin?«, fragte Papa und zeigte auf die Tasse.

»Oh, ja, gerne.« Martin hob sie höflich zum Mund und feuchtete sich die Lippen damit an, dann stellte er sie mit einer eleganten Bewegung wieder ab. »Du wolltest mir doch dein altes Kinderzimmer zeigen.«

Das war frei erfunden und taugte überdies nicht viel als Ablenkungsmanöver, weil es da oben außer Farbtiegeln und Vorrichtungen zum Aufspannen feuchter Wolle nicht viel zu sehen gab. Mein Bett war zusammen mit anderen Überbleibseln aus meiner Kindheit längst auf den Dachboden gewandert, meine Poster waren abgehängt und ins Altpapier befördert worden, meine Regale und mein Schreibtisch standen in meiner und Solveigs Wohnung.

»Komm, ich zeige dir unser Haus.« Papa stand auf. »Das heißt, es ist ja gar nicht mehr unseres. Aber egal.« Er schleppte Martin in den Keller, um seine selbst gebaute Kartoffelkiste und den neuen vollelektronischen Heizkessel vorzuführen.

Ich half derweil Mama beim Abräumen des Geschirrs.

»Er ist nett«, sagte sie in der Küche.

»Ja, das ist er«, meinte ich inbrünstig.

»Sehr groß und gut aussehend. Und elegant. Hat er Geld?«

»Ziemlich, glaube ich.«

»Und ist es mit euch beiden was auf Dauer?«

»Das will ich hoffen.«

»Es wäre dir zu gönnen nach deinem Reinfall mit Rainer.«

Sie kippte die Teereste in den Ausguss und stellte die Tassen in die Spülmaschine. »Soll ich dir ein paar von den Keksen einpacken? Da ist unheimlich viel frisch gemahlener Hafer drin. Und ein paar Krümel echt guter schwarzer Stoff.«

»Ach, nein … Doch, ich nehme welche mit.« Wenn Dope drin war, könnte ich immerhin dran riechen.

Ich machte mir klar, dass ich meine Mutter an diesem Abend für sehr lange Zeit zum letzten Mal sehen würde. Möglicherweise war dies hier sogar schon unser letztes Beisammensein. Wenn ich den Kontakt aufrechterhielt, würde ich eines Tages in Erklärungsnot geraten, das war so sicher wie das Amen in der Kirche. Sie war meine Mutter, und irgendwann würde ihr auffallen, dass ich tagsüber für meine Umwelt nicht mehr existierte und dass ich nicht alterte. Ich hatte zwei Alternativen:

sie entweder einzuweihen oder für immer aus ihrem Leben zu verschwinden. Dasselbe galt für meinen Bruder.

Es war wohl besser, ich stellte mich darauf ein, loszulassen.

Ein Tränenklumpen steckte mir in der Kehle, und in einer Aufwallung von heftiger Liebe legte ich die Arme um meine Mutter und drückte mich an sie. Dann riss ich mir ein Stück Papier von der Küchenrolle und putzte mir geräuschvoll die Nase.

»Was ist denn, Luzie?« Mama beäugte mich misstrauisch. »Bist du etwa schwanger? Bist du deswegen so blass und fertig?«

»Nein, es ist bloß, weil Oma tot ist.«

Sie zog ein Gesicht. »Ach Gott, ja, ich habe auch geheult, aber man muss sich klarmachen, dass sie über neunzig war. Wir müssen alle mal abtreten, und nicht jeder hat das Glück, so alt zu werden. Letzte Woche ist zum Beispiel der Jochen Sittich gestorben.«

»Wer war das?«

»Der hat in dem grünen Haus neben unserem Bäcker gewohnt. Er hatte immer diese komischen stinkenden Polyesterhemden an. Du weißt schon, der bei den Horns den Garten gemacht hat.«

»Ach so.« Ich hatte keine Ahnung, wer die Horns waren oder wo sie wohnten, geschweige denn, wer ihren Garten gemacht hatte.

»Er war erst dreiundsechzig. Herzinfarkt und *bumm*. Und dabei hätte er nächsten Monat die Rente durchgehabt. Oder nimm nur die Elvira Schöpf.«

»Wer ist das?«

»Die Schwiegertochter von der Friederike.«

»… ?«

»Na, Papas Cousine in Kiel. Wir haben einen Kranz liefern lassen, aber zur Beerdigung sind wir nicht gefahren, das war uns zu weit. Jedenfalls war sie erst sechsundzwanzig. So alt wie du.

Autounfall. Sie lag noch zwei Wochen im Koma, aber da war nichts mehr zu machen. Das ganze Leben noch vor sich, und dann – *peng*. Hirntot. Da kommt man ins Grübeln, glaub mir.«

Mir fiel plötzlich noch eine Frau ein, die ebenfalls in meinem Alter gestorben war. Außerdem hatte sie so ausgesehen wie ich, und sie hatte meinen Namen getragen. Und sie hatte Martin so gegen sich aufgebracht, dass es sie das Leben gekostet hatte.

»Hast du eigentlich schon die neue Übersetzung von Luigi?«

Mama machte eine wegwerfende Handbewegung. »Das kannst du vergessen. Der Typ hat keine Ahnung. Vielleicht ist er auch einfach schon zu alt.«

»Hattest du nicht gesagt, dass er dreiundsiebzig ist?«

»Eben. Da fängt das Sprachgedächtnis doch langsam an, nachzulassen. Außerdem ist er schon über dreißig Jahre hier. Wahrscheinlich hat er sein ganzes Italienisch längst vergessen. Jedenfalls hat er das Geld nicht von mir gekriegt. Nicht für diesen Haufen Lügen.«

»Was für Lügen?«

»Dummes Zeug halt. Das ist keine Übersetzung, das ist Schwachsinn. Wenn davon auch nur die Hälfte stimmen würde, wäre Lucia eine völlig wahnsinnige Person gewesen. Was sie ja nachweislich nicht war.« Mama schnaufte verächtlich. »Er hat allen Ernstes geschrieben, sie hätte die Soldaten gebissen. Und ihr Blut getrunken. Wie ein *Vampir!* Und angeblich hat sie ihnen auch ihr eigenes Blut eingeflößt. Ist das nicht ekelhaft?«

Ich leckte mir nervös über die Lippen. »Eh … ja. Wieso war der Text eigentlich auf Italienisch? Sie hat doch in einem französischen Lazarett gearbeitet, oder?«

»Weil es ein italienischer Mönch war, der damals alles aufgeschrieben hatte. Er hat den Bericht dem Kloster übergeben, und von da kam er nach dem Krieg in den Besitz der Familie, wo man dann später die Übersetzung veranlasst hat. Die erste Übersetzung stammte von einem Freund der Familie, einem alten Vikar, der wohl mal für ein paar Jahre im Vatikan gearbeitet hatte. Ich gebe ja zu, man konnte einiges nicht richtig lesen, aber die Grundaussage war doch wenigstens klar: Sie war der Engel der Soldaten.«

Mir war das bei der Lektüre nicht unbedingt so vorgekommen, doch dies war nicht der Zeitpunkt, das Thema kontrovers zu diskutieren.

»Was der Luigi da jetzt auf einmal rauslesen will, ist billigster Grusel. Der Typ hat zu viele üble Filme gesehen. Nur der letzte Teil ist meiner Meinung nach richtig übersetzt, weil sich das mit der anderen Version einigermaßen deckt. Wohlgemerkt: einigermaßen. Von der Sache mit den Augen und den Händen und Füßen hatte in der ersten Übersetzung am Schluss nichts gestanden.«

Den Schluss kannte ich nicht, denn ich erinnerte mich, dass ich schon vor dem Ende mit dem mühseligen Entziffern der alten Übersetzung aufgehört hatte.

»Wie war noch mal der Schluss?«

»In der alten Version? Da hieß es nur, sie wurde tot aufgefunden, ermordet, wahrscheinlich von herumziehenden Deserteuren.«

»Und in der neuen Fassung?«

»Du kannst es selber lesen. Warte, ich hol's dir rasch.«

Als sie mit einem Blatt Papier zurückkam, tauchten auch Papa und Martin wieder auf. Ich faltete den Bogen zusammen und schob ihn beiläufig in die Hosentasche.

»Du kannst es ruhig behalten. Ist sowieso Schrott.«

Papa gähnte herzhaft und schaute auf die Uhr. »Oh, schon so spät.«

Ich sah auf meine Armbanduhr. Es war halb zehn.

»Dann sollten wir wohl lieber aufbrechen«, meinte Martin.

Wir verabschiedeten uns, und es fiel mir schwer, die Tränen zurückzuhalten. Ich drückte Papa so fest, dass seine Rippen vernehmlich knackten. Er ächzte erschrocken. »Kind, warst du schon immer so stark?«

»Entschuldige«, sagte ich reuevoll. Bei Mama fiel meine Umarmung bedachtsamer aus, aber nicht weniger innig.

»Passt auf euch auf«, stieß ich mit abgewandtem Gesicht hervor.

Mein allzu offensichtlicher Abschiedsschmerz irritierte sie. »Wir sehen uns doch morgen auf der Beerdigung.«

»Auf Wiedersehen.« Martin gab meinen Eltern die Hand, bei meiner Mutter deutete er als Dreingabe auf seine liebenswürdig-altmodische Art eine Verbeugung an, was sie, all ihrer schnodderigen Alt-Achtundsechziger-Auffassung von Benimmregeln zum Trotz, über die Maßen zu entzücken schien.

»Du kommst doch auch mit zur Beerdigung?«, fragte sie ihn.

»Ich werde eure Tochter ganz sicher nicht allein am Grab ihrer Großmutter weinen lassen«, versetzte er ebenso raffiniert wie diplomatisch. Seine Augen funkelten im Licht der Dielenlampe.

*

»Im Lügen bist du gut«, sagte ich auf der Rückfahrt nachdenklich zu ihm.

»Es war keine direkte Lüge.«

»Das meine ich ja. Du hast gelogen, ohne eigentlich die Unwahrheit zu sagen. Das ist eine Kunst.«

»Das ist Überlebenstaktik. Du wirst es auch noch lernen. Verschweigen, verheimlichen, verbergen – es wird dir zur zweiten Natur werden.« Er schaute mich von der Seite an. »Obwohl ich sagen muss, dass du es schon recht gut beherrschst.«

Das Blatt Papier schien ein Loch in meine Hosentasche zu brennen. »Meinst du damit was Spezielles?«

»Sollte ich das denn?«

»Keine Ahnung«, behauptete ich.

Nachdem wir in sein Haus zurückgekehrt waren, machte er Feuer im Kamin, gab mir einen leidenschaftlichen Kuss und entschuldigte sich anschließend höflich. Er müsse sich kurz seinen Geschäften widmen, nur für ein halbes Stündchen oder so, dann stünde er mir wieder zur Verfügung.

Ich sah mir im Wohnzimmer einen alten Film mit John Wayne an, in einem Ohr den Kopfhörer vom Fernseher, mit dem anderen darauf lauschend, womit sich Martin im benachbarten »Arbeitszimmer« die Zeit vertrieb. Von einem seiner Handys aus – er besaß ein halbes Dutzend davon, jedes unter einem anderen Namen – orderte er im Arbeitszimmer bei irgendwem auf Englisch eine Charge Cabernet de Sauvignon für achtundneunzigtausend Dollar und verscherbelte sie anschließend auf Französisch an jemand anderen für hundertsiebenunddreißig, Lieferung frei Haus. Dann hackte er auf seinem PC herum und rief wenig später jemanden an, den er – wieder auf Englisch – aufforderte, sofort für achthunderttausend in Blue Chips zu gehen und dafür sämtliche Junk-Bonds abzustoßen. Die nächsten zehn Minuten handelte er rund um den Globus mit Wertpapieren, beteiligte sich als Aktionär an einem Börsengang und erörterte mit einer Anwaltssozietät in Kanada juristische Einzelheiten eines Immobiliengeschäfts. Zwischendurch klickte immer wieder die Tastatur von seinem Laptop.

Der Mann war schlicht und ergreifend ein Phänomen.

Zugegeben, er hatte ungefähr achtzig Jahre lang Zeit gehabt, diesen ganzen Kram zu lernen. Doch ob ich das je fertigbringen würde? Vielleicht könnte ich es, überlegte ich, zumindest dann, wenn davon mein Überleben abhinge – vorausgesetzt, ich beschäftigte mich die nächsten zwanzig, dreißig Jahre mit nichts anderem mehr.

Ich nahm den Stöpsel aus dem Ohr und stellte den Ton vom Fernseher aus, dann zog ich das Blatt mit der Übersetzung aus der Hosentasche, klappte es auseinander und tarnte es mit der heutigen Tageszeitung, die ich aufschlug und auf meine Knie platzierte.

Zumindest die Überschriften der Übersetzungen waren identisch. Sie lauteten in beiden Fällen: *Die Schwarze Nonne Lucia.*

Luigis Text wies immerhin den Vorteil auf, deutlich lesbar zu sein. Er war ordentlich in Book Antiqua getippt und sauber ausgedruckt. Luigi hatte sich auch sonst ziemlich viel Mühe gegeben, das war unverkennbar. Der Text war einzeilig geschrieben und ging über eine ganze DIN-A4-Seite, eine Menge Arbeit für hundert Euro, die Mama ihm nicht mal geben wollte, weil sie nicht an ihrem Idealbild rütteln ließ.

Der übrige Text lautete wie folgt:

Lucia galt unter den Soldaten und Bauern als sanftes Wesen. Ihre Augen waren hell, ihr Haar blond. Doch sie trug ein schwarzes Nonnengewand mit einem Gesichtsschleier, der ihre Züge verbarg. Wenn sie bei den Soldaten war, nahm sie häufig deren Hände oder fasste sie beim Hals. Bei denen, die sehr schwer verwundet waren, biss sie in die Adern am Handgelenk oder am Hals, und dann saugte sie das Blut in sich auf. Wenn die Männer dann am Ende ihres Leidensweges angekommen waren, riss Lucia sich mit den Zähnen eine Ader an ihrer Hand auf und reichte den Kranken das Blut. Manche tranken davon sehr viel. Danach hat sie sich gewaschen, die Hände zum Gebet gefaltet und den Kranken ihr Gesicht gezeigt.

Sie kam an den Abenden und blieb über Nacht. Ihr Erscheinen lag stets nach Untergang der Sonne, und sie blieb während der langen Stunden der Dunkelheit an der Seite der fiebernden Soldaten, und immer ging sie beim Aufziehen der Morgendämmerung.

Sie soll sehr viele behandelt haben. Häufig verschwanden Soldaten und kehrten nie wieder. Sechs Fälle dieser Art wurden mir von Soldaten berichtet. Ich selbst sah sie zweimal bei ihrem verwerflichen Tun. Sie saß bei einem jungen Mann, der aus der Provence stammte und dessen Eingeweide zerfetzt waren. Unter dem Schutz ihres Schleiers beugte sie sich über ihn zum Kuss, und da-

bei trank sie das Blut von seinen Lippen. Auch diesem Mann gab sie von ihrem Blut, doch er wollte nicht trinken, und deshalb war sein Leiden bald vorbei.
Einem anderen schnitt sie das Hemd vom Hals. Danach saugte sie an der Kehle des Todgeweihten, bis auch dort das Blut hervorlief. Dieser trank dann auch das Blut der Schwarzen Nonne. Ich schlich mich später zu ihm hin, um ihn von seinem verderbten neuen Leben zu erlösen, sodass auch hier das Leiden beendet werden konnte.

Ich überflog die eng beschriebene Seite förmlich. Kein Wunder, dass Mama diese Version nicht schmeckte. Für eine Seligsprechung hätte der Vatikan Lucia wohl nicht in Betracht gezogen. Eher für eine Exkommunikation. Oder Schlimmeres.

Ich vermutete, dass besagter Vikar, der für die erste Übersetzung verantwortlich zeichnete, als Freund der Familie hart um eine möglichst blumige, vieldeutige Fassung gerungen hatte, um den Angehörigen schlimmeres Leid zu ersparen. Die vielen Ausstreichungen und Tintenkrakel in der mir bekannten Fassung legten von diesem Bemühen ein beredtes Zeugnis ab.

Jetzt folgten die Stellen, die ich noch nicht kannte, auch nicht in der Ursprungsübersetzung.

Auf der Präfektur wurde meine Anklage nicht beachtet, und auch in der Garnison wollte niemand auf mich hören. Meine Warnungen verhallten ungehört. Doch die Wege des Herrn sind wahrhaft unerforschlich, und so fand man eines Tages die Schwarze Nonne tot in einer Höhle im Wald. Ihre Augen waren ausgestochen, Hände und Füße hatte man ihr abgehackt, ihre Kehle war aufgerissen, und ihre Haut war schwarz verbrannt wie Kohle. Ich will sie in meine Gebete einschließen und ihre Seele, so sie eine solche besessen hat, unserem Herrn anempfehlen.
Dies schrieb Bruder Magnus im Jahre des Herrn 1917.

Ich starrte den Text an, der vor meinen Augen verschwamm.

Oh, verdammt, verdammt, verdammt, dachte ich entgeistert.

Er hatte sie nicht nur getötet, sondern ausgiebig verstümmelt! Dieses … Monster! Solche Gräuel hatte sie nie und nimmer verdient, was auch immer sie angestellt hatte!

»Ich bin gleich so weit!«, rief Martin von drüben.

»Lass dir nur Zeit«, rief ich zittrig zurück. »Der Film ist gerade wahnsinnig spannend!«

Er war schon längst vorbei, aber Martin würde meinen inneren Aufruhr sofort spüren, weshalb auch auf die Schnelle ein guter Grund für meine Verstörtheit hermusste.

Ausgestochene Augen … Abgehackte Hände und Füße … Aufgerissene Kehle … Verbrannte Haut. Mein Gott! Mir war übel. Nein, das konnte er nicht getan haben. Nicht mein Martin, nicht dieser wunderbar zärtliche, durch und durch liebenswerte Mann!

Doch er hatte selbst gesagt, dass er sie umgebracht hatte! Ich wusste nicht mehr, was ich glauben sollte. Dieser komische Bruder Magnus hatte nichts als Lügen verfasst! Oder Luigi hatte seiner Phantasie freien Lauf gelassen!

Doch irgendwie ahnte ich, dass alles, was dort geschrieben stand, den Tatsachen entsprach. Und auch Martin hatte die Wahrheit gesagt, als er mir erzählte hatte, dass er sie getötet habe. Und ich erinnerte mich noch an andere Worte, die er hier zu mir nach meinem ersten Aufwachen gesagt hatte.

Das soll heißen, dass du sterben wirst, wenn du meine Warnung missachtest …

Würde er mit mir dasselbe machen wie mit Lucia, wenn ich Verwandlungen durchführte? Oh, was für ein Schlamassel! Wie sollte ich das jemals mit ihm klären! Wie konnte ich mit einem Mann zusammen sein, der einer anderen Frau das antun konnte!

Fahrig knüllte ich das Blatt zusammen, ebenso wie die Zeitung, mit der vagen Idee, beides ins Feuer zu werfen. *Weg damit!*, befahl mir eine innere Stimme. *Verbrenn es! Verbrenn diese Lügen!*

Ich hatte es kaum gedacht, als ich auch schon vor dem Kamin hockte, die Hand mit dem in der Zeitung eingeschlagenen Blatt zum Feuer hin ausgestreckt.

Doch bevor ich das knisternde Papier den Flammen überantworten konnte, hielt ich verblüfft inne. Durch puren Zufall war mein Blick auf eine Schlagzeile gefallen, die außen auf dem zusammengeknüllten Ball zu lesen war. Sie lautete:

Zweites Mordopfer war ebenfalls Fußpfleger.

Ich riss das zerknüllte Papier zurück und starrte die Schlagzeile an. In meinen Ohren rauschte das Blut. Ich las es wieder und wieder.

Zweites Mordopfer war ebenfalls Fußpfleger.

Es waren nur fünf Worte, doch dahinter verbarg sich eine Möglichkeit, die sogar noch schauriger war als die grässliche Untat an Lucia.

Fußpfleger ... Fußpfleger ... Kleine Scheißer ...

Ich schloss die Augen, und vor meinem inneren Auge entstand ein Bild.

Ein Biss im Aufzug. Blut, das aus einem faltigen Hals läuft und auf den Boden tropft. Und jener zweite Biss bis aufs Blut, diesmal in meine Hand ...

»Nein«, flüsterte ich, starr vor Grauen.

»Alles in Ordnung?«, rief Martin. Er tippte immer noch.

»Nein!« Ich holte keuchend Luft. »Das heißt ja. Bloß der Film – er wird gerade echt gruselig.«

»Ich höre gar nichts.«

»Es ist ein Stummfilm!«

Fieberhaft glättete ich die Zeitung und las die ganze Meldung.

Zwischen den beiden Mordfällen der vergangenen Woche bestehen nach Ansicht der Ermittlungsbehörden offenbar weitere Parallelen, die über die Ähnlichkeit in der Ausführung der Tat hinausgehen. Die beiden Männer im Alter von 28 und 41 Jahren waren mit durchtrennten Kehlen in ihren Wohnungen gefunden worden. Beide gehörten überdies dem Berufsstand des Fußpflegers an, sodass man nun mit an Sicherheit grenzender Wahrscheinlichkeit davon ausgeht, dass es sich in beiden Fällen um denselben Täter handelt.

»Oh, Scheiße«, wimmerte ich.

»Was ist?« Martin erschien lächelnd in der Verbindungstür zum Arbeitszimmer.

Ich knipste mit der Fernbedienung den Fernseher aus und warf nachlässig die Zeitung mitsamt Übersetzung in den Kamin. Beides ging unverzüglich in Flammen auf.

»Alles in Ordnung. Mir war nur gerade was eingefallen.«

»Was denn?«

»Ich habe was wahnsinnig Dringendes in meiner Wohnung vergessen.«

Das war die reine Wahrheit, deshalb konnte er auch kein Unheil wittern.

»Ich fahr rasch rüber und klär das.« Ich war schon auf dem Weg zur Haustür, einen Arm in der Jacke, den anderen nach meiner Handtasche ausgestreckt. »Lass dich nicht bei der Arbeit stören. Ich bin ruck, zuck wieder da, okay?«

»Aber …«

Zu spät. Ich war schon weg. Nur einen Moment später saß ich in meinem Wagen und war unterwegs.

23. Kapitel

Meine Hände am Lenkrad flatterten, und erst als mich zum zweiten Mal ein entgegenkommender Autofahrer wütend anhupte, dachte ich daran, die Scheinwerfer einzuschalten.

Mir war schlecht. Solveig lebte seit einer Woche unter einem Dach mit einer tickenden Zeitbombe! Nur eine dünne Wand trennte sie von dieser heimtückischen, hässlichen, Hornhaut hobelnden Hexe!

Ich trat das Gaspedal bis zum Anschlag durch und wiegte mich vor und zurück, als könnte ich dadurch das Tempo beschleunigen.

Zwei Fußpfleger! Gleich zwei! Dieses blutrünstige alte Biest! Hätte ihr nicht einer reichen können?

Es war allein meine Schuld. Ich hatte die beiden armen Kerle auf dem Gewissen! Genauso gut hätte ich ihnen selbst die Kehle aufreißen können! Durch mich war die Herberich zum wilden Tier geworden! Und das alles nur, weil ich so durstig gewesen war und mich im Aufzug nicht hatte beherrschen können!

Ich rechnete kurz nach. Die Verwandlung musste bei ihr viel schneller vonstattengegangen sein als bei mir. Womöglich hatte es ja bei mir länger gedauert, weil ich jünger war oder eine schlimme Grippe in den Knochen gehabt hatte – wer konnte das letztlich schon mit Sicherheit sagen. Es hing wohl ganz davon ab, wie man diese Veränderung medizinisch klassifizierte, etwa als Infektion oder als Metamorphose.

Doch darauf kam es jetzt auch nicht mehr an. Nur Solveig war momentan wichtig. Wenn ihr etwas geschehen war, würde ich … würde ich …

Ja, was? Mich umbringen? Die Herberich umbringen?

Die schon mal auf jeden Fall, überlegte ich grimmig.

Was das spontane Ableben meiner eigenen Person betraf, würde mir vielleicht Martin die Arbeit abnehmen. Schließlich hatte er mir für das Sakrileg der Verwandlung den Tod angedroht.

Und ich *hatte* die Herberich verwandelt. Aus Versehen, aber dennoch. Ich hatte ihr Blut genommen und sie meines. Das war der Akt, mit dem Vampire gezeugt wurden. Quid pro quo. Der Prozess war immer derselbe. Die Probanden konnten bald darauf kein Tageslicht mehr vertragen, ekelten sich vor normaler Nahrung und entwickelten schließlich nicht nur rapide wachsende Eckzähne, sondern auch einen abnormen Durst, der nur mit Blut gestillt werden konnte. Mit menschlichem Blut, wohlgemerkt.

Als ich vor dem Miethaus ankam, schlug die Glocke einer entfernten Kirchturmuhr gerade Mitternacht. Der Wind peitschte unangenehm kalten Nieselregen in mein Gesicht, als ich ausstieg, und die wenigen kahlen Bäume in der Straße führten vor dem Hintergrund des nächtlichen Sturmhimmels einen gespenstischen Tanz auf.

Ich schloss die Haustür auf, ging hinein und nahm Witterung auf, wobei ich feststellen konnte, dass Häuser anscheinend ebenso wie Menschen ihre spezifischen und unveränderlichen Gerüche besaßen.

Schweiß und Schnaps im Erdgeschoss. Kohl und Öl im ersten Stock. Pampers und Milch im zweiten. Kalter Kaffee und angebranntes Fleisch im dritten, im vierten Haschisch. Und im fünften … Ich taumelte und musste mir die Nase zuhalten, sonst hätte ich mich erbrechen müssen – eine Erfahrung, die ich mir als besonders ekelhaft vorstellte, weil mein Magen ja bis auf Wasser und ein paar Tropfen Blut nichts mehr zu verdauen hatte.

Ich roch Tod, Verwesung … und einen Vampir, der soeben

getrunken hatte. Da war er, der typische, scharfe, nicht unangenehme Blutdunst, er hing in der Luft und überlagerte sogar all die anderen Gerüche. Als ich das letzte Mal hier gewesen war, um meine Habe abzuholen, war mir dieses Odeur nicht aufgefallen, also konnte sie an dem Tag nicht da gewesen sein. Doch heute war sie im Haus, die alte Scharteke. Ich spürte, wie sie erstarrte und in ein Versteck zurückwich!

Natürlich galt mein erstes Interesse Solveig. Sie war ebenfalls zu Hause, ich nahm ihren Geruch auf, als ich unsere Wohnungstür aufschloss.

»Solveig?«

Sie kam mir aus der Küche entgegen, blass, lächelnd und vollständig angezogen. »Luzie! Was machst du denn hier!«

Die Erleichterung, sie unverletzt und am Leben vorzufinden, war so gewaltig, dass ich mit der Schulter gegen den Türrahmen sackte.

Doch dann stieg mir eine schon bekannte Duftnote in die Nase. Ich schnüffelte. Es roch nach Vampir und Blut und außerdem bestialisch nach Fußsalbe.

»Ist die Herberich hier?«

Sie zuckte die Achseln. »Sie war vorhin mal da und hat sich 'ne Tasse Zucker geborgt.«

»Ach so.«

Nein, Moment, das war gelogen! Die Herberich würde sich nie mehr bei irgendwem eine Tasse Zucker borgen! Wozu auch! Wenn sie sich überhaupt irgendetwas zum Essen borgte, dann nur eins!

Solveig starrte mich an und rieb sich nervös den Arm. Mit einem Schritt war ich bei ihr, packte ihre Hand und drehte sie um, bis ich das Pflaster an der Innenseite ihres Unterarms sehen konnte. Ich riss es ab und erkannte den frischen Schnitt quer über ihre Vene.

Trotz ihres Protests und ihrer Gegenwehr hielt ich sie mühelos fest. »Solveig! Was hast du getan!«

Sie verpasste mir einen Faustschlag auf die Nase, und ich ließ sie reflexartig los. Sie wich zurück und legte die Hand auf ihre Wunde.

»Ja, da staunst du, was?«, rief sie höhnisch. »Ich brauche dich gar nicht, und Martin brauche ich auch nicht. Sie hat gesagt, sie probiert es so oft, bis es wirkt. Weil ich ihr nämlich sympathisch bin, sagt sie.«

»Sympathisch!«, krächzte ich, meine anschwellende Nase befingernd.

»Ja, so wie sie dir anscheinend auch sympathisch war!«, schrie Solveig unbeherrscht. »Sie hat so ekelhaften Körpergeruch und stinkt aus dem Hals wie ein ganzes Bataillon Wildschweine, aber sie konntest du beißen! Nur mich nicht! Das ist so … unfair!«

»Es war ein Versehen«, verteidigte ich mich kraftlos. Meine Nase fühlte sich an wie nach einem Schlag mit einem Fünfpfundhammer, und vorsichtig massierte ich sie mit Daumen und Zeigefinger, was nur den Effekt hatte, dass sie weiter anschwoll.

»Scheiß Versehen! Du bist so was von gemein! Ich hasse dich! Du hast mich belogen! Und Martin auch! Man *kann* Sex haben! Und zwar viel mehr als vorher! Sie hat es selbst gesagt! Sie hat sich sogar einen Pornofilm und einen Vibrator gekauft, weil sie als Vampirfrau total geil geworden ist!«

»Wie oft hat sie dich schon gebissen?«

»Überhaupt nicht«, sagte Solveig verächtlich, doch bevor ich erleichtert aufatmen konnte, fuhr sie fort: »Sie hat ja keine Zähne. Wir nehmen ein Messer.«

»Und dann …« Ich schluckte und verstummte, unfähig es auszusprechen.

»Dann saugt sie an mir«, erklärte Solveig mit blitzenden Augen. »Und zwar lange. Ich falle fast in Ohnmacht dabei, weil sie so stinkt, aber ich halte es aus. Sie hat es heute zum zweiten Mal gemacht. Morgen probieren wir es wieder, denn ich persönlich glaube, dass die Drei die magische Zahl ist. Aber ich finde, es fängt jetzt schon ein bisschen an zu wirken.« Sie drehte sich zum Spiegel und fuhr mit der Hand über ihre Wange. »Ich bin schon ganz blass. Und schlafen kann ich nachts auch nicht mehr. Außerdem habe ich praktisch kaum noch Hunger. Ich habe zwei Kilo abgenommen. In drei Tagen!«

Fassungslos starrte ich sie an. »Das kommt daher, weil du anämisch bist! Sie ist auf dem besten Wege, dich umzubringen!«

»Hör auf! Du kannst es einfach nicht verstehen, oder? Ich *will* es! Ich *will* so werden wie ihr! Wie du und Martin! Warum kannst du es mir nicht gönnen?«

»Weil … weil …« Ich raufte mir die Haare. Wie sollte ich es ihr erklären? Wie sollte ich ihr Zusammenhänge zwischen Verwandlungen und abgehackten Händen und Füßen begreiflich machen, die ich selbst nicht ganz verstand?

Auf keinen Fall aber konnte ich ihr verraten, welche Kleinigkeit für die Verwandlung dazukommen musste. Dann würde sie mich auf der Stelle anspringen und in alles hineinbeißen, was sie von mir zu fassen kriegte.

Ich hob den Kopf und spitzte die Ohren. Meine Nase ließ mich zwar momentan im Stich – sie war inzwischen etwa so groß wie eine Tomate und wahrscheinlich genauso rot –, doch mein Gehör ließ nichts zu wünschen übrig. Von nebenan war ein Rascheln zu hören. Ich bewegte mich mit katzenhaften Schritten ins Treppenhaus, bis dicht vor die Wohnungstür der Herberich. Diese war, wie ich überrascht feststellte, nur angelehnt. Wahrscheinlich war die Alte hier reingeflitzt und hatte die Tür nicht richtig ins Schloss gezogen, weil ich zu dem Zeitpunkt schon auf dem Weg nach oben gewesen war und keinen Verdacht schöpfen sollte. Ich drückte vorsichtig die Tür nach innen auf.

»Wo willst du hin?«, rief Solveig. Sie war mir gefolgt und klebte mir an den Fersen.

»Himmel!«, stöhnte ich und hielt mir den Ärmel vors Gesicht. Obwohl meine Nase so gut wie lahmgelegt war, drang mir aus der Wohnung ein Gestank entgegen, der mich traf wie eine Bombe. Sogar Solveig verschlug es den Atem. Angewidert prallte sie zurück. »Igitt, was stinkt denn da so? Irgendwie … verfault!«

Zögernd betrat ich die Wohnung, gefolgt von Solveig.

»Frau Herberich?«, rief sie. »Sind Sie hier?«

»Worauf du wetten kannst«, murmelte ich und horchte angestrengt.

Solveig pustete mir ihren aufgeregten Atem ins Ohr und erschwerte es mir zusätzlich, die Lage zu peilen.

»Oh!«, keuchte sie plötzlich erschrocken und wich zur Seite, als unversehens ein grauer Schatten aus dem Gästeklo gesprungen kam und im Expresstempo an ihr vorbeizischte. Es war unsere Nachbarin. Kaum, dass wir ihrer ansichtig geworden waren, hatte sie sich auch schon verflüchtigt.

Keine Frage. Die Herberich gab Fersengeld.

Ich hörte ihre Füße auf der Treppe patschen. Allem Anschein nach wollte sie barfuß raus, was doch angeblich ihren eigenen Verlautbarungen zufolge besonders ungesund sein sollte. Mit einem Satz war ich im Treppenhaus, doch sie war schon unten. Dafür, dass sie noch vor ein paar Wochen eine Gehhilfe vor sich hergerollt hatte, war sie wirklich hervorragend zu Fuß. Unentschlossen spähte ich die dunkle Treppe hinunter. Sie war sicher schon über alle Berge, und eine Verfolgung war momentan zwecklos. Mein Spürsinn funktionierte ohne Geruchsempfinden so gut wie gar nicht.

Ich drückte mir den Ärmel meiner Jacke gegen meine lädierte Nase und kehrte zurück in die Wohnung der Herberich, wo Solveig soeben zögernd die Küche betrat.

»Ich glaube, das kommt von hier. Mein Gott, ich habe noch nie so was Ekliges gerochen!«

Ich ging an ihr vorbei und riss den Unterschrank der Spüle auf.

Mit einem schwachen Ächzlaut sank Solveig hinter mir ohnmächtig auf die Fliesen nieder. Ich konnte sie gerade noch auffangen, bevor sie mit dem Kopf aufschlug.

Dort im Unterschrank hockte Mehmet. Er sah ziemlich mitgenommen aus, was nach Lage der Dinge kein Wunder war. Das, was von ihm übrig war, zog bereits Heerscharen von Fliegen auf sich. Sie stoben in Wolken auf, als ich näher trat.

Sein Hals war säuberlich von einem Ohr bis zum anderen aufgeschnitten, doch trotz der tödlichen Wunde war nicht viel Blut geflossen. Nein, falsch: Es *war* geflossen, aber nicht auf sein Hemd oder den Fußboden.

Ich packte Solveig, zerrte sie näher zu den sterblichen Überresten des bedauernswerten Mehmet und klapste ihr ins Gesicht, bis sie zu sich kam.

»Das hat *sie* getan«, erklärte ich voller Grimm. »Sie hat ihm fast den Kopf abgeschnitten. Sieh hin. Schau es dir an.«

Solveig stöhnte, erst leise, dann lauter, und dann übergab sie sich in elegantem Bogen direkt auf mein Hosenbein. Ich achtete nicht darauf, sondern fuhr mit meiner Standpauke fort. »Sie hat außerdem zwei von ihren Fußpflegern umgelegt. Auf dieselbe Art. Wenn du dir die Mühe machst, mal in die Zeitung zu schauen, wirst du es selber sehen. Ist das etwa das Dasein, das dir vorschwebt, bloß für ein paar Kilo weniger?«

Sie richtete sich mühevoll auf und wischte sich den Mund ab. »Ich habe das mit den Fußpflegern gelesen, aber ich habe … ich habe die Zusammenhänge nicht erkannt.«

Ich zeigte auf Mehmet. »Da liegt der Zusammenhang. Mausetot.«

Sie wandte sich würgend ab. »Ich seh ihn ja, um Gottes willen! Und du meinst, wenn ich … Ich würde dann auch so was machen? So wie du mit diesem Typen im Keller und die Herberich mit Mehmet und den Fußpflegern? Ich würde … *Leute anfallen?*«

»Garantiert«, sagte ich mit fester Stimme. »Es kommt vielleicht nicht so oft vor wie bei der Alten. Aber du bist nicht dagegen gefeit. Sieh mich an. Ich hab's einmal gemacht, und das allein innerhalb des ersten Monats. Die Herberich wäre Nummer zwei gewesen, doch bei ihr bin ich unterbrochen worden. Oder nimm als Beispiel nur mal Martin. Er ist echt okay, als Mensch, meine ich. Sozusagen die Güte und Nettigkeit in Person. Aber er hat es trotzdem schon dreimal gemacht.«

»Was?«, fragte sie piepsig. »Leute totgebissen?«

Ich nickte ernst. »Zwei alleine im ersten Jahr. Er konnte nicht anders. Er hat ihnen brutal die Kehlen zerfetzt. Und einmal hat er eine Frau sogar total verstümmelt.«

Sie kannte mich und sah, dass ich nicht log. Das gab ihr – endlich! – zu denken. Sie senkte den Kopf und fing an zu weinen. Ich nahm sie in den Arm und wiegte sie wie ein Kind.

Solveig, Solveig, dachte ich, und meine tiefe Zuneigung zu ihr übermannte mich mit solcher Heftigkeit, dass es keine drei Sekunden dauerte, bis ich ebenfalls anfing zu flennen.

Wir hatten dem armen Mehmet den Rücken zugewandt, hockten zusammen und heulten im Duett. Wieder mal gebärdeten wir uns wie zwei alte Klageweiber.

»Vielleicht ist es ja schon zu spät«, sagte Solveig mit Grabesstimme, nachdem sie sich, wie immer als Erste, beruhigt hatte.

»Wofür?«

»Für mich. Vielleicht bin ich schon ein Vampir.«

»Nein, das würdest du sofort merken.«

»Woran?«

Ich wedelte mit der Hand. »Na, an allem halt. Beim Essen wird dir schlecht. Damit fängt es an. Dann verträgst du kein Tageslicht mehr. Und so weiter. Du hast es doch bei mir gesehen. Man kann wirklich *nichts* mehr essen.«

»Ich könnte schon noch was essen«, sagte sie zaghaft. »Schokolade auf jeden Fall.« Sie horchte in sich hinein und schluckte vorsichtig. »Sogar jetzt. *Besonders* jetzt. Das ist wie Medizin, wenn ich im Stress bin.«

»Ich weiß. Da siehst du's. Du hattest noch mal Glück.«

Sie warf einen Blick über die Schulter und erschauderte. »Was machen wir jetzt?«

»Keine Ahnung«, gab ich zu.

»Wenn wir die Polizei anrufen, könnte das ein Problem werden. Für dich, meine ich.«

Damit hatte sie völlig recht, doch die nachfolgende Entwicklung sollte uns die Entscheidung aus der Hand nehmen. Die Polizei war nämlich schon im Anmarsch. Mieter hatten sie alarmiert, aufgescheucht von dem Verwesungsgeruch, der durch die weit geöffnete Wohnungstür der Herberich hinauswehte und sich in Minutenschnelle im ganzen Haus verbreitet hatte.

Mehmets Wohngenossen kriegten buchstäblich Wind davon. Als sie erst festgestellt hatten, wer der Tote war, gab es kein Halten mehr.

Einer von ihnen war hochgekommen, um nachzusehen, was da so abartig roch. Er kam zu uns in die Küche gestiefelt, schaute in den Unterschrank, erkannte Mehmet und fing an zu brüllen, dass die Wände wackelten. Er zückte auf der Stelle sein Handy und rief die Polizei, während drei andere, genauso aufgebracht wie der Erste, für alle Fälle das Treppenhaus blockierten und niemanden vorbeiließen.

Alle Leute kamen aus ihren Wohnungen und lärmten derart herum, dass das ganze Haus in Aufruhr geriet. Das Baby der Özcals aus dem ersten Stock kreischte wie am Spieß, die Leute aus dem zweiten Stock behaupteten, sie hätten schon die ganze Woche gedacht, dass es komisch riecht, die Studenten aus dem vierten ließen zwecks Bekämpfung des strengen Geruchs einen Joint rumgehen, der Hausmeister kam aus seiner Wohnung im Erdgeschoss und stapfte mit amtlicher Miene in Frau Herberichs Küche, wo er bis zum Eintreffen der Polizei den toten Mehmet bewachte.

Solveig und ich gingen in unsere Wohnung und harrten der Dinge. Solveig streckte ihre zitternden Glieder auf ihrem Bett aus und schluckte die halbe Beruhigungstablette, die ich ihr aufdrängte. Danach aß sie eine ganze Tafel Schokolade, die ich ihr aus dem Kühlschrank holen musste. Ich hatte sie noch nie so am Ende erlebt. Nicht mal, als ich das Messer in der Seite stecken gehabt hatte. Sie konnte keinen Finger mehr regen. Eigentlich hätte sie in ärztliche Behandlung gehört, denn ganz eindeutig stand sie unter Schock.

Ich hatte ein schlechtes Gewissen deswegen, hatte ich doch mit meiner Gardinenpredigt sicher zu ihrem desolaten Zustand beigetragen, doch dann sagte ich mir, dass alles, was sie davon abhielt, unbedingt unter die Vampire gehen zu wollen, ihr letztlich nur zum Vorteil gereichen konnte.

»Ich sollte dir noch was erzählen, bevor die Bullen hierherkommen«, sagte Solveig schläfrig. »Dieser komische Schimanski hatte mich heute noch mal angerufen. Er hat rausgekriegt, dass du nicht nach New York geflogen bist. Der hat doch tatsächlich alle Airlines gecheckt.«

Ich wurde zusehends nervöser. Nebenan stromerten bereits seit einer ganzen Weile Polizisten durch die Wohnung, unter ihnen auch Schimanski. Ich hatte ihn an der Stimme erkannt. Mir schwante nichts Gutes.

»Dann wollte er den Namen von der Bekannten wissen, die das Ticket besorgt hat. Ich habe gesagt, dass du mit Uschi fliegen wolltest.«

Alarmiert hob ich den Kopf. »Uschi? Ich kenne überhaupt keine Uschi! Welche Uschi meinst du?«

»Keine Ahnung, ich habe sie erfunden. Deshalb erzähle ich's dir ja auch jetzt noch schnell. Ich habe gesagt, den Nachnamen und die Adresse wüsste ich nicht. Also kann es sein, dass er dich noch mal drauf anspricht, wenn er gleich herkommt.«

»Aber ich weiß doch auch keinen Nachnamen und keine Adresse!«, stieß ich entsetzt hervor. »Und außerdem bin ich ja gar nicht geflogen!«

»Das war auch so ein Punkt. Ich habe ihm gesagt, du hättest es dir mit New York wahrscheinlich im letzten Moment anders überlegt, und als er wissen wollte, wieso, meinte ich, du hättest dich eventuell mit Uschi verkracht. Oder vielleicht zufällig jemanden auf dem Flughafen getroffen, den du kennst und mit dem du dann lieber zusammen sein wolltest als mit Uschi. Er wollte dann wissen, ob du häufig zu solchen spontanen Entscheidungen neigst, und ich sagte, dass das stimmt – was sollte ich auch sonst sagen? Daraufhin wollte er wissen, ob diese spontanen Entscheidungen im Einzelfall vielleicht auch mal zu Kurzschlussreaktionen ausarten könnten. Da habe ich natürlich Nein gesagt und behauptet, du wärst die Besonnenheit in Person.«

»Das wollte er alles wissen?«, fragte ich mit banger Stimme. »Wieso denn?«

Sie gähnte. »Vielleicht weil irgend so ein Arsch aus dem Haus ihm gesteckt hat, dass du eine Zahnspange hattest.«

Mir stockte der Atem. Jetzt war ich endgültig erledigt!

»Aber ich habe ihm gesagt, dass du diese komischen kleinen Silberdinger praktisch überall verloren hast, und dass es deshalb ganz normal wäre, dass auch im Keller welche rumgelegen haben. Wenn dann zum Beispiel da ein wild gewordener Kampfhund durch die Gegend flitzt, so habe ich es ihm erklärt, dann könnte dieses Vieh irgendwie beim Herumscharren doch durchaus mit seinen Pfoten oder seinem Fell oder sonst was so ein kleines spitzes Metallding aufpicken und beim Beißen in die Wunde praktizieren.«

Ich stöhnte auf und hielt mir die Hände vors Gesicht.

»Was ist? Ich fand das geradezu genial! Der Typ ist dann auch ganz nachdenklich geworden, als ich ihm diese Theorie geschildert habe.«

»Das kann ich mir vorstellen.« Niedergeschmettert starrte ich vor mich hin. Am besten suchte ich mir einen langen, spitzen Pfahl und stürzte mich hinein. Das war immer noch erträglicher, als den morgigen Tag damit zu verbringen, langsam in einer Zelle zu verkohlen.

»Vertrau mir«, sagte Solveig. Die Augen fielen ihr bereits zu. »Ich kenne mich mit so was aus. Es gibt keinen besseren Drehbuchdoktor als mich. Ich rieche bei einer Story den Knackpunkt aus meilenweiter Entfernung und bügle ihn aus. Für eine stimmige Dramaturgie habe ich ein Händchen.«

Die letzten Worte kamen schon fast als Schnarchen heraus. Sie war auf bestem Wege, ins Land der Träume abzudriften.

»Du kannst jetzt nicht pennen«, sagte ich aufgeregt. »Die Bullen sind schon da! Wir müssen uns überlegen, was wir wegen der Herberich sagen!«

Sie hob schlaff eine Hand und zwickte sich in die Nase, woraufhin sie die Augen aufriss. »Okay. Ich bin wieder da.«

Dann schlief sie ein.

Nur eine Minute später klingelte es an der Wohnungstür, und ich sah mich gezwungen, dem Namensvetter des berühmten Fernsehbullen Einlass zu gewähren. Er gab mir die Hand und musterte meine geschwollene Nase. »Sieht ja schlimm aus. Ein Unfall?«

»Oh, das«, meinte ich. »Ja, sozusagen. Meine Freundin ist gegen mich geknallt. Vor Schreck, als wir die Leiche gefunden haben. Sie hat vorhin ein Beruhigungsmittel genommen und schläft.«

Während nebenan in Frau Herberichs Wohnung die Untersuchungen weitergingen, bat ich Schimanski in unser Wohnzimmer, wo er sich auf dem Sessel niederließ und sich mit ernster Miene anhörte, was ich ihm vorflunkerte. Ich tischte ihm folgende Darstellung auf:

Wir hatten zufällig im Treppenhaus den strengen Geruch bemerkt, und da die Tür nur angelehnt war, gingen wir hinein, um nachzusehen. Da kam plötzlich Frau Herberich an uns vorbeigerannt, um abzuhauen. Wir gingen dann in die Küche und fanden den toten Mehmet im Unterschrank.

Ich war stolz, weil ich es so gelassen vortrug. Und weil es eine jener kunstvollen und daher besonders wirksamen Sachverhaltsschilderungen war, die erst durch das Weglassen der eigentlich entscheidenden Tatsachen zur Lüge wurden. Martin hatte recht: Das Schwindeln wurde mir bereits zur zweiten Natur. Ich war bereit, mich unerschrocken allen Uschi- und Zahnspangenfragen zu stellen. So schnell würde er mich nicht in die Enge treiben!

Doch schon bei seiner nächsten Bemerkung erkannte ich, wie sehr ich ihn wieder unterschätzt hatte.

Er zeigte in die Ecke. »Ihr Fernseher ist ja gar nicht mehr da.«

»Der? Oh, ja, stimmt. Er … äh, ist kaputt.«

»In Reparatur?«

Ich nickte und wartete verzagt darauf, dass er den Namen der Reparaturfirma wissen wollte, doch wieder schlug er einen seiner Haken. Er nahm ein Buch von einem Stapel, der sich neben dem Sessel auf dem Fußboden türmte. »Fürst der Finsternis«, las er den Titel vor. »Interessantes Buch. Ich kenne es zufällig. Es ist der zweite Band aus der berühmten *Chronik der Vampire* von Anne Rice. In letzter Zeit beschäftige ich mich ziemlich viel mit dem Thema. Man könnte sogar sagen, dass es mein liebstes Hobby geworden ist.«

Das verschlug mir die Sprache. Ich konnte ihn nur noch anstarren. Jetzt hatte er mich!

Er seufzte. »Der arme Kerl da drüben liegt schon eine kleine Ewigkeit im Küchenschrank. Der Verwesungsprozess war bereits nachhaltig im Gange. Das Werk einer Wahnsinnigen, genau wie die Tat im Keller, möchte man meinen.«

»Möchte man«, echote ich schwach.

»Zumal es überall drüben in ihrer Wohnung deutliche Hinweise darauf gibt, dass sie auch in die Morde an den Fußpflegern verwickelt ist.«

Ich war restlos verblüfft. Das war schon wieder eine Wendung, doch im Gegensatz zu den vorangegangenen schien mir hier endlich der Ausweg zu winken.

»Sie meinen, die Herberich hat nicht nur den Mehmet umgebracht, sondern auch die Fußpfleger und … den Typen im Keller?«, wagte ich vorsichtig zu fragen.

»Was Mehmet angeht – nun, er liegt tot drüben in ihrem Schrank. Als Corpus Delicti sozusagen. Was die Fußpfleger betrifft, so ist da einmal ihr gewaltiges Fußpflegearsenal, mit dem man drei große Kaufhäuser bestücken könnte, so wie ferner eine erstaunliche Vielfalt von Zeitungsausschnitten über die beiden Morde und schließlich ein Nagelnecessaire mit Namensaufdruck, das einem der Opfer gehört hat. Vermutlich werden wir noch mehr Indizien finden. Bis morgen läuft jedenfalls die Fahndung nach ihr auf Hochtouren. Ich werde für die Nacht zwei Leute zur Bewachung hierlassen. Falls sie auf die Idee kommen sollte, an den Tatort zurückzukehren.« Und dann kam er auf den eigentlichen Kern unseres Gesprächs. »Was den ersten Fall im Keller angeht …«

»Ja?«, stieß ich hervor.

»Hier dauern die Ermittlungen noch an. Gewisse Übereinstimmungen zu den anderen Taten lassen sich aber bereits jetzt erkennen.«

Das fehlende Blut, dachte ich. Dann blickte ich benommen auf. Er wusste ganz genau, dass die Sache im Keller auf mein Konto ging. Und er ahnte, was ich war. Aber er verschaffte mir eine Galgenfrist und ebnete mir den Weg für einen bequemen Abgang. Wieso?

»Letzte Woche ist in der psychiatrischen Abteilung des Universitätskrankenhauses ein Mann eingeliefert worden«, fuhr er langsam fort, seine Blicke seltsam eindringlich auf mich gerichtet. »Er war wegen schwerer Körperverletzung, Raub und Drogenhandel seit Längerem zur Fahndung ausgeschrieben, weshalb unsere Behörde auch automatisch benachrichtigt worden ist. Einer von den Pflegern ist ein Landsmann von ihm und hat uns höchst Merkwürdiges berichtet. Der Patient ist zwar medikamentös ruhiggestellt, doch er hört nicht auf, immer wieder dieselbe Geschichte vor sich hinzumurmeln, nach welcher eine Dschinni seinem Freund die Kehle zerrissen und sein Blut getrunken hat.« Schimanski hielt inne und blickte mich fragend an. »Sie wissen, was eine Dschinni ist?«

»Ein weiblicher Dämon«, flüsterte ich.

Er nickte. »Der Mann hat große Angst, dass ihm dasselbe Schicksal widerfahren wird, denn er hat der Dschinni ein Messer in die Seite gestoßen. Nun lebt er in der beständigen Furcht, nirgends vor der Rache der Dschinni sicher zu sein. Am größten aber ist seine Angst in den Nächten, denn er weiß, dass diese Art von Dschinn die Menschen nur nachts heimsuchen kann.«

Meine Antwort fiel heftiger aus als beabsichtigt. »Diese Art von Dschinn sind vielleicht auch nur Menschen, die sich bloß wehren, wenn man sie in die Enge treibt.«

Wir schwiegen uns ein paar Sekunden an, dann meinte er vieldeutig: »Das bleibt für den armen Mann und für den Rest der Menschheit sehr zu hoffen, finden Sie nicht auch?«

In seiner Manteltasche klingelte sein Handy, und er zog es heraus und ging dran. Nachdem er kurz zugehört hatte, unterbrach er den Anrufer und wandte sich an mich. »Tut mir leid, aber ich werde mal wieder gebraucht. Können wir uns vielleicht morgen weiter unterhalten? Würde es Ihnen um zehn Uhr passen?«

Ich verzog keine Miene. »Das passt ganz schlecht. Meine Großmutter ist gestorben und wird morgen beigesetzt.«

»Mein Beileid. Vielleicht später?«

»Warum nicht?«

Was hätte ich auch sonst sagen sollen?

24. Kapitel

Bevor ich aufbrach, schrieb ich Solveig einen Zettel. Sie schlief den Schlaf der Gerechten und würde vermutlich nicht vor Mittag des nächsten Tages zu sich kommen.

Liebe Solveig,
mit der Polizei ist alles abgeklärt. Herr Schimanski kommt vielleicht morgen noch mal vorbei. Ich zähle auf Deine Dramaturgie. Ich melde mich morgen Abend, versprochen! Ich umarme Dich.
Deine Luzie

Anschließend vergewisserte ich mich, dass die von Schimanski zur Bewachung abgestellten Männer anwesend waren. Sie hatten es sich im Wohnzimmer der Herberich bequem gemacht, nachdem die Leiche abtransportiert worden war. Mehmets Freunde bevölkerten nach wie vor das Treppenhaus und sorgten für zusätzliche Sicherheit. Keine Chance für die Herberich, unbemerkt zurückgeschlichen zu kommen.

Bevor es Tag wurde, musste die Alte sich an einem lichtgeschützten Ort zum Schlafen niederlegen. Die Möglichkeiten waren vielfältig. Ein Keller, in den sie einsteigen konnte. Ein U-Bahn-Schacht. Die Kanalisation. Irgendwo würde sie schon unentdeckt unterkriechen. Um dann in den Nächten wieder ihr Unwesen zu treiben. Leuten die Kehle aufzuschneiden und ihr Blut zu trinken.

Ich glaubte immer noch, ihren grässlichen Gestank in der Nase zu spüren – obwohl ich mittlerweile praktisch überhaupt nichts mehr riechen konnte – und ihr verschlagenes, zahnloses Lächeln vor mir zu sehen, mit dem sie mir von den Vorzügen dieser oder jener Fußsalbe erzählte oder den mangelnden Enthusiasmus der kleinen Scheißer beklagte, denen sie es inzwischen ja auf ihre spezielle Art heimgezahlt hatte.

Mea culpa, donnerte es in mir, während ich in den Taunus zurückfuhr. All das hatte ich zu verantworten! Die Last dieser Erkenntnis wog schwer und drohte, mich zu erdrücken.

Bis zum Sonnenaufgang war nicht mehr viel Zeit. Ich konnte mich nicht mehr allzu lange im Freien herumtreiben. Und ich würde Martin gegenübertreten müssen. Ich konnte es nicht aufschieben.

In meiner Handtasche steckte ein hübsches Sümmchen, mit dem ich mich bequem eine Weile über Wasser halten konnte; ich hätte also im Grunde gar nicht zurückfahren müssen. Doch ich wollte es, denn ich fand, dass ich mich dieser Konfrontation stellen müsse. Ich war es mir selbst schuldig. Mir und meiner verrückten Liebe zu ihm. Und der armen blonden Lucia aus der Vergangenheit, der die Hände und Füße abgehackt und die Augen ausgestochen worden waren.

O Gott. Was sollte ich tun? Was sollte ich sagen? Was *konnte* ich überhaupt sagen?

Womit musste ich rechnen? Nach Lage der Dinge kam alles Mögliche infrage, vom Händeabhacken bis zum schlichten Rauswurf. Ich hatte schreckliche Angst. Gegen ihn war ich das reinste Kind. Ein Unschuldslamm von sechsundzwanzig Jahren, völlig außerstande, auch nur ansatzweise mit seiner Begabung zum Pokerface zu konkurrieren. Von den anderen Fähigkeiten ganz zu schweigen.

Mein Kopf schmerzte vom vielen Nachdenken.

Diplomatie. Das war es, erkannte ich mit jäher Hoffnung. Ich musste einfach nur diplomatisch vorgehen. Höflich, freundlich, gelassen, über den Dingen stehend. Das würde ihn entwaffnen.

Ich stellte den Wagen ein Stück weit vom Haus entfernt ab und öffnete mit dem Schlüssel, den er mir vor meinem Waldlauf gegeben hatte, das Tor in der Mauer. Er wartete in der offenen Haustür, um mich in Empfang zu nehmen. »Es wurde Zeit, mein Liebling.« Er wies zum fahlen Himmel. »Die Sonne geht bald auf.« Dann sah er die Schwellung an meiner Nase. »Was ist dir denn da passiert?«

»Ach, ich habe mich gestoßen«, sagte ich zerstreut.

Ich bohrte die Hände in die Jackentaschen, während ich ihm in die Halle folgte. Er hatte mich *Liebling* genannt! Wenn jetzt überhaupt jemand entwaffnet war, dann allenfalls ich. Plötzlich herrschte in meinem Hirn gähnende Leere, und als ich dann doch endlich anfing zu reden, kam alles in einem völlig konfusen Schwall heraus.

»Ich sage es dir gleich, denn wenn du damit ein Problem hast, kannst du mich rausschmeißen, dann habe ich noch Zeit, zum nächsten U-Bahn-Schacht abzuhauen. Also, ich habe es nicht absichtlich gemacht. Das heißt, ich habe es schon absichtlich gemacht. Sie gebissen, meine ich. In der Nacht, als ich auch diesen Kerl im Keller gebissen habe. Aber die Herberich habe ich vorher gebissen, im Aufzug, es war wie ein Zwang, ich konnte leider nicht dagegen an. Das Problem war nur, sie hat mich zurückgebissen. *Das* meinte ich damit, dass es keine Absicht von mir war. Ich will sagen, es war keine Absicht von mir, dass sie mich gebissen hat. In die Hand. Ich habe geblutet. Das wäre an sich nicht schlimm. Ich meine, für meine Hand und so. Aber sie ist jetzt leider ein Vampir.« Ich schöpfte zitternd Luft. »Jetzt weißt du's.«

Er stand vor mir und schaute mich an. Seine Augen wirkten seltsam hell. »Ja, jetzt weiß ich's.«

»Nein«, widersprach ich sofort. »Das Schlimmste weißt du ja noch nicht. Sie hat Mehmet kaltgemacht, und zwei von ihren Fußpflegern hat sie auch umgebracht. Dann hat sie an Solveig rumgesaugt, weil die immer noch so werden will wie wir. Heute Nacht war die Polizei da, und einer von denen weiß jetzt, was ich bin, und ich habe keine Ahnung, ob er mich nicht doch noch einknasten will.«

Erschöpft und niedergeschlagen stand ich da, die Arme an den Seiten herabhängend.

»Es wird gleich Tag«, sagte er. »Wollen wir nicht in den Keller gehen? Dann kannst du mir alles noch einmal erzählen. Und zwar so, dass ich es auch verstehe.«

Ich schüttelte eigensinnig den Kopf. »Du hast gesagt, dass du mich umbringst, wenn ich jemanden verwandle. Wenn du mir die Hände und Füße abhacken willst, verschwinde ich sofort.«

Er runzelte die Stirn. »Du weißt von Lucias Ende?«

Ich nickte krampfhaft und wich einen Schritt in Richtung Haustür zurück, als er auf mich zutrat. Ich drückte die Klinke nieder und öffnete die Tür einen Spalt, bereit, beim kleinsten Anzeichen dafür, dass er ein Hackbeil oder dergleichen zücken würde, die Flucht zu ergreifen.

»Lucia«, sagte er bestürzt. Und dann war er bei mir und riss mich in seine Arme.

»Bleib!« Er presste mich an sich und küsste mich wie ein Wahnsinniger – ich glaube, er biss mir sogar ein- oder zweimal in die Zunge, jedenfalls waren auch ein paar köstliche Tropfen Blut im Spiel – und stöhnte mir Liebesbeteuerungen ins Ohr.

»Mein Mädchen. Meine Königin der Nacht. Meine wundervolle, zauberhafte Geliebte! Ich kann nicht mehr ohne dich sein!« Dann küsste er mich wieder, bis ich zu ertrinken glaubte. Sie können sich bestimmt vorstellen, wie groß der Stein war, der mir vom Herzen fiel. Es war eher ein Fels. Ein Montblanc.

Blieb natürlich immer noch die Möglichkeit, dass er mich bloß einwickeln wollte, damit ich weiterhin heißen Sex mit ihm hatte oder seinen beklagenswert unterentwickelten Sinn für Sauberkeit und Ordnung ausglich und ihm das Haus durchputzte.

Doch um diesen Gedanken weiter zu vertiefen, war ich viel zu durcheinander. Meine Gefühle fuhren Achterbahn, und ich schluchzte und zitterte und lachte in seinen Armen, alles in allem nicht weit von einer Ohnmacht entfernt und völlig erschlagen von der Gewissheit, dass er mir jetzt doch nicht die Hände abhacken würde.

Dafür las er mal wieder meine Gedanken.

»Was denkst du von mir?« Entrüstet schob er mich ein wenig von sich, jedoch ohne seinen festen Griff zu lockern.

»Du hast gesagt, du würdest …«

»Erinnere dich genauer. Ich sagte, du würdest sterben. Damit wollte ich lediglich zum Ausdruck bringen, dass derjenige, der sich in Gefahr begibt, darin umkommen kann. Ich habe niemals damit sagen wollen, dass ich dich töten würde.«

»Aber Lucia hast du getötet«, entfuhr es mir.

Ein Schatten von Schmerz flog über sein Gesicht. »Das war das Schlimmste und Schwerste, was ich je in meinem Leben tun musste, Gott sei mein Zeuge!«

Und dann erfuhr ich endlich die volle Wahrheit.

»Sie war ein weltfremdes kleines Ding, völlig verstrickt in ihren religiösen Fanatismus. Sie meinte, die Gabe sei ihr von Gott verliehen, um die Soldaten zu retten.«

»Du hast dich mit ihr darüber unterhalten?«

Er nickte. »Nach meiner Verwandlung versteckte ich mich in einem verlassenen Bauernhof. Als es mir nach einer Weile wieder besser ging, suchte ich sie und sprach mit ihr. Sie schlief damals häufig in einer versteckten Höhle im Wald, wo ich sie schließlich fand. Sie war ein dünnes, blasses Mädchen, kaum mehr als ein Kind, völlig entrückt und ganz erfüllt von ihrer vermeintlich göttlichen Gabe. Als ich sie fragte, seit wann sie diese Kräfte habe, erzählte sie, dass sie einmal in der Nacht von einem fahnenflüchtigen Soldaten überfallen worden sei, der sie wie tot liegen ließ. Dann sei ihr ein Engel erschienen und habe ihr sein Blut gegeben und sie so gerettet. Und ihr damit zugleich die göttliche Gabe des Heilens verliehen.«

»Sie hatte einen Knacks«, stellte ich fest. »Und das alles bloß, weil ihr einer von uns aus lauter Mitleid eine Verwandlung verpasst hat.«

»Sie war keine Psychopathin«, versicherte Martin. »Fanatisch, das ja. Kompromisslos in jeder Beziehung. Völlig durchdrungen von religiösem Eifer. Bereit, ihr Leben hinzugeben für ihren Glauben. Auf ihre Art war sie sozusagen eine Märtyrerin.«

Ich nickte einigermaßen belämmert. Mama wäre höchst erfreut, das zu erfahren.

»Ich hatte sie eindringlich gewarnt, denn ich hatte gehört, dass einer der Feldprediger sie beim Präfekten und beim Garnisonskommandanten denunzierte. Doch sie wollte nicht aufhören. Eines Abends fand ich sie dann in der Höhle. Sie hatte sich mit letzter Kraft hineingeschleppt. Sie war … Sie …« Martin fuhr sich mit der Hand über die Augen, und ich erkannte endlich die Zusammenhänge. »Man hatte ihr all diese entsetzlichen Verwundungen zugefügt. Und doch war sie nicht tot, denn sie war ja kein normaler Mensch. Sie lebte und atmete. Aber das war kein Leben mehr. Sie schrie und weinte und betete. Sie starb, langsam und qualvoll, und es hätte vielleicht noch viele Tage gedauert. Sie hat mich angefleht …«

»Und da hast du sie erlöst«, sagte ich schlicht.

Ein Zug der Qual lag um seinen Mund. »Der Klosterbruder hatte ihr das angetan, dieser Magnus. Er hatte sie in der Höhle gefunden, schlafend, und hat sie ans Licht gezerrt. Dort hat er sie verstümmelt und einfach liegen lassen. Als die Sonne unterging, kam sie zu sich, ihrer Augen und ihrer Gliedmaßen beraubt und fast völlig verkohlt …« Martins Stimme versagte. »Sie schleppte sich in die Höhle zurück, und da fand ich sie später.«

Sie hatte entsetzlich gelitten und ihn angebettelt, ihrer Qual ein Ende zu bereiten. Er hatte sie mit einem raschen Biss erlöst, und indem er ihr Blut trank, hatte er das endgültige Sterben für sie in einen Akt letzter Ekstase verwandelt.

Als Martin mir gesagt hatte, ich würde sterben, wenn ich andere verwandelte, hatte er mich vor den Folgen eines solchen

Verhaltens warnen wollen. Wer das Tabu missachtete, begab sich in tödliche Gefahr. So wie Lucia. Denn letztlich war ihr Tod die Folge ihres zwanghaften Drangs gewesen, andere Menschen zu verwandeln.

Doch da musste noch mehr sein.

»Du hast noch jemanden deswegen sterben sehen«, sagte ich.

Er senkte den Kopf. »Sie hieß Maria. Ich habe sie Mitte der Dreißigerjahre in Paris kennengelernt. Sie war eine von uns, eine bildschöne, kapriziöse Frau mit einem hinreißenden Lachen. Sie gehörte einer Theatergruppe an, die damals auf dem Montmartre gastierte. Zwei andere aus der Truppe waren ebenfalls Vampire, der Rest war menschlich, aber eingeweiht. Sie waren eine fest verschworene Gemeinschaft.«

Martin hatte sich gleich bei der ersten Vorstellung in Maria verliebt, völlig betört von der Erkenntnis, dass sie wie er ein Wesen der Dunkelheit war. Sie hatten mehrere Wochen in einem Taumel des Glücks verlebt und sich hingebungsvoll aneinander erfreut. Martin war noch nie in seinem vorherigen Leben so glücklich gewesen, und er begann fast zu glauben, dass es ihm vergönnt sei, ein Leben in Liebe zu führen, gemeinsam mit einer Frau, die er vergötterte und die ihm alles gab, was er in vielen Jahren so schmerzlich entbehren musste. Doch dann war ein Unglück geschehen. Das Theater wurde durch einen Brand völlig zerstört, und das Feuer griff auch auf die Kellergewölbe über, in denen die Mitglieder der Truppe schliefen. Sie wurden alle getötet, bis auf Maria, die sich zu der Zeit bei Martin befunden hatte. Von der Zeit an veränderte sich Maria. Die Theatervorstellungen und Proben, die bisher einen Großteil ihres Lebens bestimmt hatten, gab es nun nicht mehr. Es war, als sei ihr plötzlich jegliche Lebensgrundlage entzogen worden, und Martin musste schmerzvoll erkennen, dass nicht er bei Maria an erster Stelle gestanden hatte, sondern die Bühne, ihre große, unsterbliche Passion seit ungezählten Jahren. Sie begann, in den Nächten ziellos umherzustreifen, an den Ufern der Seine entlangzuwandern, sich stundenlang im Bois de Boulogne zu verlieren. Sie vergriff sich an Betrunkenen und Bettlern und nahm deren Blut, ohne Rücksicht, ob ihre Opfer danach noch Kraft genug zum Weiterleben hatten. Martin erfuhr davon und setzte sie so lange unter Druck, bis sie schwor, damit aufzuhören.

Aber dann, irgendwann, fing sie an, sich eigenmächtig eine neue Theatergruppe zusammenzustellen. Das brachte es zwangsläufig mit sich, dass sie Martin betrog, denn eine klassische, komplikationslose Verwandlung war fast nur im Rahmen sexueller Kontakte zu bewerkstelligen, bei welchen Biss und Gegenbiss kaum als Affront verstanden werden können. Sie hatte sich bereits einen Regisseur und einen Intendanten zugelegt und ein neues Kellertheater angemietet, als Martin ihr endlich auf die Schliche kam. Er hatte geglaubt, ihr in ihrer Trauer um ihre zu Tode gekommenen Kollegen nur ein wenig Zeit lassen zu müssen, bis sie wieder endgültig zu sich käme, doch dann sah er sich eines Tages mit der Tatsache konfrontiert, dass sie längst eifrig an ihrer neuen Karriere bastelte.

Er raste vor Eifersucht und Wut und überhäufte sie mit Vorwürfen. Zu seiner großen Scham war er allerdings unfähig, sie zu verlassen, sodass sie ungerührt weitermachte. Sie schlief mit einem Starschauspieler und verwandelte ihn. Sie stürzte sich in eine lesbische Liebesbeziehung zu einer bekannten Bühnenbildnerin und verwandelte sie. Sie gab sich einem Kostümschneider von Weltrang hin und verwandelte ihn. Sie war wie besessen davon, der Welt das vollkommene Theater zu präsentieren.

Natürlich ging es nicht lange gut. Martin wurde melancholisch und traf trotz seiner emotionalen Abhängigkeit Vorbereitungen, sich von Maria zu trennen. Die endgültige Aussprache sollte am Abend ihres Geburtstages stattfinden (ihres hundertfünfzigsten!). Sie hatte für sich und ihre neue Truppe einen

Ausflugsdampfer gemietet. Das Schiff war illuminiert, und eine Kapelle spielte auf. Die Gäste plauderten angeregt über die bevorstehende Premiere und bleckten von Zeit zu Zeit die sprießenden Eckzähne, um sich ihrer gegenseitigen Verbundenheit zu versichern, als das Unglück geschah. In einer der Kabinen brach ein Feuer aus und griff mit rasender Geschwindigkeit auf das Oberdeck und den Maschinenraum über. Der Versuch, das Rettungsboot zu Wasser zu lassen, scheiterte kläglich am Versagen der Winde. Die Passagiere an Deck, unter ihnen Martin und Maria sowie ihr neues Theaterensemble, mussten hilflos zusehen, wie sich das Feuer immer weiter ausbreitete und die Holzbohlen der Aufbauten zerfraß. Dichter Qualm vernebelte die Sicht, und schließlich fiel die Beleuchtung aus. Aus der Ferne näherte sich ein Löschboot, doch es war zu weit weg, um die Katastrophe zu verhindern.

»Wir standen alle an Bord. Das Feuer prasselte und wogte um uns herum, und vor lauter Qualm konnte man nichts mehr sehen. Wir sanken … Das Schiff kippte auf die Seite. Überall Schreie, die Hitze, die Flammen, der Rauch … Ich hielt sie fest, ganz fest … Dann kam das Wasser und entriss sie mir.«

Er hatte sie verloren. In diesem Inferno aus Feuer und Wasser war sie untergegangen und ertrunken, denn sie konnte nicht schwimmen. Und er hatte sie nicht retten können, weil er sie in all dem Chaos nicht wiederfand. Von den Menschen, die sich an Bord befunden hatten, waren nur wenige gerettet worden, unter ihnen Martin als einziger Vampir. Alle anderen waren ertrunken oder verbrannt.

Das Feuer war keineswegs zufällig ausgebrochen, sondern das Ergebnis von Brandstiftung. Niemand anderer als der Ehemann der Bühnenbildnerin hatte den Brand gelegt. Er hatte sich an Bord geschlichen, ein Fässchen Petroleum ausgeschüttet und es angezündet. Da man ihn nie wiedersah, ging man davon aus, dass er bei dem Unglück ums Leben gekommen war, eine Folge, mit der er wohl auch selbst gerechnet hatte. In seinem

Abschiedsbrief fanden sich geheimnisvolle Andeutungen über die blutrünstigen Machenschaften dunkler Mächte und Blut saugender Wesen der Dunkelheit, die eine Gefahr für die ganze Menschheit darstellten und gemäß alter Überlieferung nur mit Feuer und Wasser bekämpft werden könnten.

Auch dieses sinnlose Sterben war also letztlich eine Folge unbedachter Verwandlungsaktivitäten gewesen.

Armer Martin, dachte ich inbrünstig. Er war so traumatisiert, dass es kein Wunder war, wie empfindlich er sich in diesem Punkt aufführte. Dass er zu allem Überfluss auch noch gegen sein eigenes ehernes Gesetz verstoßen hatte, indem er mir seinen ungeschützten Hals hingehalten hatte, war seinem Seelenfrieden auch nicht gerade zuträglich.

Damit sahen wir uns gleich vor einer ganzen Reihe von Problemen. Am Anfang stand seine These, wonach Verwandlungen tabu zu sein hatten, übrigens eine These, der ich ohne Weiteres folgen konnte.

Danach kam jedoch gleich die unverrückbare Tatsache, dass sowohl er als auch ich gegen dieses selbst auferlegte Tabu verstoßen hatten: Er bei mir und ich bei der Herberich, wenn auch beide Vorfälle mehr oder weniger unbeabsichtigt zustande gekommen waren. Dennoch: Um unser inneres Gleichgewicht zurückzugewinnen, blieb uns im Grunde nur, diese Bisse als einmalige Ausrutscher zu deklarieren und, so gut es eben ging, zur Tagesordnung zurückzukehren – jedenfalls, soweit uns das überhaupt möglich war mit einer Freundin im Genick, die penetrant ebenfalls den Blutsaugerstatus anstrebte, und mit der Verantwortung für eine Vampirin im Rentenalter, die hemmungslos ihren Zorn auf männliche Fußpfleger auslebte.

Doch darüber wollte ich jetzt nicht länger nachdenken, denn draußen graute bereits der Morgen. Rosige Schatten krochen über den Horizont und kündigten den nahenden Sonnenaufgang an. Ich drückte sacht die Haustür zu und atmete tief ein, durchdrungen von der tröstlichen Gewissheit, fürs Erste in Sicherheit zu sein. Es schien tatsächlich, als hätten sich all meine Ängste und Sorgen mit einem Mal in Luft aufgelöst.

»Gehen wir ins Bett?« Martin stand dicht vor mir, groß und dunkel und zuverlässig. »Du erzählst mir alles von vorn und der Reihe nach, und wenn dann noch ein wenig Zeit bleibt, werde ich dich lieben, bis wir einschlafen.«

»Gute Idee«, stimmte ich zu, den Kopf in den Nacken gelegt, damit ich sein Grübchen sehen konnte. »Ich werde mich unheimlich mit dem Erzählen beeilen.«

25. Kapitel

Falls Sie gehofft haben, dass dies schon das Happy End sei, muss ich Sie enttäuschen. Am folgenden Abend ging der Ärger nahtlos weiter. Beim Aufwachen war ich noch in bester Laune, denn Martin drückte sich wieder einmal gegen meinen Rücken, deutlich spürbar bereit, genau an der Stelle weiterzumachen, wo wir vor dem Einschlafen aufgehört hatten. Ich genoss seine Nähe, doch schon nach wenigen Augenblicken fiel mir siedend heiß ein, dass ich meiner Mutter eine plausible Entschuldigung wegen der verpassten Beerdigung schuldig war. Und dass ich Solveig anrufen musste, um mich wegen der Herberich auf den neuesten Stand zu bringen.

Außerdem wurde es Zeit, dass wir anfingen zu packen, um hier unsere Zelte abzubrechen. Ich war mit Martin einer Meinung, dass der Boden langsam unter unseren Füßen zu brennen begann, wie er es treffend in einer von seiner Feuerphobie geprägten Redewendung zu formulieren wusste. Kurz und gut, wir mussten verschwinden, bevor sich der Mob auf unsere Fährte setzen konnte. Wir gingen zwar nicht davon aus, dass sich plötzlich auf dem Römerberg Menschen zusammenrotteten und bewaffnet mit Knoblauchketten, Kreuzen, Pfählen und Silberkugeln gen Taunus zogen. Doch wir unterschätzten die Gefahr keineswegs. Ein einziges Wort zur falschen Zeit und am falschen Ort war vielleicht schon zu viel. Wieder fand Martin die treffende Formulierung: Ein winziger Luftzug reicht aus, um einen Schwelbrand in ein brüllendes Inferno zu verwandeln.

Der schwache Punkt in unserer Sicherheitsstrategie war und blieb Solveig, daran führte kein Weg vorbei. Erstens kannte sie unseren Aufenthaltsort, und zweitens war sie im Augenblick der labilste Mensch von ganz Frankfurt. Die beiden Fakten vereinten sich zu einer Art Höllencocktail, der jeden Moment hochgehen konnte.

»Tut mir leid, ich kann mich jetzt nicht konzentrieren.« Ich schob Martins Hände von meinem Bauch weg und kämpfte mich aus der Nylonhülle des Schlafsacks. Dann küsste ich Martin schmatzend auf den Mund, schlüpfte in meine überall verstreut in der Gruft herumliegenden Klamotten und rannte nach oben.

»Wo willst du hin?«, rief er mir nach.

»Telefonieren!«

Ich hockte mich mit meinem Handy ins Wohnzimmer, wo ich kurz zauderte, weil ich nicht wusste, wen ich zuerst anrufen sollte: Mama oder Solveig.

Mama, beschloss ich.

Sie war wütend, als sie meine Stimme hörte.

»Es tut mir wahnsinnig leid, dass ich nicht da war«, kam ich ihren Vorwürfen mit meiner sorgfältig erdachten Ausrede zuvor, »aber ich hatte die schlimmste Migräne aller Zeiten. Ich habe noch angerufen, aber da wart ihr schon weg.«

»Solveig hat gesagt, bei euch im Haus wäre ein Mord passiert, und dass du nicht weg könntest, weil die Polizei noch vorbeikommen wollte, zur Vernehmung.« Ihre Stimme klirrte nur so vor eisigem Misstrauen.

»Oh, ja, der Mord, klar, wir mussten uns beide für die Polizei zur Verfügung halten. Aber Migräne hatte ich trotzdem. Ich meine, *außerdem*.«

Zu meiner Erleichterung ritt Mama nicht weiter auf etwaigen Diskrepanzen zwischen Solveigs und meiner Ausrede herum.

»Die Gegend, in der du wohnst, hat mir von Anfang an nicht gepasst«, beschwerte sie sich. »Lauter Halsabschneider und Blutsauger.«

»Äh … ich ziehe ja bald weg.«

»Mit Martin?«

»Ja, sicher.« Ich lauschte dem Klang meiner eigenen Stimme nach. Es tat mir gut, zur Abwechslung einmal zu meinen, was ich sagte.

Wir unterhielten uns noch ein wenig über die Beisetzung.

»Du hast nichts verpasst. Bei der Gedenkrede ist die halbe Trauergemeinde eingeschlafen, und die Butter auf den Schnittchen war total ranzig.«

»Na, so was.«

»Ich bezahl sie natürlich nicht. Dem Bestattungsunternehmer zieh ich auch was von der Rechnung ab, weil einer der Träger sinnlos betrunken war. Der Hosenstall von dem Kerl war offen, stell dir das vor.«

»Na, so was.«

»Und beim Runterlassen des Sarges hat dieser Mensch tatsächlich den Strick durch die Finger flutschen lassen. Der Sarg ist seitlich weggerutscht und stand plötzlich in der Grube wie ein Ausrufezeichen. Kopfunter.«

»Na, so ... *WAS???*«

Mama schnaufte erbittert. »Sie mussten ziehen und rucken wie die Blöden, bis sie ihn wieder in der Waagerechten hatten!«

Weiterhin wusste sie zu berichten, dass Karl Faltermeier (?) am offenen Grab geweint hatte, dass Opa im Rollstuhl auf den Friedhof gebracht werden musste und bis zur Aussegnung durchgeschlafen hatte, weil er gestern Abend aus Versehen drei Schlaftabletten genommen hatte – die Dinger sahen so aus wie seine Wassertabletten –, und dass Papas neuer Bademantel bei der ersten Wäsche um mindestens drei Größen eingegangen war und dass man deshalb überlegt habe, ihn dem Sohn von Heike Krummbiegel (?) zu geben.

Schließlich erfuhr ich noch, dass Lucas nächste Woche mit einer gruppentherapeutischen Behandlung anfangen würde.

»Es ist eine reine Männergruppe, und der Therapieschwerpunkt bezieht sich auf die Verarbeitung verschiedener Versagensängste nach traumatischem Libidoverlust. Ich habe ihm geraten, auf jeden Fall als therapiebegleitende Maßnahme einen Feng-Shui-Kurs zu machen, denn die äußere Harmonie muss zwangsläufig der inneren vorangehen. Was meinst du dazu?«

»Auf jeden Fall.«

Nach dem Gespräch mit Mama wollte ich Solveig anrufen, doch Solveig kam mir zuvor, indem sie just in diesem Augenblick selbst anrief.

»Gott sei Dank«, sagte sie erleichtert. »Ich habe schon die ganze Zeit versucht, dich zu erreichen, aber du bist wieder nicht drangegangen. Und vorhin war immer besetzt!«

»Ich habe mit meiner Mutter telefoniert. Was gibt's?«, fragte ich argwöhnisch. Ihr Tonfall verhieß keine guten Neuigkeiten.

»Okay, der Reihe nach. Deine Mutter hat heute Vormittag angerufen, sie wollte wissen, wo du bleibst, die Beerdigung würde gleich anfangen. Na ja, ich habe ihr von dem Mord an Mehmet erzählt. Sie hätte es ja sowieso erfahren, spätestens aus der Zeitung. Sie wollte dich sprechen, aber ich habe gesagt, du würdest noch schlafen, weil du wegen dem Stress letzte Nacht was eingenommen hättest, und dass du davon abgesehen momentan sowieso nicht weg könntest, weil wir uns für die Polizei zur Verfügung halten müssten. War das nicht eine spitzenmäßige Ausrede? Und dabei war ich noch total verschlafen, ich bin von dem blöden Telefongeklingel quasi aus dem Bett gefallen.«

Ich seufzte. »Ja, toll. Und was war noch?«

Ein Geräusch kam durch die Leitung, das sich ganz so anhörte, als würde Solveig sich verzagt in die Lippe beißen. »Dieser Bulle war noch mal da.«

Das hatte ich erwartet. »Ich hab's dir notiert, hast du's nicht gefunden?«

»Doch, natürlich, aber irgendwie … Ich bin geschickter im

Improvisieren, wenn es spontan passiert. Ich meine, ich bin aus dem Stegreif besser, wenn ich sozusagen ins kalte Wasser geworfen werde und schwimmen oder untergehen muss. Wenn mir jemand schon vorher eine Marschroute festlegt, komme ich nicht so gut zurecht.«

Martin trat hinter mich und küsste mich sacht auf den Hals.

»Ich habe dir keine Marschroute festgelegt, sondern dich lediglich per Zettelnotiz gebeten, deine Dramaturgie zum Einsatz zu bringen.«

»Eben. Ich war … nervös. Angespannt. Unter Druck.«

»Was hast du gemacht?«, rief ich schrill.

Martin umfing mich von hinten mit beiden Armen und drückte sich an mich. Sein Mund war unter meinem Ohrläppchen und dann in meinem Nacken. Seine wachsenden Zähne bohrten sich durch meine Haut, und seine Zunge tupfte mein Blut weg. Ich stöhnte unwillkürlich. Das hier war eindeutig eine Mischung, die nicht stimmte, aber an Explosivität nicht zu überbieten war. Ich war gleichzeitig außer mir vor Sorge – und ganz wild auf eine Zugabe von diesen netten Nackenbissen.

»Lass das«, zischte ich über die Schulter.

»Was?«, fragte Solveig.

»Das, was immer du vorhast«, erklärte ich.

»Nun, ich hab's wohl leider schon getan. Ihm Martins Anschrift gesagt. Deswegen rufe ich auch an, damit du noch rechtzeitig Bescheid weißt.«

»Du hast ihm … Nein!«, rief ich entsetzt. Ich rieb mir das Genick und drehte mich zu Martin um. »Sie hat's getan. Sie hat's wirklich getan!«

Er war schon auf der Treppe nach oben. »Ich gehe packen. Hol du den Wagen aus der Garage. Ich habe noch ein Haus in Wiesbaden, da sind wir in einer Viertelstunde. Von da sehen wir weiter. Wir nehmen nur Kleidung, ein bisschen Blut und meinen Laptop mit. Der Rest bleibt hier.«

»Luzie?«, tönte es aus der Leitung.

Ich antwortete mit einem Zähneknirschen. »Wie konntest du nur?«

»Ich musste. Er hat gesagt, du wärst in Gefahr, er sagte, du …«

Ich trennte die Verbindung und schaltete das Handy aus. Dann marschierte ich in den Keller und von dort aus in die Garage. Während das Rolltor metallisch surrend nach oben glitt, verharrte ich plötzlich, die Nase witternd in die Luft gereckt. Während der letzten Schlafperiode war mein Geruchssinn vollständig zurückgekehrt.

Da war …

Nein, das war nicht möglich! Doch ich roch es so deutlich wie gestern. Blut, Verwesung, Fußsalbe.

Wo steckte die alte Vettel? Wie kam sie überhaupt von Frankfurt in den Taunus? Und vor allen Dingen, wie war sie hier reingekommen?

Blitzartig fiel mir ein, wie nachlässig ich heute bei Morgengrauen die Haustür zugeschoben hatte. Vermutlich war sie nicht richtig ins Schloss gefallen, was Frau Herberich ermöglicht haben musste, sich Zutritt ins Haus zu verschaffen, nachdem Martin und ich uns in die Gruft zurückgezogen hatten. Sie war durch den Keller in die Garage geschlichen und hatte sich dort verkrochen. Womit ihr Versteck ziemlich eingegrenzt war, denn außer Martins Wagen gab es hier nichts.

Ich hatte es kaum gedacht, als sie auch schon unterm Auto hervorgerollt kam, aufsprang und wie ein Wiesel nach draußen flitzte. Doch sie kam nicht weit. Ich sah sie mit ihren großen, nackten Füßen über die gepflasterte Zufahrt schlittern und wie angewurzelt stehen bleiben. Dann schlug sie einen Haken und kam postwendend zurück in die Garage geschossen. Irgendetwas oder jemand draußen vor dem Haus musste ihr einen ziemlichen Schreck eingejagt haben.

»Frau Herberich?«, rief Schimanski von draußen. Seine Schritte näherten sich der offenen Garage.

Weiter denken konnte ich nicht, denn Frau Herberich stürzte sich mit rachsüchtig entblößtem, zahnlosem Kiefer auf mich wie eine Furie.

»Du kleine Schlampe! Du Flittchen! Es ist bloß deine Schuld!«

Sie packte mich beim Hals und begann, mich mit erstaunlicher Kraft zu würgen. Ihre grässlich gelben, gebogenen Krallen gruben sich in meine Haut, und ich geriet ernstlich in Atemnot. »Frau Herberich!«, krächzte ich. »Es tut mir leid! Die Sache im Aufzug, meine ich! Wir werden eine Lösung finden!«

»Ich will keine Lösung! Es geht mir prächtig! Ich war noch nie so fit, und mein Rheuma ist auch weg! Aber du hast die Polizei auf mich gehetzt, du ungezogenes Luder! Dafür wirst du büßen!«

Sie stieß mich zu Boden und warf sich auf mich.

»Frau von Stratmann? Sind Sie auch hier drin?« Schimanski war in die Garage getreten; seine Umrisse hoben sich scharf vor dem abendlichen Himmel ab.

Frau Herberich ließ mich los und sprang mit der Gelenkigkeit eines Kastenteufels aus dem Stand vier Meter weit, direkt in Schimanskis Richtung. Noch im Flug brachte sie von irgendwoher aus ihrem verlotterten, angeschmuddelten Strickkleid ein riesiges Messer zum Vorschein, das in einem blitzenden Bogen auf Schimanskis Kehle niederfuhr.

Verzweifelt setzte ich ebenfalls zum Sprung an, um dazwischenzugehen, doch ich hätte es vermutlich nicht geschafft. Sicher wäre er im nächsten Moment tot gewesen, wenn er sich nicht selbst zu helfen gewusst hätte.

Der scharfe Knall, der die Luft durchschnitt, ließ mich verblüfft zurückprallen, sodass mein Satz einen Meter kürzer ausfiel als berechnet.

Die Herberich drehte sich einmal um die eigene Achse, in einer beinahe elegant anmutenden Pirouette. In ihrem Rücken war ein Loch, in das ich meinen Arm hätte stecken können. Ihre Augen waren weit vor Erstaunen, während ihr zahnloser Mund zuklappte. Das Messer fiel scheppernd zu Boden, und gleich darauf sank sie zu einem schlaffen Bündel zusammen und blieb regungslos auf dem Zementboden der Garage liegen. Schimanski trat näher, die Hand mit der rauchenden Pistole erhoben.

Ich streckte langsam beide Hände zur Decke.

»Nicht doch«, sagte er sanft, dann beugte er sich prüfend über Frau Herberich.

»Sie ist tot«, erklärte ich. Ich brauchte nicht hinzusehen, um es zu wissen. Meine Stimme zitterte fast so sehr wie meine Hände, die ich immer noch in Richtung Decke streckte. »War das eine Silberkugel?«

»Aber nein. Mannstopper. Riesenkaliber. Zerfetzt alles beim Aufschlag. Ich muss sie direkt ins Herz getroffen haben.«

Da er keine Anstalten machte, mich auch noch zu erschießen, nahm ich vorsichtig die Hände herunter und horchte nach draußen.

Er merkte es. »Ich bin allein gekommen.«

»Wieso sind Sie überhaupt hier?«

»Hat Ihre Freundin Solveig es Ihnen nicht gesagt?«

»Ich … nein«, meinte ich betreten.

Er informierte mich darüber, dass ein paar Nachtschwärmer zufällig die Herberich dabei beobachtet hatten, wie sie vergangene Nacht in den Kofferraum meines Autos gekrabbelt war. Auf diese Weise war sie – wegen meiner Nasenverletzung von mir unbemerkt – mit hierhergefahren.

Da es in meinem Wagen nur eine Heckklappe mit Pappdeckel gab, war sie offenbar ziemlich schnell zu dem Schluss gekommen, sich einen dunkleren Schlafplatz suchen zu müssen und hatte sich, vermutlich unter beträchtlichem Zeitdruck, der Einfachheit halber gleich der nächstbesten Unterkunft zugewandt.

»Die Leute waren ziemlich betrunken und haben sich daher nicht viel dabei gedacht, als sie sie ins Auto klettern sahen. Doch dann haben sie am Nachmittag von der Fahndung gehört und sich bei der Polizei gemeldet. Mir wurde rasch klar, dass es Ihr Wagen gewesen sein muss.«

Das hatte Solveig mir sagen wollen, als sie meinte, ich sei in Gefahr! Mein Gewissen regte sich, und ich leistete ihr innerlich Abbitte.

»Sie hatten wohl vergessen, ihn abzuschließen«, stellte Schimanski fest.

»Nein, ich schließe ihn immer ab. Aber das war für sie kein Problem, wissen Sie.« Wie zum Beweis hob ich das herabgefallene Messer auf und brach die Schneide mit zwei Fingern wie einen dünnen Ast über dem Heft ab. »Sehen Sie. Kein großer Kraftakt.«

»He, das war Beweismaterial«, protestierte er.

»Sie sind privat hier«, sagte ich. Schließlich war ich nicht auf den Kopf gefallen. Wäre dies ein dienstlicher Einsatz, hätten draußen ganze Heerscharen von SEK-Beamten gelauert, Zielfernrohre vor den Augen und Funkknöpfe im Ohr.

Martin war hier, ich hatte seine Gegenwart schon vor einer Weile wahrgenommen. Er stand direkt hinter der Verbindungstür zum Keller, ein sprungbereites Raubtier, zu allem fähig. Bei meinen letzten Worten war zu spüren, wie er sich ein wenig entspannte. Doch er blieb wachsam.

»Du kannst reinkommen«, sagte ich. »Wenn er uns verhaften wollte, hätte er ein paar Hundertschaften mitgebracht.«

Martin glitt wie ein Schatten an meine Seite.

»Ah. Der junge Mann aus dem Rotkreuzkrankenhaus, nehme ich an. Gehe ich fehl in der Annahme, dass sich die Herrschaften kurz danach nähergekommen sind? Sehr viel näher?«

Martins Augen verdunkelten sich, und seine Zähne wuchsen. »Sie wissen viel. Vielleicht zu viel.«

»Nicht doch. Ich bin ein alter Mann. Nächsten Monat gehe

ich in Pension. Meine Frau ist schon vor zehn Jahren gestorben, und ich habe keine Kinder. Versuchen Sie bitte nicht, mich unnötig zu ängstigen.«

»Er tut nur so«, mischte ich mich ein. »Der Mann ist viel zu gut für diese Welt, müssen Sie wissen.«

Schimanski musterte ehrfürchtig die blitzenden Reißzähne. »Er sieht aber nicht so aus.«

»Keine Sorge. Er bringt andere Leute nur in Notwehr um.«

Schimanski steckte rasch die Pistole ein.

Martin ließ die Zähne wieder verschwinden. »Was wollen Sie?«, fragte er kühl.

Schimanski seufzte abgrundtief. »Wenn ich das nur selber wüsste. Was soll ich dazu sagen?« Er hielt kurz inne und dachte nach, dann fuhr er versonnen fort: »Es war von jeher das Unglaubliche, das Unfassbare, das mich in seinen Bann gezogen hat. Seit früher Jugend war ich ein begeisterter Anhänger von allen möglichen Grusel- und Gespenstergeschichten. Vor allem die Vampire hatten es mir angetan. Jeder Film, jedes Buch zu dem Thema zog mich magisch an. Später verfeinerte sich mein Geschmack, wie es allgemein im Erwachsenenalter üblich ist, doch ich blieb dem Genre treu.«

»Er hat *Die Chronik der Vampire* gelesen«, warf ich ein.

Schimanski lächelte nachsichtig. »Aber ja. Und vieles mehr. Alles darüber, möchte ich meinen. Mein Interesse war grenzenlos. Sie kennen doch die althergebrachte Weisheit, wonach in Phantastereien immer ein bisschen Wahrheit steckt. Ich habe es immer mit aller Kraft gesucht, dieses Körnchen Wahrheit.«

»Jetzt haben Sie es gefunden«, sagte Martin abwartend. »Und nun? Freund oder Feind?«

Schimanski griente und fuhr sich mit den Fingerspitzen über das stoppelbärtige, übernächtigte Gesicht. »Blöde Frage. Wer möchte euch schon zum Feind haben?«

*

Der Rest ist rasch erzählt.

Was Schimanski betrifft, so wurde wirklich das Unfassbare wahr, denn er avancierte, man möchte es kaum glauben, zu Martins und meinem Renfield.

Hierzu muss ich nochmals ein wenig ausholen.

Es fing damit an, dass er unseren überstürzten Aufbruch mit der Bemerkung bremste, dass wir vollkommen sicher seien, solange er die Dinge koordinierte. Martin und ich brauchten nicht lange, um einzusehen, dass er recht hatte. Es ergab wenig Sinn, kopflos zu verschwinden, ohne für die Beseitigung verräterischer Spuren Sorge zu tragen. Anderenfalls hätten wir erst recht die Aufmerksamkeit der Behörden auf uns gelenkt. Nach Lage des Falles kam für uns im Grunde nur ein sorgfältig bis ins Detail geordneter Rückzug infrage. Schimanski erklärte uns das sehr überzeugend, und von da an war er unser Komplize, ohne dass wir darüber diskutieren mussten.

In einer gemeinschaftlichen Nacht- und Nebelaktion beförderten wir Frau Herberichs sterbliche Hülle in den nahegelegenen Wald, wo Martin und ich binnen Minuten mit bloßen Händen eine vier Meter tiefe Grube aushoben und die erstarrende Leiche unter den Wurzeln eines Baumes versenkten.

Es war eine grausige, übel riechende Angelegenheit, und ich musste zwischendurch immer wieder aufhören, weil mich Heul- und Würgekrämpfe schüttelten. Schließlich machte Martin allein weiter.

Schimanski stand während der ganzen Aktion Schmiere und informierte uns derweil leutselig, dass er schon immer sehr gerne gereist sei und auch gegen häufige Umzüge nichts einzuwenden habe.

Martin und ich begriffen sofort, dass es sich bei dieser launig hingeworfenen Bemerkung um eine Art Vorstellungsgespräch handelte.

Nun, um es kurz zu machen: Schimanski ist uns seitdem unentbehrlich. Natürlich bezahlt Martin ihn fürstlich, doch ich bin sicher, Schimanski würde auch umsonst in unseren Diensten bleiben. Eine treuere Seele kann man sich kaum denken, und überdies ist er ein vorzüglicher Gesellschafter und angenehmer Hausgenosse. Wir vertrauen ihm blind, und das will für unsereins eine Menge heißen. Zu mir ist er wie ein Vater, und Martin und er sind die besten Freunde. Schimanskis überragende Intelligenz macht ihn nicht nur zum idealen Planer und Überwacher unserer Umzüge und Reisen sowie zum findigen Beschaffer frischer Blutkonserven, sondern versetzt ihn auch in die Lage, immer wieder neue Ideen zu produzieren, wie unsere Sicherheit zu optimieren ist. Wenn ich abends fernsehe oder einen der Romane lese, die wir regelmäßig übers Internet bestellen, sitzen die beiden Männer oft über das Schachspiel gebeugt, das ich Martin geschenkt habe, und tüfteln Winkelzüge aus, wie diese oder jene Unterkunft schnellstmöglich und tunlichst im Dunkeln zu erreichen sei.

Momentan halten wir uns in Kanada auf, einem Land, das erfreulich dünn besiedelt ist. Wir leben in einer Blockhütte mit allem Komfort, inklusive einem großen, gemauerten Kamin, in dem Martin Abend für Abend mit fachmännischer Sorgfalt das Anzünden eines Holzstoßes zelebriert.

Die Hütte ist malerisch gelegen, an einem hübschen, waldgesäumten See – und rund zehn Kilometer von der nächsten menschlichen Behausung entfernt. Manchmal wird die Einsamkeit langweilig, doch der Vorteil, nie mehr über neugierige Nachbarn nachdenken zu müssen, wiegt vieles auf.

Die Überseereise war uns anfänglich wegen der schier unüberwindlichen Entfernung als eine Art Vabanquespiel erschienen, doch Schimanski hatte die Angelegenheit in seiner gewohnten Souveränität in die Hand genommen. Martin und ich brachten die Reise in bequem ausgepolsterten, belüfteten und beheizbaren Särgen im Frachtraum einer privaten Chartermaschine hinter uns, mit offiziellen Überführungspapieren, die Schimanski von irgendwoher beschafft hatte.

Der reibungslose Ablauf dieses Transports lässt mich hoffen, dass ich sogar eines Tages meine Eltern auf Mallorca besuchen kann. Schimanski meint, das sei kein Problem, sondern nur eine Frage richtigen Timings und minutiöser Planung, doch ich will mein Glück nicht herausfordern.

Und glücklich bin ich momentan wirklich.

Ihnen fällt auf, dass ich das Wörtchen *momentan* verwende?

Nun, Glück ist *immer* eine Momentsache, nicht wahr? Es sind diese kostbaren, kurzen Augenblicke, in denen wir glauben, dass wir Günstlinge des Himmels sind, weil wir so erfüllt sind vom Leben und der Liebe und allem, was uns das Dasein so einzigartig erscheinen lässt.

Glück ist beispielsweise, von meiner Mutter zu hören, dass sie Opa nun doch noch zu sich geholt haben. Er schläft viel und verträgt die Sonne ausgezeichnet. Außerdem wusste Mama bei unserem letzten Telefonat zu berichten, dass sie heuer zwei trächtige Schafe haben und dass Papa für das Spinnrad eine Spindel fabriziert hat, die sogar funktioniert, und dass Lucas eine Freundin hat, die zwar nur über wenig Busen, dafür aber über eine enorme orale Fixierung verfügen soll, weshalb er sich auch endlich wieder als ganzer Mann fühlen könne.

Glück ist es natürlich auch, wenn ich mit Solveig telefoniere und es dabei immer wieder hinkriege, ihr einen Besuch bei uns auszureden. Martin verbietet mir unter Androhung fürchterlicher Strafen, ihr unsere Adresse zu verraten, und ich muss gestehen, dass ich ihm in diesem Punkt leichten Herzens zu folgen vermag, obwohl sie mir ganz schrecklich fehlt. Seit Neuestem ist sie mit einem Drehbuchautor liiert, der für die Filmfirma eine schräge Vampirromanze schreiben soll. Handlungsgerüst und Charaktere hat sie maßgeblich mit entworfen, und nach allem, was sie mir dazu erzählt hat, verblüfft sie jeden, der an dem Projekt beteiligt ist, mit ihrem fundierten Hintergrundwissen.

Glück ist aber vor allem, mit Martin zusammen nachts durch die Wälder zu streifen. Die Welt ist dann voller Gerüche und Geräusche, die wir in uns aufnehmen, bis wir zum Bersten voll davon sind. Das Summen des Windes in den Baumkronen, das Plätschern und das Gluckern, das vom See her kommt. Tiere schreien in der Ferne oder huschen vor uns durchs Gehölz. Wir folgen unseren Instinkten, entledigen uns aller körperlichen Zwänge und fliegen dahin, Seite an Seite, schnell wie der Wind und lautlos wie Schatten.

Wenn ich dann die blasse Silberscheibe des Mondes in seinen Augen funkeln sehe, nehme ich seine Hand und spüre, wie ich vollends eins werde mit ihm. Der Rhythmus unserer Herzen ist derselbe, sie schlagen im Takt des wilden Liedes, das unser Blut für uns singt und das niemals endet, solange wir nur willens sind, ihm zu lauschen.

Beste Frauenunterhaltung - herzerfrischend komisch

Eva Völler
DER MONTAGSMANN
Roman
320 Seiten
ISBN 978-3-404-15567-5

»Entschuldigen Sie, können Sie mir vielleicht sagen, wie ich heiße?« – »Klar. Dein Name ist Isabel, und du bist meine Verlobte.« Kaum zu glauben, aber es könnte was dran sein: Isabel hat ihr Gedächtnis verloren und keinen Schimmer, wer sie ist und woher sie kommt. Fabio, Eigentümer eines künftigen Sternelokals, sieht nicht nur aus wie ein Gott, sondern kocht auch so. Grund genug, sich über so einen tollen Verlobten zu freuen und nebenher zu hoffen, sich irgendwann wieder an ihn zu erinnern. Doch warum benimmt er sich ihr gegenüber wie die Axt im Walde und lässt seinen betörenden italienischen Charme nur bei seinen weiblichen Gästen spielen? Wieso kann sie, obwohl sie doch gelernte Köchin ist, nicht mal Zwiebeln schneiden? Und wie kommt es, dass sie für diesen rüden Italo-Macho Töpfe schrubben muss, obwohl sie einen Dreikaräter am Finger und Schuhe von Manolo Blahnik an den Füßen hat?

Bastei Lübbe Taschenbuch